Lucinde Hutzenlaub

In Liebe, Deine Paula

Roman

PENGUIN VERLAG

MIX
Papier | Fördert gute Waldnutzung
FSC® C014496

Penguin Random House Verlagsgruppe FSC® N001967

4. Auflage 2024

in der Penguin Random House Verlagsgruppe GmbH,
Neumarkter Straße 28, 81673 München
Dieses Werk wurde vermittelt durch die
Michael Meller Literary Agency GmbH, München
Redaktion: Lisa Caroline Wolf
Umschlaggestaltung: Favoritbüro
Umschlagabbildungen: Keystone USA/ZUMA Press Wire;
Ildiko Neer; ILINA SIMEONOVA/Trevillion Images;
Avprophoto/shutterstock.com
Satz: Buch-Werkstatt GmbH, Bad Aibling
Druck und Bindung: GGP Media GmbH, Pößneck
Printed in Germany
ISBN 978-3-328-10919-8
www.penguin-verlag.de

Getrennt durch Zeit und Raum – für immer vereint in Liebe

Separated by time and space – forever united in love

Für Paula

Prolog

Sonntag, 25. Dezember 1932, Knickerbocker Club,
2nd E62 St

Paula hatte in ihrem Leben noch nie ein so prächtig geschmücktes Haus gesehen wie den Knickerbocker Club mit seinen hellerleuchteten Fenstern und den funkelnden Lichterketten, die um die Balustrade der Dachterrasse gewickelt waren. In ihrem weißen Cape, dem langen Kleid aus dunkelblauem Samt mit dem weich fallenden Rock, den schwarzen Pumps und den hellen Handschuhen fühlte sie sich wie eine Prinzessin. Als sei sie für einen Moment zurückkatapultiert worden in den Sommer des letzten Jahres, als sie mit Ingrid im Lichtspielhaus *Das Lied ist aus* gesehen und sich nichts sehnlicher gewünscht hatte, als eines Tages einmal genau so elegant zu sein wie Liane Haid als Tilla Morland.

Als sie den Club betrat, verschlug es ihr beinahe den Atem. Ein riesiger Weihnachtsbaum stand in der Mitte des Eingangsbereiches. Er war so groß, dass er bis in den zweiten Stock hinaufreichte. Er war über und über mit silbernen Christbaumkugeln und Lametta geschmückt und mit roten Schleifen aus Taft verziert. Im ganzen Raum duftete es nach Tannengrün und Zimt, und die Aufregung und Freude, mit der die anderen Gäste diese Pracht bestaunten, war beinahe körperlich zu spüren.

Auf der Balustrade im ersten Stock spielte eine Kapelle leise Weihnachtslieder, und livrierte Kellner liefen mit silbernen Tabletts durch die Menge und boten den Gästen Punch an. Diese Pracht war überwältigend, und Paula wusste gar nicht recht, wohin sie zuerst schauen sollte.

Wenn Ingrid nur hier sein und sie das alles mit ihr teilen könnte! Oder auch ihre Brüder und ihre Mutter. Paula dachte an die schlichte Küche in ihrem Haus in Gablenberg, an die kleine Tanne, die wie jedes Jahr ganz sicher auch jetzt wieder in der Ecke vor dem Fenster stand und mit Strohsternen und ein paar Kerzen geschmückt war. An das Lachen, das Singen, das Beten und Beisammensein, das so viel wichtiger geworden war, seitdem ihr Vater nicht mehr lebte und das nicht weniger Glanz verströmte, als das Funkeln und Glitzern im Knickerbocker Club. Nein, so aufregend und elegant das Fest hier war, Paulas Herz zog sich vor Heimweh zusammen bei dem Gedanken daran, dass sie dieses Weihnachten nicht bei ihren Liebsten sein konnte.

Vielleicht war das alles hier doch nicht ihre Welt. Auf einmal fiel es ihr schwer, sich auf das fröhliche Treiben einzulassen.

Als Paula auf die Dachterrasse trat, um sich für einen Augenblick zu sammeln, traf die Kälte sofort eisig ihr Gesicht.

Ein Frösteln fuhr durch ihren ganzen Körper. Helle Atemwölkchen stiegen vor ihrem Mund auf, und sie blieb für einen Moment dicht an der Hauswand stehen, bis sie sich an die Temperatur gewöhnt hatte. Erst dann trat sie an die Balustrade.

Mittlerweile waren zumindest die Lichterketten ausgegangen, sodass sie einen guten Blick auf den dunklen Central Park hatte, der direkt auf der anderen Straßenseite begann. Einen

Block weiter rechts war einer der Haupteingänge, das wusste Paula, links davon lag der große See.

Selbst von hier aus konnte sie ihn sehen. An seinem Ufer brannten Laternen, und die glatte gefrorene Oberfläche aus Eis leuchtete geradezu in der Nacht, sodass Paula sogar von ihrem Ausguck aus und trotz der Dunkelheit die vielen Eisläufer darauf erahnen konnte.

Was für ein Spaß musste es sein, dort herumzuwirbeln, Figuren zu ziehen, Fangen zu spielen? Der See war bestimmt hundertmal so groß wie der Klingenteich in Gablenberg. Allein die Vorstellung, wie sie dort unendlich lange Sekunden einfach so dahingleiten konnte, ohne sofort ans Ufer zu stoßen oder jemandem ausweichen zu müssen, war herrlich und hob ihre Stimmung ein wenig.

»Paula!« Eine leise Stimme ganz nah an ihrem Ohr.

Sie zuckte zusammen, als warme Hände sich von hinten um ihre Oberarme schlossen. War das … konnte das

… wirklich möglich sein? Ihr Herz begann wie verrückt zu rasen, als sie sich langsam umdrehte und in Normans strahlendes Gesicht blickte. »Norman! Du bist hier!«

Kapitel 1

Samstag, 17. Oktober 1931, Gablenberg

»He, Paula, du bist ja immer noch so eine lahme Ente!« Richard, der draufgängerischere ihrer beiden sechzehnjährigen Zwillingsbrüder, fuhr mit dem klapprigen Fahrrad der Mutter an ihr vorbei und zog dabei an einem ihrer Zöpfe.

»Autsch!«, rief Paula und rieb sich den Kopf, während sie versuchte, den Gepäckträger seines Rades zu fassen zu kriegen, aber Richard war schneller. Er wandte sich um und drehte ihr eine lange Nase, bevor er noch ein bisschen fester in die Pedale trat.

»Na warte! Wenn ich dich nachher zu fassen kriege, kannst du was erleben!« Paula lachte. Weder auf Richard noch auf seinen um ein paar Minuten jüngeren Bruder Kurt konnte sie ernsthaft böse sein, selbst, wenn Richard keine Gelegenheit ausließ, ihr einen Streich zu spielen. Paula wandte sich schnell um, als sie nun auch noch Kurts Stimme hörte. Er war der Ruhigere und Sensiblere von beiden und nicht selten entschuldigte er sich für Richard, wenn der wieder mal zu laut oder zu frech gewesen war.

»Warte auf mich, Paula!«, rief er und winkte.

Lächelnd beobachtete sie, wie er versuchte, den Besen, mit dem er gerade noch den kleinen Hof vor dem Milchladen im

Souterrain des Hauses in der Klingenstraße 34 gefegt hatte, hinter der Treppe abzustellen und gleichzeitig der Mutter die Haustür aufzuhalten, die mit den letzten Milchkannen nach oben in die Küche wollte, um sie auszuwaschen. Sie würde auch gleich nach Ostheim nachkommen, wenn alle Kannen sauber und kopfüber auf dem hölzernen Ständer am Eingang zum Laden stehen würden.

Einmal im Monat reservierten sie im Stadtbad Ostheim eine Badekabine für die beiden Jungs und eine für Paula und ihre Mutter. Vor allem Richard und Kurt waren in Eile, weil der Erste immer die blank polierte Wanne einlassen und somit ein bisschen mehr Badezeit genießen konnte.

Paula hatte es nicht ganz so eilig. Ihre Mutter kam immer etwas später und ließ ihr gern den Vortritt. Sie sagte, sie wolle sich nicht auch noch in ihrer kostbaren Freizeit hetzen, aber vielleicht genoss sie es auch einfach nur, ein paar Minuten für sich zu haben, wenn Paula die Badekabine wieder verlassen hatte. Paula träumte davon, eines Tages ein richtiges Schaumbad zu nehmen. Alleine. In einem Badezimmer wie aus einem der Magazine, die Herr Becker, ihr Obermieter, manchmal mit nach Hause brachte. Darin hieß so ein Badezimmer selbstverständlich Boudoir, und es gab dort große Spiegel, flauschige Handtücher, kleine Tischchen mit üppigen Blumenvasen darauf, Kerzen und Champagner.

Zum Vergnügen wollte sie dort baden und nicht nur, um endlich mal wieder die Haare gründlich zu waschen und die hartnäckigen Spuren zu beseitigen, die der Waschlappen in der Küche nicht erwischt hatte. Vor allem aber, um das Wasser so heiß einlaufen zu lassen, wie es ihr gefiel, ohne die Ermahnungen ihrer Mutter, dass zu viel Hitze nicht gut für sie war und überhaupt der Nächste auch noch warmes Wasser wollte. Besonders jetzt, da der Winter wieder vor der Tür stand, stellte Paula es sich großartig vor, nicht direkt nach dem Bad wieder in die Kälte hinauszumüssen, sondern sich so richtig aufgeheizt und nach kostbarem Badeschaum duftend in einen seidenen Bademantel zu hüllen und sich ein wenig später vor einem großen Spiegel zu entscheiden, welches der extra für sie angefertigten Kleider und Schuhe sie am Abend für ein Abendessen in einem feinen Restaurant oder einen Besuch in der Oper anziehen wollte.

»Na, Pips, träumst du mal wieder?«

Paula bemerkte erst, dass Philip ebenfalls längst zu ihr aufgeschlossen hatte, als er seinen Arm um sie legte. Sein verschmitztes Lächeln sorgte wie immer dafür, dass sich in ihrem Inneren eine Wärme ausbreitete, die sicher auch ein noch so teures Schaumbad nicht zustande bringen konnte. Philip Kaiser war ihr Nachbar, ihr Spielkamerad und ihr allerbester Freund, seit sie denken konnte. Er kannte sie besser als jeder und jede andere, selbst besser als Paulas Mutter, als ihre Brüder oder als Ingrid, die die komplette Schulzeit neben ihr gesessen hatte. Pips war sein persönlicher Kosename für sie, entstanden irgendwann, als sie noch kleine Kinder gewesen waren. Philip war klug, groß und freundlich und sah mit seinen weizenblonden Haaren, den Sommersprossen, den strahlend weißen Zähnen und den warmen braunen Augen aus, als wäre er direkt aus einem von Herrn Beckers Modemagazinen entsprungen.

Alle Mädchen waren verliebt in Philip, das sah man an den sehnsuchtsvollen Blicken, die sie ihm zuwarfen, wenn er bei der monatlichen Tanzveranstaltung im Lamm an ihnen vorbeiging, und an den abschätzigen, die Paula galten. Wieder einmal fragte sie sich, warum er sich nicht längst für eine von diesen Mädchen entschieden hatte. Und wieder einmal fand sie, dass er ruhig auch noch ein bisschen damit warten konnte. Denn sobald er eine Familie hatte, würde er sicher nicht mehr so viel Zeit für die Ausflüge und die Gespräche mit ihr haben. Außerdem waren sie noch nicht einmal volljährig, und wenn es nach Paula ging, durfte sich das Leben auch ruhig noch eine Weile so frei und großartig anfühlen wie jetzt gerade in dieser Sekunde, in der der Samstagabend so verheißungsvoll vor ihr lag.

»Danke fürs Warten!« Strahlend trat Kurt zu ihnen und wischte sich über die Stirn. Er hakte sich bei Paula ein und zog sie mit, sodass ihr nichts anderes übrig blieb, als Philip loszulassen, ihm zum Abschied zuzuwinken und sich selbst zu ermahnen, sich nicht allzu viele Gedanken über diesen merkwürdigen Blick zu machen, mit dem er ihnen hinterhersah.

Spätestens, als sie in der Umkleidekabine stand und den Lärm, den Richard und Kurt draußen veranstalteten, zu ignorieren versuchte, hatte sie Philip tatsächlich vergessen und sie beeilte sich, um selbst ein Teil von dem ausgelassenen Herumgealbere zu werden.

Kapitel 2

Knapp zwei Stunden später war Paula immer noch erhitzt vom Baden und voller Vorfreude auf den heutigen Abend. Ihre Wangen glühten, wie immer, wenn sie aufgeregt war. Abgesehen davon war sie einfach nur glücklich, dass endlich wieder einmal etwas in Gablenberg los war. Etwas Schönes. Paula liebte den Ort, an dem sie geboren und aufgewachsen war. An fünf Tagen in der Woche arbeitete sie als Kellnerin im Lamm, servierte den Gästen Eintöpfe, Most und Wein und manchmal, wenn Adelheid, die Köchin, wieder von einem Hexenschuss geplagte wurde, kochte sie auch nach ihren Anweisungen. Aber zunehmend fragte sie sich, ob dieses Leben hier alles war, was der liebe Gott für sie vorgesehen hatte, oder ob es da draußen vielleicht noch mehr für sie gab. Gablenberg war ein ruhiges Weinbauerndorf, das zwar zu Stuttgart gehörte, aber dennoch nicht viel Großstadtflair zu spüren bekam oder gar selbst versprühte. Paula kannte hier jede Straße, jedes Haus und auch jeden, der im Milchladen ihrer Mutter einkaufte. Aber die Welt da draußen schien so verheißungsvoll, so voller Abenteuer und spannender Länder, dass es ihr schwerfiel, einfach nur still zu sitzen und dabei zuzusehen, wie das Leben an ihr vorbeizog. Immer, wenn sie an ihre Zukunft dachte, spürte sie eine Unruhe und eine diffuse Sehnsucht, die sie selbst nicht zuordnen konnte. Vielleicht lag es ja an ihrem neunzehnten Geburtstag, den sie in etwas mehr als zwei Wochen feiern würde. Früher hatte Paula immer gedacht, dass sie bis dahin längst erwachsen sein und genau wissen würde, wohin ihr Weg sie führte. Aber das war überhaupt nicht der Fall. Ganz im Gegenteil. Sie wusste nur, dass es für sie einfach mehr geben musste, als in diesem Haus zu bleiben und gemeinsam mit ihrer Mutter den Milchladen zu führen, so lange, bis sie einen Ehemann gefunden hatte und Kinder bekam. Selbst wenn Ingrid und alle anderen von einem solchen Leben träumten, schüttelte sich Paula allein bei dem Gedanken an die Vorhersehbarkeit des Ganzen. Wenn das ihr Dasein war, würde sie vermutlich ersticken und eingehen, bevor sie wirklich gelebt hatte.

Besonders schlimm wurde es jedes Mal, wenn sie im Lichtspielhaus gewesen war. Sie bewunderte all die wunderschönen Schauspieler in ihren schillernden Roben mit den funkelnden Juwelen, die sich bei Champagner so selbstverständlich über Gott und die Welt unterhielten, als wäre das Leben eine einzige, immerwährende Party, und sie sehnte sich danach, so etwas auch einmal zu erleben. *Gott und die Welt.*

Sie hatte schon ab und zu versucht, mit Philip, Ingrid oder mit ihren Brüdern über die Sehnsucht nach mehr zu sprechen, aber alle hatten sie nur verständnislos angesehen.

Keiner außer ihr schien sich die Frage zu stellen, welche Abenteuer es jenseits von Gablenberg zu erleben gab, außer vielleicht Richard, der zumindest nicht wie alle anderen Jungs in diesem Alter davon träumte, bei der Stuttgarter Straßenbahngesellschaft Schaffner zu werden und frühmorgens an den Ostendplatz zum Drehkreuz zu laufen. Was Paula hingegen in Bezug auf ihn große Sorgen bereitete, war, dass er oft bei den Kaisers nebenan am Radio saß, der einzigen Familie, die bisher eines hatten und die nötige Genehmigung dazu, wenn dieser grässliche Hitler wieder eine seine aufrührerischen Reden führte. So lange saß er dort, bis Herr Kaiser das Radio abdrehte und Richard nach draußen scheuchte.

Aber auch er würde seinen Platz schon noch finden. Jeder hatte ihn gefunden. Philip würde den Fensterbaubetrieb seines Vaters übernehmen, Kurt war glücklich bei den Straßenbahnbetrieben, ihre Mutter hatte den Milchladen, Ingrid vermutlich bald einen feschen Ehemann und die Familie, von der sie seit der Grundschule träumte. Selbst der unstete Richard würde vermutlich irgendwann bei Mercedes-Benz in Untertürkheim als Mechaniker landen und den ganzen Tag unter öligen Automobilen liegen, so wie er es sich seit Jahren wünschte. Jeder um Paula herum schien zu wissen, wo er hingehörte und was er für eine Aufgabe im Leben hatte. Nur Paula nicht. Sie wusste noch nicht einmal, wo sie suchen sollte. Sie liebte ihre Familie. Und Philip liebte sie auch. Und dennoch fühlte sie sich ab und zu, als wäre sie ein Pinguin mitten in der Wüste. Aber Tanzen half.

Vor dem kleinen Spiegel im Flur strich sie sich noch einmal über ihre glänzenden Locken, die sie mit zwei Klammern so nach hinten gesteckt hatte, dass sie beinahe wie Liane Haids Frisur in *Das Lied ist aus* aussahen. Den Film hatte sie letzte Woche mit Ingrid in den Ostend-Lichtspielen in der Raitelsbergstraße angesehen. Seitdem ließ sie vor allem das merkwürdige Ende nicht mehr los, bei dem sich Liane Haid als berühmte Sängerin Tilla gegen ihre große Liebe Ulrich entschieden und stattdessen den reichen Tönli geheiratet hatte. Und das alles nur wegen eines Missverständnisses.

»Frag nicht, warum ich gehe, frag nicht warum.
Was immer auch geschehe, frag nicht warum …«,

begann sie Tillas berühmtestes Lied aus dem Film zu singen, das ihr ständig im Kopf herumging, und gab sich Mühe, dabei ebenso verführerisch zu lächeln wie die Schauspielerin. Doch schon musste sie über sich selbst lachen. Sie war keine Tilla, keine Operettensängerin und schon gar keine Schauspielerin. Vor allem aber schwor sie sich, nie in ihrem Leben auf die Liebe zu verzichten, wenn sie sie denn einmal gefunden hatte. Sie wollte ehrlich sein, genau hinsehen und keine Missverständnisse zulassen. Immerhin war die Liebe das kostbarste Geschenk, das man einem Menschen machen konnte. Aber ob es diesen einen Menschen für sie da draußen überhaupt gab? Und ob sie sich wohl je begegnen würden? Wenn man bedachte, wie viele sich auf der Erde tummelten, war die Liebe sowieso ein ziemlich unwahrscheinlicher Zufall und ein Glück, das ganz bestimmt nicht jeder einfach so vor der eigenen Haustür fand.

»Fort mit dir!«, sagte sie zu ihrem nachdenklichen Gesichtsausdruck, der ihr nun wieder aus dem Spiegel entgegensah, und scheuchte den kurzen Anflug von Schwermut aus ihren Gedanken.

Bevor sie sich weiter selbst anstarren konnte, klingelte es zum Glück unten an der Tür. Philip war gekommen, um sie und ihre Brüder abzuholen. Auf dem Weg nach unten ging sie noch schnell bei ihrer Mutter in der Küche vorbei und drückte ihr einen Kuss auf die Wange. Ein wenig müde sah Luise Wilhelm aus, wie in letzter Zeit so oft, aber sobald sie Paula bemerkte, breitete sich ein warmes Lächeln auf ihrem Gesicht aus.

Schnell trocknete sie die Hände an ihrer Schürze ab, bevor sie Paula an den Armen nahm und zu sich drehte. »Wie hübsch du bist«, sagte sie leise. Behutsam strich sie ihrer Tochter über die zurückgesteckten Locken, bevor sie ihre Hand an Paulas Wange legte und sie nachdenklich ansah. »Deine Haare glänzen wie blank polierte Kastanien, hat dein Vater immer gesagt.« Sie lächelte wehmütig. »Ich wünschte nur, er könnte sehen, wie groß und stark sein Kastanienmädchen geworden ist.«

»Das wünschte ich auch,« sagte Paula ebenfalls leise.

Ihr Vater Karl Wilhelm war es gewesen, der seine Tochter immer dazu ermutigt hatte, zu träumen und zu lernen. Er hatte ihr gesagt, dass Beschränkungen sowieso nur in ihren Köpfen existierten und die Welt nicht an der Stadtgrenze aufhörte. Dass sie ihr Glück selbst in die Hand nehmen musste. Er hatte selbst davon geträumt, mit seinem besten Freund Walter Behrend gemeinsam nach New York zu gehen und einmal die Freiheitsstatue zu sehen, aber dann hatte er Lungenkrebs bekommen und alles war ganz schnell vorbei gewesen. Vermutlich hatte Paula ihm ihre verrückten Sehnsüchte und die Sorge zu verdanken, den Rest ihres Lebens genau hier zu verbringen, ohne nachzusehen, ob die Welt nicht vielleicht anderes, größeres für sie zu bieten hatte.

Ihr Vater fehlte ihr schrecklich. Er war gestorben, als Paula elf und die Zwillinge gerade mal acht Jahre alt gewesen waren. Und seitdem hatte ihre Mutter die drei Kinder allein großgezogen, den Milchladen geführt und sich um das Haus und ihre Mieter gekümmert. Kein Wunder sah sie müde aus. Sofort hatte Paula ein schlechtes Gewissen, weil sie tanzen ging, anstatt ihrer Mutter die eine oder andere Aufgabe abzunehmen.

»Soll ich dir nicht doch noch ein bisschen helfen?«, fragte sie schnell.

»Nein, geh schon, Paula. Ich komme zurecht. Einmal im Monat werde ich mich ja wohl allein um den Haushalt kümmern können.« Sie lächelte ihrer Tochter aufmunternd zu. »Aber nur, wenn du einen Walzer für mich mittanzt.« Luise Wilhelm begann, ihre Hüften ein wenig zu wiegen.

»Einen, Mutter? Wenn du willst, tanze ich sie alle!«, antwortete Paula fröhlich als die Vorfreude in ihr Herz zurückkehrte. »Und alle Quickstepps und Shimmys tanze ich auch.« Sie lachte laut auf, als ihre Mutter stehen blieb und sie mit gerunzelter Stirn ansah. »Dann wirst du Mühe haben, morgen in der Kirche wach zu bleiben«, sagte sie streng, aber ihre Augen funkelten ebenfalls fröhlich dabei. »Wobei das durchaus auch an Pfarrer Lehmanns langatmiger Predigt liegen kann.«

»Ich dachte, du magst ihn.«

»Ich mag ihn ja auch. Und es gefällt mir, wie er sich von diesem schrecklichen Wolff nicht unterbuttern lässt. Aber ein bisschen interessanter könnten die Gottesdienste trotzdem sein.«

Mit beidem hatte Luise Wilhelm auf jeden Fall recht. Überhaupt bewunderte Paula ihre Mutter. Sie war selbstbewusst, mutig und auch ein wenig streitbar. Neulich hatte sie Eugen Wolff, dem Ortsgruppenleiter der NSDAP, vor die Füße gespuckt, als er nach dem Gottesdienst aufgetaucht war und versucht hatte, seine politischen Botschaften unter die Gemeindemitglieder zu bringen.

Luise Wilhelm kannte keine Angst. Ob es allerdings wirklich klug gewesen war, sich mit diesem Mann anzulegen, da hatte Paula so ihre Zweifel.

»Also, was ist? Möchtest du etwa doch lieber bleiben und

deiner alten Mutter beim Töpfeschrubben und Hühnerstallausmisten zuschauen?« Luise Wilhelm überkreuzte ihre Arme vor der Brust und sah Paula schmunzelnd an.

»Ich bin schon weg«, sagte Paula schnell und küsste ihre Mutter erneut auf die Wange. »Und morgen in der Kirche bleiben wir gemeinsam wach, versprochen!«

Im Lamm hatte der Wirt wie immer einen Großteil der Tische im Saal an die Wände schieben lassen, sodass eine große Tanzfläche entstanden war. Die Kapelle spielte bereits einen Shimmy, als Paula, Philip, Richard und Kurt eintraten. Sofort begann Paula im Takt zu wippen. Vom anderen Ende des Saales winkte Ingrid zu ihnen hinüber und Paula winkte freudig zurück. Dabei fiel ihr auf, dass Kurt neben ihr mindestens genauso begeistert die Hand zum Gruß gehoben hatte. Als sie zu ihm hinübersah, stellte Paula überrascht fest, dass eine leichte Röte seinen Hals überzog. Richard hatte sich gleich zu Beginn einer anderen Gruppe junger Männer angeschlossen, die ein ganzes Stück älter waren als er selbst, was Paula mit großer Sorge erfüllte. Zwei davon waren Martin und Friedrich. Eugen Wolffs Söhne. Laut, überheblich und angriffslustig, und, zumindest behaupteten das einige Nachbarn aus der Klingenstraße, Rädelsführer bei der Saalschlacht im Lamm zwischen Kommunisten und Mitgliedern der NSDAP im September gewesen. Paula wusste nicht, ob Richard wirklich gut fand, was Eugen Wolff und seine Söhne von sich gaben, oder ob sich ihr automobilverrückter Bruder nur von Wolffs Wanderer W11 beeindrucken ließ. So oder so wäre es ihr lieber, er hielte sich von Wolff senior und seinen Söhnen fern, die sich aufführten, als gehörte ihnen ganz Gablenberg.

»Ignorier sie einfach«, sagte Ingrid, die Paulas besorgten Blick bemerkt hatte, und stieß Paula mit dem Ellbogen an. »Sie werden sich schon benehmen. Immerhin will ja wohl jeder heute tanzen, oder etwa nicht?«

Da war sich Paula nicht so sicher. Die beiden jungen Männer standen mit starrem Blick und vor der Brust überkreuzten Armen am Rand der Tanzfläche und beobachteten die Tanzenden, als wollten sie eher das Geschehen kontrollieren, als ein Teil davon zu sein. Aber als die Kapelle nun einen Black Bottom anstimmte, zog Ingrid Paula so schnell hinter sich her auf die Tanzfläche, dass sie Mühe hatte, nicht zu stolpern. »Los komm schon! Oder willst du ein Feigling sein?«

»Ich?« Paula schüttelte den Kopf. »Das ist das Letzte, was ich will.« Ihre Mutter hatte Eugen Wolff die Stirn geboten, da würde Paula wohl vor den Augen seiner Söhne tanzen können. Sie begann, sich im Takt zu bewegen und bemühte sich dabei, das Gefühl abzustreifen, dass Martins und Friedrichs Blick sich in ihren Rücken bohrte.

Schließlich schloss sie für einen Moment die Augen. Wenn sie tanzte, fühlte sie sich frei wie ein Vogel. Es kam ihr dann so vor, als könnte sie tanzen und fliegen, wohin auch immer sie wollte. Bis nach Berlin, Wien, nach Paris oder sogar bis nach New York. Tanzend träumte sie sich in die Metropolen dieser Welt, bis sie einen unachtsamen Schritt nach hinten tat und aus Versehen ihren Hintermann anrempelte. Schnell drehte sie sich um, um sich zu entschuldigen, und stand direkt vor Martin Wolff. Erschrocken wandte sie sich wieder zu Ingrid um, aber die hatte sich längst zu Kurt und Philip gesellt.

Wolff hielt ihr auffordernd die Hand hin. »Ein Tänzchen?«, fragte er. Die Kapelle hatte einen Tango angestimmt.

»Danke, nein«, erwiderte Paula und schluckte. Ihr Mund fühlte sich trocken an und in ihrem Magen breitete sich ein flaues Gefühl aus. Martin griff nach ihrem Arm und hielt sie für einen Augenblick fest, während er sie mit seinem abschätzigen Blick fixierte. »Sicher?«

»Ganz sicher«, gab Paula zurück. Ihr Herz schlug bis zum Hals.

»Ich hoffe, du bereust das nicht irgendwann«, sagte Martin und lächelte falsch. Wenigstens ließ er sie los, aber dort, wo seine Hand gelegen hatte, spürte Paula ein eisiges Kribbeln.

»Da bist du ja! Ich habe dich schon überall gesucht!«

Philip trat neben sie und legte dem Arm um ihre Schultern. Sofort wurde ihr wieder ein bisschen wärmer. Die Erleichterung, die daraufhin ihren kompletten Körper flutete, hätte beinahe dafür gesorgt, dass ihre Knie weich wurden. Philip war mehr als einen Kopf größer als Wolff und er ignorierte dessen wütenden Blick einfach. Dafür lächelte er Paula an.

»Du musst wissen, dass sie mir genau diesen Tanz vorhin exklusiv versprochen hat, Martin, also entschuldige bitte, wenn ich auf meinem Recht beharren muss.«

»Schon in Ordnung, Kaiser«, antwortete Martin gepresst und drehte sich um, nachdem er zunächst ihm und dann ihr einen letzten gehässigen Blick zugeworfen hatte. »Wir beide können unseren Tanz ja jederzeit nachholen, nicht wahr, Paula? Vielleicht komme ich einfach mal vorbei und hole dich im Milchladen oder nach dem Kellnern ab? Wer weiß das schon?«

Philip zog Paula schnell an sich, während sie kaum das Zittern kontrollieren konnte, das sich ihres Körpers bemächtigen wollte.

»Nicht antworten und Kopf hoch, Fräulein Wilhelm«, raunte er ihr ins Ohr, als er sie aus Wolffs Blickfeld und einmal quer über die Tanzfläche schob. »Wo sind denn Ihre Manieren hin? Ein Lächeln und ein wenig mehr Begeisterung habe ich nach dieser Rettungsaktion ja wohl mehr als verdient!« Als sie am anderen Ende des Raumes angekommen waren, drehte er sie zu sich um und sah ihr fest in die Augen. »Ich glaube, du kannst wieder anfangen zu atmen. Ich weiß, man darf weder Wolff noch seine gekränkte Eitelkeit unterschätzen. Aber eines verspreche ich dir, Pips: Solange es mich gibt, wird dir nichts geschehen. Und ab jetzt gehst du abends nirgends mehr alleine hin, schon gleich gar nicht zum Kellnern. Ich bringe ich dich zur Arbeit und hole dich auch wieder ab. Keine Widerrede.«

Paula bemühte sich sehr, Philips Aufforderung nachzukommen und wieder ruhig ein- und auszuatmen, aber es fiel ihr immer noch schwer, ihr hämmerndes Herz zu beruhigen. Das Blut rauschte in ihren Adern, und ausgerechnet sie, die zu jeder Musik tanzen konnte, hatte Mühe, überhaupt einen Fuß vor den anderen zu setzen.

»Danke«, sagte sie und bemühte sich um ein Lächeln, als sie endlich zu ihm aufsehen konnte. »Du hast mir mindestens das Leben gerettet.« Es sollte ein Scherz sein.

»Und das würde ich jederzeit wieder tun«, antwortete Philip mit einer Ernsthaftigkeit, die keinen Zweifel daran ließ, dass er es auch so meinte.

Auf dem Heimweg passierten sie das ehemalige Haus der Familie Behrend in der Klingenstraße 28, in dem sie bis vor zwei Jahren mit ihren drei Töchtern Christa, Gertrud und

Gabriele gewohnt hatten. Es war ein prächtiges mehrstöckiges Gebäude, das direkt am Klingenteich lag. Nun lebten die Behrends schon seit über zwei Jahren in New York und schickten regelmäßig Briefe und Postkarten, die Herr Behrend, der in Gablenberg ein Fotogeschäft betrieben hatte, selbst fotografierte.

Meist erzählten sie davon, wie großartig ihr neues Leben in dieser riesigen Stadt war, in der Herr Behrend ebenfalls ein eigenes Geschäft eröffnet hatte, das schnell erfolgreich war. Und dass überall in den guten Häusern New Yorks offenbar händeringend nach guten Haus- oder Kindermädchen gesucht wurde. Paula hatte sich schon oft vorgestellt, wie wundervoll es wäre, eines davon zu sein. Aber in ihrer Familie hatte so etwas nie zur Debatte gestanden. Immerhin war sie trotz all ihrer Sehnsüchte und den großen Worten ihres Vaters nur Paula Wilhelm, eine kleine Kellnerin aus Gablenberg mit Volksschulabschluss, deren verwitwete Mutter ihren Lebensunterhalt mit einem winzigen Milchladen verdiente. Sie konnte ja noch nicht einmal Englisch. Aber träumen konnte sie. Und in ihren Träumen war sie schon oft in die Stadt am Hudson gereist.

»Pola«, sagte sie leise und mehr zu sich selbst, als die wenigen erleuchteten Fenster des Hauses aus ihrem Blickfeld verschwanden und ihr eigenes Elternhaus im fahlen Schein der Gaslaternen vor ihr auftauchte. »My name is Pola.« Es klang fremd und lustig und mindestens so wundervoll wie alle Black Bottoms, Shimmys und Foxtrotts zusammen, die sie am heutigen Abend dann doch noch getanzt hatte. Nachdem Wolff endlich gegangen war und ihre Angst mitgenommen hatte.

Kapitel 3

Sonntag, 1. November 1931, Gablenberg

Vorsichtig zündete Paula ihre große weiße Taufkerze auf dem silbernen Leuchter an. Sofort tauchte der Schein die Kaffeetafel in ein feierliches Licht. Draußen war ein typisch grauer Novembertag, kalt und unfreundlich, und es roch bereits nach Schnee. Wenigstens war im Winter im Milchladen nicht ganz so viel zu tun. Schon allein, weil sich Milch und Butter zu dieser Jahreszeit besser lagern ließen, die Obstbäume in ihrem Garten in den Hängen über Gablenberg abgeerntet und die Himbeer- und Brombeersträucher für den Winter zusammengebunden waren.

Was für eine schöne Überraschung, dass ihre Mutter tatsächlich gestern spät abends noch Paulas Lieblingskuchen mit Pflaumen und Streuseln gebacken hatte. Es war beinahe schon eine Tradition, dass sie das letzte Obst so spät wie möglich erntete und für Paulas Kuchen aufhob. Danach konnte der Winter kommen. Meist – so wie heute – stand er auch schon vor der Tür und schickte oft zu ihrem Geburtstag die ersten Flocken. Der Duft nach Butter und Zucker war gestern schon bis in ihre Kammer gezogen und hatte die Vorfreude darauf in ihre Träume gewebt. Nun saß sie mit Kurt, Richard, Ingrid, Philip und ihrer Mutter an dem Tisch, der mit der schönen weißen Tischdecke mit den Blumenstickereien an der Kante und dem feinen Porzellan gedeckt war, das Paula so liebte. Es hatte einen welligen Rand und einen schmalen goldenen Ring an der Außenkante. In der dazu passenden hohen Vase hatte ihre Mutter einen hübschen Strauß aus weißen Chrysanthemen, magentafarbenen Herbstastern und zartrosafarbenen Schneebeeren in ihrem Garten gepflückt, und in einer Glasschale türmte sich ein Berg aus schneeweißer Schlagsahne. Eine ganz besondere Köstlichkeit, die sie sich nicht oft gönnten. Aber noch viel mehr als diese Kaffeetafel machte es Paula glücklich, ihre Liebsten um den Tisch sitzen zu sehen.

Richard stimmte ein schräges »Viel Glück und viel Segen« an, in das alle einfielen und bei dem selbst Paula schließlich mitsang, weil es ihr unangenehm war, so im Mittelpunkt zu stehen. Schließlich brachen sie alle in Gelächter aus, weil sie sich nicht einigen konnten, ob es am Schluss Wohlstand, Freude oder Reichtum heißen sollte und jeder etwas anderes gesungen hatte.

»Alles Gute zu deinem neunzehnten Geburtstag, Liebes«, sagte Paulas Mutter und lächelte. »Ich hoffe, du hast heute Nacht etwas ganz Besonderes geträumt!« Paulas Vater hatte immer behauptet, dass alles, was man in der Nacht vor dem Geburtstag träumte oder sich nur fest genug wünschte, wahr wurde. Ein Brauch, der unbedingt aufrechterhalten werden musste und ihnen allen umso mehr bedeutete, weil es sich jedes Mal beinahe ein bisschen anfühlte, als sei Karl Wilhelm ein Teil der Geburtstagsgesellschaft.

»Habe ich«, erklärte Paula.

»Was denn?« Kurt musterte seine Schwester gespannt. Aber

bevor sie antworten konnte, stieß Richard sie mit dem Ellbogen an.

»Bitte, Paula, sag es schnell und dann gib uns was von diesem Kuchen, damit wir nicht ausgerechnet an deinem Geburtstag verhungern müssen!« Theatralisch seufzend hielt er ihr seinen Teller hin und sah Paula so flehend dabei an, dass alle erneut in Gelächter ausbrachen.

»Das kann ich natürlich nicht verantworten«, gab sie grinsend zurück. »Ganz besonders, weil dein Hungertod offensichtlich unmittelbar bevorsteht. Da sage ich es euch besser sofort.«

Richard atmete laut und erleichtert auf. »Gott sei Dank. Sie hat Erbarmen.«

Bei all den Späßen war Paula nicht entgangen, dass Philip nichts gesagt, sondern sie einfach nur still beobachtet hatte. Sie wurde neuerdings nicht mehr richtig schlau aus ihm. In manchen Momenten war er so in sich gekehrt und still, dass sie beinahe das Gefühl hatte, er hätte sie vergessen, und in anderen, wie neulich beim Tanz, war er wieder ihr bester Freund und so vertraut, dass sie ihn beinahe besser kannte als sich selbst. Auch jetzt lag sein Blick abwartend auf ihr und sie spürte eine gewisse Anspannung, die ihn umgab. Was war nur mit ihm los?

Paula wusste, dass jeder im Raum davon ausging, dass sie sich wie jedes Mädchen ein eigenes Nähset oder neue Schuhe erträumt hatte, aber seit ein paar Monaten änderten sich ihre Wünsche ständig und hatten längst nichts mehr damit zu tun, was sie gern besitzen wollte. Sie wollte niemanden enttäuschen, schon gleich gar nicht ihre Mutter, und sie hatte keine Ahnung, wie Luise Wilhelm auf Paulas Traum reagieren würde. Vielleicht fiel es ihr nun deshalb so schwer, ihn auszusprechen. Sie räusperte sich. »Ich habe geträumt, wieder zu lernen«, sagte Paula fest, bevor sie es sich anders überlegen konnte.

Sie hatte erwartet, dass irgendjemand etwas sagen würde, dass Richard einen Scherz machen würde, aber alle blieben still. Sofort wanderte Paulas Blick zu ihrer Mutter. In dem Moment, in dem sie ihren Wunsch ausgesprochen hatte, wurde ihr bewusst, was das für Luise Wilhelm bedeutete. Wenn sie wirklich wieder zurück in die Schule ging, würde Paula kaum noch etwas dazuverdienen und sie auch im Milchladen und im Haus viel weniger unterstützen können. Heiß schoss die Scham über ihre selbstsüchtigen Gedanken durch ihr Herz. Wie hatte sie diesen Traum nur träumen, geschweige denn aussprechen können?

»Entschuldige, Mutter, ich … das war ein alberner Wunsch«, sagte sie schnell.

»Nein, ich … es … nein, bitte! Sag das nicht! Es … kommt nur ein wenig überraschend, Liebes.« Luise Wilhelm lächelte, aber Paula sah, wie blass sie geworden war. »Es gibt keine albernen Wünsche, vergiss das nie, hörst du?«

Doch, die gab es. Paula schämte sich fürchterlich.

»Lass uns darüber nachdenken, wie dein Wunsch in Erfüllung gehen kann«, fuhr ihre Mutter fort und legte ihre Hand auf Paulas. »Dein Vater hätte genau das hören wollen, mein Kastanienmädchen.«

»Also ich höre nur Pflaumenkuchen«, sagte Richard und streckte die Hand aus, um sich ein Streusel zu stibitzen.

»Beherrsch dich!«, tadelte ihn Paula, war aber froh, dass er dafür gesorgt hatte, die merkwürdige Stimmung zu vertreiben. Ja, sie würden darüber sprechen. Und Paula würde ihrer

Mutter sagen, dass ihr verrückter Traum nichts weiter war als das: ein Traum. Und dass sie eigentlich viel lieber doch ein Nähset wollte.

Schnell nahm sie die Kuchenschaufel und gab ihrem Bruder endlich das heiß ersehnte Stück und noch einen ordentlichen Schlag Sahne obendrauf.

»Das war Rettung in letzter Sekunde«, sagte er und schloss genießerisch die Augen, als er sich die erste Gabel in den Mund schob, noch bevor irgendjemand anderes ebenfalls ein Stück Kuchen bekommen hatte. Paula gab ihm insgeheim recht, auch wenn sie dabei an etwas anderes dachte.

Selbst ihre Mutter ließ Richard gewähren, obwohl ihr schlechte Tischmanieren ein Graus waren, aber vermutlich war sie ebenso dankbar für diese Ablenkung wie ihre Tochter.

Schnell verteilte Paula großzügige Kuchenstücke an ihre anderen Gäste, schenkte jedem eine Tasse Kaffee ein und nahm sich selbst zum Schluss.

»Du könntest mit mir auf die Handelsschule für Mädchen in der Hasenbergsteige gehen«, sagte Ingrid nachdenklich. »Der Unterricht ist nur an zwei Vormittagen für jeweils vier Stunden, da bleibt noch genug Zeit zum Kellnern.«

Überrascht sah Paula ihre Freundin an. Ingrid hatte zwar schon einmal von dieser Schule erzählt, aber Paula hatte keine Sekunde damit gerechnet, dass sie wirklich dorthin gehen wollte. Sie war immer davon ausgegangen, dass Ingrid so lange in der Bäckerei ihres Onkels mitarbeiten würde, bis sie einen Ehemann gefunden hatte. Die Idee war trotzdem gut.

»Das wäre doch großartig, dann könnte ich euch beide manchmal abholen!«, rief Kurt begeistert und wurde sofort rot, als Richard zu lachen begann.

»Warum lachst du?«, fragte Paula nun doch ein wenig verärgert. »Wegen meinem Wunsch? Wegen Ingrids Idee? Oder wegen Kurts freundlichem Angebot?« Sie funkelte ihn an. »Oder nur, weil du selbst nichts dazu zu sagen hast?«

Immer noch lachend schüttelte Richard den Kopf. »Jetzt mal ernsthaft: Warum solltest du auf eine Schule gehen wollen, um Dinge zu lernen, die du nie brauchen wirst? Wann bist du damit fertig? In zwei Jahren? In drei? Was willst du mit dem Rechnungswesen, den Sprachen oder der Kurzschrift? Einen Ehemann findest du dadurch auch nicht leichter.« Er streckte die Hand nach der Kuchenschaufel aus. »Darf ich?«

»Wer sagt denn, dass ich überhaupt heiraten will?«, gab Paula heftiger zurück, als sie eigentlich wollte.

»Willst du nicht?« Nun hatte er aufgehört zu lachen und sah seine Schwester erstaunt an.

»Woher soll ich das denn wissen? Dazu müsste ich mich erst einmal verlieben, richtig? Und um mich zu verlieben, müsste mir vielleicht erst mal einer begegnen, der mein Herz berührt. Oder soll ich vielleicht mit Martin Wolff ausgehen?« Angriffslustig funkelte Paula Richard an. Aus dem Augenwinkel sah sie, wie Philip bei ihren Worten zusammengezuckt war.

Beschwichtigend legte ihre Mutter erneut die Hand auf Paulas.

»Warum nicht? Er ist bestimmt nicht der schlechteste Fang in Gablenberg«, antwortete Richard gelassen, was Paula nur noch mehr aufregte.

»Nur über meine Leiche«, zischte Paula.

»Pauline Wilhelm, jetzt ist es genug!« Nun war sie es, die sich einen strengen Blick der Mutter einfing. »Ich möchte nicht, dass ihr streitet. Benehmt euch bitte anständig, solange ihr hier zu Tisch seid. Vorerst wird gar nicht geheiratet. Über die Schule sprechen wir noch. Und jetzt genießt den Kuchen und die Sahne, sonst esse ich alles alleine auf!«

Philip hatte die ganze Zeit über geschwiegen und sich auch bei dem kurzen Wortgefecht der Geschwister rausgehalten. Er kannte die drei schon so lange, dass er es gewohnt war, dass sie sich immer mal kurz in die Wolle bekamen und sich dann genauso schnell wieder vertrugen.

Nun aber schob er wortlos und ein wenig verlegen ein kleines Päckchen über den Tisch vor Paulas Teller. Er hatte es in ein buntes Stück Wachstuch gepackt und mit einem schmalen Band eine kleine Schleife gebunden. »Es ist vielleicht nicht ganz das, was du dir gewünscht hast, aber ich hoffe, es gefällt dir trotzdem«, sagte er leise.

Sofort war Paulas Ärger über Richard verschwunden.

»Du bist ja verrückt, Philip!« Aufgeregt zupfte sie an der Schleife. Es war schon ewig her, dass sie etwas geschenkt bekommen hatte, das nicht nur einen praktischen Nutzen hatte. »Ich … was auch immer darin ist, ich finde es jetzt schon wundervoll! Und es ist ganz sicher genau das Richtige für mich!« Philip hatte es mit seiner Überraschung geschafft, die Stimmung wieder ins Lot zu bringen, und allein dafür war sie ihm dankbar.

Unter den neugierigen Blicken ihrer Familie und denen von Ingrid löste sie vorsichtig die Schnur und rollte sie zusammen, bevor sie das Papier anhob. Darunter war eine längliche Pappschachtel, und unter deren Deckel befand sich eine zarte Schicht weißes Seidenpapier. Als sie es behutsam zur Seite schob, kam eine feine silberne Hutnadel zum Vorschein, an deren Ende grüne und dunkelrote Glassteine in Silber gefasst und zu einer filigranen Blume arrangiert worden waren. Die Nadel war wunderschön und sie passte perfekt zu Paulas grünem Kleid, zu ihrem Haar und zu dem einzigen Hut, den sie besaß. Und sie war definitiv viel zu kostbar und zu teuer für Philip gewesen, selbst wenn er bei seinem Vater besser verdiente als sie alle zusammen. Mit großen Augen sah Paula zu ihm auf, um gleich wieder die Hutnadel anzustarren. So etwas Schönes hatte sie noch nie besessen.

»Das … das kann ich unmöglich annehmen«, stotterte sie.

»Doch, das kannst du«, antwortete Philip sofort und erwiderte ihren Blick. »Das musst du sogar. Ich habe sie extra für dich anfertigen lassen und kann sie nicht zurückgeben.« Er lächelte Paula an.

Sie sah hilfesuchend zu ihrer Mutter, aber auch der schien es die Sprache verschlagen zu haben. Ingrid stand auf und kam um den Tisch herum, um sich die Nadel anzusehen. Dabei streifte sie wie unbeabsichtigt Kurts Seite mit ihrer Hüfte und sorgte dafür, dass der arme Kerl schon wieder knallrot wurde.

Nun legte sie einen Arm um Paulas Schultern und beugte sich über die Pappschachtel. »Sie ist zauberhaft«, seufzte sie. »Du musst sie einfach tragen. Aber wenn sie dir nicht gefällt, dann nehme ich sie gern!« Sie lachte laut auf, als Paula sie in die Seite knuffte.

Vorsichtig strich Paula über die einzelnen Blütenblätter, bevor sie die Nadel aus ihrem Seidenpapierbett nahm und sie vorsichtig vor der Esszimmerlampe bewegte, sodass sie wie ein Kaleidoskop bunte Schatten in den Raum und auf den Tisch warf.

Paula lachte auf. »Das ist die schönste Hutnadel, die ich je besessen habe«, sagte sie verzückt. Als sie allerdings aufsah, um sich bei Philip zu bedanken, begegnete ihr nicht das fröhliche Lächeln, das sie erwartet hatte, sondern ein eher verschlossener Blick, der nicht zu seinem schönen Geschenk passte und sie zutiefst verunsicherte. Was auch immer in seinem Kopf vorging, so hatte Philip sie noch nie angesehen.

Kapitel 4

Paula schlief schlecht. Immer wieder schlich sich Philips Blick in ihre Träume und weckte sie auf. Ein paarmal knipste sie die Nachttischlampe an, um mit ihrer Hutnadel weitere farbige Lichtflecken auf die Bettdecke zu malen und darüber nachzudenken, was ihr bester Freund vor ihr verbarg und ob sie ihn darauf ansprechen sollte.

Es war noch dunkel, als sie schließlich aufstand und nach unten in die Küche ging. Sie wusch ihr Gesicht und kochte sich anschließend einen Kräutertee aus getrockneter Minze und Melisse, der ein bisschen nach dem vergangenen Sommer schmeckte. Mit der Tasse in der Hand sah sie nach draußen, wo tatsächlich die dicken Schneeflocken fielen, die sich gestern schon angekündigt hatten.

Als sie ihren Tee getrunken hatte, nahm sie sich das selbst gestrickte warme Wolltuch von der der Garderobe, schlüpfte in die schweren hölzernen Gartenschuhe ihrer Mutter und verließ die Wohnung, um möglichst schnell zu den Hühnern und auch wieder zurück in die Wärme zu gelangen. Aber als sie die Haustür öffnete und schon im Begriff war, den ersten Schritt in den frisch gefallenen Schnee zu machen, sah sie den Brief, der auf der Schwelle lag. Die Handschrift darauf erkannte sie sofort. Sie kannte sie von den zahlreichen Nachmittagen, an denen sie gemeinsam Schulaufgaben gemacht hatten, und von den Rechnungen und Bestelllisten, die er für seinen Vater in dessen Werkstatt geschrieben hatte, während Paula neben ihm saß und ihm Geschichten von ihren Brüdern oder ihren Freundinnen erzählte. Dieser Brief war von Philip, und er war an sie adressiert. Als sie ihn hochnahm, begann ihr Herz aus Neugier und auch ein wenig aus Furcht laut zu pochen. Ob er die Antworten auf ihre nächtlichen Fragen enthielt? Was hatte er ihr Geheimnisvolles mitzuteilen, das er ihr nicht ins Gesicht sagen konnte? Schnell steckte sie den Umschlag unter ihr Tuch, damit er nicht von dem immer weiter fallenden Schnee aufgeweicht wurde.

Nachdem sie die Hühner gefüttert und dann das Frühstück vorbereitet hatte, zog sich Paula in ihre Kammer zurück und legte sich für einen Moment auf ihr Bett. Zunächst drehte sie den Brief unschlüssig in den Händen, bevor sie das komische Gefühl niederrang, und beherzt den Umschlag aufriss. Was sollte schon drinstehen? Vielleicht befand sich ja nur ein ausführlicher Geburtstagsgruß darin, weil ihm gestern die Worte gefehlt hatten. Oder vielleicht wollte er auch noch einmal sein Versprechen bekräftigen, dass er sie vor Wolff beschützen würde. Aber schon während sie das eng beschriebene Blatt herauszog, spürte Paula es: Dieser Brief würde alles verändern.

Liebste Pips,

wenn du gedacht hast, dies seine eine Geburtstagskarte, dann hast du nur bedingt recht. Natürlich wünsche ich dir das Beste zu deinem Jahrestag. Stell dir vor, nun sind es nur noch zwei Jahre, bis du volljährig bist und so viele Dinge tun kannst, die du schon immer tun wolltest – zum Beispiel wählen! Aber das weißt du ja selbst. Sowieso weißt du fast alles. Immer. Und ziemlich oft auch Sachen besser. Aber manches eben nicht. Du weißt beispielsweise nicht, dass ich jeden Abend an dich denke, bevor ich einschlafe. Morgens sehr oft als Erstes, wenn ich aufwache. Du bist in meinen Gedanken, wenn ich Holz zuschneide, Fenster einpasse oder die Werkstatt aufräume. Wenn du nicht da bist, denke ich an dich. Und wenn doch, erst recht. Du bist stärker als ich, schneller und ganz bestimmt auch schöner.

Erinnerst du dich noch, als wir beide nach der Volksschule am Klingenbach gespielt und Anni Meister diese Kröte in die Schuhe gesetzt haben? Ich muss immer noch lachen, wenn ich daran denke. Wie schnell wir nach Hause gelaufen sind und uns hinter eurem Hühnerstall versteckt haben! Aber geholfen hat es gar nichts, weil Annis großer Bruder Ewald genau wusste, wo er uns finden würde, und kam, um mich zu verhauen. Mich! Obwohl die Kröte natürlich deine Idee gewesen ist. Und was machst du? Du stellst dich vor ihn hin, mit deinen dünnen Armen und Beinen und deinem frechen Gesicht, und sagst ihm, er soll sich zum Teufel scheren, wenn er es nicht mit dir zu tun bekommen will.

Ich glaube, da ist es passiert. Und es hat sich nie wieder etwas daran geändert.

Nun muss ich selbst auch einmal mutig sein und sagen, was mir seit Wochen auf der Seele brennt. Du hast mich beobachtet, und mich so oft ertappt, mich immer wieder gefragt, was mit mir los ist. Die Arbeit, die Politik, mein Vater, habe ich gesagt und du hast mir nur halb geglaubt. Hast mich sogar gelöchert, ob ein Mädchen hinter meiner finsteren Miene steckt. Ja, ich gebe es zu: du hattest recht. Das Mädchen bist nämlich du, Pips.

Überrascht dich das? Oder hast du es vielleicht sogar geahnt? Noch ein paar Monate, und dann bin ich einundzwanzig.

Erwachsen vor dem Gesetz. Volljährig. Ich könnte eine Freundin finden und irgendwann mit ihr eine Familie gründen. Aber immer, wenn ich daran denke, dass eine Frau an meiner Seite ist, wird mir himmelangst. Denn wie könnte das jemand anderes sein als du? Was soll ich einem anderen Mädchen, einer anderen Frau über dich erzählen? Über uns? Du kennst alle meine Geheimnisse, Paula, ach, was soll ich sagen, du bist ein Teil davon – oder noch genauer, du bist das Geheimnis. Ich weiß, es ist albern, für diese Worte Papier und Tinte zu verschwenden. Ich könnte einfach bei dir klingeln oder bei den Hühnern, im Milchladen oder an all den anderen Plätzen nachsehen, bei denen man dich in der Regel findet. Ich könnte dich bitten, mit mir gemeinsam rüber nach Gaisburg zu wandern zu unserer Apfelbaumwiese, wobei das im November natürlich eine eher merkwürdige Idee wäre. Aber dort oben über dem Neckartal, mit Blick hinüber zur Grabkapelle auf dem Württemberg, hätte ich dir ebenfalls von diesem Geheimnis erzählen können. Doch weil ich weiß, dass du so lange nachbohren würdest, bis du alles weißt (weil du nicht nur klug und schön und schnell bist, sondern auch noch eigensinnig und stur), und weil dann meine Worte nicht halb so schön und durchdacht sein würden, schreibe ich dir davon. Ich hoffe, dass du auch klüger bist als ich und weißt, was nun zu tun ist. Denn ich weiß es nicht. Dich auf die eine oder andere Weise zu verlieren, wäre dabei das Schlimmste, was mir passieren könnte. Denn ein Leben ohne dich kann und will ich mir gar nicht vorstellen. Was ich neulich beim Tanz gesagt habe, meine ich auch so: Ich will und werde dich immer beschützen. Ich werde für dich da sein. Und ich werde dich auch für immer lieben, Pips – auf welche Art und Weise du mich eben lässt. Aber du musst genau das wissen: Ich liebe dich. Von ganzem Herzen. Was auch immer geschieht. Und ich hoffe, dass du jetzt nicht davonläufst, denn ein Leben ohne dich kann ich mir einfach nicht vorstellen.

Dein bester Freund Philip

Bestürzt ließ Paula den Brief sinken. Ihr Herz schlug bis zum Hals. Das konnte, nein, das durfte einfach nicht wahr sein! Er konnte sich nicht in sie verliebt haben. Es war einfach unmöglich. Natürlich liebte sie Philip auch, das stand völlig außer Frage, aber doch nicht so! Er war wie ein dritter Bruder für sie – vielleicht sogar wie ihr eigener Zwilling, aber allein die Vorstellung, er könnte ihr fester Freund sein, war so absurd, dass sie beinahe laut aufgelacht hätte.

Sie kannten sich, seitdem sie auf der Welt waren, hatten schon immer Haus an Haus, Tür an Tür gewohnt und waren befreundet gewesen, bevor sie richtig laufen konnten – sie waren nicht immer einer Meinung und hatten sich ab und zu gestritten, aber selbst wenn das geschah, hatten sie ihre Gefühle und Gedanken offen und klar geäußert. Missverständnisse hatte es zwischen ihnen noch nie gegeben. Wie hatte sie nur so blind sein können?

Philip wusste, wie sehr sich Paula manchmal eine Schwester anstelle ihrer Brüder gewünscht hätte, die ihr das Leben mitunter ganz schön schwermachen konnten, ihr damit aber gleichzeitig auch beigebracht hatten, für sich selbst einzustehen. Paula hingegen wusste, dass sie dankbar für diese Brüder sein konnte, denn Philip hatte niemanden. Außer seiner Mutter und dem schwermütigen Vater, der mit Narben auf Körper und Seele nur als halber Mensch aus dem Großen Krieg nach Hause gekommen war. Sie hatten gemeinsam die Volksschule an der Gablenberger Hauptstraße besucht, heimlich in den Gärten auf halbem Weg zur Berger Kaserne Äpfel, Kirschen und Zwetschgen stibitzt, sich durch den Torbogen in die Stallungen der Soldaten gestohlen, dort die Pferde gestreichelt und den Soldaten das Obst verkauft. Sie waren Freunde. Und Paula war davon überzeugt gewesen, dass diese Freundschaft ein Leben lang halten würde. Sie hatte sich getäuscht. Denn dieser Brief – Paula strich behutsam über Philips so vertraute Handschrift –, dieser Brief machte ihr Angst. Philip hatte unrecht. Sie war weder stark noch klug noch schnell. Ohne Philip an ihrer Seite war sie verloren. Und mit ihm …

»Kommst du, Paula? Wir wollen los!«

Die Kirche! Paula hatte sie völlig vergessen. Kurz überlegte sie, ob sie ihrer Mutter sagen sollte, dass sie sich nicht gut fühlte, aber dann stand sie doch auf und ging nach unten. Vielleicht würde sie Philip dort sehen und ihm sagen können, dass er sich getäuscht haben musste. Vielleicht hatte er den Brief gestern in einem Anflug von Sehnsucht geschrieben und bereute es längst, dass er ihn ihr gegeben hatte. Nein, sie musste in die Kirche und Philips Gesicht sehen, dieses Erkennen in seinem Blick, die Einheit spüren, die sie waren, und die Sicherheit über die Kirchenbänke hinweg fühlen, wissen, dass sich zwischen ihnen nichts geändert hatte.

Aber Philip war nicht in der Kirche. Seine Mutter sagte, er sei krank. Er wolle auch keinen Besuch. Sie drückte Paulas Hand und bat sie, ihren Sohn in Ruhe zu lassen. Da wusste Paula, dass der Brief kein Irrtum gewesen war und ihre Welt nie wieder dieselbe sein konnte.

Am Abend hatte der Schnee ein weißes Leuchten über Gablenberg gelegt, und Paula setzte sich ans Fenster, um den unaufhörlich fallenden Flocken zuzusehen. Für einen Moment beruhigte sie das. Aber das Licht, das hinter dem Vorhang aus Schnee von Philips Zimmer zu ihr herüberschien, sorgte dafür, dass sie sich unendlich verlassen fühlte. Was sollte sie bloß tun? Wie sollte sie sich verhalten, wie weitermachen, wenn sie ihren Freund nicht verlieren, aber auch nicht mit ihm zusammen sein wollte? Sie drückte die Stirn gegen die kalte Scheibe, in der Hoffnung, dass die Kälte auch ihre Gedanken klären würde.

Es dauerte ein paar Atemzüge, bis in dem komplizierten Puzzle ihrer Gedanken auf einmal das letzte fehlende Teil seinen Platz gefunden hätte. Plötzlich lag die Lösung ganz klar vor ihr.

Aufgeregt stand Paula auf und schlich nach unten ins Wohnzimmer, wo der letzte Brief der Behrends lag. Wieder dachte sie daran, dass es ihr im Grunde noch nicht einmal zustand, überhaupt daran zu denken. Aber dann hatte sie erneut die ermutigende Stimme ihres Vaters im Ohr, der sie nach ihren Träumen fragte, und die ihrer Mutter, die, ihr sagte, dass es für alles eine Lösung gab.

Richard hatte recht: Die Handelsschule war nicht das, was sie wollte. Es wäre nur ein Kompromiss gewesen und noch nicht einmal ein guter. Vielleicht war Philips Liebesbrief genau der Anstoß gewesen, den sie gebraucht hatte. Jetzt musste sie genauso mutig sein wie er und zu ihren eigenen Gefühlen stehen. Paula schloss die Augen und strich über die Postkarte mit der Fotografie vom Empire State Building, als wäre sie ein Talisman, den man nur fest genug reiben musste, damit dieser Wunsch in Erfüllung ging. Bitte lass mich dich eines Tages mit eigenen Augen sehen, flehte sie in Gedanken, bevor sie sich den Füllfederhalter ihres Vaters, ein Blatt Briefpapier und einen Umschlag aus dem Sekretär ihrer Mutter nahm und zu schreiben begann.

2. November, 1931, Gablenberg

Lieber Herr Behrend,

vielen Dank für Ihren interessanten Brief und die Postkarte zur Eröffnung des Empire State Buildings. Ich kann kaum glauben, dass es wirklich 381 Meter hoch sein soll! Wenn ich mir vorstelle, dass jemand auf die Idee gekommen wäre, es hier in Gablenberg zu bauen, muss ich jedes Mal lachen. 381 Meter – das ist beinahe so weit, wie von hier bis zur Petruskirche! Sind Sie schon dort gewesen? Ich meine natürlich im Empire State Building. Dass Sie in der Petruskirche waren, weiß ich selbstverständlich. Es muss fabelhaft sein, dort in New York durch die Straßen zu spazieren und die Wolkenkratzer zu bewundern. Bestimmt sieht man an jeder Ecke einen Filmstar, und alle tragen maßgeschneiderte Kostüme. Ach, verzeihen Sie bitte, aber Sie kennen mich ja: Wenn ich es mir nur vorstelle, ist es beinahe schon so, als würde ich es vor mir sehen. Aber natürlich hoffe ich vor allem, dass es Ihnen und Ihrer Familie gutgeht, dort drüben in Amerika. Sprechen die Mädchen schon perfekt Englisch? Haben sie schon amerikanische Freunde gefunden?

Hier in Gablenberg ist alles beim Alten – außer dass Ihr Haus an der Ecke nun neue Besitzer hat, aber das wissen Sie ja längst, denn Sie haben es Ihnen selbst verkauft.

Lieber Herr Behrend, vielleicht ist es verrückt und unangemessen, aber Sie haben mir immer gesagt, wie stolz mein Vater auf mich wäre und dass ich an meine Träume glauben soll, richtig? Und ich träume! Und wie! Jeden Tag mehr möchte ich die Welt bereisen und das Meer sehen. Ich möchte englische Worte hören und Lieder singen. Und ich möchte erfahren, wie es ist, seinen Platz im Leben gefunden zu haben.

Sagen Sie, werden immer noch Hausmädchen gesucht? Und wenn ja, glauben Sie, ich könnte eines davon werden?

Bitte entschuldigen Sie, wenn meine Fragen frech sind, und noch viel mehr, wenn ich nun auch noch eine Bitte anschließe, aber könnten Sie sich einmal umhören? Ich bin zuverlässig, fleißig, ich kann kochen und servieren und weiß, wie man sich benimmt. Zumindest hoffe ich das. Ach, Herr Behrend, ich wäre Ihnen so unendlich verbunden!

Es schreibt Ihnen mit größtem Dank für Ihre Geduld und mit hoffnungsvollen Grüßen, Ihre Paula Wilhelm

P. S.: Bitte Grüßen Sie Ihre Frau und Ihre Töchter!

Kapitel 5

Freitag, 21. Juli 2023, Gablenberg

»Familie Behrend?« Linda ließ den Brief sinken, den sie bis gerade eben noch in den Händen gehalten hatte, und sah ihre Mutter aufmerksam an.

»Leg ihn weg!«, verlangte Esther und funkelte ihre Tochter an. »Wo hast du den überhaupt her?«

Warum nur musste ausgerechnet Linda auf noch einen Brief stoßen? Der innere Frieden, den sie sich so mühsam erarbeitet hatte, löste sich in Luft auf und hinterließ eine ungute Vorahnung, die sich von Sekunde zu Sekunde weiter in ihr ausbreitete. Genau deshalb hatte sie nicht gewollt, dass ihre Tochter auf dem Dachboden herumkramte. Wenn es nach Esther ging, konnten ein paar der Dinge, die dort oben lagerten, sehr gern zu Staub zerfallen, und zwar am besten, bevor sie jemand zu Gesicht bekam. Die Vergangenheit wurde sowieso überbewertet. Wenn man fünfundachtzig war, vermutlich auch die Zukunft. Und was die Gegenwart anging, die wäre mit einem guten Weißwein auch sehr viel leichter zu ertragen. Seufzend streckte Esther die Hand nach dem Schriftstück aus.

»Bitte sehr«, sagte Linda und legte den Brief hinein. »Es ist doch nur irgendeine alte Post, die zwischen dem ganzen Kram in den Kisten gesteckt hat, Mutter. Ich konnte den Empfänger kaum entziffern, immerhin ist es noch in Sütterlin geschrieben. Kein Grund, sich so aufzuregen. Der Brief ist fast hundert Jahre alt!«

Und somit genauso alt, wie Esther sich gerade fühlte.

»Aber nur fast«, brummte sie, und bezog sich damit nicht nur auf den Brief, sondern auch auf sich selbst, was nicht nur an dem mühevollen Aufstieg auf den Dachboden lag. Sie drehte das vergilbte Papier um. »Und außerdem geht er dich nichts an.« Von wegen, irgendeine alte Post. Ihre Tochter hatte ja keine Ahnung.

Linda ließ sich auf den Stuhl gegenüber dem ihrer Mutter an dem alten Küchentisch sinken, der ebenfalls seit Ewigkeiten hier oben stand, und sah Esther abwartend an. »Klingt nach einer interessanten Geschichte.«

Esther seufzte. Warum war ihre Tochter nur so neugierig und energiegeladen? Sie sah nicht nur aus wie Esthers Mutter Paula, sie hatte auch deren Persönlichkeit. Und je älter sie wurde, umso lästiger fand sie das. Was für ein Glück, dass die beiden sich nie wirklich begegnet waren.

Esther war in dem Haus in der Klingenstraße 34 aufgewachsen, ebenso wie ihre Mutter und ihre Großmutter. Vieles in dem alten Backsteingebäude erinnerte noch an diese Zeit. Die alten Holzdielen beispielsweise, die auf so vertraute Art und Weise knarzten, dass es Esther manchmal so vorkam, als würden sie mit ihr sprechen und ihr von vergangenen Zeiten erzählen. Der Kachelofen im Wohnzimmer und die Mansarde ganz oben neben der Stiege zum Dachboden, in der Esthers Onkel Richard immer mal übernachtet hatte, wenn er in der Stadt war. Die Schreinerwerkstatt ihres Vaters im Haus nebenan gab es allerdings schon lange nicht mehr, genauso wenig den Milchladen der Großmutter im Keller. Nur der zugemauerte Eingang nach unten und die abgetretene Steinschwelle erinnerten noch daran.

An ihre Großmutter Luise Wilhelm hatte Esther zwar selbst keine Erinnerungen mehr, aber sehr wohl daran, wie schwer es ihrer Mutter damals gefallen war, deren Wohnung aufzulösen, um mit ihrer kleinen Familie das ganze Haus bewohnen zu können. Paula hatte sich lange dagegen gesträubt, bis Esthers Vater schließlich ein Machtwort gesprochen hatte. Die alten Möbel waren nach oben auf den Dachboden geschafft worden, und sie hatten aus den vielen kleinen Räumen eine Wohnung mit einer offenen Küche und einem gemütlichen Wohnzimmer gemacht, ein Schlafzimmer gelassen und vor allem endlich ein großzügiges Bad einbauen können.

Dass der alte braune Tisch mit den dazu passenden und ziemlich abgeschabten Stühlen aus Luise Wilhelms Küche hier oben beinahe das Flair der alten Wohnung und vergangener Zeiten verbreitete, rührte Esther allerdings jedes Mal und gab ihr das Gefühl, wieder Kind zu sein. Sie war schon so lange nicht mehr auf dem Dachboden gewesen. Genauer gesagt, das letzte Mal vor beinahe zehn Jahren, als ihr Mann Georg gestorben war und sie ein paar der Dinge, die sie nicht wegwerfen, aber auch nicht wirklich behalten wollte, in den Schränken und Kisten untergebracht hatte. Seine Jagdausrüstung beispielsweise, die unter dem kleinen Fenster an der Wand lehnte.

Die Stiege zum Dachboden war einfach zu beschwerlich für sie geworden und wenn Linda sie nicht überredet – und mehr oder weniger hochgehievt – hätte, würde sie auch jetzt nicht hier sitzen und sich Gedanken darüber machen, wie sie je wieder nach unten kommen sollte. Und das alles nur, weil Linda auf eine Kostümparty eingeladen war und hoffte, irgendein altes Kleid zu finden, das zum Motto passte.

»Also: Was hat es mit dem Brief auf sich?«, fragte Linda und nahm ihn Esther erneut aus den Händen, um über die filigrane Handschrift zu streichen, die sich wie ein Kunstwerk über den Umschlag schlängelte.

Dass Linda den Brief in einem alten Kochbuch gefunden hatte, überraschte Esther kein bisschen. Es war ein typisches Versteck für Paulas Geheimnisse. Esther hatte damals alles durchgesehen: Alle Bücher, Marmeladengläser, Kaffeedosen und Jackentaschen. Und schließlich alle Briefe gesammelt, gebündelt und ebenfalls versteckt, obwohl es keinen Grund dafür gab. Niemand interessierte sich mehr für Paulas Post, seitdem … seit diesem einen Tag. Ach, sie hätte einfach alles verbrennen sollen. Sie hätte das Haus verkaufen und es dann mit all seinen Geschichten und Geheimnissen einfach hinter sich lassen können, so wie ihre Mutter damals. Alles vergessen. Aber auch das hatte sie nicht übers Herz gebracht.

Diesen einen Brief, den nun ihre Tochter fasziniert in den Händen drehte, hatte sie wohl übersehen. Dabei hatte sie schon zu hoffen gewagt, dass es keine weiteren mehr gab. Auf den Schock und die Wut, die sie jedes Mal beinahe überwältigt hatten, wenn sie wieder einen fand, und die sich nur mit sehr viel Anstrengung und dem einen oder anderen Himbeergeist niederringen ließen, konnte sie nun wirklich gut verzichten. Wenn es nach Esther ging, durfte alles, was bisher nicht ans Licht gekommen war, auch gern bleiben, wo es war. Ihre Tochter schien das anders zu sehen.

»Interessiert dich nicht, was drinsteht?«

»Nein.« Esther presste ihre Lippen aufeinander.

Linda lachte. »Das kam schnell.«

Esther zuckte mit den Schultern. Die Leute, um die es ging, waren schon lange tot. Wen interessierten die ganzen Warums und Wiesos? Und was würde es ändern, noch mehr Dinge auszugraben, die besser ruhten? Eben. *Nichts.*

»Also, weißt du jetzt was über diese Behrends oder nicht?«

»Noch mal nein.« Sie würde nichts sagen. Kein Wort.

»Und bist du auch wirklich überhaupt nicht neugierig, wer …?«

»Nein.«

»Mutter! Du lügst!« Linda sah sie so empört an, dass Esther lachen musste.

»Stimmt nicht. Ich habe ehrlich keine Lust, in dem alten Zeug herumzuwühlen. Die Sonne scheint, das Leben ist kurz, und wenn man so alt wird wie ich, ist kaum noch etwas davon übrig. Wenn ich mal tot bin und am Waldfriedhof unter einem schönen Baum liege, kannst du gern jeden einzelnen Brief hervorkamen und im Internet nachsehen, ob es noch einen Hinweis zu all diesen Menschen gibt und du womöglich was verpasst hast, weil du ihnen nie begegnet bist. Aber bitte warte damit, bis ich den Eichhörnchen und Vögeln von unten zusehen kann, ja?«

»Was redest du denn da? Wieso willst du denn sterben?«

»Ich will doch nicht sterben. Noch nicht jetzt jedenfalls. Aber wenn du nicht aufhörst, in meinen Sachen herumzuwühlen, kann ich nichts versprechen.« Gott, was war ihre Tochter nur für eine Nervensäge.

Nun lachte Linda ebenfalls.

Das klitzekleine Wortgefecht machte Esther Spaß, wenn ihr auch durchaus bewusst war, dass sie sehr aufpassen musste, wenn sie nicht wollte, dass Linda einer Sache auf die Spur kam, die nur Kummer bereiten würde. Esther war stark und kam mit allem zurecht, solange sie etwas dagegen tun konnte. Womit sie nicht klarkam, war unbeeinflussbarer Schmerz. Davon hatte es zu einer bestimmten Zeit mehr als genug gegeben, und es hatte sie viel Kraft gekostet, all das hinter sich zu lassen. Nein, auf keinen Fall wollte sie irgendetwas davon wieder hervorkramen, schon gleich gar nicht, wenn es etwas mit Paula zu tun hatte. Und genau darauf liefen Lindas Fragen hinaus.

Ihre Tochter war aufgestanden und machte sich nun an dem alten Kleiderschrank zu schaffen. Das Schloss klemmte für einen Moment, aber dann sprang die Tür auf, und Linda verlor beinahe das Gleichgewicht.

»Heilige Scheiße!«, rief sie laut und brachte damit Esther erneut zum Schmunzeln.

Was für ein Glück, dass ihre Tochter in ihrem tiefsten Inneren doch ein bisschen was von ihr hatte. Aber das Lachen verging Esther schnell, denn selbst in der Dunkelheit des alten Schrankes konnte sie sehen, dass darin fein säuberlich und Bügel an Bügel Kleider hingen, die Esther vergessen oder vielleicht auch verdrängt hatte, und deren Anblick sofort Bilder und Erinnerungen durch ihr Gehirn schickten, gegen die der Umschlag auf dem Tisch harmlos war. Am liebsten hätte sie Linda gezwungen, den Schrank wieder zu schließen, aber sie wusste, dass sie damit kein Glück haben würde. Immerhin war ihre Tochter genau deshalb hierhergekommen.

Linda griff zielstrebig nach einem Bügel, während Esther die Augen schloss und ihren Atem beschwor, sich zu beruhigen. Aber als Linda schließlich begeistert seufzte, wusste sie, dass es keine Chance mehr gab, dem Ganzen zu entkommen.

»Mutter! Schau mal! Ist der nicht großartig? Vielleicht ein bisschen warm, aber …« Linda hatte einen Mantel aus schwerem Wollstoff über ihre Schultern gehängt, der einen merkwürdigen Kontrast zu ihrem leichten Sommerkleid bildete. Er war schmal geschnitten, reichte ihr weit übers Knie und hatte einen üppigen Kragen aus dunklem Fuchspelz, der exakt im gleichen außergewöhnlichen Kastanienbraun schimmerte wie Lindas Haare. Linda hatte Paulas Kleider gefunden. Und als Allerserstes ihren Mantel. *Den* Mantel.

Esther spürte, wie in ihrem Kopf ein merkwürdiges Vakuum entstand und die Ränder ihres Blickfeldes zu flimmern anfingen. Der Brief war im Verhältnis zu dem Mantel geradezu ein Witz. Zumindest, wenn Linda ihn trug.

»Mutter?«

Esther hörte die Stimme ihrer Tochter und spürte deren Hände an ihrer Schulter, aber sie war unfähig, irgendetwas zu sagen oder sich zu bewegen. Das Einzige, was sie tun konnte, war, ihre Tochter anzustarren und sich zu bemühen, an dem penetranten Geruch von Lavendel und Mottenkugeln vorbeizuatmen, den der dicke Wollstoff verströmte.

Linda beugte sich nach vorn. »Alles in Ordnung?«

Esther schüttelte zunächst den Kopf, um dann mechanisch zu nicken, und beobachtete dabei, wie ihre Tochter sich aufrichtete und ohne hinzusehen die feinen Häkchen und den Ledergürtel schloss, der gerade so um ihre schmale Taille passte. *Als wäre der Mantel nur für sie gemacht.* Linda strich sich die Haare nach hinten, während sie ihre Mutter nicht aus den Augen ließ. Esther konnte die Tränen kaum mehr zurückhalten.

Verdammte Scheiße.

Ihrer Tochter hatte ja keine Ahnung davon, dass sie ihrer Großmutter so ähnlich sah, dass es wehtat. Sie hatte noch nie ein Foto von Paula aus der Zeit gesehen, als sie eine junge Frau gewesen war, dafür hatte Esther gesorgt.

Und nun katapultierten die vertrauten Bewegungen sie erst recht in eine Zeit zurück, in der sie ihre Mutter immer fasziniert dabei beobachtet hatte, wie sie in diesen edlen Mantel schlüpfte. Es war so lange her und auf einmal wieder so präsent, dass Esther für einen Moment die Kontrolle verloren hatte. Undamenhaft zog sie die Nase nach oben und fischte ein altes Taschentuch aus ihrer Hosentasche. Sie hörte beinahe Paulas unverwechselbares helles Lachen, spürte fast die Hand an ihrer Wange und fühlte die Sehnsucht nach ihrer Umarmung.

Linda hatte sich zu ihr hinuntergebeugt und sie bei den Schultern genommen. »Was ist los, Mutter? Geht es dir nicht gut?«

Nein, gut ging es ihr nicht. Ganz im Gegenteil. Sie hatte befürchtet, dass der Tag kommen würde, an dem sie die Geschichte nicht mehr für sich behalten konnte, und ihn gleichzeitig herbeigesehnt, das spürte sie jetzt. Sonst hätte sie wohl kaum die Kleider vergessen. Sie war nur nicht darauf vorbereitet gewesen, dass es heute geschehen würde. Es fühlte sich an, als hätte Linda eine längst vergangene Zeit dort aus dem Schrank geholt. Eine Zeit, in der Esther glücklich gewesen war. Beinahe absurd schoben sich in diesem Augenblick die Bilder dieser beiden Menschen übereinander, die sich nie begegnet waren.

Eine Schwarz-Weiß-Fotografie war eben nun mal etwas anderes, als einen Menschen wirklich vor sich zu haben, der dieselben kastanienbraunen Haare und dieselben riesigen blauen Augen hatte, die einen immer auf diese bestimmte Art und Weise ansahen. Aber während Lindas Augen bis gerade eben voller Freude gefunkelt hatten, weil sie die perfekte Verkleidung gefunden hatte, war Paulas Blick oft melancholisch gewesen.

Die Fassungslosigkeit rang mit Esthers Kummer, der schließlich schon so lange auf der Lauer gelegen hatte und nun mit aller Macht nach vorne drängte. Mit einem Schlag war alles wieder da.

»Sag doch was, bitte!«, flehte Linda. »Du machst mir Angst!«

Esther streckte die Hand aus und berührte vorsichtig zunächst den Fuchskragen des Mantels und dann Lindas Gesicht. »Du …« Sie schüttelte den Kopf, unfähig das in Worte zu fassen, was sie gerade fühlte. Sie rang mit sich und traf schließlich die eine Entscheidung, nach der es kein Zurück mehr geben konnte.

»Ich möchte dir etwas zeigen«, sagte sie und stand langsam auf.

Auf einmal spürte Esther tatsächlich jedes einzelne ihrer fünfundachtzig Jahre, mit denen sie so gern kokettierte, weil sie ihr Alter sonst so erfolgreich hinter ihrer Energie und ihrem Tatendrang verbergen konnte. Sie war so müde. Diese Fassade all die Jahre aufrechtzuerhalten, war unfassbar anstrengend und dennoch richtig gewesen. Sie hatte ihre Tochter nicht mit der alten Geschichte belasten wollen, mit der Wut und der Trauer, die Esther all die Jahre begleitet hatten. Aber irgendwann musste die Wut verschwunden sein – und von der Trauer war auch nur ein andauernder dumpfer Schmerz übrig gewesen. Bis heute.

Sie streckte die Hand nach Linda aus, die den Mantel anbehalten hatte, obwohl hier oben weit über dreißig Grad sein mussten. Sie ging voraus, half Esther die steile Stiege hinunter und ließ ihre Mutter erst los, als beide wieder unten im Flur standen. Wortlos ging Esther ins Schlafzimmer und Linda folgte ihr. Am liebsten hätte sich Esther einfach ins Bett gelegt und so lange geschlafen, bis jedes einzelne ihrer Gefühle wieder an Ort und Stelle war, aber sie wusste, dass das definitiv bis zum Ende ihres Lebens und darüber hinaus dauern und Linda es außerdem niemals zulassen würde.

Dieses Mal würde Esther sich nicht herausreden können. Und vielleicht war das auch gut so.

Sie ließ sich aufs Bett sinken und beugte sich seufzend nach vorn, um die unterste Schublade ihrer altmodischen Kommode aufzuziehen. Linda setzte sich neben sie und beobachtete ihre Mutter aufmerksam dabei, wie sie behutsam die Stofftaschentücher und Schmuckschatullen mit Georgs Manschettenknöpfen beiseiteschob, die sie als Andenken an ihn aufbewahrt hatte.

»Danke, dass du darauf aufgepasst hast, mein Lieber«, flüsterte sie den Schätzen ihres verstorbenen Mannes zu und nahm den kleinen silbernen Bilderrahmen mit der vergilbten sepiafarbenen Fotografie heraus, der daruntergelegen hatte.

»Hallo, Mutter«, sagte sie leise zu dem Bild, bevor sie mit dem Ärmel ihrer leichten Strickjacke einmal darüberwischte, »lange nicht gesehen.«

Sie atmete tief ein und wieder aus und drückte Linda dann das Bild in die Hand. Es war so weit.

Linda starrte für ein paar Sekunden auf das Bild, sah dann zu ihrer Mutter und senkte den Blick gleich wieder auf das Porträt der beiden Menschen.

»Wer ist das?«, fragte sie irgendwann leise. »Wer …? Sie … sie sieht aus wie ich! Und sie hat diesen Mantel an!« Esther selbst sah ihrer Mutter überhaupt nicht ähnlich. Im Gegensatz zu der sehr zierlichen Paula mit den großen blauen Augen und den Kastanienhaaren war Esther groß, dunkel und sehr sportlich. Letzteres zumindest einmal gewesen. Die Menschen hatten ihr immer wieder gesagt, wie sehr sie Philip Kaiser glich. *Ihrem Vater.* Bis auf die Haarfarbe. Er war hellblond gewesen, während Esthers Haare beinahe schwarz waren, aber nie schien sich irgendjemand darüber gewundert zu haben.

Vorsichtig nahm Esther Linda nun den Rahmen wieder ab und nickte. »Sie sieht nicht aus wie du, sondern umgekehrt, Liebes«, antwortete sie und bemühte sich um ein Lächeln. »Du siehst aus wie sie. Das ist deine Großmutter. Meine Mutter.« Jetzt, mit dem Foto in der Hand, war die Ähnlichkeit zwischen den beiden sogar noch frappierender, wenn das überhaupt möglich war. »Das ist Paula.« Wie stolz wäre sie gewesen, wenn sie Linda jetzt hätte sehen können. *Oder überhaupt irgendwann einmal.* Aber diese Chance hatte sie nie bekommen, dachte Esther traurig, bevor sie den Gedanken schnell wieder beiseiteschob und durch einen anderen ersetzte. *Weil sie sie sich selbst genommen hatte.*

»Aber warum hast du mir das nie gezeigt?« Fassungslos sah Linda auf, nur um sofort wieder auf das Bild zu schauen. Natürlich hatte Linda irgendwann nach ihrer Großmutter gefragt, aber, wie Kinder eben waren, auch schnell wieder das Interesse verloren, nachdem Esther behauptet hatte, dass es keine Fotos gab. Linda hatte weder von ihr noch von ihrem Großvater Philip je wissen wollen, wann, wo und wie beide gestorben waren. Dass nur der Name ihres Großvaters auf dem Grabstein am Grab in Gablenberg stand, schien sie nie verwundert zu haben. Immerhin hatte Linda weder Paula noch ihn je kennengelernt, und für sie waren beide vermutlich nur blasse Schatten der Vergangenheit.

Bis jetzt.

»Und wer ist dieser Mann?« Wieder sah Linda auf. In ihrem Blick las Esther Fragen über Fragen, aber diese eine war es, vor der sie sich fürchtete. Denn Linda hatte Philip Kaiser nicht nur gekannt, sondern auch im selben Haus mit ihm gelebt. Sie hatte ihn geliebt, hatte um ihn getrauert, als er starb, und hätte jede Lüge sofort durchschaut. Fast jede.

Für einen Augenblick bereute Esther nun doch, dass sie das Bild aus seinem Versteck geholt hatte. Sie konnte nicht mehr zurück und auf keinen Fall konnte sie ihrer Tochter direkt ins Gesicht lügen. Aber die Wahrheit war auch nicht besser. Und außerdem wusste sie noch nicht einmal, was genau die Wahrheit war.

»Ich weiß nicht, wer er ist, Liebes.« Es war immerhin nur eine halbe Lüge. Denn den Mann auf dem Bild hatte Esther schließlich wirklich nie kennengelernt. Sie seufzte und schloss für einen Moment die Augen. Verzeih mir, Vater, flehte sie, und dachte dabei nicht an Gott, sondern an Philip Kaiser.

Kapitel 6

Mittwoch, 27. Juli 1932, Gablenberg

In der Nacht vor ihrem Aufbruch schlief Paula kaum. Und wenn der Schlaf sie dann doch einmal übermannte, schreckte sie kurz darauf mit schnell schlagendem Herzen wieder hoch.

Immer wieder stand sie auf, tastete in der Dunkelheit nach dem Koffer aus cognacfarbenem Rindsleder und fuhr über die festen Schrauben an den Eckbeschlägen. Sie hatte ihn bereits vor Wochen gemeinsam mit ihrer Mutter bei Lederwaren Acker in der Kronprinzenstraße in Stuttgart gekauft, und seitdem stand er neben ihrem Bett, bereit, all ihren Besitz nach Amerika zu transportieren. *Amerika.* Den Namen dieses Landes hatte sie bestimmt tausend Mal leise vor sich hingesagt. *Amerika.* Und manchmal auch ein wenig lauter. In dem kleineren Koffer aus hellem Weidengeflecht daneben befanden sich ihre persönlichsten Dinge und all das, was sie womöglich für die Überfahrt brauchen könnte. Schuhcreme, ein winziges Nähset, das ihr Ingrid zusammengestellt hatte, ihr Tagebuch, alles eingewickelt in einen weichen Schal, damit nichts kaputtgehen konnte. Die Koffer waren das Kostbarste, was sie je besessen hatte, und nun befand sich auch ihr komplettes Hab und Gut darin. Neben den Gepäckstücken war eine kleine Schwarz-Weiß-Fotografie in einem schmalen bronzefarben lackierten Holzrahmen ihr größter Schatz. Es war eine Fotografie, die sie zu Richards und Kurts Taufe in Herrn Behrends Fotoatelier in der Gablenberger Hauptstraße hatten machen lassen und die einzige, auf der ihr Vater zu sehen war.

Von Philip hatte sie den gerade eben erst erschienenen Gedichtband *Gesang zwischen den Stühlen* von Erich Kästner bekommen und von Richard und Kurt einen zierlichen Hornkamm mit dazu passender Bürste sowie ein kleines Wörterbuch, das sie vorsorglich griffbereit in ihrer Handtasche verstaut hatte.

Ihre Mutter hatte ihr eine hübsche weiße Sommerjacke mit roten Blumen darauf gestrickt, die sich mit winzigen glänzenden Knöpfen schließen ließ. Sie würde sie auf der langen Zugfahrt von Stuttgart nach Bremerhaven über der leichten weißen Bluse mit Bubikragen tragen, die so gut zu dem langen hellgrünen Rock und zu ihrem Hut mit Philips Hutnadel passte. Neben ihren wenigen Kleidern und Schuhen hatte sie außerdem auch einige sorgfältig ausgesuchte Geschenke für die Behrends eingepackt. Tabak für Walter Behrend von den Tabakpflanzen, die Paulas Vater noch angebaut hatte, ein kleines Tütchen mit Blumensamen für Martha von ihren eigenen Marienglockenblumen, die in ihrem ehemaligen Garten so üppig blühten und nach denen die Freundin ihrer Mutter offenbar am meisten Heimweh hatte, und ein Würfelspiel, das sie bei Spielwaren Kurz für Christa, Gabriele und Gertrud gefunden hatte und das gerade noch so in ihre Koffer passte. Paula hoffte sehr, dass niemand die Geschenke für die Erwachsenen entdeckte, denn sie hatte die lange Liste an Dingen, die man nicht in die USA einführen durfte, sehr gründlich studiert und weder Samen noch Pflanzen jeglicher Art waren erlaubt.

Der Juli in seiner ganzen Pracht war Paulas Lieblingsmonat und die letzten Tage und Wochen war sie mit einer gewissen Wehmut über die üppig blühenden Wiesen an den Hängen hinter Gablenberg und durch den Wald dahinter gestreift, hatte mehr Himbeeren als je zuvor gegessen und jede Wolke, jeden Apfel-, Zwetschgen- und Kirschbaum, jeden Weinstock und jeden Schmetterling dabei so intensiv betrachtet, als könne sie damit alles für immer in ihrem Gedächtnis an einem ganz besonderen Ort ablegen, um es bei Bedarf hervorzuholen. Sie verspürte Heimweh, bevor sie überhaupt aufgebrochen war, und gleichzeitig vibrierte jede Zelle in ihrem Körper vor freudiger Aufregung.

Es war eine heiße Nacht, und alle Fenster standen sperrangelweit offen. Die Kirchturmuhr schlug fünf. Draußen begann der Tag sein hoffnungsvolles Licht in die Nacht zu weben, begleitet vom Gutenmorgenlied der Vögel.

Auf einmal kam Paula dieser Klang wie das schönste Geräusch der Welt vor, fast so schön, wie das Schaben des alten Nussbaumes an ihrem Fenster oder das leise Knacken der Dielen unter ihren nackten Füßen. Ob das Haus so auf seine ganz eigene Weise versuchte, ihr etwas mitzuteilen? Und wenn ja, sagte es: »Bleib!« Oder eher »Gute Reise!«?

Nun, es spielte keine Rolle mehr.

Nachdem sie Herrn Behrends Brief nur sechs Wochen nach ihrem eigenen in den Händen gehalten und er ihr angeboten hatte, zunächst einmal die Bürgschaft und die Überfahrt für sie zu übernehmen und dass sie anschließend bei ihnen unterkommen könne, bis sie etwas gefunden hätte, hatte es noch einige Tage gedauert, bis sie es wagte, ihrer Mutter und ihren Brüdern davon zu erzählen. Richard hatte sich wie erwartet über sie lustig gemacht und behauptet, sie würde sich ja nur aufspielen und sich sowieso nicht trauen, alleine nach Amerika aufzubrechen. Kurt dagegen hatte sie angefleht, den Brief zu zerreißen und zu bleiben, und ihre Mutter hatte sie in den Arm genommen, geschluckt und ihr wieder einmal gesagt, wie stolz sie auf ihr Kastanienmädchen war.

Paula hatte sowohl den Schmerz als auch die Ermutigung in ihrem Blick gesehen, und als Luise Wilhelm in dieser Nacht auf einmal an ihrem Bett gestanden hatte, um ihr über das Haar zu streichen und ihr zu sagen, dass sie sich für sie freute, hatte Paula erneut ein furchtbar schlechtes Gewissen bekommen. Sie hatte alles durchgerechnet und war sich sicher, dass sie nach einer gewissen Zeit Geld nach Hause schicken konnte. Aber natürlich würde sie im Milchladen und im Haushalt fehlen. Es gab nichts zu beschönigen: Sie ließ ihre Mutter im Stich, um ihre eigenen Träume zu verwirklichen.

Philip hatte gar nichts zu ihren Plänen gesagt. Stattdessen hatte er sie nur immer wieder mit diesem nachdenklichen Blick angesehen, der keinerlei Gefühle preisgab. Paula schmerzte es, dass er sie ausschloss, aber sie verstand ihn auch. Nach dem Brief hatte Paula ein paar Tage abgewartet, ob er von selbst wieder auf sie zukommen würde, aber nachdem er sich immer weiter versteckt hatte, war sie irgendwann einfach hineinmarschiert und hatte ihm gesagt, dass sie ihn zwar von Herzen liebte, aber eben wie einen Bruder und nicht wie den Mann, den sie heiraten wollte. Er hätte nun die Möglichkeit, sich für den Rest seines Lebens zu verkriechen, oder er könnte sich zusammenreißen und seinem armen Vater endlich wieder zur Hand gehen. Außerdem würde sie gern am Hang am Waldrand mit ihm und allen anderen Schlitten fahren und sollte er dazu auch keine Lust haben, würde sie ihn jedes Mal mit Schneebällen bewerfen, wenn er das Haus verließ. Wortlos war er aufgestanden und hatte den Schlitten geholt. Seitdem war er zwar wieder dabei, wenn sie Dinge unternahmen, aber nie mehr von sich aus. Er tanzte nicht mit Paula und achtete bewusst darauf, ihr nicht zu nahe zu kommen, was außer ihr sicher niemandem auffiel. Er hielt sein Versprechen und holte sie von der Arbeit ab, aber wenn er sie nach Hause begleitete, waren ihre Gespräche seltsam hölzern. Es war nicht gut, wie es war, aber besser als nichts, redete Paula sich ein. Sie akzeptierte seine Entscheidung, sich zurückzuziehen, auch wenn sie ihren besten Freund und die unbeschwerten Tage mit ihm unendlich vermisste und es ihr wehtat, in sein verschlossenes Gesicht zu sehen und das Lachen über ihre gemeinsamen Scherze und Neckereien darin nicht mehr zu finden, das ihr so viel bedeutete. Manchmal fragte sie sich sogar, ob es nicht leichter gewesen wäre, eine Liebe vorzutäuschen, die vielleicht irgendwann doch noch wachsen konnte, als auf eine Freundschaft zu verzichten, die ihr beinahe so viel bedeutete wie ihr Leben.

Viertel nach fünf. Die Zeit verging einfach viel zu langsam. Paula stand auf. Mit nackten Füßen und im Nachthemd stieg sie die Treppe hinunter und ging in die Küche, um ein Glas Wasser zu trinken. An den vorsichtigen Schritten erkannte sie ihre Mutter, die ebenfalls in die Küche gekommen war und nun hinter Paula trat, um sie in eine liebevolle Umarmung zu ziehen. Ohne sich umzudrehen, lehnte sich Paula für einen Augenblick an den starken und warmen Körper ihrer Mutter. Plötzlich überschwemmte eine Welle aus Angst ihr Herz, und es begann, viel zu schnell zu pochen. Wie würde sie es nur aushalten können, von ihr getrennt zu sein?

»Du musst loslassen, mein Kastanienmädchen«, flüsterte Luise Wilhelm in ihr Ohr, als hätte sie Paulas Gedanken gehört. »Das muss ich auch. Sonst wirst du nie ganz dort ankommen können. Glaube mir, ich weiß, wie schwierig das ist.« Paula spürte das Lächeln ihrer Mutter mehr, als dass sie es sah. »Vergiss eines nie, Liebes: Man kann nie tiefer fallen als in Gottes Hand. Darauf kannst du vertrauen. Ganz gleichgültig, was er für einen Plan für dich hat, er ist immer an deiner Seite.« Sie drückte ihrer Tochter einen Kuss aufs Haar, bevor sie fortfuhr. »Und in Gedanken bin ich es ebenfalls.«

Bis die Kirchturmuhr das nächste Mal schlug, standen sie einfach nur da und sahen gemeinsam dem Tag beim Aufwachen zu. Schließlich löste sich die Mutter zuerst und kochte zur Feier des Tages einen starken Kaffee, während Paula noch im Nachthemd nach draußen ging, die Hühner fütterte und sich von jedem einzelnen Federvieh verabschiedete.

Als sie in die Küche zurückkam, saßen Kurt und Richard bereits am Küchentisch. Eine Kerze brannte und tauchte den Raum in ein merkwürdig feierliches Licht. Nicht einmal Richard lachte darüber, dass Paula immer noch ihr Nachthemd trug.

»Wirst du denn eines Tages wiederkommen?«, fragte Kurt und schluckte.

»Was bist du nur für ein Schwächling?«, fragte Richard sofort verächtlich zurück, bevor Paula Kurt versichern konnte, dass sie das zumindest vorhatte. »Als ob wir nicht ohne unsere große Schwester zurechtkommen würden, nicht wahr, Mutter?« Er schüttelte den Kopf. »Ich werde auf euch aufpassen, solange Paula weg ist. Nicht, dass ich das nicht schon immer getan hätte!«, fügte er hinzu und legte seine Hand auf die seiner Mutter. »Versprochen!«

Luise Wilhelm legte ihre andere Hand auf seine und sah ihn mit einem gleichzeitig liebevollen und besorgten Lächeln an. »Das ist sehr fürsorglich von dir, mein Sohn. Es wäre mir allerdings sehr viel wichtiger, du würdest auf dich selbst ein wenig mehr aufpassen.«

Diese Antwort gefiel Richard gar nicht, das konnte Paula ihm ansehen, aber er wagte es nicht, aufzubegehren. Sie zählte die Minuten, bis es endlich Zeit war, aufzubrechen, denn diese Gespräche am Küchentisch waren nicht das, was sie als letzte Erinnerung an ihre Brüder mitnehmen wollte. Auch wenn ihr bewusst war, dass die beiden viel zu verschieden waren, um immer einer Meinung zu sein, so hoffte sie doch, dass ihr Weggang sie einander wieder näherbringen und nicht noch weiter entzweien würde.

Am liebsten wäre sie alleine zum Hauptbahnhof gefahren, aber sowohl Kurt als auch ihre Mutter hatten darauf bestanden, sie zu begleiten. Luise Wilhelm hatte dafür sogar allen Kunden mitgeteilt, dass der Milchladen an diesem Mittwoch erst nach Mittag geöffnet sein würde. Nur Richard hatte andere geheimnisvolle Pläne, die einen frühen Aufbruch erforderten und Paulas Verdacht erhärteten, dass er Abschiede genauso wenig leiden konnte wie sie selbst. So war er der Erste, den sie ein letztes Mal umarmte, bevor er ihr mit einem Scherz über ihren Rock und ihre Bluse zuwinkte und dann eilig die Klingenstraße hinauflief, ohne sich noch einmal nach seiner Schwester umzudrehen.

Paula hängte ein letztes Mal ihren Hausschlüssel an die Garderobe, setzte vor dem Spiegel ihren Hut ein wenig schräger als sonst auf den Kopf, streifte sich die Handschuhe über, nahm ihre Handtasche mit den Reiseunterlagen in die eine und einen der Koffer in die andere Hand.

Es war genau 6.30 Uhr an diesem 27. Juli, als Paula Wilhelm das Haus verließ, in dem sie aufgewachsen war. Ihr Herz war gleichermaßen mit Vorfreude und Angst gefüllt und selbst, wenn sie sich bemüht hatte, Kurt diesbezüglich zu beruhigen, hatte sie keine Ahnung, wann oder ob sie überhaupt je zurückkehren würde.

Vor dem Haus traf sie auf Philip und seine Eltern. Seine Mutter drückte sie fest an sich, bevor sie sich verstohlen eine Träne von der Wange wischte. Sie schenkte Paula ein hübsch besticktes Taschentuch und beteuerte immer wieder, wie sehr sie ihr fehlen und dass die gesamte Klingenstraße ohne sie nicht dieselbe sein würde. Philips Vater, ein Mann, der wenig sprach, nickte ihr zu und wünschte eine gute Reise, bevor er sich umwandte und wieder in seine Werkstatt zurückkehrte. Philip, der blass und still im Hintergrund gestanden hatte, als sich seine Eltern verabschiedeten, reichte Paula einen weiteren Briefumschlag.

»Bitte … lies ihn erst im Zug«, sagte er leise und sah an ihr vorbei, als wäre der alte Nussbaum etwas, das ihn tausendmal mehr interessierte als Paulas Gesicht. Sie zögerte einen Moment. »Philip, ich …«

Einen weiteren Liebesbrief konnte sie einfach nicht ertragen, denn die Aussicht, dass ihr Aufbruch Philip vielleicht ein Leben mit einer Frau ermöglichen würde, die seine Gefühle erwiderte und die auf keinen Fall Paula war, hatte ihr den Abschied von ihrem besten Freund ein wenig leichter gemacht. Wenn allerdings das Gegenteil der Fall war, dann …

»Keine Sorge, es ist kein weiterer Versuch«, unterbrach er ihre Gedanken, als hätte er sie gelesen. Das hatte er vermutlich sogar. Philip lächelte, und für einen Moment fühlte sie sich ihm wieder nah. Dann nahm er ihre Hand in seine. »Es tut mir leid, Pips, aber das muss sein«, flüsterte er und zog sie an sich, bevor er tief durchatmete, ihr Gesicht in seine Hände nahm und ihr einen festen Kuss auf die Lippen drückte, der ihr beinahe den Atem raubte. Bevor sie ihn von sich wegschieben konnte, hatte er sie allerdings schon selbst wieder losgelassen. »Es tut mir leid«, wiederholte er. Aber Paula sah ihn seinen Augen, dass das eine Lüge war. »Entschuldigen Sie mein ungehöriges Verhalten, Frau Wilhelm«, ergänzte er, an Paulas Mutter gewandt. Er nickte ihnen allen noch einmal zu und sah Paula ein letztes Mal mit festem Blick an, bevor er sich umdrehte und ebenfalls eilig in Richtung Werkstatt davonging.

Die Kirchturmuhr schlug 6.45 Uhr und sorgte mit ihrem Klang dafür, dass zumindest Paula aus ihrer Erstarrung erwachte. Schnell griff sie nach einem ihrer Koffer. Über Philip konnte sie sich auch noch auf der langen Zugfahrt nach Bremerhaven Gedanken machen. Aber wenn sie sich jetzt nicht beeilten, würde ihre Reise schon an der Straßenbahnhaltestelle an der Gablenberger Schule beendet sein, weil sie die Linie zwei, die um 6.55 Uhr über Ostheim zum Hauptbahnhof fuhr, und somit den Zug der Reichsbahn zur Columbuskaje nach Bremerhaven verpassen würde. Dort, wo morgen früh die Bremen losfahren würde, um Paula und so viele andere hoffnungsvolle Auswanderer nach New York zu bringen.

Kapitel 7

Kurt trug ihre beiden Koffer an der dampfenden schwarzen Lokomotive vorbei und brachte sie sogar in den Waggon der zweiten Klasse, in dem Paula einen Fensterplatz in einem Abteil für vier Personen reserviert hatte. Sie war schon jetzt neugierig, wer sich wohl zu ihr gesellen würde. Fürsorglich verstaute Kurt das Gepäck in der Ablage, bevor er sich auf einen der Plätze niederließ und sie bat, sich für einen Moment neben ihn zu setzen. Er nahm ihre Hände.

»Ich werde Ingrid heiraten«, sagte er ernsthaft und mit glänzenden Augen. Sie hatte damit gerechnet, dass er sie erneut bat, auf jeden Fall bald wieder zurückzukommen, auf sich aufzupassen und sofort zu schreiben. Aber *das* hatte sie nicht erwartet.

Paula begann zu lachen, verstummte aber sofort wieder, als sie in seinem gekränkten Gesichtsausdruck las, dass es kein Scherz gewesen war. »Entschuldige, Kurt, ich … aber … du bist erst siebzehn Jahre alt und Ingrid ist zwanzig! Ich dachte nicht … dass …«

»Was? Nur weil du es kaum erwarten kannst, vor Philip und deinem Glück mit ihm davonzulaufen?« Kurt sah sie empört an. »Ich hatte gehofft, dass du mich wenigstens verstehst! Ich liebe Ingrid. Und ich werde sie heiraten. Vielleicht nicht morgen oder nächstes Jahr. Aber eines Tages, du wirst schon sehen!« Dieses Mal war sein Blick fest und der Druck seiner Hände ebenfalls.

Auf einmal sah Paula in ihm den Mann, der einmal aus diesem sensiblen Kerl werden würde, den sie schon jetzt vermisste, und die Entschlossenheit, die ihm die Liebe verliehen hatte. Beides beeindruckte Paula und machte sie gleichermaßen traurig, denn ihr wurde klar, dass sie nicht bei dieser Entwicklung dabei sein würde. Bestenfalls konnte sie darauf hoffen, dass Kurt ihr schrieb. Oder Ingrid. Aber es würde nicht dasselbe sein.

»Eines Tages wirst du eine Einladung zu unserer Hochzeit in den Händen halten, und es ist mir egal, ob du dann in New York, in China oder auf dem Mond bist, ich erwarte, dass du kommst. Versprichst du mir das?« Er sah sie eindringlich an.

»Ich verspreche es,« sagte Paula. »Und jetzt lass dich noch mal so fest drücken wie nur möglich, damit es auch ganz sicher reicht, bis ich wiederkomme!«

Sie zog Kurt in eine Umarmung, damit er nicht sah, wie ihr die Tränen in die Augen stiegen, die sie bisher so erfolgreich zurückgedrängt hatte.

Bis zur Abfahrt war es beinahe noch eine Viertelstunde, und so kam Paula noch einmal mit nach draußen auf das Bahngleis, um sich auch noch einmal eine letzte Umarmung ihrer Mutter abzuholen. Paula erwartete Ermahnungen, dass sie die Behrends grüßen, auf sich aufpassen und unbedingt sofort schreiben sollte, wenn sie angekommen war, aber Luise Wilhelm sagte nichts dergleichen, sondern steckte nur eine wunderschön rosa leuchtende Nelke aus dem Garten hinter dem Haus in Paulas Reversknopfloch und sah ihre Tochter eindringlich an.

»Behüt dich Gott, Kastanienmädchen«, flüsterte sie und legte ihre rechte Hand an Paulas Wange. »Behüt dich Gott.« Dann wandte sie sich ab und ging ebenfalls in Richtung Ausgang, ohne sich noch einmal umzudrehen.

»Lebe wohl. Ich hab dich lieb, Mutter«, flüsterte Paula tonlos, bevor sich ihre Augen erneut mit Tränen füllten. Doch dann fiel ihr wieder ein, was sie sich vorgenommen hatte, und sie schluckte sie ein letztes Mal herunter.

»Los, geh schon, Kurt!«, sagte sie zu ihrem Bruder, der immer noch neben ihr stand und nicht zu wissen schien, ob er nun bleiben und winken oder seiner Mutter hinterherlaufen sollte. »Ich komme zurecht. Und ich hoffe, ihr auch.« Sie lächelte und nahm seine Hand. »Seid nett zueinander, Richard und du. Pass auf dich auf, lieber Bruder. Und auf unsere Mutter. Sie braucht jede Hand, aber das weißt du ja. Vielleicht kann deine zukünftige Braut auch ein bisschen mithelfen.« Sie zwinkerte ihm zu und, als sich ein glückliches Strahlen auf seinem Gesicht ausbreitete, wusste sie, dass sie dieses Mal das Richtige gesagt hatte.

Als der Lokführer ein lautes Tonsignal gab, zuckte sie erschrocken zusammen, bevor sie lachend auf die untere Stufe zu ihrem Waggon stieg.

»Wünsch mir Glück, Kurt!«, rief sie und winkte, als sich die Bahn langsam in Bewegung setzte. »Und dass ich die Liebe auch irgendwann finden werde, so wie du«, fügte sie in Gedanken hinzu, bevor sie die nächste Stufe erklomm.

Sie lehnte sich nach draußen und sah zurück auf den Bahnsteig, wo ihr Bruder immer noch winkend stand, bis der Schaffner sie kopfschüttelnd nach oben scheuchte und mit Schwung die Tür schloss.

Paula hatte auf unterhaltsame Gesellschaft gehofft, aber die anderen Sitzplätze in ihrem Abteil blieben leer. Zunächst vertrieb sie sich die Zeit damit, jeden einzelnen davon auszuprobieren, bis sie sich schließlich doch wieder für ihren eigenen entschied. Um die Mittagszeit packte sie ihren Proviant und die Glasflasche mit dem Quellwasser aus. Langsam und mit Bedacht aß Paula die beiden Käsebrote und die dicken Herzkirschen, die ihre Mutter ihr noch dazugetan hatte, und fühlte die Liebe, die sie mitschickte. Jeder einzelne Bissen war köstlich und schmeckte nach zu Hause, sodass Paula extra froh war, dass sich in ihrem Notizbüchlein auch das Rezept für das Brot ihrer Mutter befand. Das würde sie als Erstes für die Behrends backen, nahm sie sich vor.

Später wanderte sie ein wenig durch die Gänge, besuchte den Speisewagen der ersten Klasse, staunte, wie üppig die feinen Herrschaften hier speisten, und bewunderte die kleinen Kuchen auf den silbernen Etageren, die auf den Tischen standen, bis der streng blickende Kellner sie fragte, ob sie Platz nehmen und etwas essen oder endlich weitergehen wolle, damit sie nicht so sehr im Weg herumstand.

Zurück in ihrem Abteil beobachtete Paula die unterschiedlichen Farben der vorbeifliegenden Landschaft, betrachtete an jedem Halt die Zuggäste, die sich freudig begrüßten oder wehmütig verabschiedeten, und fragte sich immer wieder, wie es wohl sein würde, wenn sie das erste Mal New Yorker Boden unter den Füßen haben würde. Ob jemand von den Behrends kommen und sie abholen würde?

Bevor sie zu sehr über etwas ins Grübeln geraten konnte, das sie in ein paar Tagen ganz von selbst herausfinden würde, nahm sie ihren Mantel vom Haken, um sich ein Kissen daraus zu falten, auf dem sie für eine Weile die Augen schließen und wenigstens etwas von dem Schlaf nachholen konnte, der ihr von der letzten Nacht fehlte.

Gerade als sie eine gemütliche Sitzposition gefunden und ihren Kopf auf den Mantel betten wollte, spürte sie Philips Brief in der Innentasche. Vor lauter Aufregung hätte sie ihn beinahe vergessen. Sofort fiel Paula auch der Kuss wieder ein, und sie musste lächeln. Wie viel Mut dieser Schritt Philip gekostet haben und was er sich dafür nun von seiner Mutter wohl anhören musste. Sie kicherte leise bei der Erinnerung an den schockierten Blick, mit dem sie ihn angesehen hatte. Dabei war es nur ein Kuss gewesen. Vielleicht war er nicht ganz angemessen gewesen, aber auch nicht halb so übergriffig und unangenehm wie die Worte und Blicke von Martin Wolff, die sie seit diesem Tanz im Oktober immer wieder über sich ergehen lassen musste.

Sie öffnete den dicken Umschlag, zog vorsichtig Philips Brief hervor – und zuckte erschrocken zurück, als sie die vielen Geldscheine ertastete, die er in das mehrfach gefaltete Blatt gesteckt hatte. Fassungslos begann sie zu zählen und musste immer wieder von vorne anfangen, weil sie nicht glauben konnte, dass er das getan hatte. Philip hatte ihr hundertdreißig Reichsmark geschenkt. Das war beinahe so viel Geld, wie ihre Schiffspassage gekostet hatte. Geschrieben hatte er dafür fast gar nichts. Auf dem Papier standen nur zwei Sätze:

Liebste Pips, ich weiß, dass du nicht hierbleiben kannst. Aber das hier sollte helfen, solltest du doch einmal zurückkommen wollen.
Dein Philip

Nachdem sie eine Weile einfach nur dagesessen und auf das Geld in ihrer Hand gestarrt hatte, verstaute sie es sorgsam wieder in dem Briefumschlag. Dann bettete sie ihren Kopf auf den Mantel und erlaubte sich endlich die Abschiedstränen, die sich schon die ganze Zeit so schwer hinter ihren Lidern gesammelt hatten. Wie gern hätte sie Philip gesagt, dass er verrückt war, ihr so viel Geld zu schenken, denn ganz sicher hielt sie hier seine gesamten Ersparnisse in den Händen. Außerdem hatte sie fest vor, zurückzukommen, schon allein, weil sie mit eigenen Augen sehen wollte, wie Kurt heiratete und Philip sein Glück fand – hoffentlich. Und sie Philip dieses Geld mit Zinsen zurückzahlen konnte.

Eines Tages. Allerdings konnte sie sich in diesem Moment noch nicht einmal vorstellen, morgen früh tatsächlich in Richtung Amerika in See zu stechen.

Über diese Gedanken schlief sie schließlich tatsächlich ein und wachte erst wieder auf, als ein tief stehender Sonnenstrahl ihre Nase kitzelte. Sie musste schon weit im Norden sein, denn die Landschaft draußen war deutlich flacher und die vielen Gebäude, an denen sie so schnell vorbeifegten, sahen ganz anders aus als die Fachwerkhäuser in Gablenberg.

Um kurz nach fünf begannen vor der Tür ihres Abteils Menschen mit Koffern in Fahrtrichtung zu gehen, und auch Paula wurde von einer gewissen Unruhe erfasst.

Noch einmal vergewisserte sie sich, dass ihr nagelneuer Reisepass, die Bürgschaft von Herrn Behrend und ihre Immigrant Identification Card in ihrer Handtasche steckte. Ohne diese drei Dinge konnte sie weder das Schiff noch amerikanischen Boden betreten. Sie zählte zum wiederholten Mal ihr eigenes und Philips Geld, das sie gleich bei ihrer Ankunft am Columbusbahnhof umtauschen wollte, nahm den kleinen Zettel mit Herrn Behrends Adresse aus ihrem Portemonnaie, um sie sich für alle Fälle noch einmal einzuprägen, und tastete nach dem Vokabelheft, in das sie fleißig amerikanische Worte notierte, die sie unbedingt behalten wollte.

Der Schaffner kam noch einmal herein, um ihr beim Herunternehmen der Koffer behilflich zu sein, und wünschte ihr eine gute Reise, als der Zug immer langsamer und langsamer wurde und schließlich hielt.

»Columbus Bahnhof« las Paula andächtig auf den großen weißen Schildern, die an Pfeilern befestigt waren, und betrachtete dann mit Staunen die unzähligen Männer, Frauen und Kinder und die vielen Gepäckstücke, die schon auf dem Bahnsteig hin- und hergeschoben wurden, bevor der Zug richtig gehalten hatte. Wie sollten sie nur alle auf die Bremen passen? Ein wenig mulmig war ihr zumute, als sie ausstieg und Teil dieser Menschenmenge wurde. Aber dann traf der frische Duft des Meeres ihre Nase und sie hörte, wie irgendwo weiter vorn eine Kapelle das ihr so vertraute Lied aus der Heimat »Muss i denn, muss i denn, zum Städtele hinaus« spielte, und die Furcht vor dem Unbekannten machte Platz für die unbändige Freude, endlich auf Reisen zu sein.

Kapitel 8

Freitag, 21. Juli 2023, Gablenberg

»Vielleicht ist dieser Mann auf dem Foto ja irgendjemand, für den sie gearbeitet hat?«, fragte Linda und sah ihrer Mutter über die Schulter. »War sie nicht Kellnerin?«

»Hier in Deutschland schon«, antwortete Esther. »In New York hat sie erst in einem Fotogeschäft gearbeitet. Und dann später …«

Was sollte sie ihrer Tochter erzählen? Paula war so vieles gewesen: Kellnerin, Verkäuferin, Kindermädchen, Sekretärin, Übersetzerin. Und vielleicht noch das eine oder andere, wovon Esther nichts wusste. Erneut griff sie nach der Fotografie. Immer wenn sie dieses Bild betrachtet hatte, hatte sie sich untersagt, nach etwas zu suchen, das sie mit sich selbst verbinden konnte, und sich dabei bemüht, den dunkelhaarigen Mann neben ihrer Mutter nicht zu genau zu betrachten. Esther war wie jedes Mal, wenn sie das Bild ansah, überrascht, dass selbst auf dieser alten grobkörnigen Fotografie die innige Vertrautheit zwischen den beiden Menschen so deutlich sichtbar war.

»Je länger ich das Bild anschaue, umso mehr sehen sie aus wie ein Liebespaar«, sagte Linda nachdenklich. Es war also auch ihr aufgefallen. »Schau dir doch mal die Körperhaltung und das Strahlen in ihren Gesichtern an! Und außerdem: Warum sollten sie sich zusammen fotografieren lassen zu einer Zeit, in der Fotografien bestimmt etwas Besonderes waren und du mir immerhin erzählt hast, dass es gar keine von Paula gibt?«

»Entschuldige, Linda, das war nicht in Ordnung.« Esther schämte sich für diese Lüge, aber ihre Tochter winkte ab. »Nicht so tragisch. Ich finde es eher spannend als schlimm, dass jetzt eine aufgetaucht ist. Hätte ich früher gewusst, wie ähnlich sie mir sieht, hätte ich mich vielleicht sehr viel früher für sie interessiert, aber es ist ja nie zu spät für so was.« Sie zuckte mit den Schultern und grinste ihre Mutter an. Esther war einerseits erleichtert, andererseits wurde ihr noch mulmiger zumute. Konnte es sein, dass Linda Paulas Geschichte gar nicht so tragisch finden würde und hatte sie sie ihr wirklich deshalb nicht erzählt, um ihre Tochter zu schützen, oder ging es dabei vielleicht mehr um Esther selbst?

»Der Mann sieht nicht wirklich nach einem Restaurantbesitzer aus«, fuhr Linda fort. »Eher nach einem Arzt oder einem Anwalt oder so. Irgendwas hinter einem Schreibtisch, da bin ich mir sicher.« Sie kniff die Augen zusammen, als sie versuchte, die verschnörkelten Buchstaben zu entziffern, die am unteren rechten Bildrand zu erkennen waren.

»New Year's Eve, New York 1937/38«, las sie vor, bevor sie zu ihrer Mutter hinübersah. »New Year's Eve und New York? Nein, das hier ist auf keinen Fall ihr Boss.«

Linda schob den Mantel von ihren Schultern. »In dem hat sie jedenfalls nicht gefroren. Aber egal, wie großartig mir der Mantel passt, auf die Party am Wochenende kann ich ihn nicht anziehen. Ich würde vor Hitze eingehen.« Behutsam strich sie über den Fuchspelz und hängte ihn auf einen Bügel an Esthers Kleiderschrank.

Ganz plötzlich hatte Esther große Lust auf irgendetwas mit Alkohol. Am besten einen Himbeergeist. Oder eine großzügig eingeschenkte Weißweinschorle mit vielen Eiswürfeln.

Sie rappelte sich hoch. »Möchtest du auch was trinken?«

»Du meinst Alkohol?« Linda sah auf ihre Armbanduhr. »Es ist noch nicht mal Nachmittag!«

»Na und?«, gab Esther trotzig zurück. »Ehrlich gesagt, wenn ich mein Leben so betrachte, ist es fünf vor zwölf, Zeit ist also relativ, Liebes. Und außerdem: Was hat denn Alkohol mit der Uhrzeit zu tun?«

»Nichts, nur …« Linda verdrehte die Augen.

»… dann ist es ja gut.« Sie grinste. »Also, möchtest du auch etwas?«

»Ich kann dich ja wohl kaum alleine trinken lassen.«

»Kannst du schon, aber es macht nur halb so viel Spaß!«

Dass man die jungen Leute aber auch immer zu ihrem Glück zwingen musste.

Beim Hinausgehen blieb Esther kurz stehen und strich behutsam über den Pelzkragen. Wie oft sie als kleines Mädchen genau das getan hatte, während sie sich an kalten Wintertagen in die weit ausgebreiteten Arme ihrer Mutter geworfen hatte oder einfach nur so in einer festen Umarmung mit ihr stand. Esther erinnerte sich auch, dass sie immer ein wenig Angst davor gehabt hatte, dass es eines Tages diese Berührungen nicht mehr geben würde. Als hätte sie damals schon gespürt, dass ihre Mutter, dieser schöne und oft so stille Engel, nicht ewig in ihrer Nähe sein würde.

Für einen Moment schloss sie die Augen und beugte sich

noch ein bisschen näher, um an dem weichen und doch festen dunkelblauen Stoff zu riechen. Ihr wurde schwindelig, und sie fühlte sich so schwach, dass sie sich für einen Augenblick am Türrahmen festhalten musste.

»Alles okay, Mutter?«

»Ja, alles gut. Ich … wollte nur …«

Wein. Sie wollte Wein.

Natürlich war nichts mehr von Paulas Geruch übrig. Wie auch? Der Mantel hatte so viele Jahre auf dem Dachboden zwischen anderen Kleidern gehangen, dass er wie sie nach einem großen Nichts mit einem Hauch von Mottenkugeln und Lavendel roch. Es hätte schlimmer sein können. Und dennoch hätte Esther Linda für eine Sekunde am liebsten unter einem Vorwand weggeschickt, den Mantel mit ins Bett genommen und ihr Gesicht komplett in dem rauen Stoff vergraben, um darin irgendeine Erinnerung zu finden, die ihrem aufgewühlten Herzen Frieden schenken konnte. Vielleicht hätte sie heute endlich die Tränen weinen können, die schon so lange darauf warteten, endlich geweint zu werden. Oder besser doch nicht. Wenn sie einmal damit anfangen würde, konnte sie vielleicht nicht mehr aufhören. Wer wusste das schon? Esther kannte sich mit Trauer einfach nicht aus. Mit Wut schon. Besser, sie ging da kein Risiko ein. Sie räusperte sich. »Bin gleich zurück«, brummte sie.

Als sie mit zwei Gläsern und einer eisgekühlten Flasche Weißwein in der Hand wiederkam, stand Linda auf und nahm ihr wortlos alles ab, um es auf der Kommode vor dem Bett abzustellen und beiden jeweils ein Glas einzuschenken.

»Ich trinke sonst übrigens auch nicht um diese Uhrzeit«, sagte Esther vorsichtshalber und nahm einen großen Schluck.

»Ich weiß.« Linda legte ihre Hand auf die ihrer Mutter. Es

fühlte sich gut an. »Ich auch nicht«, ergänzte sie lächelnd und stieß ihr Glas sacht an das ihrer Mutter.

»Auf dich«, sagte sie leise. »Und auf Paula.«

Esther nickte nur.

»Erzählst du mir von ihr?«, bat Linda leise, nachdem sie beide einen Schluck getrunken hatten.

»Ja«, sagte Esther und räusperte sich. Auf einmal verstand sie nicht mehr, warum sie die Geschichte überhaupt so lange für sich behalten hatte. Nur: Wo sollte sie anfangen? Damals, wo sie das Geheimnis zwischen sich und Paula gespürt und eines Tages davon aus ihrem eigenen Leben katapultiert worden war? Oder jetzt am Ende, als alte Frau, die sich so sehr nach Seelenfrieden sehnte?

Linda war erneut aufgestanden und hatte den Mantel geholt, um ihn zwischen ihnen auf dem Bett auszubreiten. »Wie kam sie überhaupt zu so einem kostbaren Kleidungsstück? Er muss doch ein Vermögen gekostet haben!«, fragte sie.

»Ich glaube, der Mantel war ein Geschenk. Jemand hat ihn extra für sie schneidern lassen.«

»Meist du, es könnte dieser geheimnisvolle Mann gewesen sein?«

»Ja, das glaube ich.« Das glaubte sie nicht nur, das wusste sie. Und sie würde Linda auch von ihm erzählen, zumindest das, was sie von ihm wusste. Aber alles zu seiner Zeit. Begonnen hatte diese Geschichte schließlich viel früher. Zu einer Zeit, in der Paula bestimmt noch nicht einmal über einen Mantel wie diesen nachgedacht hatte.

»Meine Güte, deine Mutter muss unglaublich mutig gewesen sein, wenn sie in diesen Zeiten nach New York gereist ist. Bist du nicht unglaublich stolz auf sie?«

Stolz? Darüber hatte Esther nie nachgedacht. In Esthers Wahrnehmung hatte zumindest der wesentliche Teil der Geschichte erst so richtig mit ihr selbst begonnen und da gab es wenig, auf was sie stolz sein konnte. Alles, was davor geschehen war, hatte sich Esther auch nur vage und anhand der vielen Briefe zusammengereimt. Aber jetzt, da ihre Tochter es so formulierte …

Sie trank erneut einen großen Schluck, bevor sie ihr Glas auf dem Nachttisch abstellte und sich nach hinten fallen ließ. Linda tat es ihr nach. Eine Weile lagen sie einfach nur nebeneinander im Bett, bis Linda die Fotografie holte und so über sie hielt, dass beide sie ansehen konnten.

»Wer bist du, geheimnisvoller Mann?«, fragte Linda. »Und wer bist du, Paula?«

»Das sind zwei wirklich einfache Fragen.« Esther nickte ihrer Tochter zu. »Die Antworten sind dafür umso komplizierter.«

Linda drehte sich zu ihrer Mutter und ließ ihre Hand über das Innenfutter des Mantels aus nachtblauem Taft gleiten. »Wahnsinn, wie der Stoff immer noch leuchtet, obwohl er schon so alt ist.« Sie beugte sich nach vorne, um das Etikett innen im Kragen zu lesen. »P-a-u-l-a A-n-d-e-r-s-o-n«, buchstabierte sie und hielt inne. »Paula Anderson? Es kommt mir vor, als hätte ich den Namen schon mal gehört«, sagte sie. »Anderson. Anderson. Paula Anderson. Merkwürdig. Aber so hat sie doch nie geheißen, oder?«

Esther setzte sich auf. Endlich wusste sie genau, wie sie am besten begann. »Ich muss dir noch was zeigen«, sagte sie und zog erneut die Schublade ihrer Kommode auf. Dieses Mal, um zunächst einen von vielen dicken, fein säuberlich zusammengebundenen und chronologisch geordneten Stapeln Briefe darunter hervorzuholen. Am liebsten hätte sie Linda gebeten, vorzulesen, aber die Handschrift war so altmodisch, dass ihre Tochter vermutlich Schwierigkeiten gehabt hätte, die einzelnen Worte zu entziffern, zumal sie größtenteils auf Englisch waren. Die eine Hälfte davon war in Paulas typischer steiler Handschrift geschrieben, aber die andere bestand aus schwungvollen und sehr männlichen Buchstaben.

Kapitel 9

Mittwoch, 27. Juli 1932, Columbuskaje

Paula hatte damit gerechnet, zumindest eingeschüchtert zu sein, wenn sie den Ozeanriesen das erste Mal zu Gesicht bekommen würde. Aber das Gegenteil war der Fall. Die Bremen war zwar höher als alle Gebäude, die sie je in Gablenberg oder auch in Stuttgart gesehen hatte, und es war nur sehr schwer vorstellbar, dass etwas so Riesiges schwamm und nicht einfach im Meer versank, wenn schon Paula selbst Mühe hatte, beim Baden im Neckar über Wasser zu bleiben. Aber das Schiff lag ruhig und majestätisch da wie ein überdimensionaler schwarz-weißer Wal, der die vielen Reisenden mit gutmütiger Gelassenheit erwartete. Bei seinem Anblick fasste Paula sofort Vertrauen. An Bord dieses Wunderwerks würde sie ganz bestimmt problemlos und vermutlich sogar, ohne überhaupt eine einzige Welle zu spüren, nach New York gelangen.

Sie war noch nie auf einem Schiff gewesen. Wenn man das wackelige Floß nicht mitzählte, das Richard, Kurt und Philip letzten Sommer aus Brettern aus der Werkstatt von Philips Vater gebaut hatten. Es war ihnen gelungen, Paula zu überreden, sich mit ihnen ein paar Meter den Neckar hinuntertreiben zu lassen. Sie waren nicht weit gekommen und schließlich prustend und lachend im Wasser gelandet. Wie würden die drei staunen, wenn sie nun mit ihr hier auf der Columbuskaje stehen würden. Es war ein seltsames Gefühl, dass keiner der drei jetzt neben ihr war, um diesen Augenblick zu teilen.

Bevor Paula an Bord gehen und nach ihrer Kabine suchen konnte, gab es noch einiges zu tun: Sie musste ihre Einreiseunterlagen, ihr Gepäck und ihren Gesundheitszustand überprüfen lassen. Erst wenn sowohl die Zoll- als auch die Passbeamten und der zuständige Arzt sie durchgewunken hatten, würde sie ihre Reisedokumente bekommen, herausfinden können, wie sie zu ihrer Kabine gelangte und wer für die nächsten Tage ihre Mitreisenden sein würden.

Paula drehte sich einmal um die eigene Achse, um sich zu orientieren. Direkt vor ihr lag das Schiff. Hinter ihr der Columbusbahnhof. Rechts und links von ihr standen Menschen, so weit das Auge reichte. Eine wogende Menge aus Hüten und Gesichtern, aus Lärm und Musik. Zwischen den Passagieren, den Familien, die sich verabschieden wollten, und den Schaulustigen, die Freude an diesem Spektakel hatten oder vielleicht ebenfalls davon träumten, eines Tages ein Schiff wie die Bremen zu besteigen, fiel ihr eine Gruppe Männer auf.

Sie trugen hellbraune Uniformen und eine rote Armbinde mit dem schwarzen Hakenkreuz auf weißem Grund. Männer der SA, die seit Juni nicht mehr verboten war und deren Anblick sofort ein mulmiges Gefühl in Paulas Magengrube schickte. Sie schauten grimmig und beobachteten die Menge genau, als würden sie etwas oder jemanden suchen, und sofort fühlte sie sich an die Wolffs zu Hause erinnert. Die Uniformen waren ebenfalls verboten gewesen und Paula wünschte sich, sie wären es noch. Sie konnte den Blick kaum abwenden und fragte sich, ob die Männer ohne das bedrohliche Hakenkreuz und in Zivil wohl weniger aggressiv aussehen würden.

Als einer von ihnen sie direkt ansah, wurde ihr flau im Magen. Sofort senkte sie den Kopf und versteckte sich hinter einem großen dicken Mann mit Hut.

Gerade mal zehn Tage war es her, dass in Hamburg-Altona achtzehn Kommunisten bei einem Zusammenstoß mit der SA getötet worden waren, und wer konnte schon genau sagen, wie dieser Kampf entstanden war? Es waren noch vier Tage bis zu den Wahlen, die Reichspräsident Hindenburg angeordnet hatte. Wie würden sie wohl ausgehen? Wohin würde das alles führen? Ein bisschen fühlte es sich so an, als sei nicht nur Paula auf einer Reise in die Ungewissheit, sondern das ganze Land.

Schnell wandte sie sich ab und konzentrierte sich auf die Suche nach den Stationen, die sie noch durchlaufen musste. Walter Behrend hatte Paula den entscheidenden Tipp gegeben. Er hatte ihr empfohlen, die Einreiseprozedur andersherum als alle anderen zu absolvieren und als Allererstes ihr Geld in der Klause am Ende der großen Abfertigungshalle in Dollar umzutauschen, bevor sie dort mit ihren Mitreisenden anstehen und dann womöglich doch noch in die Stadt gehen musste, wo der Kurs sehr viel schlechter war. Ohne Begleitung diese Bar zu betreten, kostete sie einiges an Überwindung, denn selbst durch die geschlossene Schwingtür drangen Zigarettenrauch, laute Männerstimmen und brummiges Gelächter. Paula zögerte kurz, bevor sie einmal tief durchatmete und dann mit dem Ellbogen die Tür aufstieß. Es war gar nicht so leicht, ihre Handtasche und die beiden Koffer hindurchzubugsieren.

Als sie es geschafft hatte, blieb sie wie angewurzelt stehen. So etwas Merkwürdiges hatte Paula noch nie gesehen. Die Bar hatte nur wenige und kleine Fenster und der Rauch sorgte noch zusätzlich für schummriges Licht. Hafenarbeiter, Packer, Matrosen und der eine oder andere feine Herr mit Hut lehnten einträchtig am Tresen und unterhielten sich miteinander, vollkommen unbeeindruckt von der riesigen Meerjungfrau aus Holz mit runden und splitterfasernackten Brüsten, die so glänzten, als hätte manche Hand sie fleißig poliert. Hinter ihr schmückten Rettungsringe, Fischernetze, kleine merkwürdige Kugeln aus Holz, große Muscheln und unzählige Gemälde von Schiffen und Fischen die Wand. Paula wusste überhaupt nicht, wo sie zuerst hinsehen sollte, und fragte sich, wie die Menschen an den gemütlichen und voll besetzten Holztischen im hinteren Bereich der Klause seelenruhig essen konnten, während es doch hier vorne so viel zu sehen gab. Paula hätte vor Aufregung keinen Bissen hinunterbekommen, obwohl das Essen wirklich köstlich aussah. Außerdem wollte sie nicht eine kostbare Reichsmark ausgeben, die sie in New York womöglich dringend brauchen würde.

Erst als die Schwingtür hinter Paula erneut aufgestoßen wurde und sie beinahe erwischte, löste sie sich von dem Anblick. Sie trat ein wenig zur Seite und sah sich um auf der Suche nach jemandem, der hier ihr Geld wechseln würde. Ihr Blick blieb bei einem belustigt wirkenden Mann hängen, dessen Alter schwer einzuschätzen war, denn fast sein ganzes Gesicht verbarg sich hinter einem dichten grauen Bart. Er nickte ihr freundlich zu und wies mit dem Kinn nach rechts, wo auf einer Tür, die Paula im Dunst nicht gesehen hatte, ein großes Schild aus Messing hing, auf dem »Büro« zu lesen war.

Sie nahm erneut ihre Koffer auf und ging hinüber, um an die Tür zu klopfen. Eine Männerstimme bat sie herein. Das Erste, was Paula auffiel, war das große Fenster, das zur Rückseite der Kaje hinausging und weit geöffnet war. Das helle Sonnenlicht als auch die würzige Seeluft waren ein Segen und Paula atmete tief ein. Hinter einem schweren Schreibtisch saß ein junger Mann, der ihr einen Stuhl anbot und dann gewissenhaft Paulas Geld zählte. Dreihundertsechsunddreißig Reichsmark besaß sie insgesamt. Ein unglaubliches Vermögen. Jetzt, da dieser Betrag einmal ausgesprochen war, hatte Paula plötzlich Sorge, das Geld zu verlieren, und war ein wenig erleichtert, als ihr der Mann mit einem Lächeln den deutlich flacheren Stapel der fremdartigen Dollarnoten reichte. Dreihundertsechsunddreißig Reichsmark waren umgerechnet achtzig Dollar. Das amerikanische Geld fühlte sich ganz anders an als die dünnen und viel bunteren Reichsmarkscheine. Glatt und stark. Die Bilder von den ehemaligen Präsidenten gefielen ihr auf den ersten Blick besonders, aber die würde sie sich später in Ruhe anschauen. Sie bedankte sich, verstaute ihr Geld sorgfältig in der Geldbörse und diese wiederum in ihrer Handtasche. Beim Hinausgehen staunte sie noch einmal über die Meerjungfrau, nickte dem Mann mit dem Bart zu und trat nach draußen. Der Himmel war strahlend blau, und über der Kaje kreisten unzählige Möwen, die sich wohl den einen oder anderen Brotkrumen erhofften und deren Geschrei so laut war, dass es ab und zu sogar den Lärm der Menge übertönte. Die Hinweisschilder zur Pass- und Gepäckkontrolle und die zur medizinischen Untersuchung für die Reisenden hatte sie schon auf dem Weg hierher entdeckt und musste jetzt nicht lange suchen.

Wie Herr Behrend es vorausgesagt hatte, war die Schlange bei der Gepäckkontrolle nicht mehr besonders lang und sie musste nur kurz warten, bis sie an einen der breiten Tische gerufen wurde. Sie hatte beobachtet, dass manche Passagiere Fragen beantworten und ihre Koffer öffnen mussten. Siedend heiß fielen ihr wieder die Geschenke für die Behrends ein und sie drückte sich selbst die Daumen, dass sie hier unbeschadet durchkommen würde. Der ältere Beamte, der für sie zuständig war, sah mit seinem grauen Bart beinahe aus wie der Zwillingsbruder des netten Herrn in der Bar, aber davon gab es hier sowieso einige – und sie konnten ja wohl nicht alle miteinander verwandt sein. Dieser Beamte wollte anscheinend lieber plaudern, als ihr Gepäck zu untersuchen. Nachdem er gehört hatte, wo Paula herkam, bat er sie, einige Worte in ihrem schwäbischen Dialekt zu sagen, was Paula einerseits belustigte, andererseits auch beschämte. Sie nannte ihm ein paar, die ihr auf die Schnelle einfielen, und war peinlich berührt, als er laut auflachte, aber sie wollte auch nicht unhöflich sein, denn dann hätte er sich vielleicht doch noch für ihren Kofferinhalt interessiert. Paula war froh, dass hinter ihr noch ein paar weitere Reisende auf die Gepäckfreigabe warteten. Und als sie nach ein paar Minuten ohne ihre beiden Koffer weiterziehen konnte, an denen nun ein Anhänger hing, auf dem zu lesen war, dass diese Koffer Paula Wilhelm mit der Passagiernummer 9 011 990 420 577 gehörten, die in der Kabine S178 D untergebracht war, keinerlei zu beanstandende Güter enthielten und somit für die Überfahrt freigegeben waren, war sie mehr als erleichtert.

Nun fehlte noch die medizinische Untersuchung, aber auch die passierte sie schnell und begleitet von einem netten

Lächeln der jungen Krankenschwester, die ihr beim Verlassen des Untersuchungszimmers viel Glück wünschte und ihr zuflüsterte, wie sehr sie selbst davon träumte, eines Tages in die Welt zu reisen. An der Passkontrolle wurde sie etwas strenger betrachtet, aber bevor sie wirklich unruhig werden konnte, hatte auch dieser Beamte einen großen Stempel mit viel Schwung auf ihre Papiere sausen lassen und Paula durch den Durchgang gewunken. Die nächste Kontrolle würde ihr erst bei der Ankunft in New York bevorstehen, aber bis dahin war ja noch viel Zeit.

An der Kaje spielte die Kapelle immer noch unermüdlich Seemanns- und Reiselieder, Lieder vom Abschied und immer wieder zwischendrin »Muss i denn, muss i denn …« Gern hätte Paula ihrer Mutter erzählt, dass ausgerechnet dieses so vertraute Lied aus der Heimat hier so beliebt war wie kein anderes. Sie nahm sich vor, sofort nach Hause zu schreiben, wenn sie an Bord war.

Kapitel 10

Es war unfassbar. Paula hatte mit engen Kabinen, viel zu vielen Menschen, mit unangenehmen Gerüchen und einem ständig schwankenden Boden gerechnet. Aber nicht mit der unglaublichen Eleganz eines Luxushotels, die sie im Bauch dieses Wals erwartete, sobald sie über die schmale und schwankende Gangway balanciert und oben angekommen war.

Überall lagen rote Teppiche, die Paula das Gefühl gaben, wie eine Königin empfangen zu werden. Wände und Böden waren mit satt glänzendem Holz vertäfelt, und in großen silbernen Vasen standen riesige Blumensträuße aus Lilien oder Gladiolen, deren Blüten so farbenprächtig leuchteten, dass Paula sie für Seidenblumen hielt.

Stewards in blauen Uniformen mit unzähligen blank polierten Knöpfen und runden Pagenhüten standen Spalier und bemühten sich, die Neuankömmlinge willkommen zu heißen und das Chaos einigermaßen unter Kontrolle zu behalten. Paula hatte sowohl ihre Passagiernummer als auch die Nummer ihrer Kabine parat, war aber dennoch hoffnungslos verloren zwischen all den Menschen und sehr dankbar dafür, dass sie nicht auch noch ihre Koffer hindurch bugsieren musste.

»Herzlich willkommen an Bord der Bremen, junge Dame, mein Name ist Peter Wilkens, wie kann ich Ihnen helfen?«

Ein Steward, der kaum älter war als Paula selbst, hatte die Hand nach ihren Papieren ausgestreckt und lächelte sie freundlich an. Dankbar gab sie ihm das Kuvert mit allen wichtigen Informationen.

»Bett A, Kabine S178 auf dem D-Deck! Da haben Sie aber Glück gehabt.« Er neigte sich ein wenig nach vorne und zwinkerte ihr zu. »Dort ist es nicht so laut, und Sie sind ganz nah an den Aufzügen und der Treppe nach unten zum E-Deck, wo Ihr Speisesaal liegt. Da gibt es sogar eine koschere Küche.« Er nickte so stolz, als sei er selbst für die Zubereitung zuständig. »Essen Sie koscher?«

Paula schüttelte den Kopf. Sie wusste noch nicht einmal, was das war. »Dann also das D-Deck.« Er lächelte wieder und wies nach links. »Ihre Kabine liegt steuerbord. Am besten, Sie gehen hier vorne den Gang entlang Richtung Bug, bis Sie zum Treppenhaus kommen, das über alle Decks sowohl nach oben und nach unten führt. Wenn Sie mal aufs Sonnendeck wollen, dann ist das auch Ihr Weg nach oben, aber das erklärt sich ja von selbst.« Paula schwirrte der Kopf von all den Buchstaben und fremden Begriffen. »Zu Ihrer Kabine gehen Sie eine Treppe nach unten, dann nach links und immer weiter bugwärts.« Als er Paulas verständnislosen Gesichtsausdruck bemerkte, begann er zu lachen. »Nach vorne, für Landratten. Dann immer den Gang entlang und voilà: Schon stehen Sie vor Ihrer Tür.«

Paula nickte langsam, als er ihr einen hektografierten Plan in die Hand drückte und einen Kringel um ein winziges Viereck machte, in dem S178 stand das offensichtlich ihr Ziel war. Ob sie je dort ankommen würde, war fraglich.

»Falls Sie sich mal verlaufen sollten, hilft ihnen jeder Steward gern, oder Sie halten Ausschau nach diesen Tafeln.« Er wies auf die Wand hinter ihm, an dem ein großer Plan des Schiffes hing, auf dem alle Restaurants, Bibliotheken, Rauchsalons, Promenaden und Decks und was es sonst noch gab, eingezeichnet waren und winzige Glühbirnen leuchteten. »Dort können Sie eingeben, wohin Sie gehen wollen, und die Lämpchen zeigen Ihnen den Weg. Ist das nicht eine großartige Erfindung?«

Das war es in der Tat. Vermutlich würde sie die nächsten Tage vor diesem Wunderding verbringen, bis sie schließlich in New York angekommen waren. Wieder einmal wünschte sie sich, dass ihre Brüder hier sein und Dinge wie diese Tafel mit eigenen Augen sehen könnten. Kurt würde sich sicher sofort dasselbe für alle Straßenbahnverbindungen zu Hause wünschen. »Am besten, Sie gehen gleich in Ihre Kabine und dann zur Promenade auf dem A-Deck, dann können Sie dabei sein, wenn wir ablegen. Das sollten Sie sich auf keinen Fall entgehen lassen!« Er sah auf seine Uhr. »Aber lassen Sie sich nicht aus der Ruhe bringen. Sie haben noch beinahe eine Stunde Zeit.«

Paula schenkte ihm ein Lächeln, als er ihr viel Glück wünschte, das sie wohl gebrauchen konnte, und versprach, dass er ebenfalls die Augen nach ihr offen halten würde.

Nachdem Paula aus der Halle in den Gang abgebogen war, den Peter Wilkens ihr angewiesen hatte, wurde es deutlich leiser. Die in Beige und Rot gehaltenen Läufer verschluckten das Geräusch ihrer Schritte, die Stimmen aus der Halle verschwammen zu einer einzigen summenden Melodie, und Paulas Gefühl der Orientierungslosigkeit wurde schnell weniger. Es gab vorne, hinten, oben und unten schlimmstenfalls eine Reling, hinter der der Ozean lag, sagte sie sich. Außerdem war sie auf der Bremen angekommen, das war die Hauptsache, und ihre Kammer zu finden, konnte nicht schwerer sein, als das Abteil im Zug von Stuttgart nach Bremerhaven ausfindig zu machen.

Erstaunlich schnell stand Paula tatsächlich vor ihrer Kabinentür und nachdem sie sie geöffnet hatte, stellte sie fest, dass sie die Erste war.

Die Kammer war winziger als jedes Zimmer in der Klingenstraße, aber unglaublich praktisch eingerichtet. Direkt hinter der Tür befanden sich links und rechts zwei Stockbetten aus dunklem Holz und an deren Fußende jeweils ein Kleiderschrank, der in der Mitte unterteilt war, sodass jeder wusste, welcher Platz für ihn vorgesehen war. Am Kopfende der Kabine entdeckte Paula einen Waschtisch mit einem Waschbecken und vier Fächern, sodass auch hier jeder sein eigenes hatte, und einem kleinen rechteckigen Spiegel darüber.

Paula legte ihre Tasche und ihren Mantel auf das obere linke Bett, an dessen Seitenkante ein Messingschild mit dem Buchstaben A angebracht war. Das hier würde also ihr Zuhause für die nächsten Tage sein, bis sie in New York an Land gehen würde. Dass man in etwas mehr als vier Tagen einmal um den halben Globus reisen konnte, war ihr immer noch unbegreiflich.

Nachdem sie schnell ihre Sachen im Schrank untergebracht hatte, schloss sie ab und nahm das Treppenhaus nach oben, um der Empfehlung des Stewards zu folgen und zum A-Deck zu gelangen.

Von der Reling aus konnte sie beobachten, wie die Kofferträger immer noch die schier unendliche Menge an Gepäckstücken in den riesigen Rumpf der Bremen transportierten. Sie trugen teilweise vier Koffer gleichzeitig, während sie sich über die schmalen Gangways aneinander vorbeischoben und, wenn der Untergrund mächtig ins Schwanken geriet, immer wieder laut lachten, was teilweise sogar bis zu Paula hinauf zu hören war. Kaum zu glauben, dass dabei keines der Gepäckstücke ins Wasser fiel.

»Wie fleißige Ameisen, nicht wahr?«

Paula hatte nicht bemerkt, das sich eine junge Frau in ihrem Alter neben sie an die Reling gelehnt hatte und ebenfalls nach unten spähte. Sie hatte weizenblonde Haare, die sie im Nacken zu einer Rolle zusammengesteckt hatte, trug einen dunkelblauen schmal geschnittenen Rock und eine weiße Bluse mit einem kleinen Bubikragen. Als sie zu Paula hinübersah, blitzten ihre blauen Augen unternehmungslustig. Paula fand sie wunderschön.

»Alma Winter. Wie Sommer, nur … na du weißt schon, kälter.« Sie streckte Paula die Hand hin und lachte über Paulas verwirrtes Gesicht. »Auf dem Weg nach New York und von dort direkt zu Paramount Pictures. Genau wie Marlene. Marlene Dietrich.« Sie seufzte und stützte ihr Kinn auf die Hände. Für einen Moment sah sie wirklich aus wie ein Filmstar. Paula glaubte Alma jedes Wort. »Ich habe eine Fotografie von der Dietrich gesehen, als sie letztes Jahr nach Amerika gereist ist. Wusstest du, dass sie auch auf der Bremen gefahren ist? Vielleicht stand sie genau hier!« Alma seufzte wieder und sah verträumt in die Ferne. »Wenn ich sie nur einmal in Wirklichkeit sehen könnte. Am besten gleich an einem Filmset! Wenn ich nur schon dort wäre …« Sie lachte. »Entschuldige. Ich träume immer zu viel. Und wer bist du?«

Paula hatte noch nie so blonde Haare und so blaue Augen gesehen. Plötzlich kam sie sich schrecklich provinziell vor.

»Paula. Wilhelm. Wie …« Ihr fiel auf die Schnelle nichts ein. »Aus Stuttgart.«

Mit Gablenberg hätte Alma vermutlich nichts anfangen können.

»Paula aus Stuttgart, wie schön, du bist es wirklich! Ich habe dich schon gesucht! Der nette und unglaublich gut aussehende Steward, der mir meine Kabine gezeigt hat, vielmehr unsere, hat mir gesagt, dass ich dich hier finde. Paula, wir sind Kabinenschwestern, ist das nicht fabelhaft?« Sie klatschte begeistert in die Hände, als hätte sie eine alte Freundin wiedergetroffen und nicht nur ihre zufällige Reisebegleitung. Noch dazu sah Alma eher aus, als gehöre sie in die zweite, wenn nicht in die erste Klasse.

»Bist du dir sicher? Du …«

»Was?« Alma lachte. »Hast du gedacht, du bekommst die Kabine ganz für dich allein? Da hast du dich getäuscht. Immerhin haben wir beide zum Glück die oberen Betten. Wenn ich dir sage, dass unter dir eine ziemlich dicke Frau und unter mir ihre genauso dicke Tochter liegen, bist du bestimmt doppelt froh, dass du oben schlafen kannst, nicht wahr? Ach, Paula, sag schon: Ist das alles nicht furchtbar aufregend?«

Paula lachte. Sie war vielleicht aus Gablenberg, noch nie auf einem Schiff gewesen und hatte keine Ahnung, was mit all den Decks, mit Steuerbord, Backbord, Bug und Heck gemeint war, aber mit Aufregung aller Art kannte sie sich bestens aus. Und die wunderschöne Alma hier war so aufgeregt, dass sie kaum still sitzen konnte, außerdem war ihre Begeisterung ansteckend.

»Redest du eigentlich immer so viel?«, fragte Paula belustigt.

»Auf jeden Fall«, antwortete Alma und grinste.

Ob Alma Winter ihren Traum wahrmachen und eines Tages eine berühmte Schauspielerin sein würde, wusste Paula nicht, aber dass die junge Frau schon jetzt ein Glücksfall in ihrem Leben war, da war sie sich sicher. »Ehrlich, ich habe schon befürchtet, mich so zu verlaufen, dass ich meine Kabine und mein Gepäck erst wiederfinden würde, wenn wir schon in New York angekommen sind«, gestand Paula ihr.

»Und ich habe mir vorgenommen, das Verlaufen zur Kunstform zu erheben, mich so bald wie möglich bestens auszukennen und dann in die erste Klasse zu schmuggeln. Wenn mich jemand entdeckt, dann tu ich so, als wüsste ich den Weg nicht mehr!« Alma kicherte. »Eine Schauspielerin muss immer fleißig üben.« Sie zwinkerte Paula zu. »Kommst du mit?«

»Wohin? Nach Hollywood?«

»Nein, nur in die erste Klasse!« Alma lachte, und Paula fiel mit ein. Das hier war ein ganz besonderer Moment. Es hatte sie so viel Mut und Anstrengung gekostet, hier zu sein, und sie wollte ihn bewusst erleben. Andererseits: Was war schon dabei, sich auf dem Schiff ein bisschen die Füße zu vertreten und vielleicht den einen oder anderen Fuß in die Welt des Luxus zu setzen? Hatte sie sich nicht selbst so viele Male in diese Welt geträumt und schließlich auch deshalb diese Reise unternommen? Wenn nicht in den nächsten Tagen mit ihrer neuen Freundin, die sich offenbar alles traute, wann dann? Alma Winter schickte wirklich der Himmel.

»Ich bin dabei.« Feierlich streckte Paula ihr die Hand hin.

»Sehr gut. Hast du übrigens gewusst, dass es ein Schwimmbad gibt?«, fragte Alma. »Man könnte meinen, dass die Passagiere auf dem Meer genug Wasser um sich haben. Aber nein, nicht die der ersten Klasse.« Sie schüttelte den Kopf.

»Das Schwimmbad habe ich auch schon auf dem Plan entdeckt. Und die Rauchsalons, das Minigolffeld und das Flugzeugkatapult! Friseure, einen Spielplatz und eine Gärtnerei! Wie eine eigene Welt auf dem Wasser! Beinahe schade, dass wir nur so kurz unterwegs sind.«

Alma nickte. »Darauf einen Drink, oder? Was meinst du: Lieber im Wintergarten, im Damensalon oder auf der Hauptpromenade?« Wie eine feine Dame spreizte sie den kleinen Finger ab und klimperte mit den Wimpern. Schon allein das Wort »Drink« klang für Paula verheißungsvoll, die noch nie etwas anderes als Most, Bier oder Wein getrunken hatte.

»Was hältst du vom Sonnendeck? Ich habe gehört, dass da die Stewards sogar an den Liegestühlen vorbeikommen und ein Getränk servieren. Kannst du das glauben?«

»Ich glaube es und ich will es sehen. Komm mit!«

Bevor sie sich allerdings nach oben aufmachen konnten, tutete die Bremen so laut, dass Paula zusammenzuckte und sich erschrocken die Ohren zuhielt.

Alma lachte. »Du bist mir ja eine schöne Landratte, Paula. Dieses Geräusch hören wir Bremerhavener gar nicht mehr. Es gehört zu uns dazu wie das Geschrei der Möwen und das Schlagen der Wellen am Deich. Du wirst aber nicht seekrank, oder?« Prüfend musterte sie Paula, die ihr vor allem Letzteres gern versprochen hätte, aber keine Ahnung hatte, wie sie auf Wellen in welcher Höhe auch immer reagieren würde.

»Ich hoffe nicht«, antwortete sie, als die Bremen erneut tutete. Dieses Mal war sie besser vorbereitet und erschrak nicht mehr, sondern beugte sich über die Reling, um die grünweißen Wirbel zu bewundern, die dort unten entstanden waren.

Die letzten Taue und Gangways wurden mit lauten Rufen

und Geklapper eingezogen, und sowohl unten an der Kaje als auch an Bord zückten die Menschen ihre Taschentücher, um zu winken und um Abschiedstränen zu trocknen. Aus dem Bauch des Wals erhob sich ein tiefes Brummen und ein Rumpeln, das sie die nächsten vier Tage begleiten würde.

Gerade als Paula sich fragte, ob sie wirklich das Richtige tat, legte Alma ihr den Arm um die Schulter.

»Leb wohl, altes Leben«, sagte sie leise.

»Willkommen, neue Welt«, vervollständigte Paula ebenso leise ihren Satz. Ihre Zweifel waren verschwunden.

Kapitel 11

Freitag, 29. Juli 1932, New York

Liebste Mutter, (lieber Richard, lieber Kurt!),

nun komme ich endlich dazu, dir zu schreiben! Eigentlich wollte ich das sofort tun, aber dann hatte ich doch keine Zeit. Und jetzt sitze ich hier an Deck und warte darauf, mich in Ellis Island registrieren zu lassen, und hoffe, dass der gute Peter dafür sorgt, dass du diesen Brief baldmöglichst in deinen Händen hältst. Von Peter gleich mehr. Du kannst dir nicht vorstellen, wie aufregend die letzten Tage gewesen sind! Dabei habe ich mir oft genug gewünscht, ich könnte schnell runter in den Milchladen laufen und dir von meinen Abenteuern und all dem, was ich gesehen habe, erzählen. Ich gebe zu, wenn ich abends in meiner Koje liege und an dich denke, wird mein Herz manchmal ein bisschen heimwehschwer. Sobald ich dann die Augen schließe, sehe ich eure lieben Gesichter vor mir, rieche den Duft der Blüten vom Flieder im Garten, höre die Hühner gackern, den Wasserkessel auf dem Herd, den Klingenbach oben am Platz und das Geräusch der Leiterwagen auf der Straße. Sag, Mutter, ist es nicht merkwürdig, an was man sich erinnert? Manchmal, wenn das Heimweh zu schlimm wird, spreche ich »unser« Kindergebet, dann höre ich auch deine Stimme ganz nah an meinem Ohr und dann geht es mir gleich besser.

Abends, wenn ich schlafen geh, vierzehn Englein um mich steh'n …

Aber jetzt, da ich schreibe, ist es schon wieder leichter, denn es fühlt sich an, als würde ich dir nach einem langen Tag doch noch alles erzählen. Ich hoffe, du freust dich mit mir darüber, dass diese Reise schon gleich am Anfang so viel mehr Gutes und Aufregendes für mich bereitgehalten hat, als ich es je erwartet hätte. Stell dir vor: Ich war kaum auf dem Schiff, da habe ich eine Freundin gefunden. Alma heißt sie, und du würdest sie bestimmt genauso hinreißend finden wie ich. Sie ist nicht nur so schön wie ein Filmstar (der sie in naher Zukunft gern sein würde, weshalb sie überhaupt nach Amerika aufgebrochen ist), sondern auch mutig, voll verrückter Ideen, sie hat ein gutes ehrliches Herz und hat mich in den letzten Tagen unzählige Male zum Lachen gebracht, selbst wenn es mir gerade gar nicht danach zumute war. Zum Beispiel, als plötzlich meine gute Bürste verschwunden war, oder als ich zufällig ein Gespräch an Deck belauscht habe und erfahren musste, wie erfolgreich die NSDAP bei den Wahlen abgeschlossen hat und dass es danach schon wieder schlimme Straßenkämpfe mit den Kommunisten gab – und als ich euch eines Abends dann doch sehr vermisst habe. Aber die Bürste ist wieder aufgetaucht. Emmi, die kleine Tochter von Frau Schwertfeger, die sich beide die Kabine mit Alma und mir teilen, fand sie so schön, dass sie sie einfach eingesteckt hat.

Aber zurück zum Schiff: Alma und ich waren wirklich überall. Am Anfang haben wir uns noch kaum von unserem Deck getraut, aber dank Peter Wilkens, einem Steward, der sich ganz sicher heimlich in Alma verguckt hat und über die paar Tage zu einem Verbündeten auf See, ja zu einem Freund geworden ist, haben wir uns bald bestens ausgekannt und waren in den Salons der ersten Klasse, einmal sogar zum Tee! Es gab köstliche kleine Kuchen und mit Gurken belegte, sehr blasse Brote, die sie hier Sandwiches nennen und die langweiliger schmecken als eingeschlafene Füße. Da habe ich sofort unser eigenes knuspriges Brot aus dem Backhaus vermisst und ein Stückchen Salzkuchen mit viel Schnittlauch dazu. Oh, wenn du wüsstest, wie mir gerade allein vom Schreiben das Wasser im Mund zusammenläuft ...! Da fällt mir ein, liebe Mutter, wenn du mir schreibst, bitte schicke mir doch das Rezept für den Salzkuchen zu (das für das Brot habe ich ja schon), damit ich nicht länger davon träumen muss. Die Behrends freuen sich sicher auch darüber. Jedenfalls: Peter hat uns sogar in das Schwimmbad der Bremen gelassen, als wir ein bisschen Seegang hatten – und er hat Wache gestanden, während Alma und ich geschwommen sind. Nachts! Ich glaube, der gute Peter hat dabei Kopf und Kragen riskiert, aber ach, es war so herrlich! Habt ihr gewusst, dass das Wasser im Schwimmbad mit den Wellen draußen ein wenig mitschwappt? Wir haben so gelacht, dass ich beinahe untergegangen wäre, und ich bin sehr froh, dass uns niemand erwischt hat.

Es ist ein komisches Gefühl, wenn man tagelang nur Wellen sieht und eigentlich immer alles schwankt. Und geschwankt hat es zwischendurch ganz schön. Einige Passagiere sind sogar seekrank geworden, die Armen. Auch Frau Schwertfeger hat es erwischt und sie hat die halbe Überfahrt an Deck verbracht. Da draußen gab es einige grüne Gesichter und viele, die in Decken eingewickelt auf den Liegestühlen lagen und vor sich hin gestöhnt haben.

Was für ein Glück, dass mein Magen nicht so empfindlich ist. Im Gegenteil: Ich habe das Schwanken regelrecht genossen. Es hat mich ein wenig an die Schiffschaukel auf dem Cannstatter Wasen erinnert. Niemals hätte ich mir außerdem das Essen entgehen lassen – stell dir vor, es gibt dreimal am Tag eine Mahlzeit –, sie wird serviert! Was für ein Luxus! Ich kann mir kaum vorstellen, was die Passagiere in der ersten Klasse bekommen und hoffe sehr, nicht alles ist so blass und vornehm wie die Sandwiches. Peter hat für Alma und mich irgendwann eine halb leere Flasche Champagner stibitzt (ganz sicher ist er verliebt), und so konnten wir beide einmal probieren, aber ganz ehrlich: Ich finde, es schmeckt nach alten Korken. Auch das ist nicht mein Fall. Vielleicht bin ich einfach nicht für die gehobene Gesellschaft gemacht. Aber wer weiß das schon? Vielleicht kann man sich auch daran gewöhnen. Sei's drum. Alma und ich haben uns trotzdem sehr vornehm gefühlt und beim Trinken den kleinen Finger abgespreizt. Einmal habe ich sogar den Kapitän des Schiffes zufällig auf dem Gang getroffen. In seiner Uniform sah er unglaublich beeindruckend aus. Stell dir vor, er heißt Kommodore Ziegenbein. Ist das nicht lustig? Alma behauptet außerdem, dass sie Johnny Weissmüller gesehen hat, den Schauspieler, der Tarzan spielt, und Karl Lämmle, diesen berühmten Filmstudioboss, der aus Deutschland kommt und in Los Angeles eine Filmgesellschaft gegründet hat. Was sie alles weiß! Für mich war er nur ein ganz normaler alter Mann mit Hut, der uns da an Deck entgegengeschlendert kam, aber Alma war außer sich vor Freude, und ich konnte gerade noch verhindern, dass sie plötzlich einen ihrer Monologe aus irgendeinem Stück zum Besten gab. Ach Mutter, wir haben so viel Spaß auf dieser Überfahrt gehabt, dass ich gern noch ein wenig weitergefahren wäre. Aber dann, ganz früh heute Morgen, hat uns Peter geweckt.

Es war noch dunkel und wir standen zu dritt mit nur wenigen anderen auf dem obersten Promenadendeck. Eingewickelt in Decken, jeder mit einem Becher heißem Tee in der Hand, den der gute Peter für uns alle mitgebracht hat. Wir waren ganz still, noch müde von der kurzen Nacht und gleichzeitig hellwach von der Aufregung, die einen bei dieser Reise einfach erfassen muss! Zunächst war es nur eine Ahnung, aber dann! Du kannst dir diesen Moment nicht vorstellen, als plötzlich vor uns die Silhouette von New York auftauchte. So … groß und funkelnd im anbrechenden Morgen, so fremd, majestätisch und klar. Und bunt! In Wirklichkeit ist diese Stadt noch einmal viel beeindruckender als auf den Postkarten von Herr Behrend! Es ist eben etwas anderes, ob man nur eine Schwarz-Weiß-Fotografie von etwas in der Hand hält oder die echte, lebendige Stadt vor Augen hat!

Die Passagiere der ersten und zweiten Klasse durften schon in Lower Manhattan von Bord gehen, nachdem sie auf der Bremen untersucht wurden und die Einreiseformalitäten erledigt haben, aber wir anderen müssen noch einmal an Bord Abschied nehmen von den Wolkenkratzern und den Piers und den Menschen, die dort auf unsere Ankunft warten. Also wieder auf ein Schiff (wenn auch ein viel kleineres) und raus, den Hudson entlang, zurück Richtung Meer und nach Ellis Island. Aber das ist mir gleich! Ich bin hier, Mutter! Und ich kann es kaum glauben! In meinem Bauch schlagen die Schmetterlinge Purzelbäume, als wäre ich verliebt. Und das bin ich auch! In diese Stadt! In das Leben! Und die grün schimmernde Freiheitsstatue, die da wie eine Wächterin steht und mit prüfendem Blick auf all die Einwanderer heruntersieht, ihre goldene Fackel stolz in den Himmel gereckt. Was denkst du, ob ich wohl hier mein Glück finden werde?

Ich muss zugeben, dass sich zu den Schmetterlingen auch ein wenig Angst gesellt. Vor dem, was da vor mir liegt, ob ich euch alle eines Tages wiedersehen werde. Vor der Frage, wohin diese Welt sich entwickelt und ob mein Platz nicht doch bei euch gewesen wäre. Aber dann ermahne ich mich, denn wenn schon ausgerechnet ich dieses Abenteuer erleben darf, dann sollte ich es doch wohl so gut es geht genießen, nicht wahr?

Ach, es gäbe noch so viel zu erzählen und das werde ich auch tun, sobald ich einmal bei den Behrends angekommen bin, aber nun muss ich Schluss machen, denn Peter ruft uns schon wieder.

Es wird Zeit, von der Bremen und dieser tollen Zeit an Bord Abschied zu nehmen. Die Fähren warten auf uns, und Peter hat versprochen, den Brief in Deutschland einzuwerfen, damit du ihn bald hast. Nun, da ich an Land gehen werde, bin ich noch aufgeregter als schon die ganze Zeit und hoffe, dass alles klappt, ich mein Gepäck nicht verliere, die Behrends mich abholen und New York mich genauso freundlich empfängt wie Peter und Alma, als ich vor vier Tagen an Bord gegangen bin. Aber diesen Moment, als die riesigen Wolkenkratzer vor uns aufgetaucht sind – zuerst winzig und dann immer größer –, den werde ich mein Leben lang nie vergessen.

Liebste Mutter, ich umarme dich in Gedanken. Gib Kurt und Richard einen Kuss von mir, sag ihnen, sie sollen nicht so frech sein und vor allem ihrer großen Schwester auch einmal schreiben! Bitte grüß auch Philip von mir und Herrn und Frau Kaiser und Ingrid natürlich. Ich hab dich so lieb! Und ich schreibe ganz bald wieder!

Deine Paula

Die Fähre, die sie nach Ellis Island zurückbrachte, war den Wellen sehr viel mehr ausgeliefert als die große Bremen. Paula hatte ihr Gepäck zwischen ihren Füßen abgestellt und hielt sich an der Reling fest. Viele der anderen Passagiere hatten sich hingesetzt, um nicht ganz so sehr hin- und hergeworfen zu werden, aber Paula wollte nicht einen einzigen Augenblick diese Ankunft verpassen und konnte sich nicht entscheiden, ob sie zurück zur Stadt oder nach vorne zur Freiheitsstatue schauen sollte. Überall fuhren kleine Fischerboote, Schiffe in allen Größen und zwei große dunkelorange leuchtende Fähren, und nach den stillen Tagen auf See fühlte sich Paula beinahe, als wäre sie im Getümmel einer überdimensional großen und ziemlich feuchten Ankunftshalle gelandet, in der jedes Schiff und noch so kleine Boot einer vorbestimmten Choreografie folgte, um sich nicht gegenseitig in die Quere zu kommen. Alma hatte sich ebenfalls fürs Stehen entschieden und – für sie sehr ungewöhnlich – sprach kein Wort. Vor ihnen sah sie den blonden Schopf von Emmi, die mit ihrer Mutter weiter vorne saß und es sicher kaum erwarten konnte, endlich ihren Vater wiederzusehen. Es war wirklich seltsam: Obwohl sie Frau Schwertfeger nicht besonders sympathisch gefunden hatte, so erfüllte es sie doch für einen Augenblick mit Wehmut, dass sie die beiden – und vor allem Emmi – nicht mehr wiedersehen würde. Sie wünschte den beiden von Herzen, dass sie in Amerika vorfinden würden, was sie sich erhofft hatten. Und sich selbst wünschte sie es auch.

Die Bremen hinter ihnen wurde immer kleiner. Als Paula für einen Augenblick zurücksah, konnte sie schon die Gesichter an Deck nicht mehr auseinanderhalten. »Auf Wiedersehen, Peter«, murmelte sie und hob für einen Augenblick die Hand, obwohl sie wusste, dass er sie ebenfalls nicht mehr unter all den anderen ausmachen konnte. Sie hatten so viel Spaß zu dritt gehabt, dass er in ihrer Mitte fehlen würde. Aber er hatte gar nicht vorgehabt zu bleiben und außerdem seiner Mutter versprochen zurückzukommen, weil sie ihn sonst gar nicht erst hätte mitfahren lassen. Peter hielt sein Wort. Immer. Insofern glaubte Paula ihm, als er sagte, auch sie würden sich eines Tages wiedersehen.

Je weiter sie sich von New York entfernten, umso besser konnte Paula die einzelnen Gebäude ausmachen, und Paula konnte plötzlich einen winzigen Freudenschrei nicht mehr unterdrücken. »Alma! Das Empire State Building! Siehst du es? Und rechts davon: Ist das nicht das Chrysler Building?« Aufgeregt kniff sie ihre Freundin in den Arm, die sie lachend abwehrte.

»Autsch! Natürlich sehe ich beide! Und rechts außerdem die Brooklyn Bridge, wenn ich mich nicht täusche! Wir sind da, Paula! Wir sind wirklich angekommen!«

Sie zog ihre Freundin in eine feste Umarmung, die Paula allzu gern erwiderte, und drückte ihr einen übermütigen Kuss auf die Schläfe. »Kneif mich noch mal, Paula, ja? Sonst kann ich es vielleicht doch nicht glauben.« Lachend wich sie ihr aus, als Paula tatsächlich Zeigefinger und Daumen ausstreckte. »Keine Sorge, ich tu dir nichts. Aber sag schnell: Was machen wir als Erstes, wenn wir wirklich dort drüben sind?«, fragte Paula aufgeregt und ließ ihre Hand sinken.

»Ich finde, wir sollten zur Feier des Tages Eiscreme essen!«, sagte Alma wie aus der Pistole geschossen, und Paula musste schon wieder lachen. »Auf keinen Fall, Alma Sommer wie Winter! Zuerst suchen wir uns einen richtigen Job. Und dann essen wir Eis von unseren ersten selbst verdienten Dollars.«

»Sei nur nicht immer so vernünftig, Paula Wilhelm, sonst verpasst du den ganzen Spaß!«, sagte Alma und kicherte.

»Und du nicht immer so unvernünftig, sonst hast du bald nichts mehr, wovon du Eiscreme kaufen kannst!«, gab Paula zurück.

Es tat gut, sich zu necken. Es lenkte ein wenig von der Aufregung ab, aber nicht von dem atemberaubenden Anblick dieser Stadt. An das Meer hatte sich Paula schnell gewöhnt, auch wenn sie die unterschiedlichen Blau-, Grau- und Grünschattierungen jede Sekunde auf See hätte beobachten können, ohne sich zu langweilen. Aber an dem Anblick der Stadt würde sie sich nie sattsehen können. Das stand schon jetzt fest.

Sie fuhren mit der Barkasse einen großen Bogen vor Ellis Island und ließen dann die kleine Insel mit der Freiheitsstatue links liegen. Dabei hatte Paula das Gefühl, als würde die imposante Figur ihr ebenso mit dem Blick folgen wie umgekehrt. Die Fähre drosselte die Geschwindigkeit und fuhr langsam in den winzigen Hafen, der ganz natürlich von drei Inseln gebildet wurde. Auf der rechten stand ein großes flaches Backsteingebäude, dessen unzählige Fenster weiß eingefasst waren und auf seinem extra erhöhten Dach vier Türme mit grünen Kupferhüten in der Sonne leuchteten. Für Paula glich es eher einem Schloss als einer Ankunftshalle. Auf den beiden Inseln links und an der Kopfseite befanden sich weitere Gebäude, die ähnlich, aber sehr viel schlichter gestaltet waren. Von Peter wusste Paula, dass es sich hierbei um die Krankenhäuser mit ihren unterschiedlichen Abteilungen handelte. Von ansteckenden Krankheiten, über ein Geburtshaus und eine Einrichtung für psychische Beschwerden war alles dabei. Hier wurden kranke Ankömmlinge untergebracht, bis sie gesund waren und einreisen konnten – oder auf Kosten der Reederei wieder nach Hause geschickt wurden.

Paula hatte an Bord von diesem Krankenhaus gehört. Es gab angeblich Passagiere, die Wochen, Monate und sogar Jahre dort verbracht hatten.

Die Stadt lag nun direkt hinter dem Gebäude und war nicht mehr zu sehen. New York war gleichzeitig so nah und immer noch unglaublich fern. Würde alles gut gehen? Würden sie später mit einer anderen Fähre in die Stadt weiterfahren können?

Paula schloss für einen Moment die Augen, bevor sie sich in die lange Reihe der aussteigenden, teils aufgeregt schwatzenden, teils angespannt schweigenden Ankömmlinge einreihte. Als die Fähre sie an den kleinen Landungssteg manövrierte, faltete sie die Hände und weil ihr gerade nichts Besseres einfiel, sprach sie noch einmal das Abendgebet, das ihre Mutter immer mit ihr gebetet hatte, als Paula noch klein war. »Bitte behüte mich, Gott!«, schloss sie, bevor sie nach ihren Koffern griff, einmal tief durchatmete und Alma nach unten folgte, um nach vier Tagen, siebzehn Stunden und zweiundvierzig Minuten endlich festen und vor allem amerikanischen Boden zu betreten.

Kapitel 12

Der Menschenstrom schob Paula Schritt für Schritt über eine überdachte Rampe in Richtung der drei großen Glastüren, deren Flügel weit geöffnet waren. Dahinter lag Dunkelheit.

Je näher sie den Türen kamen, umso weniger wurde um sie herum gesprochen, und es kam Paula fast so vor, als könne sie die Fragen und Ängste hinter der Stille spüren, die alle Reisenden vereinte. Selbst die Kinder waren ruhig. Als Paula schließlich die einzelne Stufe betrat, die sie nach innen brachte, fühlte sie sich für einen Augenblick genauso still und feierlich wie an den Weihnachtstagen, wenn sie gemeinsam mit ihrer Familie die Petruskirche in Gablenberg zum Mitternachtsgottesdienst betrat. Nur die ängstliche Aufregung war anders. Heute verband sich ihr schnell und laut schlagendes Herz mit dem Rhythmus all der anderen Menschen, die gerade angekommen waren. Durch die großen Türen fiel ein wenig Licht in die riesige Halle, in der sich diejenigen schon in einer langen gewundenen Schlange aufgereiht hatten, die vor Paula angekommen waren, um ihr Gepäck abzugeben, das während des Einwanderungsprozesses in großen Lagerräumen aufbewahrt wurde. Dann stellten sie sich wieder an, um zu den beiden breiten Treppen nach oben in den ersten Stock und in die Registry Hall zu gelangen, wo die eigentliche Einwanderungsprozedur begann und von wo zunehmend ein Stimmengewirr aus tausend Sprachen nach unten drang. An den Wänden standen Menschen in Uniform, die denen der Heilsarmee in Deutschland glichen und die die Ankömmlinge immer weiterwinkten. »Welcome to the United States of America, please keep moving. Keeeeep moving.«

Paulas Herz schlug noch ein wenig schneller und Gänsehaut überzog ihre Unterarme, als eine der Frauen in Blau ihr direkt in die Augen sah. Es waren die ersten englischen Worte, die Paula bewusst hörte und sie wäre vermutlich stehen geblieben, um sie anzustarren, wenn vor ihr nicht ein Baby zu weinen begonnen hätte, ein anderes sofort mit einfiel und Alma sie nicht sanft weitergeschoben hätte. Paula war froh, dass ihre Freundin immer noch hinter ihr war. Als die Schlange stockte, streckte sie kurz die Hand nach hinten aus, damit Alma sie drücken konnte. Ein intensiver Geruch nach Schweiß, ungewaschenen Körpern und Feuchtigkeit lag über ihnen und Paula bekam immer schlechter Luft. Sie atmete durch den Mund und hoffte, dass ihre letzte Katzenwäsche an Bord und das Lavendelsträußchen in der Manteltasche ausreichten, um nicht selbst auch so zu stinken.

Auch die Treppen waren von Männern in dunklen Anzügen und mit teilweise beeindruckenden Bärten gesäumt, die all die Menschen vor ihnen genau musterten. Paula beobachtete mit wachsender Sorge, wie der eine oder andere einem Ankömmling mit Kreide irgendein Zeichen auf den Ärmel oder die Schulter malte.

Ängstlich drehte sie sich zu Alma um. »Was machen die da?«

»Sie markieren diejenigen, die sie für nicht gesund halten«, flüsterte Alma und sah sie mit ihren großen blauen Augen aufmunternd an. In ihrem Blick nichts als Aufregung und Zuversicht. Wie machte ihre Freundin das nur? »Sie suchen nach Anzeichen für ansteckende Hautkrankheiten, Augenentzündungen, Tuberkulose und was weiß ich noch alles. Jetzt geht es wirklich los, Paula. Aber wir schaffen das. Wenn, dann wir. Ich weiß es.« Sie drückte Paulas Hand und bedeutete ihr, sich wieder umzudrehen. Alma hatte recht.

Immerhin hatte Paula ein Empfehlungsschreiben von Herrn Behrend und alle anderen nötigen Unterlagen, sie hatte eine Adresse in New York, Menschen, die sie erwarteten, sie war gesund und jung, konnte ein paar Brocken Englisch und sie hatte es bis hierher geschafft. Sie würde es auch weiter schaffen.

Sie straffte die Schultern und lächelte sich selbst aufmunternd zu, als sie die erste Stufe von vielen hinauf zur Registry Hall erklomm. Dabei traf ihr Blick den eines der strengen Herren an der Wand. Aber anstatt ihr ein Kreidezeichen aufzumalen, lächelte er.

Oben öffnete der Raum sich wieder zu einer riesigen Halle, die im Gegensatz zum Eingangsbereich hoch und lichtdurchflutet war. Das Deckengewölbe bestand, wie in einer Kirche, aus mehreren Rundbögen und war weiß glänzend gefliest. Den Boden zierten rote blank polierte Fliesen im Fischgrätmuster. Unzählige Schuhe und vermutlich hin und wieder auch nackte Füße mussten schon darübergegangen sein. Holzbänke verliefen in langen Reihen bis ans Kopfende des Raums, wo mehrere hohe Pulte standen. Unterteilt waren die Bankreihen nur durch Gitterwände, die aussahen wie kleine Käfige und die Abteile bildeten, damit die Immigration-Beamten die Anwesenden der Reihe nach aufrufen konnten. Über den Pulten an der Balustrade eines Balkons, auf dem ein paar wenige Menschen in Uniform die Menge beobachteten, hing eine riesige amerikanische Flagge, deren hübsche Sterne und weißen Streifen im Licht der Mittagssonne leuchteten.

Oben wurden sie erneut und sehr viel gründlicher von Ärzten ins Visier genommen. Sie sahen Paula in die Augen, Ohren und in den Mund, baten sie, ihren Hut abzunehmen, damit sie ihre Kopfhaut anschauen konnten, ließen sie auf einem Bein stehen und sich nach vorne bis zu ihren Füßen beugen, und wenn nicht alle anderen diese Prozedur ebenfalls durchlaufen hätten, wäre Paula sich ziemlich albern vorgekommen.

Sie sah ein C, ein X und ein PG auf manchen Ärmeln und erfuhr später von Alma, die es wieder einmal geschafft hatte, irgendjemanden um den Finger zu wickeln und ein paar mehr Informationen zu bekommen, dass C für Konjunktivitis, X für Verdacht auf mentale Probleme und PG für Schwangerschaft stand und dass es noch viele weitere Buchstaben für die unterschiedlichsten Beschwerden oder Anzeichen davon gab. In dieser riesigen Halle und nach den Tagen auf dem Meer war bestimmt nahezu das ganze Alphabet an möglichen Krankheiten vertreten. Es war also auch nicht verwunderlich, dass immer wieder einzelne Personen oder auch ganze Familien mit Kreidezeichen auf dem Mantel von Krankenschwestern in ihrer weißen Tracht an der Reihe vorbei und zurück in die untere Halle geführt wurden, von wo sie vermutlich zu weiteren Untersuchungen ins Krankenhaus begleitet wurden.

Bei Paula dauerte die Untersuchung lediglich ein paar Minuten. Aber als der Arzt sie mit einem Nicken entließ, bemerkte sie, dass sie beinahe die ganze Zeit die Luft angehalten hatte, und atmete erleichtert aus. Sie ließ sich auf einer der Bänke in dem Abteil nieder, das ihr eine junge Frau in Uniform zugewiesen hatte, und winkte Alma, die ein paar Sekunden nach ihr den strengen Blicken der Ärzte entkommen konnte. Erleichtert nahm Paula wahr, dass auch Emmi und Frau Schwertfeger die Untersuchung überstanden hatten und ein paar Bänke weiter saßen. Unzählige Namen wurden aufgerufen, neue Ankömmlinge füllten nach und nach wieder die Abteile, und es dauerte ziemlich lange, bis Paula und Alma endlich ebenfalls dran waren.

Mit schlagendem Herzen trat Paula vor eines der Pulte, wo sie von einem Beamten streng gemustert wurde. Mit zitternden Händen reichte sie ihm ihre Dokumente. Jetzt galt es. Sie sah dem Mann fest in die Augen und versuchte, sich auf die Vokabeln zu konzentrieren, die sie so fleißig geübt hatte.

»Wie heißen Sie?«, fragte er in einem schnellen Englisch. »Wie alt sind Sie? Sind Sie männlich oder weiblich? Verheiratet oder alleinstehend? Was Sind Sie von Beruf? Können Sie lesen und schreiben?« Paula schwirrte der Kopf, und sie antwortete stockend, weil vor lauter Fragen auf einmal alle Antworten aus ihrem Kopf verschwunden waren. Dabei waren das noch die einfacheren gewesen. Ein paar Sekunden später wollte er wissen, wer für ihre Passage bezahlt hatte, wie ihre Adresse lautete und dann – zu allem Überfluss – wie viele Streifen die amerikanische Flagge hatte, wie der Name des ersten amerikanischen Präsidenten lautete, welcher die Sklaverei beendet hatte, wie die Kolonien hießen und ob sie die Nationalhymne singen konnte.

Paula schwitzte. Neunundzwanzig Fragen waren es insgesamt, und der Beamte feuerte eine nach der anderen auf sie ab. Der Kragen ihrer Bluse wurde immer enger, ihr Mund fühlte sich trocken an, und sie hätte unglaublich gern einen Schluck

Wasser getrunken. Der Tee im Morgengrauen an Deck der Bremen war schon so lange her und seitdem hatte sie sich nicht getraut, irgendetwas zu sich zu nehmen, aus lauter Sorge, im entscheidenden Moment auf der Toilette zu sein oder zu müssen und keine zu finden. Paula hatte noch nicht einmal die Gelegenheit, zu Alma hinüberzusehen, ob es ihr besser erging.

»Waren Sie schon einmal im Gefängnis? Können Sie putzen?«, fragte der Beamte in dem Moment, in dem Paula das Gefühl hatte, gleich ohnmächtig zu werden.

»Yes, I know how to clean, Sir«, antwortete sie und später wusste sie nicht, woher der nächste Satz kam, aber er war draußen, bevor sie es verhindern konnte. »But I am not here to do so.«

Was hatte sie getan? Dank ihrer unüberlegten Aussage würde sie keinen Stempel, keine Einreiseerlaubnis und noch nicht einmal die Erlaubnis bekommen, dieses Gebäude zu besuchen. Aber sie konnte einfach nicht mehr still stehen und abwarten. Entweder man ließ sie nun passieren, oder sie wollte sich draußen eine Weile in die Sonne setzen, einen Schluck trinken und sich dann in Gottes Namen mit Peters Hilfe wieder auf den Heimweg machen. Aber sie war auch nicht den weiten Weg nach Amerika gekommen, um zu putzen. Nicht, dass das eine schlechte Arbeit oder sie sich zu fein dafür war. Im Gegenteil. Aber sie wusste einfach, dass sie für etwas anderes bestimmt war. Und wenn sie es hier nicht finden würde, dann vielleicht zu Hause.

»Miss?! MISS?! MISS WILHELM?!« Sie zuckte zusammen und sah auf, direkt in das Gesicht und das breite Grinsen des Beamten, der ihr alle frisch gestempelten Unterlagen sowie ihre Einreiseerlaubnis entgegenhielt. »Wollen Sie nun nach

New York, oder brauchen Sie vielleicht doch eher eine Krankenschwester?«

Paula schüttelte den Kopf, um direkt im Anschluss heftig zu nicken.

Der Beamte begann zu lachen und gab ihr einen Stift. »Unterschreiben Sie schnell die Deklaration of Intention, bevor ich es mir noch anders überlege.«

Er hatte alles für sie ausgefüllt, und voller Stolz betrachtete Paula für einen Augenblick das hochoffizielle Dokument, das es ihr ermöglichte, in den Vereinigten Staaten von Amerika ihr Glück zu suchen.

»Ich bin kein Anarchist, kein Polygamist, glaube nicht an Polygamie und praktiziere sie auch nicht und ich beabsichtige nach Treu und Glauben, Bürger der Vereinigten Staaten von Amerika zu werden und dauerhaft hier zu wohnen. So wahr mir Gott helfe«, las sie laut vor. Mit Schwung setzte sie ihre Unterschrift unter das Dokument und nickte erneut zufrieden.

Der Beamte schüttelte noch einmal den Kopf, bevor er sie zur linken der durch ein rotes Geländer dreigeteilten Treppe aus schwarzen Stufen schickte, die hinter den Pulten nach unten führte. Es war der Weg für diejenigen, die in die Fähre nach New York steigen durften. Rechts ging es hinunter zur Central Station, von wo aus man mit dem Zug weiterreiste. Die Passagiere hingegen, die den mittleren Gang nehmen mussten, wurden entweder im Krankenhaus erwartet oder mussten wieder nach Hause fahren. An dieser Treppe wurden Familien auseinandergerissen, Paare getrennt. Menschen, die gemeinsam gekommen waren, mussten sich verabschieden und sahen sich vielleicht nie wieder. Paula schauderte allein beim Gedanken daran. Zum Glück musste niemand diese Treppe nehmen, während sie selbst darauf zuging. Sie war erschöpft von den Eindrücken der letzten Stunden, aufgeregt, durstig, verschwitzt und müde, aber sie hatte es geschafft. Paulas Herz pochte nach wie vor wie verrückt, und sie hoffte, irgendwo beim Gepäck Alma finden zu können, um mit ihr gemeinsam das erste Mal mit amerikanischem Geld und auf Englisch an einem kleinen Kiosk etwas zu trinken zu kaufen, bevor ihr Kreislauf völlig in sich zusammenfiel. Auf einmal sehnte sie sich einfach nur nach der Umarmung einer vertrauten Person, nach einem Stuhl und einer Pause. Ja, sie hatte es geschafft und war dennoch den Tränen nahe.

Gerade wollte sie den Fuß auf die erste Stufe nach unten setzen, da hörte sie erneut ihren Namen. Es war die Stimme des Beamten, der ihr gerade all die Fragen gestellt hatte. Ihr Herz setzte für einen Schlag aus, bevor es schneller zu schlagen begann als je zuvor. Hatte er es sich anders überlegt?

Wieder trat sie vor sein Pult und schaute mit banger Erwartung zu ihm hinauf. Er runzelte die Stirn und sah sie durchdringend an.

»Ich habe etwas vergessen!«, sagte er auf Englisch.

Paula hatte das Gefühl, dass er auf ihren Seelengrund sehen konnte und dort nach etwas suchte, das er gegen sie verwenden konnte. Aber da begann er zu lächeln und beugte sich über das Pult, um ihr eine kleine Kopie der riesigen bunten Flagge über ihm in die Hand zu drücken.

»Willkommen in den Vereinigten Staaten von Amerika, Miss Wilhelm!«, sagte er, und Paula musste sich an der Pultkante festhalten, damit ihr nicht doch noch schwarz vor Augen wurde.

Kapitel 13

Donnerstag, 6. Oktober 1932, Yorkville, New York

Liebste Mutter, (lieber Richard, lieber Kurt),

du kannst dir gar nicht vorstellen, wie sehr ich mich über deine lieben Zeilen gefreut habe, Mutter, und darüber, dass du zwischen all den Aufregungen noch Zeit gefunden hast, mir zu schreiben. Ich bin eine Rabentochter, weil ich sicher nicht halb so viel zu tun habe wie du und dennoch erst heute antworte.

Ja, es macht mir genauso viel Sorge wie dir, dass Papen und Hindenburg den Reichstag aufgelöst haben und vor den Neuwahlen am 6. November ist mir fürchterlich bange. Denkt nicht, dass wir hier auf der anderen Seite der Welt nichts mitbekommen. Immerhin gibt es mindestens zwei deutsche Tageszeitungen. Herr Behrend hat The Staats im Abonnement, wie die deutsche New Yorker Staatszeitung genannt wird, und lässt sie immer für Martha und mich auf dem Esstisch liegen. Für die Mädchen ist das nichts, sagt Martha, immerhin geht es nur um Unruhen und Armut und Wahlen und diesen grässlichen Hitler. Herr Behrend sagt, dass bei den Wahlen nichts Gutes herauskommen kann. Ach Mutter, wer hätte gedacht, dass die NSDAP so erfolgreich werden würde? Außer vielleicht Wolff? Ich hoffe, dass zumindest Richard mittlerweile zur Vernunft gekommen ist! Dass er diesen Wolff-Brüdern so hinterherläuft, finde ich beinahe am schlimmsten daran!

Und Richard, solltest du das lesen, dann kannst du ruhig wissen, was für eine Meinung ich dazu habe! Jedenfalls bete ich für dich und für Deutschland – und für die ganze Welt.

Die Zeit rast hier so schnell, dass ich es kaum begreifen kann. Nun bin ich schon drei ganze Monate in dieser verrückten Stadt und habe jeden Tag doch das Gefühl, gerade erst angekommen zu sein. Alles ist so neu, so anders! Und nein, nicht alles ist so wundervoll, wie es vielleicht von Deutschland aus erscheinen mag. Auch hier gibt es die Rezession, Armut und viel zu wenig Stellen für all die Einwanderer, die hoffen, dass in Amerika alles gut werden wird. Aber das ist nicht der Fall. Man muss schon fleißig sein und etwas können, um eine gute Anstellung zu finden. Und zu allem Überfluss gibt es ja auch noch die Prohibition! Ihr könnt euch nicht vorstellen, was die Menschen hier alles veranstalten, um an Whiskey zu kommen. Aber davon erzähle ich euch ein anderes Mal. Nur so viel: Vor allem Richard hätte seine Freude an den sogenannten Flüsterkneipen und daran, sich heimlich irgendwo hineinzuschleichen. Nein, keine Sorge, Mutter, ich vermisse den Alkohol nicht unbedingt – aber den Tanz, den vermisse ich schon. Und euch natürlich! Euch am allermeisten!

Martha Behrend und die Mädchen sind sehr freundlich zu mir. Ich glaube, vor allem Martha hat Sehnsucht nach zu Hause und vermisst ihre beste Freundin Luise. Am liebsten wäre es ihr womöglich gewesen, du wärst an meiner statt nach New York gereist. Ich habe ihr die ersten beiden Tage so viel von der Heimat, von euch, von der Klingenstraße und den neuen Besitzern ihres Hauses erzählen und immer wieder Heimwehtränen mit lustigen Geschichten von Richard, Kurt und Philip trocknen müssen, bis ich selbst ganz erschöpft und den Tränen nahe gewesen bin. Sie wollten alles wissen über euer Floß im Neckar, und beinahe hätte ich noch Geschichten erfinden müssen, weil auch Christa, Gabriele und Gertrud nicht genug davon bekommen konnten.

Sie haben mich so nett empfangen. Stellt euch vor, sie waren alle am Pier, als meine Barkasse dann nach so langer Zeit ankam. Sie haben bestimmt Stunden dort gestanden, so wie Alma und ich, bis wir endlich alle Fragen beantwortet hatten und unser Gepäck wiederbekommen haben. Es war so schön, dort vertraute Gesichter zu entdecken und mich nicht ganz allein zurechtfinden zu müssen. Aber es fiel mir auch schwer, mich von Alma zu verabschieden. Sie wurde von einer Tante abgeholt, bei der sie eine Weile bleiben wird, aber ich glaube nicht, dass New York ihr letztes Ziel bleibt. Nach allem, was ich weiß, muss sie nun erst einmal Geld verdienen und wartet nur auf eine Gelegenheit, nach Los Angeles weiterreisen zu können.

Den Behrends geht es wirklich gut. Sie wohnen in einem hübschen Backsteinhaus in Yorkville, in der 86. Straße, wo auch noch sehr viele andere Deutsche wohnen. Stellt euch vor, es gibt dort eine deutsche Metzgerei, zwei deutsche Bäckereien und ein deutsches Restaurant, das »Heidelberg« heißt. Ist das nicht putzig?

Es gibt auch eine evangelische Kirche, ganz nah in der 84. Straße, sie heißt Zion Lutheran Protestant Church (kurz Zion Church), die jeden Sonntag einen Gottesdienst auf Deutsch anbietet. Nein, es ist nicht die Petruskirche in Gablenberg, aber wenn ich in der Bank sitze und die Orgel höre oder es an Wochentagen hier ganz ruhig ist und die Sonne durch die bunten Glasfenster scheint, dann fühle ich mich ein bisschen wie zu Hause. Es ist schön, einen Ort wie diesen gefunden zu haben.

Herr Behrend ist ein großzügiger Mensch und zahlt mir einen Lohn aus, obwohl ich bei ihnen umsonst wohnen und essen darf. Und obwohl wir beide wissen, dass es wirklich sehr viel besser geeig-

nete Mädchen für die Buchhaltung gibt als mich. Aber er sagt kein Sterbenswörtchen, sondern kontrolliert meine Rechnungen immer trotzdem noch einmal und behauptet trotzdem, dass er froh ist, weil er nicht mehr alles alleine machen muss. Er ist einfach großartig und so geduldig! Kein Wunder, war er Vaters bester Freund. Ich bemühe mich sehr, keine Fehler zu machen. Er redet nicht viel. Und am liebsten möchte er seine Filmkamera und Fotoapparate reparieren und dabei nicht gestört werden. Ich glaube, er freut sich mehr darüber, dass ich mit seinen Kunden spreche und er das nicht mehr machen muss, als darüber, dass ich Zahlen zusammenzähle. Über kurz oder lang wird er jemand brauchen, der besser in Mathematik ist als ich, denn sein Geschäft ist sehr erfolgreich. An manchen Tagen klingelt die Türglocke bestimmt zehnmal! Man könnte meinen, die ganze Stadt will auf einmal Fotograf werden. Aber ich freue mich sehr für die Behrends, dass sie ein so gutes und sicheres Einkommen gefunden haben und dass sie noch genauso lieb sind wie damals, als sie noch den kleinen Laden in Gablenberg hatten. Eines Tages, wenn Herr Behrend jemand gefunden hat, der besser hierher passt, dann werde ich schon eine Stelle finden, die wiederum besser zu mir passt. Und bis dahin lerne ich jeden Tag dazu, sowohl beim Rechnen als auch in Englisch.

Meine Vokabeln übe ich jeden Tag fleißig und versuche, alles ohne mein geliebtes Wörterbuch zu sagen, aber manchmal muss ich meine Hände dazu nehmen und neulich, als ich im Gemischtwarenladen um die Ecke Schuhcreme für Herrn Behrend kaufen sollte, habe ich sogar beinahe eine Scharade für den jungen Mann hinter der Theke gespielt. Sein Gesicht hättet ihr sehen sollen! Es war einfach zu komisch! Vor allem, als sich herausstellte, dass er ebenfalls aus Deutschland kommt, wenn auch aus Dresden, und Hans Ackermann heißt. Er hat mir dann sogar eine kleine Seife geschenkt, die nach Rosen duftet. Ich glaube, Hans könnte mein zweiter Freund hier werden – nach Alma natürlich. Hans hat mir auch erzählt, dass diesen Monat im Times Square Paramount die Uraufführung von einem Film namens Blonde Venus gezeigt wird. Mit Marlene Dietrich und Cary Grant in den Hauptrollen! Und stell dir vor, nur eine Woche später schon kommt der Film hier im Yorkville Hippodrome an der 78. Straße. Hans hat mich gefragt, ob ich am nächsten Sonnabend mit ihm hingehen möchte. Möchte ich? O ja, ich möchte! Wenn nur Ingrid hier wäre! Ich wünschte, wir könnten das zusammen erleben! Dieses Lichtspielhaus ist so wunderschön! Schon der Eingang ist unglaublich prächtig mit einer riesigen hohen Kuppel, einer verzierten Kassettendecke und Lichtern überall, sodass man sich fühlt, als stünde man unter einem Sternenhimmel. Links und rechts befindet sich jeweils eine Tür, an der livrierte Kartenabreißer warten, und in der Mitte steht das Kartenhäuschen. Bisher bin ich nur am Hippodrome vorbeigegangen, aber auf das Innere bin ich auch schon sehr gespannt. Ich werde Alma fragen, ob sie ebenfalls mitkommt, damit auch alles seine Ordnung hat – und weil ich mir vorstellen kann, dass sie Hans auch so lustig und nett findet wie ich. So viel von mir – bitte antworte, so schnell du kannst. Ich schreibe ganz bald wieder, versprochen! Und bis dahin bleibt bitte gesund und fröhlich und grüßt mir alle – besonders natürlich Ingrid und Philip! Ich schicke eine Umarmung mit und ein paar Dollars zum Eintauschen – und viele gute Wünsche, an alle, die nach mir fragen!

Ich hab euch lieb, eure Paula

PS: Ich habe gehört, in Deutschland gibt es jetzt eine Autobahn! Lieber Kurt, lieber Richard, ich bin sehr gespannt, wer von euch beiden wohl das erste Mal darauf mit einem Auto fährt! Davon müsst ihr mir unbedingt erzählen!

Nachdem sie sowohl den Brief an ihre Mutter als auch die Geschäftspost, deren Beantwortung zu ihren Aufgaben gehörte, auf dem kleinen Postamt an der 72. Straße abgegeben hatte, öffnete Paula schwungvoll die Tür zu Herrn Behrends Fotogeschäft. Ein lautes Klingeln ertönte, das dazu gedacht war, Kunden anzukündigen, wenn Herr Behrend hinten in der Werkstatt oder in der Dunkelkammer stand. Aber seitdem Paula bei ihm angefangen hatte, saß sie immer an dem kleinen Schreibtisch mit Blick auf die Eingangstür, sodass kein Kunde übersehen werden konnte.

»Ich bin es nur – Paula!«, rief sie, um Herrn Behrend zu signalisieren, dass er seine Arbeit nicht unterbrechen musste, während sie sich an der Verkaufstheke vorbeischob.

»Ah, gut, dass du da bist, Paula«, rief er zurück. »Kannst du bitte … kannst du mal kurz …« Ein lautes Scheppern ertönte.

Paula warf Mantel und Hut auf den Tisch und ihre Handtasche dazu, bevor sie eilig eine der Schiebetüren mit den Glaseinsätzen aufschob, die den Verkaufsraum von der Werkstatt trennte.

Herr Behrend kniete auf dem Boden und bemühte sich, die silbernen Blechdeckel der Filmrollenbehälter, deren Stapel offensichtlich umgekippt war und die nun überall durch den Raum rollten, wieder einzusammeln.

»Nichts passiert«, sagte er und fuhr sich durch seine Haare, die nicht mehr ganz so perfekt nach hinten gekämmt waren wie noch heute Morgen, als sie ihn beim Frühstück gesehen hatte. »Oder wenigstens fast nichts«, schob er hinterher und zwinkerte Paula zu. Sie bückte sich grinsend nach einem Deckel, der direkt vor ihren Füßen lag. »Die Kirche, die Goodman baut, das Gebäude, das er gerade gebaut hat, Aufzüge und Hotels«, las sie verwundert und reichte den Deckel an Herrn Behrend weiter, der die Hand danach ausgestreckt hatte.

»Genau den habe ich gesucht«, sagte er erleichtert. Er drückte den Deckel auf die Filmrolle auf seinen Knien und stand ächzend auf, nur um sich sofort wieder auf seinen Stuhl fallen zu lassen. Er zog ein riesiges weißes Taschentuch aus der Brusttasche und wischte sich damit über die Stirn.

»Warum sollte jemand Gebäude filmen? Die bewegen sich doch gar nicht?«, fragte Paula immer noch erstaunt und bückte sich nach dem nächsten Deckel.

»Na ja, diese Menschen lieben eben sowohl die Architektur als auch Filme. Und sie haben genug Geld, um ihre beiden Leidenschaften miteinander zu verknüpfen.« Er zuckte mit den Schultern und winkte Paula zu sich heran. »Dieser Kunde hier heißt Jonathan Goodman«, raunte er, drehte die Filmbox so, dass Paula den Namen selbst lesen konnte, und sah dabei an ihr vorbei, als würde er erwarten, den reichsten, berühmtesten und erfolgreichsten Baulöwen der Stadt mit einem geschätzten Einkommen von mehreren Milliarden Dollar höchstselbst in der weit aufgeschobenen Tür stehen zu sehen.

Selbstverständlich stand dort niemand, dennoch drehte sich auch Paula um.

»Ich habe diese ganzen Aufnahmen nur, weil er seine Kamera überprüfen lassen wollte, Kind, sonst hätte er sie sicher nicht aus der Hand gegeben.« Kopfschüttelnd legte er die runde Filmbox wieder auf den Stapel. »Aber das hätte ich doch auch tun können, ohne ALLE seine Filme ansehen zu müssen.« Wieder zuckte er mit den Schultern. »Reiche Leute kann man verstehen, muss man aber nicht.«

Paula lächelte, als er sich durch die ohnehin schon abstehenden Haare fuhr. Bevor er auf diesen feinen Herrn treffen würde, sollte sie ihm wohl den Rat geben, noch einmal in den Spiegel zu schauen. Sie mochte Herrn Behrend mit seiner freundlichen stillen Art einfach, der trotzdem kein Blatt vor den Mund nahm, und sie liebte diesen Laden, der sie ein bisschen an Herr Behrends Geschäft in Gablenberg erinnerte, wenn er auch sehr viel heller, größer und luxuriöser war als das Atelier in der Gablenberger Hauptstraße.

An der rechten Wand waren diverse Fotoapparate hinter Glas in einem deckenhohen Holzregal ausgestellt, ebenso wie Filme, zusammengeschobene Stative, Leuchten und allerlei andere und sicher sehr nützliche Dinge, die ein Fotografenherz höherschlagen ließen und deren Nutzen und Anwendung Paula erst nach und nach verstand. An der linken Wand hingen großformatige Fotografien in schwarzen Holzrahmen, die Herr Behrend alle selbst aufgenommen hatte, um seinen Kunden zu zeigen, was mit den modernen Kameras, die er verkaufte, alles möglich war. Zu Hause in Gablenberg hatten sepiafarbene Einzel- und Familienporträts die Wände geziert, wie eine Ahnengalerie der ehrenwerten Bürger. Hier schienen die Schwarz-Weiß-Fotografien der Brooklyn Bridge, des Empire State Building und der Freiheitsstatue regelrecht zu leuchten. Neben den berühmten Wahrzeichen der Stadt hingen hier jedoch auch Alltagsszenen aus den Straßen Yorkvilles, wie beispielsweise die Auslagen der jüdischen Bäckerei an der 78., lachende Kinder in Schuluniform vor der St. Josephs School Ecke 89. und York. Drei stolze Taxifahrer mit Mütze und Weste vor ihren blank polierten Wagen, Arbeiter auf den Stufen eines im Bau befindlichen Wohngebäudes, die ihre mitgebrachten Brote verzehrten und Tee aus Thermoskannen tranken. Vor der Theke stand ein großer Postenkartenständer, in dem sich die beliebtesten Motive der New Yorker fanden und die allesamt ebenfalls von Herrn Behrend aufgenommen worden waren. Am besten verkaufte sich das Foto der Freiheitsstatue, das er von einer Barkasse aufgenommen hatte, gleich gefolgt von dem Motiv mit dem Empire State Building, das er auch schon an die Wilhelms geschickt hatte.

Keine Frage: Herr Behrend war ein begnadeter Fotograf, und seine Kunden wussten sein Talent und sein Fachwissen sehr zu schätzen. Außerdem hatten sie genug Geld, sich von ihm fotografieren zu lassen oder um selbst eine Kamera bei ihm zu kaufen. Sie konnten ihre Fotografien von Herrn Behrend in der kleinen Dunkelkammer entwickeln lassen und gegebenenfalls sogar noch einen der hübschen Rahmen dafür aussuchen, die ebenfalls an der linken Wand nach Größen und Farben sortiert hingen. Sein Ruf in den höheren New Yorker Kreisen verbreitete sich schnell, und nicht selten stand jemand im Laden, den Herr Behrend ähnlich ehrfürchtig behandelte wie die Goodman-Filmrolle gerade eben. Alma beneidete Paula heiß darum, dass sie so viele interessante Kunden hatte, während ihre eigene Karriere vorerst auf Eis lag und sie zurzeit bei Meyers Delicatessen an der Second Avenue kellnerte. Paula war jedes Mal ein wenig beschämt, wenn Alma bei der Erwähnung des einen oder anderen Kunden wieder große Augen bekam, weil sie selbst meist noch nicht einmal wusste, wer da vor ihr stand. Und wenn doch, hatte sie es bisher wenig beeindruckt. Wenn natürlich Albert Einstein oder die Dietrich plötzlich hier aufgetaucht wären oder gar die wunderbare Liane Haid mit ihrer Federboa und dem funkelnden Schmuck, wäre es etwas anderes gewesen. Umso mehr freute sich Paula, dass Alma sie ins Kino begleiten würde. Hoffentlich würde es sie ein wenig von ihrer eigenen nicht gerade schwungvollen Karriere ablenken.

Paula sammelte noch drei weitere Deckel ein und legte sie vor Herrn Behrend auf dessen Tisch. Dann ging sie wieder nach vorn, um die kleine Tasche mit Herrn Behrends und ihrem eigenen Mittagessen zu holen, die sie wie immer auf der kleinen Anrichte beim Waschbecken abstellte, wozu sie allerlei Krimskrams beiseiteschieben musste. Ganz am Anfang, als Paula bei ihm angefangen hatte, hatte sie hier einmal gründlich aufräumen wollen. Das war der einzige Moment gewesen, in dem sie Herr Behrend wütend erlebt hatte. Oder, so korrigierte sie sich Gedanken, vielleicht war es auch eher Verzweiflung gewesen. Da hatte sie verstanden, dass er ein ganz eigenes System hatte oder einfach nur ein gutes Gedächtnis, wo er seine Sachen ablegte. Ordnung war jedenfalls nicht unbedingt seine Stärke und Paula hatte beschlossen, das Chaos zu akzeptieren und sich, so gut es eben ging, darum herumzubewegen.

Auf dem Weg zu ihrem Schreibtisch öffnete sie das große Fenster gleich neben der Tür zur Dunkelkammer. Es roch hier immer ein wenig streng nach den Chemikalien, die Herr Behrend zum Entwickeln der Fotos benutzte und die Paula manchmal das Atmen schwermachten.

Draußen klingelte die kleine Glocke hell und laut. Paula drehte sich zur Tür, um den ersten Kunden des heutigen Tages zu begrüßen. Kurz stockte ihr der Atem. Er war ein wenig älter als sie, schlank und groß, aber das, was sie auf Anhieb verwirrte, war das Aufleuchten seiner dunkelbraunen Augen, als er sie ansah. Kannten sie sich womöglich? Als er

Paula nun auch noch anlächelte, verstärkte sich das vertraute Gefühl sogar noch. Sie lächelte zurück. Aber sosehr sie sich auch bemühte, sein Gesicht einzuordnen, es gelang ihr nicht. Er trug einen todschicken Anzug in Hellgrau, dazu weite Hosen mit einer scharfen Bügelfalte und einem weißen Einstecktuch in der Brusttasche. Er lupfte seinen eleganten Hut, wobei Paula für einen Moment die passenden grau gemusterten Hosenträger über dem weißen Hemd herausblitzen sah. Er war der attraktivste Mann, der ihr je begegnet war, und sein Anblick verschlug ihr regelrecht die Sprache. Neben seinem guten Aussehen strahlte er eine unglaubliche Ruhe und Souveränität aus. Sofort verwarf Paula den Gedanken daran, dass sie sich kennen könnten. Wo sollte sie jemand wie ihm begegnet sein? Es musste sich bei ihm um einen sehr berühmten Filmstar oder einen Politiker oder sonst irgendjemand Wichtigen handeln und Paula wünschte, Alma wäre hier, um ihr zu sagen, wer er war, damit sie ihn respektvoll mit seinem Namen ansprechen konnte. An seiner Hand hatte er einen etwa fünfjährigen Jungen, der sie mit seinen blonden Locken an einen kleinen Engel erinnerte. In seinen ebenfalls braunen Augen blitzte es vergnügt. Dieser kleine Kerl hatte es faustdick hinter den Ohren, das erkannte Paula sofort, und er erinnerte sie an ihre beiden Brüder. Eine Welle der Zuneigung gepaart mit ein wenig Heimweh fuhr kurz durch ihr Herz. Als hätte er es bemerkt, strahlte der Junge Paula besonders fröhlich an, und der kurze Anflug von Wehmut war vergessen. Sie zwinkerte ihm zu, was er schelmisch erwiderte.

»Ah, Norman!« Herr Behrend war aus der Werkstatt gekommen, und legte nun seine Hand auf Paulas Schulter. »Und Master John! Oder umgekehrt.«

Er lachte und Paula war ihm dankbar, dass er ausnahmsweise das Reden übernahm, denn der Mann, den Herr Behrend Norman genannt hatte, sah sie so intensiv an, dass sie plötzlich das Gefühl hatte, jede einzelne Vokabel vergessen zu haben.

»Wie schön, dass Sie gekommen sind, um die Kamera Ihres Onkels zu holen, und dass sie auch gleich Verstärkung mitgebracht haben. Ich habe mich schon gefragt, wann Sie wieder einmal vorbeischauen. Aber bevor ich Ihnen meine neusten Schätze vorführe, darf ich Ihnen Miss Paula vorstellen? Sie kommt aus meiner Heimatstadt in Deutschland und kann normalerweise sehr gut sprechen.« Er zwinkerte ihr zu. »Paula Wilhelm, Norman Anderson, Mr. Goodmans Neffe und angehender Jurist. Er hat letztes Jahr das College der Harvard University mit summa cum laude abgeschlossen!« Er sagte es so stolz, als wäre es sein eigenes Verdienst gewesen.

Paula hatte keine Ahnung, was mit summa cum laude gemeint war, was ihre Sprachlosigkeit nicht unbedingt positiv beeinflusste.

»Und nun ist er für ein Jahr an der Columbia und studiert dort Wirtschaftswissenschaften, stimmt's?« Er strahlte den jungen Mann an, der nun ebenfalls ein wenig verlegen zu Boden sah, was Paula noch viel sympathischer fand.

»Vielen Dank, Mr. Behrend«, antwortete Mr. Anderson, wobei er allerdings erneut Paula ansah. »Jetzt denkt Miss Paula bestimmt, dass ich ein aktenlesender versnobter Langweiler bin.« Er grinste. »Dabei mag ich es viel lieber, wenn die Leute denken, ich würde meine Zeit im Theater, beim Tanz oder bei den Radrennen im Central Park verbringen. Als Mitfahrer natürlich.« Er lachte, als nun Herr Behrend verschämt zu Boden blickte, weil er so viele Dinge über Mr. Anderson erzählt hatte, die ihn vermutlich gar nichts angingen. »Sie verraten es aber nicht meinem Onkel, oder?«

Herr Behrend schüttelte so schnell den Kopf, dass die Haare um seinen Kopf flogen, was so lustig aussah, dass sowohl Paula als auch Norman lachen mussten.

»Und du versprichst das auch, nicht wahr, John?« Mr. Anderson wandte sich an den kleinen Jungen, der ernsthaft nickte. Er sah seinen Onkel mit großen Augen und voller Bewunderung an. »Großes Ehrenwort, Onkel Norman«, sagte er und nickte erneut. »Aber nur, wenn du mich mal mitnimmst!« Nun lachten alle und Paula konnte Herrn Behrend ansehen, wie erleichtert er war, dass Mr. Anderson es ihm nicht übel nahm, dass er so viel preisgegeben hatte.

»Du bist mir ja ein rechter Freund, John! Du weißt schon, dass man das Erpressung nennt, oder?«, antwortete Norman Anderson schmunzelnd.

»Ich denke, man nennt es eher ganz schön schlau.« John grinste. Norman sah erneut kopfschüttelnd zu Paula. »Haben Sie so etwas schon einmal erlebt, Miss Paula? In Deutschland sind die Kinder doch sicher viel besser erzogen als hier, nicht wahr? Und bestimmt nicht halb so frech!« Er knuffte John liebevoll in die Seite.

Es war ein Scherz, aber Paula dachte trotzdem sofort wieder an ihre Brüder. Zumindest Richard hätte genau die gleiche Antwort geben können. »Selbstverständlich«, sagte sie trotzdem und lächelte Mr. Anderson liebenswürdig an. »Bis auf die, die doppelt so frech sind. Wie meine Brüder zum Beispiel.«

»Ach ja?« Er lachte. »Da siehst du es, sogar eine feine Dame ist auf deiner Seite«, sagte er an John gewandt.

»Ich mag sie«, raunte John Norman sehr laut zu.

»Kein Wunder«, raunte Norman ebenso laut zurück, wobei er Paula nach wie vor unverwandt ansah.

»Ich habe übrigens auch schon mal eine Fotografie gemacht«, sagte John, an Paula gewandt.

»Ach ja? Was hast du denn fotografiert?«, fragte sie zurück.

»Einen Schwan … oder besser gesagt, seinen Fuß.« Nun sah er nicht mehr ganz so stolz aus. »Ich hatte danach Zimmerarrest. Vater hatte es mir nicht erlaubt. Dabei war es ein sehr schöner Schwan…enfuß.«

»So so.« Paula musste sich ein Schmunzeln verkneifen.

Norman schien es ähnlich zu gehen.

»Ja, es war auch Himmel drauf. Und ein … sehr großer Stein. Was kann ich denn dafür, wenn der Schwan wegfliegt?« Er sah empört zu seinem Onkel, dessen Mundwinkel verräterisch zuckten.

»Natürlich nichts. Und der Zimmerarrest war selbstverständlich absolut ungerechtfertigt, nicht wahr? Man hätte den Schwan ins Zimmer sperren sollen, stimmt's?«

»Nein«, antwortete John sofort bekümmert. »Ich habe es wohl verdient.«

Paula wollte den kleinen Kerl sofort in den Arm nehmen, so sehr rührte sie dieses Geständnis. Norman schien es ähnlich zu gehen, denn er wuschelte ihm durch die blonden Locken.

»Meinst du, es würde deinem Kummer helfen, wenn ich dich tatsächlich einmal in den Park mitnehme?«

»O ja, das würde es!«, sagte John sofort und strahlte wieder. »Aber nur, wenn Miss Paula auch mitkommt. Wir mögen Sie ja jetzt, richtig?«

Norman lachte. »Deine Methoden sind wirklich … unglaublich. Du wirst bestimmt einmal so erfolgreich werden wie dein Vater, junger Herr. Aber ja: es stimmt. Wir können sie beide leiden. Also: Mögen Sie Radrennen, Paula?«

Paula hatte keine Ahnung, ob sie Radrennen mochte, aber sie nickte trotzdem.

»Hätten Sie dann vielleicht Lust, mich einmal zu einem zu begleiten? Und John natürlich?« Norman zuckte mit den Schultern. »Immerhin sind Sie ein Gast aus Deutschland, dem man ja die wirklich interessanten Dinge unbedingt zeigen muss. Und Sie haben einen sehr einflussreichen Freund hier. Nicht wahr, John?«

John nickte strahlend. Und Paula tat es ihm gleich.

»Gut, dann ist es abgemacht. Passt Ihnen Sonntag um elf Uhr?«

Sie räusperte sich. »Am Sonntag kann ich leider nicht«, hörte sie sich zu ihrer eigenen Verblüffung sagen. Auch Herr Behrend sah sie verwundert an. »Nein? Aber warum denn nicht?«

Sie hätte nichts lieber getan, als mit Mr. Norman Anderson und John in den Central Park zu einem Radrennen zu gehen. Aber sie wusste nicht, ob er sich vielleicht gerade einen Scherz erlaubte und sie den New Yorker Humor einfach noch nicht begriff. Und selbst, wenn er sie tatsächlich einlud, wusste sie weder, was sie anziehen sollte, noch, wie man sich auf einer solchen Verabredung verhielt oder ob Herr Behrend das überhaupt gebilligt hätte. Besser, sie sagte einmal zu viel Nein, als einmal zu viel Ja.

»Es tut mir leid, John. Bitte entschuldigen Sie mich, Mr. … Mr. Norman. Auf Wiedersehen«, setzte sie schnell nach und lief eilig aus dem Raum, ohne sich noch einmal umzudrehen.

Sie würde sich so lange auf der Toilette hinter der Werkstatt verstecken, bis John und Norman Anderson den Laden verlassen und sich sowohl ihr Herzschlag als auch ihre Gesichtsfarbe wieder normalisiert hatten. Sie würde diese Episode so schnell wie möglich vergessen, nie wieder den Central Park betreten oder zumindest einen großen Bogen um die Fahrradfahrer machen und Alma nichts von dieser peinlichen Geschichte erzählen.

Kapitel 14

Den ganzen restlichen Tag konnte Paula an nichts anderes denken als an Normans Einladung in den Park. Immer wieder fragte sie sich, ob er es wohl vielleicht doch ernst gemeint hatte, und malte sich aus, wie sie an seinem Arm durch das üppige Herbstlaub auf den Wiesen und entlang der kleinen Seen wandern würde, mit einem fröhlich plappernden John im Schlepptau, der immer wieder vorausrannte und zu ihnen zurückkam, um ihnen zu berichten, was er entdeckt hatte.

Jedes Mal, wenn die Türglocke klingelte, schrak Paula zusammen und war hin- und hergerissen zwischen Hoffnung und Furcht. Sie bemühte sich um Konzentration, aber anstatt Bestellzettel auszufüllen oder Rechnungsbeträge zu addieren, malte sie Kringel auf Herrn Behrends kostbares Papier, verlor sich in Tagträumen oder ertappte sich dabei, wie sie zum Fenster hinaus in den trüben Oktobertag starrte und den tiefroten Blättern des Ahornbaumes im Hinterhof beim Fallen zusah. Wenn es Herr Behrend bemerkte, so sagte er jedoch nichts. Nur ab und zu versuchte er, ein Gespräch über den bunten Herbst in den Weinbergen und Obstbaumwiesen rund um Gablenberg mit ihr zu beginnen, dessen Farben ihn damals dazu inspiriert hatten, seine Fotografien nachzukolorieren. In seinen Augen war ein Herbst in Schwarz-Weiß geradezu absurd. Aber auch das gab er irgendwann auf, vermutlich weil er bemerkt hatte, das heute nicht viel mit Paula anzufangen war.

Als sich endlich die Dämmerung durch die großen Scheiben auf Paulas Schreibtisch gesenkt hatte, legte sie, ein wenig beschämt über den winzigen Stapel, den sie am heutigen Tag geschafft hatte, die bearbeiteten Rechnungen in den Ablagekorb und räumte die Werkstatt auf. Sie packte ihre Tasche, um nach Hause zu gehen und Frau Behrend bei der Vorbereitung des Abendessens zu helfen.

Paula war gern bei den Behrends. In der Nähe von Gertrud, Christa und Gabriele fühlte sie sich wieder wie die große Schwester, die so oft auf ihre kleinen Brüder aufgepasst hatte, und wenn sie wieder etwas gekocht oder gebacken hatte, das den Behrends gut schmeckte, war sie unendlich stolz. Meist nutzte Paula dazu das kleine Notizbuch, in dem sie all die Rezepte ihrer Mutter akribisch aufgeschrieben hatte, und fühlte sich ihr ganz besonders nah, wenn es in der Behrendschen Küche nach Kartoffeleintopf, Kohlrouladen oder Zwetschgenkuchen duftete. An diesem Abend würde es allerdings nur eine Grießklößchensuppe geben, denn es war der erste Donnerstag im Monat, und da trafen sich die deutschen Einwanderer, die in Yorkville gelandet waren, im Gemeinderaum der Zion Church zur gemeinsamen Andacht, zum Singen und zum allgemeinen Austausch. Meist wurde dabei viel über die politischen Neuigkeiten aus der Heimat gesprochen, aber manchmal auch Rommee oder Schach gespielt. Paula war oft dabei, aber an diesem Abend war ihr nicht nach Gesellschaft. Denn selbst als sie mit den Behrends zu Abend aß, schweiften ihre Gedanken immer wieder zurück zu ihrer Begegnung heute und dem großen dunkelhaarigen Mann, der so beeindruckend souverän gewesen und gleichzeitig so liebevoll mit John umgegangen war.

Nachdem sie die drei Mädchen später ins Bett gebracht hatte, las Paula noch ein wenig in einem Buch, das sie sich von Martha ausgeliehen hatte, und fiel dann in einen unruhigen Schlaf und in einen wilden Traum, aus dem sie mitten in der Nacht mit schnell schlagendem Herzen wieder erwachte. Am liebsten wäre sie aufgestanden und hätte Knöpfe angenäht oder Socken gestopft, einfach, um etwas zu tun zu haben, das sie ablenken konnte, aber sie traute sich nicht, weil sie niemanden aufwecken wollte. Stattdessen blieb sie liegen, betrachtete still im Licht der Straßenlaterne die Fotografie ihrer Familie und wünschte wieder einmal, sie könnte nach Hause fahren und jeden Einzelnen einmal fest in den Arm nehmen. Ihre Mutter, Kurt, Richard, Philip.

Am nächsten Morgen war sie blass, hatte dunkle Ringe unter den Augen und fühlte sich ein wenig benommen. Aber als sie die Vorhänge unten in der Küche beiseiteschob, legte die Sonne das typische goldene Licht des Spätherbstes über jeden Winkel im Raum und über die gesamte Stadt, die sich gerade aus dem kalten Nebel erhob, und Paula konnte es kaum erwarten, in ihre Schuhe und den Wollmantel zu schlüpfen und nach draußen zu gehen. Der neue Tag hatte den kurzen Anflug von Heimweh vertrieben, und Paula beschloss, auf dem Weg zur Arbeit noch einen kleinen Umweg über den nahe gelegenen Carl-Schurz-Park zu machen, der zwar nicht ganz so groß wie der Central Park war, aber dafür ganz in der Nähe lag. Heute Vormittag würde Paula allein im Laden sein, weil Herr Behrend einen Termin bei einem Kunden an der Upper East Side hatte, und sie freute sich darauf, ihm zu beweisen, dass er ihr zu Recht diese Aufgabe zutraute, zumal sie so die Gelegenheit bekam, die Ablage von gestern zu beenden, die ihr hoffentlich heute leichter von der Hand ging.

Sie musste nur die 86. Straße geradeaus gehen, die East End Avenue überqueren und schon stand sie vor dem schmiedeeisernen Zaun, der den Park umsäumte. Tief sog Paula die kalte klare Herbstluft ein und spürte, wie ihre Lebensgeister wieder zu ihr zurückkehrten. Paula mochte den Park mit dem üppigen Grün, den kleinen Rondellen und den versteckten Wegen, der direkt am East River lag. Sie ging ganz nach oben bis zu Gracie Mansion, einer ehemaligen Villa, die nun das Museum of the City New York beherbergte, bis das neue Gebäude an der Fifth Avenue demnächst eröffnet werden würde. Der Wind roch nach Meer, zerrte an Paulas Kopftuch, das sie geistesgegenwärtig noch umgebunden hatte, und das Geschrei der Möwen, die über ihr kreisten, brachte sie zum Lächeln. Es tat gut, die Kraft der Natur zu spüren und sich den Kopf freipusten zu lassen.

Für einen Moment setzte sie sich auf eine der schmiede eisernen Bänke auf dem Fußweg oberhalb vom East River und ließ sich die Sonne ins Gesicht scheinen, während sie ihren Blick über Hell Gate und hinüber nach Ward Island schweifen ließ.

Als sie wieder aufstand, klimperte der Schlüssel zu Herrn Behrends Fotogeschäft in ihrer Manteltasche, und Paula freute sich auf den Tag in der Werkstatt. Als sie die Tür und gleich darauf auch die großen Glasfenster in der Werkstatt geöffnet hatte, fühlte sie sich beinahe schon wieder genauso leicht und frei wie bis zu dem Moment, als Norman Anderson gestern so überraschend in ihr Leben getreten war und ihre Gedanken und ihr Herz so durcheinandergewirbelt hatte. Während sie den Boden fegte und die Bilderrahmen im Verkaufsraum abstaubte, pfiff Paula fröhlich, und schließlich, als sie mit ihrem Besen hinten in der Werkstatt angekommen war, begann sie sogar, laut und immer lauter all die vertrauten Volkslieder zu singen, die sie so gern mochte. Singen gehörte nicht unbedingt zu Paulas herausragenden Talenten, was niemand mehr bedauerte als sie selbst, aber sie bemühte sich, diesen Umstand mit Hingabe und Lautstärke wieder wettzumachen.

Nur so ließ sich erklären, warum Paula das Klingeln der Eingangstür überhört hatte. Das laute Klopfen vernahm sie allerdings sofort. Erschrocken drehte sie sich um. Vorne stand eine große Dame mit einem ausladenden Hut, die einen Regenschirm in der Hand hielt, obwohl draußen die Sonne schien und mit dem sie offenbar die Theke bearbeitet hatte, um auf sich aufmerksam zu machen. Missbilligend starrte sie zu Paula hinüber. Sofort ließ sie den Besen fallen und eilte nach vorne.

»Entschuldigen Sie bitte, gnädige Frau, ich … habe Sie nicht gehört«, rief sie, während sie die Glastür aufstieß.

»Ich Sie aber schon«, antwortete die Dame und verzog das Gesicht. Sofort schoss Paula die Röte ins Gesicht. Hoffentlich beschwerte sie sich später nicht bei Herr Behrend.

»Ja, das … ich … es tut mir leid, aber …«

»Sie sind keine Sängerin, nicht wahr?« Es war mehr eine Feststellung als eine Frage.

Paula schätzte die Dame auf Mitte dreißig. Sie trug eine elegante weiße Seidenbluse mit Volants am Ausschnitt zu einem rostroten Kostüm mit einem schmalen Pelzbesatz am Revers und darüber einen dunkelgrauen Mantel, den ebenfalls ein schmaler Pelzkragen zierte. Eine dicke zweireihige Perlenkette schmückte ihren Hals und ihr Hut war grau mit einem rostroten Band darum, passend zu ihrem Kostüm. Ihr Blick war klar und streng, und ihr breiter Kiefer schien ein wenig zu entschlossen für den schmalen Mund und die lange schmale Nase. Sie war groß und sah auf eine herbe Art hübsch aus, aber wie sie da mit ihrem Regenschirm in der Hand vor Paula stand, war sie vor allem eines: ziemlich einschüchternd.

»Nein, gnädige Frau, ich bin keine Sängerin«, antwortete Paula, sah auf ihre Finger und war sehr erleichtert, dass ihre Nägel sauber waren.

»Gut.«

Paula sah erstaunt auf. Es hatte geradezu freundlich geklungen. Die feine Dame begann zu lächeln. »Dann wollen Sie bestimmt auch nicht zum Film?«

So genau hatte Paula zwar noch nicht darüber nachgedacht, aber zumindest fühlte sie nicht diesen unbedingten Wunsch, der Alma immer weiter antrieb. Dennoch fand sie es eigenartig, dass diese Frau sich offenbar für ihre Berufswünsche interessierte. So oder so war es höchste Zeit, das Thema zu wechseln.

»Was … kann ich denn für Sie tun, gnädige Frau?« Sie sah zwar nicht aus wie eine Hobbyfotografin oder wie jemand, der einen Film drehen wollte, aber Paula wollte nicht vorschnell urteilen. Immerhin hatte sie Norman Anderson gestern für einen Filmstar gehalten und er hatte sich als angehender Anwalt entpuppt.

»Ich suche Sie, Miss Paula.«

»Mich?« Und woher wusste sie überhaupt ihren Namen?

»Ja, Sie! Ist ihr Onkel ebenfalls zu sprechen?« Ungeduldig

begann sie, mit dem Regenschirm auf die Theke zu klopfen. Paula verstand überhaupt nichts mehr.

»Nein, er …« Allein die Tatsache, dass diese Frau ihren Namen kannte, fand Paula mehr als merkwürdig, und nun, da sie nach ihrem Onkel gefragt hatte, war Paula sich gar nicht mehr so sicher, ob es eine gute Idee gewesen war, ihr von Herrn Behrends Abwesenheit zu erzählen. Selbst wenn er nicht ihr Onkel war. Die Welt war seltsam, und Paula hatte in den wenigen Tagen auf See und den Wochen in New York gelernt, dass man besser ganz genau hinsah, bevor man jemandem sein Vertrauen schenkte. Aber für Zweifel war es ohnehin zu spät.

»Nun, dann wird es so gehen müssen«, fuhr die Dame mehr zu sich selbst fort. Wenigstens hängte sie ihren Schirm nun an die Theke. »Ich möchte Ihnen eine Stelle anbieten, Miss Paula.«

Hatte sie das wirklich gerade gesagt oder hatte es sich Paula aufgrund ihrer immer noch nicht wirklich perfekten englischen Sprachkenntnisse eingebildet? Paula traute sich nicht, nachzufragen, aus Sorge, dass es unhöflich sein konnte, aber sie konnte schließlich auch nicht nichts sagen.

»Also, ich …«, begann sie zögerlich, immer noch nach Worten ringend und war geradezu erleichtert, als die feine Dame sie sofort unterbrach.

»Mein Name ist Cosima Goodman. Meinen Sohn John kennen Sie ja bereits und auch meinen Neffen Norman Anderson haben Sie gestern getroffen, nicht wahr?« Sie hielt kurz inne und sah Paula dabei prüfend an.

Paula war plötzlich heiß geworden, und sie hätte sich gern mit irgendetwas Luft zugefächelt oder wenigstens ihren obersten Blusenknopf geöffnet, aber sie nahm an, dass Mrs. Goodman das nicht gefallen hätte. Aber viel wichtiger war, dass Paula richtig gehört hatte. Man hatte ihr tatsächlich eine Stelle angeboten und zwar bei einer der reichsten Familien New Yorks.

»Nun, ich wollte mich selbst davon überzeugen, dass Sie wirklich so klug, jung, hübsch und lustig sind, wie die beiden behauptet haben.« Sie machte erneut eine Pause, in der Paula gern etwas gesagt hätte, das Mrs. Goodman all die Komplimente bestätigt hätte, aber sie war so verlegen, dass ihr rein gar nichts einfiel. »Von Singen hat allerdings keiner was erzählt. Das beruhigt mich ein wenig«, fuhr Mrs. Goodman fort und verzog dabei keine Miene. »Aber ich suche ja auch niemand zur Unterhaltung, sondern ein Kindermädchen für John und Helen. Sie ist zwei. Und ich bin ein wenig in der Not, denn Miss Ruth hat gekündigt. Ich möchte ein Museum für meine Kunstsammlung gründen und finde einfach kein anständiges zuverlässiges und gebildetes Personal. Da fällt mir ein: Haben Sie studiert? Sind Sie Lehrerin, Pädagogin, Erzieherin? Irgendetwas dergleichen?«

»Ich bin Kellnerin«, flüsterte Paula. »Aber ich habe viel Erfahrung mit meinen beiden jüngeren Brüdern, auf die ich immer aufgepasst habe. Es sind Zwillinge.« Warum sie das gesagt hatte, wusste sie selbst nicht so genau. Außerdem war sich Paula gar nicht sicher, ob sie überhaupt eine Stelle bei dieser Frau annehmen wollte. Andererseits: Da war der niedliche John und sein ausgesprochen attraktiver Onkel Norman, also …

»Kellnerin? Um Himmels willen! Da muss man in Ihrem Fall offensichtlich über die Definition von Bildung durchaus diskutieren, aber gut: Was nicht ist, kann ja noch werden. Viel wichtiger ist, ob sie mit Kindern umgehen können. Können Sie das?«

Paula nickte nur.

»Sie sprechen Deutsch, das ist meinem Mann wichtig, immerhin kommen seine Eltern aus der Nähe von Bad Homburg.«

Bäd Hombörg sagte sie. Beinahe hätte Paula geschmunzelt, so lustig hörte sich das an, aber ein Blick in Mrs. Goodmans Gesicht sagte ihr, dass sie das besser bleiben lassen sollte, ob sie die Stelle wollte oder nicht.

»Sind Sie interessiert, Miss Paula?« *Kindermädchen bei John und seiner kleinen Schwester. In einer der reichsten Familien New Yorks. Vor allem aber ganz in der Nähe von Norman.*

»Ja«, sagte Paula zunächst leise und mit gesenktem Blick. Aber dann sah sie auf. »Ich bin interessiert«, fuhr sie dann allerdings laut und deutlich fort.

Immerhin war sie genau deshalb den weiten Weg über den Atlantik gekommen, um so eine Stelle zu finden. Dass die Stelle schließlich *sie* finden würde, damit hatte sie allerdings nicht gerechnet. Und was auch immer Mrs. Goodman an ihrer Bildung zu bemängeln hatte, so gab es doch nichts, was man nicht lernen konnte. Schon gleich gar nicht, wenn man jung, hübsch, lustig und klug war. Und das hatte schließlich ein gewisser Norman Anderson über sie gesagt. Und eine gewisse Mrs. Goodman hatte sich eigens aus ihrer Villa hinausbequemt, um ihr aufgrund dieser Aussage eine Stelle anzubieten.

»Sogar sehr, Mrs. Goodman.«

Nun lächelte auch Paula und sah Mrs. Cosima Goodman dabei direkt in die Augen.

Kapitel 15

Montag, 5. Dezember 1932, 10 West 54th Street, Goodman Residence

Liebe Mutter,

etwas Unglaubliches ist passiert! Ich habe eine neue Stelle! Bei den Goodmans! Bei DEN Goodmans! Als Kindermädchen für den niedlichen John und die allersüßeste Helen! Keine Sorge, Herr Behrend ist nicht wütend auf mich, weil ich gekündigt habe. Ganz ehrlich, ich glaube, er war das eine oder andere Mal beinahe am Verzweifeln wegen mir, aber viel zu nett, um mir das zu sagen. Jetzt arbeitet Alma für ihn, und beide sind sehr glücklich damit. Wie sich herausgestellt hat, ist Alma ein Zahlengenie und kann nun endlich selbst die Berühmtheiten kennenlernen, die in diesem Fotogeschäft ein- und ausgehen, und vielleicht ist eines Tages ja der Filmproduzent dabei, der sie entdeckt und auf den sie so sehnsüchtig wartet. Wirklich, Mutter, ich glaube, ich habe beiden damit einen Gefallen getan. Und ich hoffe, dass Alma noch sehr lange dort bleibt. Dass ich nun nicht mehr bei den Behrends wohnen kann, ist einerseits traurig, denn ich habe die Mädchen und Martha wirklich sehr lieb gewonnen, aber sie können »mein« Zimmer sehr gut brauchen, denn selbst Christa passt nicht mehr so recht in ihr kleines Bettchen und drei große Betten nicht in das Kinderzimmer. Der Abschied ist mir nicht leichtgefallen, auch wenn wir uns an den Andachtsabenden sehen werden und ich auch an Thanksgiving in der Zion Church war, aber dazu gleich mehr.

John ist fünf und Helen ist zwei Jahre alt, und ihre Mutter, Cosima Goodman, hat so Glück mit den beiden! Ich weiß allerdings nicht, ob sie das überhaupt weiß. Sie verbringt kaum Zeit mit ihnen und wenn, ist sie immer sehr beschäftigt. Du musst wissen, sie sammelt Kunst. Bilder, Wandteppiche, Skulpturen und Porzellan, das überall im Haus hängt, steht und ausgestellt wird. Hier ist so viel Kunst, dass man manchmal gar nicht weiß, ob man aus der Tasse auf dem Tisch überhaupt trinken darf oder ob sie vielleicht zu einem Kunstwerk gehört! Manchmal schaue ich zweimal nach, ob nicht doch irgendwo ein Schildchen mit dem Namen eines Künstlers befestigt ist, damit ich auch ja keinen Fehler mache. Wirklich Mutter, ich frage mich manchmal, ob diese reichen Menschen überhaupt wissen, was vor der Tür ihrer Villen und Residences vorgeht und wie groß die Probleme in der Welt da draußen sind.

Und dennoch – oder gerade deshalb – bin ich unendlich dankbar für diese Chance! John und Helen sind so aufgeschlossen und fröhlich und meist sehr brav. Sie sind klug – so klug! – und sie lernen wahnsinnig schnell. Dein und mein schönes Nachtgebet können sie schon aufsagen und »Hänschen klein« und »Alle Vögel sind schon da«. Sie sagen »Bitte« und »Danke« auf Deutsch und es macht mir so viel Spaß, ihnen neue Worte beizubringen! Irgendwann einmal werden wir drei eine Geheimsprache haben, denn Mrs. Goodman spricht kein Wort Deutsch. Das wird ein großer Spaß! Mr. Goodman hat allerdings in Heidelberg studiert. Seine Familie kommt aus Bad Homburg und schon allein deshalb wird es in seiner Nähe wohl eher schwierig werden mit unserer »Geheimsprache«. Ihn habe ich bisher auch nur ein paarmal gesehen. Er ist sehr groß und elegant und er schaut ziemlich streng. Wobei er stets freundlich ist, sagt Nanette, die Krankenschwester. Neulich durfte ich ihm sogar die Krawatte binden, aber auch nur, weil niemand sonst da war und er es sehr eilig hatte. Seitdem grüßt er mich immer mit meinem Namen. Und das will wirklich etwas heißen, denn immerhin bin ich gerade mal sechs Wochen hier, er ist ein viel beschäftigter Mann und die Goodmans haben bestimmt hundert Angestellte. Kein Wunder, immerhin leben sie in einem achtstöckigen Haus! Acht Stockwerke! Ist das zu fassen?

Es steht mitten in der Stadt, ganz nah bei der Carnegie Hall, zwei Blocks vom Waldorf-Astoria-Hotel und fünf Blocks vom Central Park entfernt. Ich schicke dir hier einen Stadtplan mit, auf dem ich die wichtigen Orte markiert habe, damit du einen besseren Überblick bekommst. Der Central Park würde dir sicher genauso gefallen wie mir! Er ist riesig und beinahe rechteckig. Es gibt sehr viele verschiedene Bäume, Sträucher und Blumenbeete, dazwischen immer wieder Brücken, Brunnen, Wege, einen See, zehnmal so groß wie der Klingensee, und unendlich viele Denkmäler. Sogar eines für Friedrich Schiller!

Hier in der 54. wohnen zwar nicht so viele berühmte und reiche Menschen wie etwas weiter unten an der Fifth Avenue, aber es sind immer noch genug, um sie in ihren glänzenden Automobilen vorbeifahren zu sehen und sich zu fragen, was sie mit all ihrem Geld und den riesigen Villen wohl anstellen.

Bei den Goodmans weiß ich es.

Allein in den Eingangsbereich ihrer Residence würde die halbe Klingenstraße hineinpassen! Im ersten Stock ist Mr. Goodmans Büro, hier wohnen die Hausangestellten und es gibt einen Frühstücksraum. Im zweiten gibt es ein Esszimmer, einen Salon und ein Musikzimmer, wobei der einzige Unterschied ist, dass es im Salon keine Instrumente gibt. Verstehe das, wer will. Jeder Raum ist kostbar ausgestattet und es gibt riesige Fenster, damit man auch genug Licht hat, um all die Teppiche, Bilder und teuren Möbel zu bewundern. Ich bin nicht besonders gern hier, weil ich immer Sorge habe, aus Versehen an ein winziges Tischchen mit einer hauchzarten Karaffe zu stoßen oder sonst etwas kaputtzumachen. Aber das trifft sich gut, denn Mrs. Goodman ist sowieso froh, wenn sie so wenig wie möglich von ihren Kindern mitbekommt, scheint mir. Im dritten Stock wohnen die Eltern Goodman, Cosima und Jonathan, meine Arbeitgeber, und hier ist auch ihre beeindruckende Bibliothek. Wobei ich mir nicht vorstellen kann, wann sie all diese Bücher lesen wollen. Der ganze Raum ist voll damit! Aber was weiß ich schon? Vielleicht hat man einfach nur eine Bibliothek mit Tausenden von Büchern, um eine zu haben. Im vierten Stock wohnen John und Helen, Nanette und ich. Was für ein Glück, dass es hier kaum Kunst und dafür viel Platz gibt! Wir haben außerdem Papier und Stifte, Kissen, Bauklötze, Stofftiere, eine eigene Puppenküche und ein riesiges Puppenhaus, mit dem wir stundenlang spielen können. Bücher gibt es auch, aber demnächst will ich dennoch einmal Martha fragen oder in die öffentliche Bibliothek am Bryant Park gehen (sie ist markiert, sieht du sie?), um ein paar deutsche Kinderbücher auszuleihen. Mir scheint, die hier bestehen vor allem aus Moral. Es fehlt ihnen eindeutig ein wenig an Spaß. Wer will schon lesen lernen, wenn es immer nur ums Lernen geht?

Eben.

Aber warte, bis ich dir erzähle, was es hier noch alles gibt: Im fünften und sechsten Stock sind Gästezimmer, das ist nicht so spannend, aber im siebten, da befindet sich eine richtige Turnhalle! Hier kann man auch eine Art Tennis spielen, das sie Squash nennen und Mr. Goodman sehr viel Spaß zu machen scheint. Außerdem gibt es ein zusätzliches Badezimmer, so groß, dass man Gefahr läuft, sich zu verlaufen. Wenn man dort in der Badewanne liegt, kann man durch die großen Fenster über die ganze Stadt und beinahe bis zum Central Park schauen. Natürlich ist dieser Bereich nicht für die Angestellten geöffnet, aber ich darf mit den Kindern herkommen. Mein Lieblingsplatz aber ist der achte Stock. Er besteht eigentlich nur aus einem riesigen Wintergarten mit Glaswänden, die sich öffnen lassen. Darum herum wurde ein prächtiger Garten angelegt, und es gibt einen Spielplatz im Freien. Die Kinder haben mir erzählt, dass sie davon träumen, nächsten Sommer, wenn es wieder so heiß wird wie dieses Jahr, einmal hier oben zu schlafen. Wenn ich dann noch hier bin und Mrs. Goodman es erlaubt, dann will ich das unbedingt auch. Ich stelle es mir unglaublich romantisch vor, hier oben zu liegen und die Sterne zu betrachten. Es fühlt sich an, als wäre man ihnen im achten Stock sehr viel näher.

Aber das Wichtigste hast du bestimmt auch schon vorher gehört: Wir, also die Amerikaner, bekommen einen neuen Präsidenten! Franklin D. Roosevelt! Ich verstehe zwar nicht viel von Politik und schon gar nicht von amerikanischer, aber er ist wohl sehr beliebt. Jedenfalls sind alle voller Hoffnung, dass die Rezession bald genauso zu Ende ist wie die Prohibition und das, obwohl Mr. Roosevelt nicht besonders gesund zu sein scheint. Martha Behrend hat mir erzählt, dass er vor ein paar Jahren Kinderlähmung hatte und kaum laufen kann. Wir beide finden, das ist gleichgültig – Hauptsache, er macht seine Sache gut. Wie sehr würde ich mir einen solchen Roosevelt für Deutschland wünschen. Aber bei der Andacht am Donnerstag wurde gemunkelt, dass Hitler vielleicht doch Reichskanzler werden könnte, und sogar die Leute hier in New York haben Angst davor. Ich auch! Mutter, kann das wirklich passieren? Ach, ich möchte so gern glauben, dass alles einen Sinn hat und am Ende doch noch die Vernünftigen siegen.

Wobei man bei diesen Nachrichten aus Deutschland nie so genau weiß, wer das sein soll.

Ich schicke dieses Mal mehr Geld mit, damit du dir zu Weihnachten selbst auch etwas Schönes kaufst. Keine Widerrede! Und bitte versprich mir, dass es nichts Vernünftiges ist!

Ach, mein Herz ist schwer, wenn ich an Weihnachten denke und daran, dass ich nicht mit euch zusammen sein kann. Ich wünsche euch dennoch allen ein gesegnetes Weihnachtsfest, Gesundheit und Frieden. Und ich hoffe, dass 1933 nur schöne Nachrichten hervorbringt und wir uns nur Gutes zu erzählen haben.

Vergiss mich nicht, Mutter. Ich hab dich lieb.

Deine fleißige Tochter Paula

PS: Beinahe hätte ich nun doch noch vergessen, von Thanksgiving zu erzählen! Es ist nichts anderes als ein Erntedankfest, das überall in Amerika und so auch in unserer Gemeinde am vierten Donnerstag im November gefeiert wird. Dieses Jahr war es der 24.11. In der Zion Church gab es kein großes Festmahl, dafür hat jede Familie etwas zu essen mitgebracht. Neben den deutschen Speisen, die ich aus der Heimat kenne, gab es auch viele jüdische, weil in Yorkville eben alle zusammen feiern. Das gefällt mir fast am besten daran. Ich wünschte, ihr wärt alle hier gewesen, um den köstlichen Tscholent zu versuchen, eine Art Eintopf mit Fleisch, Knish, mit Kartoffeln gefüllte kleine Brötchen, Piroggen, gefüllte Kartoffelteigtaschen, die mich an Maultaschen erinnern, Kartoffelpuffer, die man Latkes nennt, viel eingelegtes Gemüse, Karottenkuchen, Pumpkin Pie und Babka, eine Art Hefezopf, der mit Kakao gefüllt ist, herrlich duftet und noch viel besser schmeckt. All das und noch vieles mehr! Allein bei der Erinnerung daran läuft mir gleich wieder das Wasser im Mund zusammen, dabei war ich fast den kompletten restlichen November über satt. Später haben wir auch noch getanzt und gesungen. Aber tanzen ohne Kurt, Richard, Ingrid und Philip und singen ohne dich ist einfach nicht dasselbe.

So. Jetzt muss ich aber wirklich Schluss machen. Es ist schon spät, und morgen früh will ich John und Helen rechtzeitig wecken. Mutter, diese Kinder machen mich so froh! Ich habe so ein Glück, diese Stelle gefunden zu haben, und ich werde dir von beiden noch viel berichten, so wie ich den beiden auch ständig von euch erzähle, selbst wenn ich mit ihrer Mutter nicht wirklich warm werden kann. Aber ich bemühe mich jeden Tag darum, schon allein um der Kinder willen, und ich wünsche mir, dass ihr euch eines Tages kennenlernen könnt, damit du sehen kannst, wie großartig sie sind und sie die Frau mit eigenen Augen sehen, die mir diese vielen und so wertvollen Dinge über das Leben beigebracht hat und die es an keiner Universität zu lernen gibt.

Ich hoffe, du freust dich mit mir und bist stolz auf dein Kastanienmädchen, in Liebe, deine Paula

Ja, Thanksgiving war wundervoll gewesen. Und dennoch wusste Paula, wie privilegiert sie war, dass sie nicht nur genug, sondern sogar üppig zu essen hatte, und ein Teil von ihr schämte sich dafür, dass sie all diese Speisen genießen konnte, während andere nichts oder sehr viel weniger hatten.

Ähnlich ging es ihr mit der Goodman Residence. Tatsächlich fühlte Paula sich in dem großen Haus nicht besonders wohl. Natürlich war es unglaublich, so viel Platz zu haben, aber es kam ihr dennoch viel mehr wie ein sehr luxuriöses Hotel vor als wie ein Zuhause. Vermutlich musste man in Häusern, Schlössern und Villen dieser Art aufgewachsen sein, um es nicht übertrieben luxuriös und gleichzeitig unpersönlich und kahl zu finden. Vor allem aber ziemlich merkwürdig, mit einem Haustelefon die Familienmitglieder zum Essen zu rufen, einen Aufzug ins Schlafzimmer zu nehmen oder nicht genau zu wissen, wie viele Toiletten es im Gebäude gab. Glücklicherweise achteten die Goodmans darauf, dass John und Helen mit dem Wissen um ihre Privilegien und dennoch mit einem gewissen Maß an Respekt und Bescheidenheit aufwuchsen, was sie Paula auch in einem ersten kurzen Gespräch mitgeteilt hatten. Vor dem Essen wurde gebetet, sie mussten abends ihre Spielzeuge und Kleider aufräumen und sich allen gegenüber höflich und respektvoll verhalten, ob es sich nun um das Personal, Freunde, Bekannte oder Familienmitglieder handelte. Mr. und Mrs. Goodman wünschten sich, dass Paula darauf besonders achtete. Jenseits davon hatte sie weitestgehend freie Hand in der Erziehung und der Tagesgestaltung. Aber selbst die beste Erziehung hätte nichts ausrichten können, wenn John und Helen nicht so zwei wunderbare Menschen gewesen wären, die allen offen und herzlich begegneten.

John besuchte die Browning School, eine Privatschule für Jungen, an der 62. Straße, während Helen noch zu Hause bleiben durfte. Meist nahm Paula das kleine Mädchen mit, wenn sie John in die Schule brachte und blieb noch ein wenig im Park, um die Vögel zu beobachten oder mit ihr in den Zoo zu gehen. Wenn es regnete, spielten sie zu Hause, sangen und lachten viel miteinander, bis es Zeit war, John wieder abzuholen.

Paula war an ihrer Seite von morgens, wenn sie sie weckte, bis sie abends schlafen gingen. Wenn sie schlecht träumten, war sie es, die aufstand, denn ihr Zimmer lag direkt neben dem der Kinder, und es war auch ihr Name, nach dem sie riefen. Mr. und Mrs. Goodman kamen zwar ab und zu nach oben, um ihnen gute Nacht zu sagen, aber nicht sehr oft. Meist verabschiedeten sich die Kinder höflich nach dem Abendessen und begegneten Mutter oder Vater erst wieder beim Frühstück oder Mittagessen.

Wenn sie schliefen, zog sich Paula in ihr Zimmer zurück und las oder strickte oder spielte Karten mit Nanette, der Krankenschwester, die ebenfalls auf diesem Stock ein Zimmer hatte und aus Frankreich kam. Mit ihr hörte sie auch ab und zu leise Musik auf dem Grammofon, das im Spielzimmer stand. Dann sahen sie beide aus dem Fenster und über die beleuchtete Stadt und stellten sich vor, wie es wäre, wenn sie einmal von einem Gentleman in eine der Bars zum Tanzen ausgeführt werden oder in einem der geheimnisvollen Speakeasys, den Flüsterkneipen, einen Drink nehmen würden.

Den halben Samstag und den ganzen Sonntag hatte Paula frei. Dennoch hatte sie es sich angewöhnt, die Goodmans sonntags ab und zu in die Riverside Church zu begleiten, für deren Bau Mr. Goodman unzählige Dollar gespendet hatte. Paula hatte eine pragmatische Einstellung zum Glauben und war sich sicher, dass Gott nicht beleidigt war, wenn sie in einem anderen seiner Häuser der Predigt lauschte oder betete.

In der Riverside Church gefiel ihr vor allem der Gesang der Baptisten und sie beobachtete fasziniert, wie die Gläubigen für die Taufe ganz und gar untergetaucht wurden. Außerdem lag die Kirche in den Morningside Heights, einem Gebiet in Upper Manhattan, wo sie mit dem Automobil hinfahren mussten, was Paula zusätzlich noch sehr gefiel. Das Wichtigste aber war, dass John und Helen ihr von Tag zu Tag mehr ans Herz wuchsen und es ihr immer schwerer fiel, Sonntagmorgens Helens kleine Händchen und ihren traurigen Blick loszulassen, und sie Nanette zu übergeben, selbst wenn es nur bis zum Abend war.

So schnell Helen und John Deutsch lernten, so schnell lernte Paula Englisch. Bald musste sie noch nicht einmal mehr über die richtigen Worte nachdenken, wenn sie etwas sagen wollte. Sie hatte ihrer Mutter nicht geschrieben, dass sie sich in dem riesigen Gebäude in dieser riesigen Stadt manchmal ein wenig einsam fühlte, und das Heimweh in der 54. Straße sehr viel deutlicher an ihrem Herzen zupfte als bei den Behrends in deren gemütlichem kleinen Häuschen. Aber sie wollte nicht, dass sie sich Sorgen machte, und das würde sie unweigerlich tun, das wusste Paula. Alma und sie sahen sich viel zu selten, weil beide viel zu beschäftigt waren. Was Paula auch verschwiegen hatte, war die hochoffizielle Einladung von Cosima Goodman zum Tee gleich am ersten Sonntag nach ihrer Einstellung bei der sie ihr mitgeteilt hatte, dass ihr Neffe Norman ebenfalls eingeladen war. Da er sie empfohlen hatte, wollte Cosima Goodman die Gelegenheit nutzen, um sich bei ihm zu bedanken, was sicherlich nett gemeint war, aber dazu führte, dass Paula kaum schlafen konnte und beinahe noch aufgeregter war als bei ihrer Abreise aus Deutschland.

Sie würde ihn wiedersehen.

Vielleicht war es Schicksal.

Und was konnte man dagegen schon ausrichten?

Mrs. Goodman hatte bei Paulas Einstellung zunächst einen abschätzigen Blick auf ihre Garderobe geworfen und sie dann zusammen mit Simone Collins, der Hausdame, zu Saks auf der Fifth Avenue geschickt. Paulas Kleidung sei unangemessen, unmodern und zu wenig praktikabel für die Arbeit als Kindermädchen, fand sie. Paula, die bisher nur ehrfürchtig die prächtigen und verschwenderischen Kleider von Elsa Schiaparelli oder Coco Chanel in den Schaufenstern des Luxuskaufhauses bewundert hatte, lehnte zunächst ab, bis Mrs. Goodman ihr klarmachte, dass dies kein wohltätiger Akt, sondern schlicht eine Bedingung war. Außerdem riet sie Paula, ihre persönlichen Sachen zu entsorgen oder sie, wenn sie sie unbedingt behalten wollte, wenigstens nur dann anzuziehen, wenn sie in ihrer Freizeit nach Yorkville fuhr. Paula dachte nicht daran, ihre Kleider wegzugeben. Sie waren ein Teil von ihr und sowohl ihre Mutter als auch sie selbst hatten lange für den schönen Mantel, den Hut, an den sie Philips wundervolle Brosche befestigt hatte, und die Stiefel gespart. Außerdem: Woher sollte sie wissen, ob sie ihre eigenen Kleider nicht eines Tages noch brauchen würde? In Gablenberg konnte sie jedenfalls nicht mit diesen feinen Gewändern auftauchen – oder gar damit im Milchladen arbeiten. Und ganz gleichgültig, was die Zukunft für sie bereithielt, Paula wusste, woher sie kam – und wohin sie immer auch zurückkehren konnte.

Und dennoch machte das Einkaufen mit Mrs. Collins Spaß. Die ältere Dame war sehr nett, zurückhaltend und auf eine angenehme Art bestimmend. Sie sorgte dafür, dass Paula am Ende ein Paar todschicke niedrige Pumps jeweils in Braun und Dunkelgrau besaß sowie ein weiteres Paar mit höheren Absätzen in Schwarz, zwei Mäntel, ein leichter in einem hellen Beige, und ein grauer für kältere Tage, drei Hüte, vier Kleider, davon eines in einem Sonnenblumengelb, dessen Rock weit schwang und das Paula sofort zu ihrem Lieblingskleid erkor, drei Röcke aus unterschiedlichen Stoffen, fünf Blusen (drei weiße, eine schwarze, eine hellblaue), eine Strickjacke mit Streifen, acht Paar Strümpfe, ein Sportdress mit passenden

Schuhen für die Turnhalle, einen Badeanzug, zwei Nachthemden, Unterwäsche und – zur Krönung – eine Handtasche, in die alles passen würde, was die Kinder unterwegs so brauchten und die dennoch schicker war, als alles, was Paula je besessen hatte.

Am Morgen vor Normans Teebesuch entschied Paula sich für einen dunkelblauen Rock, der ihre Augenfarbe betonte und aus einem wunderbar weichen Stoff und in einem glockigen Schnitt gefertigt war, der ihre schmale Figur unterstrich und dennoch viel Bewegungsfreiheit ließ. Er passte wie angegossen. Die weiße Bluse aus feinster und glänzender Baumwolle mit den Volantärmeln und dem schmalen Band für eine lange Schleife am Kragen passte perfekt dazu, und in den Strümpfen aus Kunstseide und den grauen Pumps fühlte sie sich beinahe so schick wie Marlene Dietrich, Greta Garbo, Jean Harlow und Mae West zusammen. Außerdem war sie froh, dass John und Helen sie begleiteten, denn die beiden schafften es auf wunderbare Weise, Paulas Befangenheit in Luft aufzulösen und sie mit ihren Fragen nach Gott und der Welt und ihrem Gelächter abzulenken. Sie würde Norman Anderson wiedersehen.

Der Tee wurde im dritten Stock serviert und Paula stand pünktlich mit beiden Kindern um 15.30 Uhr vor der großen schweren Holztür zum Salon. Von drinnen drang kein Geräusch in den Gang. Vorsichtig öffnete Paula die Tür. Während sich John und Helen hindurchschoben, erfasste Paula mit einem Blick die Teegesellschaft, die sich bereits versammelt hatte. Rechts von Mrs. Goodman an einem niedrigen Tischchen, der mit feinstem Porzellan eingedeckt war, saß eine etwas ältere Dame, die ihr sehr ähnlich sah. Allerdings nicht ganz so ähnlich wie dem jungen Mann, der den Platz rechts von Cosima Goodman eingenommen hatte. Mr. Anderson. Den sie in ihren Gedanken längst Norman nannte. Paula schoss sofort die Röte ins Gesicht und ihr wurde furchtbar heiß. Sie bereute, dass sie sich dafür entschieden hatte, über ihrer Bluse noch die blau-weiß geringelte Strickjacke zu tragen, aber sie hatte auf einmal die kurzen Ärmel der Bluse unangemessen gefunden und wollte nicht respektlos erscheinen.

Norman Anderson sah sie an und lächelte. Paula glaubte, in seinen Augen ein freudiges Funkeln entdeckt zu haben, aber vielleicht bildete sie sich das auch nur ein und es war die eigene Aufregung, die sich darin spiegelte.

Als sich ihre Blicke trafen, wurde Paula noch wärmer und sie bemühte sich, sich nicht anmerken zu lassen, wie unsicher sie das Ganze machte. Schnell schloss sie die Tür hinter sich, bevor sie zum Tisch hinüberging.

John hatte sich sehr zum Missfallen seiner Mutter bereits von ihrer Hand losgemacht und war mit Freudengeheul auf Norman zugestürmt, und auch Helen begann auf ihren kurzen Beinchen in seine Richtung zu wanken.

»Miss Paula, darf ich Ihnen meine Schwester Eleanor Anderson vorstellen? Mrs. Anderson lebt in den Pocantico Hills und kommt nur selten hierher. Nicht wahr, meine Liebe?« Mrs. Goodman wandte sich an ihre Schwester, die deutlich älter sein musste als sie selbst. »Und auch nur, wenn ihr reizender Sohn sie in seinem Automobil mitnimmt.« Sie lächelte ein wenig schmal. »Aber ihn kennen Sie ja bereits.« Paula knickste, bevor sie nähertrat und Normans Mutter die Hand reichte. »Sehr erfreut, Sie kennenzulernen, Mrs. Anderson.« Norman schob John von seinen Knien und stand auf.

»Paula!« Er ging um seine Mutter herum und nahm ihre Hände in seine. Sein strahlendes Lächeln ließ sie beinahe schwindelig werden. Dass er sie bei ihrem Vornamen genannt hatte, fühlte sich zusätzlich großartig an.

»Wie schön, Sie wiederzusehen! Ich freue mich so sehr, dass meine Tante meiner Empfehlung gefolgt ist, wenn ich es auch bedaure, dass es diesen Trick gebraucht hat.« Sein Lächeln wurde noch ein wenig breiter. »Wir hätten doch auch einfach so in den Park gehen können!« Er lachte, und Paula sah verlegen zu Boden. Sie hatte keine Ahnung, was sie darauf erwidern sollte.

»Es war sehr freundlich von Ihnen, mich zu empfehlen«, antwortete sie schließlich. »Und ich danke Ihnen sehr dafür.«

»Ach, das war doch purer Eigennutz!« Norman zog sie an der Hand hinter sich her und wies auf den bequemen Sessel, der neben seinem stand. »Setzen Sie sich doch, Paula. Sie müssen meiner Mutter und meiner Tante unbedingt von Ihrer Heimat erzählen! Immerhin haben die beiden auch deutsche Wurzeln, nicht wahr?«

Mrs. Goodman runzelte die Stirn. »Nun, es mag sein, dass vor vielen Generationen ein Ururgroßvater von uns aus Europa hier gelandet ist. Ich glaube allerdings, er kam aus Holland, wie die anderen Ersten, die diesen wundervollen Landstrich besiedelt haben, weshalb diese Stadt ja auch einst New Amsterdam hieß. Ich habe ihn jedenfalls nicht kennengelernt. Und ich bevorzuge es auch, unsere Familie als eine der Gründerväter dieser wundervollen Stadt zu sehen.«

»Ach ja?«, gab Norman grinsend zurück. »Und ich dachte, das waren die Indianer.«

»Norman!« Seine Mutter warf ihm einen bösen Blick zu.

»Das ist jetzt nicht das richtige Thema. Wir sind schließlich hier, um Miss Paula willkommen zu heißen und etwas mehr über sie zu erfahren, nicht wahr?«

»Da hast du recht. Entschuldige, Tante Cosima, entschuldige, Mutter, und entschuldigen Sie, Paula. Das war unangemessen.« Er sah für einen Augenblick wirklich beschämt aus, aber das übermütige Glitzern in seinem Blick strafte seinen Satz Lügen. »Bitte, erzählen Sie uns etwas über sich.«

Paula fühlte sich ein wenig unbehaglich, weil die ganze Aufmerksamkeit auf ihr lag, und war froh, dass Helen sich auf ihren Schoß geschoben hatte und sie das vertrauensvolle Gewicht und den süßen Duft des kleinen Mädchens spüren durfte. »Ich komme aus einem kleinen Dorf unweit von Stuttgart«, begann sie und lächelte. Es war schön, über ihre Heimat zu sprechen. Vielleicht war das Interesse von Mrs. Goodman und Mrs. Anderson echt. Vielleicht auch nicht, und sie wollten gar nicht wirklich etwas über Deutschland erfahren. Aber das war nicht so wichtig, denn sowohl John als auch Helen und vor allem Norman Anderson hörten ihr aufmerksam zu, als sie vom Schlittschuhlaufen auf dem zugefrorenen Klingensee erzählte, von der Weinlese in den Weinbergen über Gablenberg und Gaisburg, von den Floßfahrten auf dem Neckar. Von ihrer Mutter, ihren Brüdern, vom Milchgeschäft und davon, wie es war, ohne Vater aufzuwachsen und dennoch ein gutes Leben zu führen, und wie stolz es alle zu Hause machte, dass sie jetzt hier war. Als sie geendet hatte, sah sie auf und direkt in Normans Augen.

»Das klingt wundervoll, Paula«, sagte er und beugte sich ein wenig nach vorn. »Sie haben so lebendig erzählt, dass es sich fast so anfühlt, als wäre man dort.« Er lächelte. »Ich wünschte, ich könnte einmal wirklich mit Ihnen auf dem Klingensee Eislaufen und Sauerkraut mit Würstchen essen!«

Paula wollte ihm sagen, dass er jederzeit herzlich willkommen war, aber dazu kam sie nicht.

»Nun, was für ein Glück, dass wir nicht die ganze weite Reise über den Ozean und wieder zurück machen müssen. Hier, in unserem Haus, ist es doch so viel sicherer«, sagte Mrs. Goodman da. »Man hört beängstigende Dinge über die politische Situation in Deutschland, nicht wahr, Paula? Warum ist denn nicht Ihre gesamte Familie hierher ausgewandert, wenn die wirtschaftliche und politische Lage doch so miserabel ist?«

Selbst wenn New York eine großartige Stadt war und ihre Chancen unvergleichlich, wenn sie in Sicherheit und mit ausreichend Essen und Wohlstand gesegnet war, so war doch dieses kleine Dorf bei Stuttgart der Ort ihrer Herkunft, ihr Zuhause, die Menschen, die dort lebten, diejenigen, die sie am meisten liebte, und Deutsch ihre Muttersprache, in der sie so viel besser ausdrücken konnte, was sie meinte. Dachte Mrs. Goodman wirklich, dass ihr Reichtum normal sei und alle Amerikaner so ein Leben führten wie sie? Dann musste sie ganz schön blind durch den Tag gehen. Selbst wenn Paula sich entscheiden dürfte, würde sie niemals mit den Goodmans tauschen wollen. Sich ihre Mutter, Kurt oder Philip irgendwo anders vorzustellen, war schlicht ein Ding der Unmöglichkeit. Paula zog Helens warmen Körper noch ein wenig näher und spürte Normans Blick auf sich, ohne ihn anzusehen.

»Weil Gablenberg nun mal unsere Heimat ist«, sagte Paula leise.

Der Butler schenkte ihr Tee nach und bot ihr kleine, mit gelbem Pudding gefüllte Küchlein auf einer silbernen Etagere an, von denen Mrs. Goodman behauptete, sie hätte sie extra in Chinatown bestellt. Paula fand sie viel zu süß.

Nachdem die beiden Damen sie noch nach ihrer Schulbildung gefragt und irgendwann aufgegeben hatten, mit ihr über Kunst und eine ganz besondere Kunstrichtung im Speziellen zu plaudern, die angeblich aus Deutschland kam und sich Bauhaus nannte, standen sie auf und bedeuteten Paula, dass sie sich nun verabschieden dürfe. Gleichzeitig erleichtert darüber, dass die Befragung nun beendet war, und doch auch ein wenig traurig, dass sie sich nun schon wieder von Norman verabschieden musste, schob sie Helen behutsam von ihren Knien, stand auf und knickste erneut vor den Damen.

»Auf Wiedersehen, Mrs. Goodman, auf Wiedersehen, Mrs. Anderson. Vielen Dank für den Tee«, sagte sie, bevor sie sich mit Helen an der Hand in Richtung Tür wandte. »Mr. Anderson, es war schön, Sie wiederzusehen.«

»Paula …« Er war aufgestanden.

»Aber Mutter, darf Norman denn nicht noch ein wenig mit uns spielen? Er ist so selten hier! Bitte!«, fragte John und sah seine Mutter flehend an, während er sich an Paulas Bein lehnte. »Du hast selbst gesagt, dass er mein Vorbild sein soll! Aber wie soll er denn mein Vorbild sein, wenn ich ihn nie genug sehe?« Theatralisch seufzend warf er die Hände nach oben. Paula schmunzelte. Er würde einmal einen guten Anwalt abgeben. Oder einen prächtigen Schauspieler.

Norman war ebenfalls aufgestanden. »Wenn der junge Herr hier mich so freundlich bittet, kann ich doch wohl kaum ablehnen, oder?«, sagte er und nahm Johns Hand. »Ich verspreche auch, dass ich das beste Vorbild sein werde, das du dir vorstellen kannst, Tante.«

»Nicht betteln, John Goodman«, ermahnte ihn Mrs. Goodman streng, lächelte dann aber doch ein wenig. »Was meinst du, Eleanor?« Sie wandte sich an ihre Schwester, die zustimmend nickte, und fuhr fort: »Mir soll es recht sein. Solange John und Helen pünktlich zum Abendessen wieder hier sind?«

Paula bedankte sich erneut und ging langsam in Richtung Tür mit Helen an der Hand und dem aufgeregt auf Norman einplappernden John an ihrer Seite. Ihr Herz schlug bis zum Hals, als Norman ihr die Tür aufhielt und sie ganz nah an ihm vorbeimusste. Sie nickte ihm zu und senkte rasch den Blick, um nicht zu stolpern. Diese Nähe war gar nicht gut für ihre Nerven.

Als sie im Treppenhaus standen und die Tür hinter ihnen ins Schloss gefallen war, atmete Paula erleichtert laut aus. Norman begann zu lachen.

»Die beiden können ganz schön furchteinflößend sein, nicht wahr?« Seine Augen funkelten vergnügt. »Keine Sorge Paula, ich weiß genau, wie Sie sich fühlen. Entschuldigen Sie bitte, dass ich Sie in diese Situation gebracht habe. Aber nachdem meine Tante so verzweifelt nach einem Kindermädchen gesucht hat und ich Sie so gern wiedersehen wollte, fand ich meinen Plan geradezu genial!« Er lachte, als John ihn am Hosenbein zupfte.

»Ich fand ihn auch genial«, sagte er und sah Paula dabei so treuherzig an, dass sie ebenfalls lachen musste.

»Und bitte Paula, nenne mich doch einfach Norman. Wäre das möglich?«

Sie verbrachten einen wundervollen Nachmittag in den Räumen der Kinder, spielten mit dem Puppenhaus, versteckten sich in Schränken und hinter Vorhängen und lachten viel. Zwischendurch gab es immer wieder Momente, in denen Paula bemerkte, dass Norman sie beobachtete, was sie weiterhin verlegen machte. Auch sie schaute ab und an verstohlen zu diesem großen jungen Mann hinüber, der auf den ersten Blick so ernsthaft wirkte und dann doch so ausgelassen sein konnte. Glücklicherweise sorgten John und Helen dafür, dass sie keinerlei Zeit zum Nachdenken hatte und Paulas Aufregung und Unsicherheit von Minute zu Minute weniger wurde. Norman war ein junger Mann. Nicht anders als ihre Brüder oder Philip. Eben nur hineingeboren in ein privilegiertes Leben, in dem vieles leichter, aber auch manches sehr viel komplizierter als in Paulas war.

Es war gleichgültig, aus welcher Gesellschaftsschicht sie kamen, sie teilten die Freude über diese beiden großartigen Kinder und den Spaß, den man mit ihnen haben konnte. Und je weiter der Zeiger auf der Uhr rückte, umso näher fühlte sie sich ihm und umso trauriger wurde sie, dass sie sich nun schon bald verabschieden mussten. Norman hatte diesen Tag zu einem besonderen gemacht, und sie musste ihre Worte von vorhin über die Heimat vielleicht noch einmal überdenken. Heimat war da, wo Menschen waren, die man liebte. Vielleicht war auch ein bisschen davon genau hier, in diesem Raum.

Viel zu schnell verflog die Zeit, und als die Uhr auf dem kleinen Kamin im Spielzimmer kurz nach fünf zeigte, wurde Paulas Herz schwer. Sie wollte sich noch nicht verabschieden.

»Du hast immer noch eine Einladung in den Park offen, Paula, nicht wahr, John?«, fragte Norman, als er sein Hemd wieder ordentlich in die Hose steckte, um nach unten zu gehen. »Diesen Sonntag vielleicht?« Er sah sie direkt an. Seine warmen braunen Augen baten um ein Ja. Und täuschte sie sich, oder hatte seine Stimme ein wenig atemlos geklungen?

Und wenn schon, schalt sie sich. Dann lag es sicher daran, dass sie bis gerade eben noch herumgetollt hatten. Besser, sie steigerte sich nicht in etwas hinein, das sowieso nicht sein konnte.

»Wir könnten den Italienern bei ihren verrückten Radrennen zusehen, und dann vielleicht in einer Kutsche um den See fahren. Ich könnte dich in den Knickerbocker Club zum Tee einladen und dann ...«

Paula wurde ganz schwindelig von Normans Plänen und Johns »Bitte, Paula!«, aber sie konnte dennoch nicht zusagen. Sie musste ihr Herz beschützen. Wusste er denn nicht, dass zwischen ihnen Welten, Planeten, Dynastien und Gesellschaftsschichten lagen, die es unmöglich machten, einfach so ein gemeinsames Picknick zu veranstalten, als wäre das das Normalste der Welt? Selbst wenn es für ihn nur ein freundliches Angebot für eine deutsche Auswanderin war, der er New York ein wenig näherbringen wollte, so war es für sie doch schon jetzt mehr. Ihr Herz klopfte zu schnell in seiner Nähe, ihr Blick löste sich zu schwer von seinem attraktiven Gesicht, und ihr Lachen fühlte sich echter an, wenn er mitlachte. Das war weder gut für sie noch für ihn oder für die Kinder. Wenn Norman genauso fühlte wie sie, dann war es umso wichtiger, das Ganze zu beenden, bevor es überhaupt erst begann.

Und dennoch war sie immer noch dieselbe Paula, die sich vor einigen Monaten einen Mann herbeigesehnt hatte, in den sie sich verlieben konnte. Man musste wohl noch viel besser aufpassen, was man sich wünschte.

Kapitel 16

Weihnachten 1932, Goodman Residence

Am dritten Advent nahm Paula all ihren Mut zusammen, um sich von Mrs. Goodman die Erlaubnis einzuholen, Helen und John mit nach Yorkville in die Zion Church zu einem kleinen Adventsmarkt zu nehmen. Die Gemeindemitglieder hatten den Kirchenraum in den Tagen davor schon mit Zweigen aller Art geschmückt, von denen selbst gebastelte Strohsterne baumelten. Das elektrische Licht war aus und der Raum nur mit Kerzen beleuchtet, sodass eine besinnliche Dunkelheit über allem lag. Einige Gemeindemitglieder saßen schon in den Bänken, und es kamen immer mehr. Noch war es andächtig und still, aber später, nach dem Gottesdienst, würde hier sicher auch gelacht und geredet werden. Es duftete schon jetzt verheißungsvoll nach selbst gebackenen Plätzchen und Punsch, und Paula konnte an Johns sehnsuchtsvollem Seufzen erkennen, dass dieser Duft seine kleine Nase längst gekitzelt hatte. Helen hielt Paulas Hand ganz fest und sagte kein Wort, als sie den Raum betraten.

Die beiden Kinder, für die jeder Luxus und die üppige Pracht der Reichen wie selbstverständlich zum Leben gehörten, hatten ein schlichtes und doch so feierliches Vorweihnachtsfest bestimmt noch nie erlebt, und ihr andächtiges Staunen freute Paula ganz besonders.

Es war herrlich, mit den beiden eine eigene Kerze in der Kirche anzuzünden, einen Platz ganz vorne zu finden, der Predigt zu lauschen, die für die Kinder extra kurz gehalten war, weil selbst der Pfarrer wusste, wie schwer es sein konnte, mit Plätzchenduft in der Nase still zu sitzen. Besonders viel Freude aber hatte Paula daran, einige deutsche Weihnachtslieder zu singen, für einen Moment die Augen zu schließen und sich vorzustellen, sie wäre zu Hause. Weihnachtszeit in Gablenberg war immer etwas ganz Besonderes für Paula gewesen. Wie Kurt mochte auch Paula die Dunkelheit, die sich ab Oktober immer so früh über die Straße senkte und die die Menschen nach innen in die gemütlichen Stuben trieb, ganz im Gegensatz zu Richard, der oftmals in der Stube auf und ablief wie ein eingesperrter Tiger in einem Käfig.

Aber nun war sie hier, und Johns und Helens Hände in ihren brachten sie schnell und sanft wieder zurück in die Kirchenbank. Ja, es wäre schön, für einen Augenblick in der Klingenstraße zu sein, aber genauso gern war sie gerade hier und teilte diesen Moment und das Staunen mit den Kindern.

Sie verbrachten einen wundervollen Tag im Gemeindehaus der Kirche. Alle Behrends kamen, und es war eine Freude, John dabei zuzusehen, wie er mit seinen fünf Jahren schon so geschickt Fröbelsterne aus bunten Papierstreifen faltete, während Helen das Stroh für den Strohschmuck durch die großen Schüsseln mit Wasser zog, oder mit der kleinen Christa spielte, die es sichtlich genoss, sich endlich auch einmal aufführen zu dürfen wie eine große Schwester. Alle Kinder, auch John und Helen, sprachen Deutsch miteinander, als wäre es das Normalste der Welt. Paula freute sich darüber, wie unkompliziert sich die beiden in diese für sie so fremde Welt einfügten, und nahm sich vor, sie, sooft Mrs. Goodman es eben erlaubte, mit hierherzubringen.

Paulas Glücksgefühl hielt an, bis Walter Behrend sie beiseitenahm, um ihr zu sagen, dass sie ein wenig vorsichtiger sein sollte. Zunächst verstand sie nicht, was er meinte, aber als er ihr erzählte, dass er nicht nur in seinem Laden zunehmend zu spüren bekam, dass die deutschen Einwanderer nicht bei allen New Yorkern beliebt waren, da wurde ihr flau im Magen. Sie wollte seinen Rat gern als übertrieben abtun, aber dann fiel ihr wieder Mrs. Goodmans merkwürdige Reaktion auf Normans Satz über ihre Wurzeln ein und der eine oder andere abschätzige Blick auf der Straße, wenn sie mit den Kindern Deutsch sprach. Ja, sie hatte diese Ablehnung auch schon erlebt, und auf keinen Fall wollte sie, dass John oder Helen etwas davon zu spüren bekamen.

Ein wenig bedrückt stieg sie später in Fitzgeralds Wagen, dem Chauffeur der Goodmans, der darauf bestanden hatte, sie vor der Kirche abzuholen, und nahm sich vor, ein wenig aufmerksamer zu sein – und vielleicht auch etwas weniger vertrauensvoll.

Im allgemeinen Vorweihnachtstrubel und dank der Vorfreude, mit der John und Helen Santas Besuch am Weihnachtsmorgen erwarteten, vergaß sie diese trüben Gedanken glücklicherweise schnell wieder. Sie verbrachten viel Zeit in der Küche, wo Helen und John, mit weißen Schürzen und Bäckermützen ausgestattet, Paulas liebste Weihnachtsplätzchen backten. In dieser Zeit genoss sie es besonders, nicht sparsam sein zu müssen und alle Zutaten, die sie benötigte, einfach einkaufen zu können. Sie backten Ausstecher und

Bärentatzen, Terrassenplätzchen und Vanillekipferl, und die Küche, der Salon und ganz besonders das Stockwerk der Kinder rochen köstlich nach Zimt, Vanille, Zucker und Mandeln.

Eine besondere Freude machte es den beiden Kindern, ihre Schätze mit den Angestellten des Hauses zu teilen und stolz deren Ahs und Ohs entgegenzunehmen, wenn sie in ein Plätzchen gebissen hatten. Fitzgerald bekam fast täglich einen kleinen Teller von John, der den Fahrer geradezu vergötterte, so lange, bis er lachend sagte, dass er kein einziges Gebäck mehr essen könne, weil er sonst bald nicht mehr hinters Lenkrad passen würde.

Abends fielen die beiden oft noch mit etwas Mehl an der Nase oder den Ohren müde und glücklich ins Bett. Obwohl sie in manchen Abendstunden ihre Familie vermisste und gern mit ihrer Mutter auf der kleinen Chaiselongue am Kamin gesessen und Weihnachtslieder gesungen und gebastelt, genäht oder gestrickt hätte, war auch Paula glücklich. Sie verbrachte viel Zeit mit Nanette, und während sie oft noch spätabends mit einem heißen Tee in der Hand auf den breiten Fensterbrettern in ihrem Stockwerk saßen und sich gegenseitig von der Heimat erzählen, wurde die junge Krankenschwester aus Frankreich immer mehr zu einer guten Freundin.

Oft wünschte sich Paula, dass auch Norman bei all den Vorbereitungen mit dabei sein könnte. Der wunderbare und fröhliche Nachmittag mit ihm im Oktober lag nun schon so lange zurück. Er hatte sie an den beiden darauffolgenden Wochenenden gefragt, ob sie mit ihm in den Park gehen wollte, aber sie hatte einmal ablehnen müssen, weil sie bereits mit Alma und Hans verabredet war, und das andere Mal hatte sie Kopfschmerzen vorgetäuscht. Sie traute sich einfach nicht, allein mit ihm zu sein. Seitdem hatte sie ihn nicht mehr gesehen. Und Paula hatte es auch nicht gewagt, nach ihm zu fragen, aber sie hoffte sehr darauf, dass er die Goodmans wenigstens während der Feiertage einmal besuchen würde.

Und dann war es endlich so weit: Weihnachten stand vor der Tür. Für Paula war es befremdlich, dass hier nicht das Christkind an Heiligabend die Geschenke brachte, sondern Santa am Morgen des ersten Weihnachtsfeiertags – und auch durch den Kamin. Aber sie war auch neugierig und freute sich, dass sie dadurch die Gelegenheit bekam, mit den Behrends ihr traditionelles Weihnachtsfest zu feiern und mit den Goodmans das amerikanische einen Tag später.

An Heiligabend ging Paula mit John und Helen zum Rockefeller Center, das sich immer noch im Bau befand, und bewunderte mit ihnen gemeinsam die riesige Tanne, die die Bauarbeiter wie im letzten Jahr selbst geschmückt hatten. An ihren Zweigen hingen keine Glaskugeln, kein Lametta und auch keine Taftschleifen wie bei den Goodmans, sondern ein paar leere Dosen, Ketten aus rot leuchtenden Cranberrys und Schleifen aus Papier. Dennoch war der Baum mindestens so beeindruckend wie der bei den Kindern zu Hause. Paula gefiel es sehr, dass die Bauarbeiter ihren Lohn direkt unter dem Baum und von John D. Rockefeller höchstpersönlich bekamen.

Nachdem sie die Kinder wieder nach Hause gebracht hatte, ging sie in den Nachmittagsgottesdienst der Zion Church und später zu den Behrends nach Hause. Es gab Kartoffelsalat und Würstchen, die Martha bei Hans gekauft hatte und die köstlich und sehr vertraut schmeckten. Es fühlte sich wie Weihnachten an und doch wieder nicht. Ihre Mutter, Richard und Kurt und auch Philip fehlten ihr an diesem Tag besonders, nicht weil sie sich einsam fühlte, sondern weil sie einfach wünschte, ihre Liebsten könnten Teil von alledem sein.

Sie schenkte der Familie ein amerikanisches Gesellschaftsspiel, das »The Game of Finance« hieß und in dem man wie im richtigen Leben Häuser mieten, bauen, Reichtümer anhäufen und auch allerhand Geld verlieren konnte. Paula hatte es mit John und Helen zusammen ausgesucht. Zunächst war sie sich nicht sicher gewesen, ob es der Familie gefallen würde, aber die Großen fanden es toll, und selbst die kleine Gertrud begeisterte sich dafür, was vermutlich an den winzigen und bunt bemalten Spielfiguren lag.

Herr Behrend schenkte ihr eine Fotografie in einem schlichten Rahmen, die Paula an einem ihrer ersten Tage in New York unten am Battery Park zeigte. Im Hintergrund konnte man die Freiheitsstatue erkennen und in Paulas Gesicht den Stolz, dass sie es bis hierher geschafft hatte. Außerdem schenkte er ihr einen weiteren wesentlich kleineren Abzug, damit sie ihn ihrer Mutter schicken konnte. Sie aßen und sangen, redeten über ihr Zuhause, schwelgten in Erinnerungen, und die Erwachsenen tranken ein wenig selbst gemachten Zwetschgenlikör, der sie alle noch ein bisschen sentimentaler stimmte. Es war wundervoll.

Am Abend kehrte Paula fröhlich und reich beschenkt in die Residenz zurück und war glücklich, dass sie früh genug dran war, um noch bei den Kindern vorbeizugehen und ihnen gute Nacht zu sagen. Vorsichtig öffnete sie die Tür zum Kinderzimmer, falls sie doch schon schliefen, aber die Aufregung und Vorfreude sorgten dafür, dass die beiden plappernd und mit glänzenden Augen im Bett lagen und laut aufjuchzten, als

Paula sich auf Johns Bettkante niederließ. Er nahm ihre Hand und zog sie noch näher zu sich.

»Das ist das schönste Weihnachten der Welt, Paula. Und wenn ich einmal groß bin, heirate ich dich«, flüsterte er in ihr Ohr.

Seine vor Vorfreude glühende Wange lag an ihrer, und in Paulas Herz breitete sich eine unglaubliche Wärme aus. Das war ein Weihnachtsgeschenk, das man mit keinem Geld der Welt kaufen konnte. Sie spürte, wie ihr Tränen der Rührung in die Augen stiegen, und versuchte vergeblich, sie zu verbergen.

»Was ist los? Warum weinst du?«, fragte er erschrocken. »Habe ich was Falsches gesagt? Willst du mich etwa nicht heiraten? Mutter sagt, ich sei eine sehr gute Partie!«

Paula musste lachen. »Natürlich möchte ich dich heiraten! Unbedingt sogar! Du bist die beste Partie, die ich mir vorstellen kann! Nur leider geht das nicht.«

»Aber warum? Weil ich noch so jung bin?« Bekümmert schüttelte John den Kopf. »Ich werde doch älter, Paula! Ich kann mich doch bestimmt auch beeilen?« Treuherzig sah er sie an. »Oder ist es wegen Norman?«

»Wegen …?« Bei der Erwähnung seines Namens wurde Paula heiß, und sie konnte nicht verhindern, dass ihr die Röte ins Gesicht schoss. Woher wusste er, wie gern sie den jungen Anwalt hatte?

»Wenn es wegen Norman ist, dann ist es in Ordnung«, fuhr John fort. »Dann bleibst du ja wenigstens in der Familie. Und das musst du einfach. Egal, wer dich am Schluss bekommt.«

Paula lachte erneut auf, doch ein winziger Teil ihres Herzens gab sich für einen Moment dieser wunderschönen Vorstellung hin.

Am Morgen des ersten Weihnachtstages weckten John und Helen Paula sehr früh und ließen gerade noch zu, dass sie sich anzog, bevor sie sie dazu drängten, nach unten in den Salon zu dem großen Kamin zu gehen, wo ihre Socken fein säuberlich am Sims aufgereiht waren. Cosima und Jonathan saßen bereits am gedeckten Frühstückstisch und tranken Tee. Als die Kinder und Paula den Raum betraten, standen sie auf.

»Guten Morgen und frohe Weihnachten«, sagte Jonathan Goodman auf Deutsch zu ihr und lächelte aufrichtig. »Ich wünsche Ihnen ein fröhliches und vor allem friedliches Fest und dasselbe für Ihr Land.«

»Danke sehr. Dasselbe wünsche ich Ihnen beiden auch«, antwortete Paula schüchtern und knickste. Die Kinder hatten sich längst ihren Strümpfen zugewandt, und Paula ging zum Tisch der Goodmans hinüber. Mr. Goodman wies ihr mit einem Nicken einen Platz am Ende zu, und als sie sich setzte, reichte er ihr lächelnd einen Umschlag.

»Das ist für Sie. Machen Sie sich irgendwann einen schönen Abend mit Ihren Freundinnen. Für heute Abend haben Sie ja schon etwas vor.« Er nickte ihr erneut zu. »Ich freue mich wirklich, dass Mrs. Goodman auf ihren Neffen gehört hat und Sie Teil der Goodman-Familie geworden sind. Ich habe meine Kinder schon lange nicht mehr so oft lachen hören. Das ist für mich das schönste Geschenk überhaupt!« Er drückte ihre Hand.

Paula war stolz auf sein Lob und freute sich über seine Worte. Es war schön, dass er bemerkt hatte, wie gut sich die Kinder und Paula verstanden und wie gern sie bei ihnen war.

»Ich schließe mich an«, sagte Cosima Goodman ein wenig steif, die sich ebenfalls wieder gesetzt hatte. »Ich wünsche

Ihnen auch ein frohes Fest und bin froh, dass Sie bei uns sind. Wobei ich allerdings anmerken möchte, dass die Kinder zuvor nicht weniger gelacht haben und dass es im Leben auch um mehr geht als das.« Sie räusperte sich.

Paula kannte Mrs. Goodman ja nun schon eine Weile und wusste, dass sie von ihr nicht wirklich ein Lob erwarten konnte. Nanette behauptete, sie sei schlicht eifersüchtig darauf, dass Paula sich so gut mit ihren Kindern verstand, aber manchmal hatte sie trotzdem Mühe, Mitgefühl für diese strenge Frau aufzubringen. Selbst wenn ihre gesellschaftliche Stellung es regelrecht verlangte, dass ihre Kinder von mehr oder weniger Fremden aufgezogen wurden, war es nicht nötig, so kühl zu denjenigen zu sein, die diese Aufgabe mit Liebe und Freude erfüllte. Und dennoch war es tragisch, dass das Einzige, was Cosima Goodman lieben durfte, die Kunst war. Wie so oft tat sie Paula einfach nur leid, sobald sie gedanklich dort angekommen war. Es musste schrecklich sein, die eigenen Kinder so selten zu sehen.

»Vielen Dank, Mr. und Mrs. Goodman. Ich wünsche Ihnen beiden auch ein gesegnetes Fest und danke Ihnen von Herzen, dass ich hier sein und Ihre wundervollen Kinder betreuen darf. Ich glaube, noch nie hat mir etwas so viel Freude bereitet.« Sie strahlte.

Während sie es sagte, wurde Paula bewusst, dass es der Wahrheit entsprach. Und als sie John und Helen dabei beobachtete, wie sie ihre Geschenke auspackten, fühlte sie sich so stolz und froh, als seien es ihre eigenen Kinder, die mit den Laufrädern um den Frühstückstisch fuhren und ihre neuen Malstifte bewunderten. Sie war erfüllt von Dankbarkeit und Freude und es überraschte sie, wie ungezwungen sie sich während des Frühstücks mit Mr. Goodman unterhalten konnte. Er machte es ihr aber auch leicht, indem er viele Fragen stellte und dabei immer darauf achtete, dass sie Englisch sprachen, sodass seine Frau an der Konversation teilhaben konnte. Er war, wie Nanette gesagt hatte, ein sehr freundlicher Mann.

Aber dass eine noch größere Überraschung bei der Veranstaltung am Abend im Knickerbocker Club auf sie wartete, zu der Mr. Goodman sie eingeladen hatte, damit hatte sie nicht gerechnet.

Es war kurz vor fünf am Nachmittag und bereits ziemlich dunkel, als der nachtschwarz glänzende Packard Twin Six langsam vor dem überdachten Eingang direkt am Central Park vorfuhr. Paula konnte sich gar nicht an dem prächtig geschmückten Haus sattsehen. Wenn Helen nicht vorsichtig an ihrem Cape gezupft hätte, wäre Paula vermutlich nie ausgestiegen, sondern hätte immer weiter diese Pracht bestaunt.

John, der ausnahmsweise vorne bei Fitzgerald hatte sitzen dürfen, war längst auf den dunkelroten Teppich gesprungen und hüpfte nun außen auf und ab, bis zwei der Pagen in rotschwarzer Livree die Tür des Wagens öffneten und Paula die Hand reichten, um Helen und ihr beim Aussteigen behilflich zu sein. Die Kleine schob sich von Paulas Schoß, ließ sich auf den roten Teppich gleiten und gesellte sich sofort zu ihrem Bruder, aber Paula war dankbar für die Hand, die es ihr ermöglichte, in dem langen Kleid aus dunkelblauem Samt mit dem weich fallenden Rock und den schwarzen Pumps einigermaßen elegant aus dem Wagen zu steigen. Die Goodmans hatten ihr das Kleid noch zusätzlich zu Weihnachten geschenkt und sie gebeten, es am heutigen Weihnachtstag zu tragen, an dem Mr. Goodman für die Angestellten der Familie und nahen Mitarbeiter seines riesigen Bau- und Immobilienimperiums eine große Feier im Knickerbocker Club gab. Einem Club, der sonst nur männlichen Mitgliedern der New Yorker Upper Class vorbehalten war und in dem normalerweise ausschließlich Menschen wie die Rockefellers, die Astors oder die Vanderbilts verkehrten.

»Paula, beeil dich! Das musst du dir ansehen!« John war zurückgekehrt, um Paula an die eine Hand zu nehmen und Helen an die andere. Niemals hätte er seine kleine Schwester stehen lassen oder wäre schneller gegangen, als es ihr möglich war. In seinem Anzug, der ebenfalls aus blauem Samt war, dem weißen Hemd und der blauen Fliege und mit den streng nach hinten gekämmten Haaren hätte er beinahe wie ein kleiner Erwachsener ausgesehen, wenn seine blonden Locken in der feuchten Schneeluft nicht ihre Wildheit zurückgefordert hätten. Auch die kleine Helen trug blauen Samt, der genauso gut zu ihren großen blauen Augen passte wie zu Paulas. Ihre Locken wurden durch eine einzige funkelnde Spange aus ihrem süßen herzförmigen Gesichtchen gehalten, und Paula würde den ganzen Abend darauf achten müssen, dass sie sie nicht verlor. Helens Kleid war eine winzige Version von Paulas, und ihre Füßchen, die in glänzend blauen Lackballerinas steckten, trippelten aufgeregt neben Paula her.

Nicht nur die aufeinander abgestimmten Kleider sorgten dafür, dass Paula sich den beiden Kindern näher fühlte als je zuvor. Sie sahen nicht nur aus wie eine Einheit, sie gehörten auch zusammen. Ob sich Mrs. Goodman dessen bewusst gewesen war, als sie Paula dieses Kleid zu Weihnachten geschenkt hatte?

Von innen drangen Gespräche, Lachen, Gläserklirren nach draußen und wurden von leisen Weihnachtsliedern untermalt. Manche der Anwesenden kamen Paula bekannt vor, andere nicht. Vom anderen Ende des Raumes winkte ihr Nanette zu, ihre Freundin und Mitbewohnerin im Stockwerk der Kinder, die mit einem jungen Mann in ein Gespräch verwickelt war. Er schien ihr zu gefallen und so beschloss Paula, der Krankenschwester ein wenig Zeit zu geben und sich erst später zu ihr zu gesellen. Bisher hatte Paula allerdings weder Mr. noch Mrs. Goodman entdeckt oder irgendein anderes Mitglied dieser weit verzweigten Familie. Sie hatte so sehr gehofft, Norman um die Weihnachtszeit wiederzusehen, aber er blieb verschollen, und Paula wagte nach wie vor nicht, sich nach ihm zu erkundigen. Wahrscheinlich war es ihm zu dumm geworden, sie einzuladen, nachdem sie so oft abgelehnt hatte, oder er hatte eingesehen, dass sie einfach nicht seinem Stand entsprach. Es war in jedem Fall besser so, redete Paula sich ein, während sie die Stufen in den ersten Stock nach oben stieg, und ihrer Vernunft zum Trotz dennoch nach einem großen schlanken jungen Mann mit dunklen Haaren und freundlichen Augen Ausschau hielt und auf ein Lachen lauschte, das ihr Herz springen ließ wie kein anderes.

Da hörte auf einmal die Kapelle auf zu spielen, und eine feine Glocke erklang. Die Kellner baten die Gäste, sich in das Speisezimmer zu begeben, in dem eine lange festliche Tafel mit feinem Porzellan, funkelnden Kristallgläsern, blank polierten Silberbesteck und hohen Kandelabern mit langen weißen Kerzen aufgebaut war. Eine Girlande aus Tannenzweigen schlängelte sich einmal über die ganze Länge des Tisches und verströmte einen intensiven Duft. Auf jedem Teller lag ein kleines, in weißes Seidenpapier verpacktes Päckchen. Staunende Ohs, begeisterte Ahs und dazwischen ein beeindrucktes Raunen ertönten von überallher.

Am Tischende stand Mr. Goodman und nickte jedem Gast zu, der den Raum betrat. Cosima Goodman stand zu seiner Rechten und ließ ihren Blick über die Eintretenden schweifen. Als sie Paula und die Kinder sah, winkte sie sie zu sich.

»Guten Abend, Paula! Das Kleid steht Ihnen ausgezeichnet!« Sie nickte zufrieden. »Ich wünsche, dass John und Helen beim Essen bei mir sitzen. Ich werde sie später auch persönlich nach Hause und ins Bett bringen. Mischen Sie sich unter die anderen und haben Sie Spaß.«

»Aber Mutter …« John hatte sich an Paulas Arm gehängt, und auch Helen klammerte sich fester an Paulas Hand.

»Nein, nein, keine Widerrede, junger Mann. Heute ist Weihnachten, da gehören Familien nun mal zusammen.«

»Aber Paula ist …«

»Natürlich ist sie das, John. Aber morgen ist auch noch ein Tag, nicht wahr, Mäuschen? Heute wirst du einen wundervollen Abend mit uns verbringen.« Sie hatte sich zu Helen hinuntergebeugt und wollte sie auf den Arm nehmen, aber Helen ließ nur sehr widerstrebend Paulas Hand los.

»Mr. John Goodman! Sir! Sie haben nun das Kommando«, raunte Paula John verschwörerisch ins Ohr, als seine Mutter gerade dabei war, Helen einigermaßen ruhig zu halten, die unbedingt wieder auf den Boden wollte. »Wir treffen uns morgen früh in alter Frische!«

Sie hatten so oft auf Johns Bett Segelschiff in Seenot gespielt, dass er Paulas Hinweis sofort verstand. Er tippte sich an eine imaginäre Mütze und sah sie ernst an. »Danke für Ihr Vertrauen, Kommandant! Ich werde Sie nicht enttäuschen.«

Paulas Herz zog sich vor Zuneigung zu diesen wunderbaren Kindern zusammen, und sie drückte ihn schnell an sich, damit er nicht sah, wie gerührt sie von diesem ernsthaften sensiblen Fünfjährigen war, der schon jetzt genauso mitten in den gesellschaftlichen Verpflichtungen steckte wie seine Mutter.

Paula hatte sich an die reiche Speisenauswahl der Goodmans gewöhnt, aber das Buffet, das im Blauen Salon aufgebaut war, verschlug ihr dennoch beinahe die Sprache. Es gab von allem alles: Braten, Klöße, Suppe, Kartoffelpüree, Blaukraut, Süßkartoffelauflauf, Karottengemüse, Süßigkeiten, Kekse und Weihnachtskuchen und dazwischen leuchtende Orangen, duftende Mandarinen und Schalen voll kandierter Früchte. Außerdem waren kleine Stände aufgebaut, an denen Kellner Getränke nachschenkten und eine Dame Lose verteilte.

Bei all der üppigen Pracht war ihr auf einmal nicht mehr nach Essen zumute. Es gab nicht nur von allem alles, sondern von allem viel zu viel. Beinahe schämte sie sich für das Übermaß, das vermutlich vor allem dazu diente, den Reichtum der Goodmans zu zeigen. Plötzlich fühlte sie sich einsam. Was nutzte einem all das Geld, der Prunk? Die feierlichen Weihnachtsgefühle konnten doch schließlich erst dann entstehen, wenn man mit den Menschen zusammen war, die man liebte.

Sie verließ den Speisesaal und wollte schon nach unten gehen, um ihr Cape zu holen, da sah sie einen Lichtkegel, der aus einem Raum am anderen Ende des Gangs einen einladenden Kreis auf den roten Läufer malte. Bevor sie sich aus dem Staub machte, konnte sie durchaus die Gelegenheit nutzen, diesen Club, den sie vermutlich nie wieder von innen sehen würde, ein wenig zu erkunden.

Hinter der Tür lag eine Bar, in der niemand war, außer einem Kellner, der gerade Whiskeygläser polierte und jedes einzelne gegen das Licht hielt, bevor er es vorsichtig abstellte, obwohl die Wahrscheinlichkeit, dass hier jemand etwas Alkoholisches trinken würde, dank der Prohibition verschwindend gering war.

»Na, schon genug von der Party?« Er lächelte.

»Ja. Nein«, antwortete Paula schnell. Sie wollte nicht unhöflich sein.

»Bevor Sie gehen, müssen Sie unbedingt einmal auf die Terrasse hinaus. Ich weiß, es ist eiskalt, aber der Blick über den Central Park in der Dunkelheit ist einfach unvergleichlich.« Wieder lächelte er, stellte das Glas ab, das er bis gerade noch poliert hatte, und kam um den Tresen herum, um ihr vorauszugehen. Dabei griff er nach zwei dicken Wolldecken, die über die Lehne einer der vielen Ledercouchen drapiert waren, und legte sie Paula fürsorglich über die Schultern. »So sollte es gehen«, sagte er zufrieden, bevor er ihr die Terrassentür öffnete. »Wenn es Ihnen zu kalt wird, kommen Sie einfach wieder rein.« Er lächelte. »Mein Name ist übrigens Tom, falls Sie noch etwas brauchen.«

»Danke, Tom«, sagte Paula leise und lächelte ebenfalls, bevor sie nach draußen trat.

»Paula!« Eine Stimme ganz nah an ihrem Ohr.

»Norman! Du bist hier!«

Vor lauter Aufregung vergaß sie, dass sie sich eigentlich siezten. Schnell drehte sie sich um.

»Es ist Weihnachten, Paula, wo sollte ich sonst sein?«

Sein Gesicht war so nah an ihrem. Paula wusste nicht, wo sie zuerst hinsehen sollte. Sein lachender Mund, seine leuchtenden Augen, sein Blick, der sie festhielt und ihre Knie weich werden ließ. Er war hier. Das war alles, was zählte.

»Ich … Es tut mir leid, dass du so lange nichts von mir gehört hast, aber ich war in Europa. Und dort …« Eine Traurigkeit schob sich für einen Moment über das Strahlen, das er aber schnell beiseitewischte. »Nicht so wichtig. Ich bin einfach nur so froh, dass ich rechtzeitig zurückkommen konnte!« Er zog sie in eine feste Umarmung, die ihr auf eine ganz wundervolle Art und Weise die Luft abschnürte. »Du weißt gar nicht, wie gut es tut, dich zu sehen, Paula. Oh, und beinahe hätte ich es vergessen: Ich habe ein Weihnachtsgeschenk für dich!«, sagte er aufgeregt und zog ein Päckchen hinter seinem Rücken hervor, das er Paula in die Hand drückte. Es war groß und schwer und wenn er es nicht festgehalten hätte, hätte sie es vermutlich fallenlassen.

»Für mich? Aber warum …? Ich … Ich weiß gar nicht, was ich sagen …«, stotterte sie.

»Sch, Paula, du sollst gar nichts sagen. Nur auspacken!«

Er strahlte, und Paula gehorchte. Aufgeregt löste sie die breite rote Schleife. Norman hatte ihr ein Geschenk gekauft. Er hatte an sie gedacht. War es vielleicht doch möglich, dass er genauso fühlte wie sie?

Unter dem hübschen roten Geschenkpapier kam eine rechteckige Pappkiste zum Vorschein, die sie mit klammen Fingern öffnete. Das, was sie anschließend sah, raubte ihr für einen kurzen Moment den Atem. Es waren blanke Schlittschuhe mit glänzenden Kufen.

»Ich hoffe, sie passen dir«, sagte er und klang auf einmal ein wenig unsicher. »Aber du hast mir so viel vom Schlittschuhfahren erzählt, dass ich es unbedingt auch einmal ausprobieren wollte. Und da dachte ich … ich frage dich nun einfach noch einmal ganz offiziell, möchtest du mit mir in den Park gehen und mir beibringen, wie man Schlittschuh läuft?«

»Ja, das möchte ich.« Nie mehr wollte sie eine Einladung von ihm ausschlagen und dann Angst davor haben, dass er sie nicht wieder fragen würde.

»Gut«, sagte er. Die Selbstsicherheit und das Strahlen waren in seine Stimme zurückgekehrt. »Dann lass uns gehen.«

»Wohin?«, fragte Paula verwirrt.

»Na, in den Park!«, gab Norman zurück und lachte, als Paula fassungslos den Kopf schüttelte. »Wir haben noch zwei Stunden Zeit, bis er schließt, und ich habe gesehen, wie meine Tante mit ihren Kindern angibt und so tut, als sei das alles ihr Verdienst. Ich nehme an, du wirst heute nicht mehr gebraucht, oder?«

»Nein, das nicht, aber ich …« Sie zeigte auf ihr Kleid und die Decken, die die Kälte nur notdürftig abhielten. »So kann ich ja wohl kaum Schlittschuh fahren!«

»Ja, das sehe ich ein. Aber wenn es weiter nichts ist?« Er grinste und nahm sie an der Hand, um sie hinter sich herzuziehen. »Ich habe mir erlaubt, Nanette zu bitten, ein paar warme Sachen von dir zusammenzupacken und mitzubringen. Deine Tasche steht in einem der Gästezimmer gleich links, und Fitzgerald hat versprochen, sie später wieder mitzunehmen.« Er drehte sie so zu sich um, dass sie ihn ansehen musste. »Was sagst du, Paula, möchtest du?«

Sie war überrascht, überrumpelt und auch ein wenig überfordert. Aber gleichzeitig fühlte sie eine Abenteuerlust in sich aufsteigen, die sie nicht mehr gespürt hatte, seitdem sie Gablenberg und ihre Brüder verlassen hatte, ein Kribbeln aus purer Lebensfreude, als ob es im Blauen Salon doch Champagner gegeben hätte, der direkt in ihrer Blutbahn gelandet war. Für einen Moment zählte nichts außer dem Glück, Norman an ihrer Seite zu haben, und ihrem laut schlagenden Herzen. »Ja, unbedingt«, sagte sie leise und lächelte. »Und Norman?«

»Ja?«

»Frohe Weihnachten!«

Nachdem sie die Schlittschuhe zugeschnürt hatten, wagten sie sich zunächst Hand in Hand aufs Eis, aber nach ein paar Sekunden hielt Paula es nicht mehr aus und obwohl sie Normans Berührung genoss, ließ sie ihn los. Es war einfach zu herrlich, wieder Kufen unter den Schuhen zu spüren, das kratzende Geräusch zu hören und die kalte Luft im Gesicht zu fühlen. Paula lachte vor Glück laut auf, als ihr eine erste Pirouette gelang. Norman klatschte beeindruckt Beifall. Er hatte zwar behauptet, dass er nicht Schlittschuhlaufen konnte, aber entweder war er ein Naturtalent oder er stand doch nicht zum ersten Mal auf Kufen. Es war jedenfalls wundervoll, gemeinsam durch die Nacht zu gleiten, inmitten all der anderen, die ebenfalls nichts anderes im Sinn hatten, als sich zu vergnügen.

Sie beobachteten ein paar junge Männer, die mit einem Stück Kohle Eishockey spielen und laut johlten und grölten, wenn wieder einer ein Tor geschossen hatte. Sahen eine Weile einem Paar zu, das selbstvergessen zu einer Musik tanzte, die wohl nur sie beide hören konnten, und als Norman Paulas Hand nahm und nicht mehr losließ, fühlte es sich aufregend und gleichzeitig so vertraut an, als wäre es das Selbstverständlichste der Welt. Nach und nach verlor Paula ihre Scheu und irgendwann war sie es, die Norman zum Rückwärtsfahren überredete, lachte oder etwas erzählte, das ihr gerade in den Sinn kam, ohne sich dabei Gedanken darüber zu machen, ob es angemessen war oder nicht. Sie waren Paula und Norman. Das war genug.

Abwechselnd unterhielten sie sich, um dann wieder gemeinsam zu schweigen. Irgendwann bekamen sie Hunger und fuhren an den Rand, wo ein kleiner Imbisswagen stand, der Frankfurter Würstchen in einem weißen Brötchen verkaufte. Paula amüsierte sich über den Namen und aß mit großem Appetit. Immerhin hatten sie beide das große Buffet ausgelassen. Norman hatte mit Fitzgerald vereinbart, dass er Paula um zehn Uhr am Parkausgang abholen würde, während er selbst wieder zu Fuß zurück in den Club gehen wollte.

Als Paula die Schlittschuhe schließlich auszog, wieder in ihre Winterstiefel schlüpfte und Norman sich förmlich verbeugte und ihr die Hand reichte, um sich zu verabschieden, kam sich Paula vor wie Aschenputtel, das sich nun wieder von der Prinzessin zurück in das Kindermädchen verwandeln musste. Am liebsten hätte sie ihn gefragt, wann sie sich wiedersehen würden. Alles in ihr wollte ihn umarmen, ihn festhalten und küssen – ja, das wollte sie am allermeisten –, denn allein die Vorstellung, ihn nun wieder tage-, oder gar wochenlang nicht zu sehen, ohne zu wissen, ob er sie vergessen hatte oder sich einfach nur nicht in New York aufhielt, war schrecklich. Aber Fitzgerald stand daneben, mit Paulas Schlittschuhen in der Hand, und es gehörte sich nun mal nicht, solche Fragen zu stellen. Traurig setzte sie ihren Fuß auf das breite Trittbrett, als

Norman leise ihren Namen rief. Als sie sich umdrehte, nahm er ihre Hände und sah ihr tief in die Augen. Obwohl es ziemlich dunkel war und auch die Fenster der umliegenden Häuser kaum noch Licht auf die Straße warfen, meinte sie in seinem Blick zu erkennen, dass es ihm ganz ähnlich ging.

»Darf ich dich an New Year's Eve wiedersehen, Paula?«, fragte er atemlos, in seinen Augen ein stilles Flehen, dasselbe, das sie in sich spürte. »Ich würde dir so gern den Ball Drop am Times Square zeigen. Das ist New Yorker Tradition und ich bin mir sicher, es wird dir gefallen!« Er lächelte, als er ihr Zögern bemerkte. »Es ist um Mitternacht, Paula. Da schlafen John und Helen längst. Und ich verspreche, ich hole dich auch nicht ab, bevor die Goodmans ebenfalls schlafen. Fitzgerald hier ist ein echter Freund und sehr verschwiegen, falls du unsere Verabredung lieber für dich behalten willst.« Er zwinkerte ihr zu und ließ dann ihre Hände los, um dem alten Chauffeur auf die Schulter zu klopfen. Dieser grinste und stieg dann in den Wagen.

Nun zog Norman Paula in eine feste Umarmung. In der klaren Winterluft drang eine Mischung aus Wolle und seinem eigenen Duft an ihre Nase. Sie fühlte sich sofort geborgen und sicher, wie sie da für einen Moment verharrten, obwohl ihr Herz wie verrückt klopfte.

»Kommst du mit?«, flüsterte er an ihrem Ohr.

»Ja«, flüsterte sie zurück und räusperte sich. Das Glück war ihr ein wenig auf die Stimme geschlagen.

Kapitel 17

New York, New Year's Eve, 1932

Die Tage nach Weihnachten vergingen wie im Flug. Sie kehrte mit John und Helen an den See zurück und zeigte ihnen sogar ein paar kleine Umdrehungen auf ihren neuen Schlittschuhen, die vor allem John so sehr beeindruckten, dass er seinen Vater so lange bearbeitete, bis er ihm ebenfalls Schlittschuhe erlaubte. Helen war beschäftigt damit, kleine Schneemänner zu bauen, und wollte gar nicht unbedingt übers Eis gleiten. Sie fuhren mit einer Pferdekutsche durch den Park, lagen stundenlang im Spielzimmer und dachten sich Geschichten aus, während Paulas Gedanken sehr oft zu Weihnachten zurückwanderten. Immer wieder tauchte Normans zärtliches Gesicht vor ihr auf. Sein Versprechen, sie abzuholen. Und ihr Herz klopfte jedes Mal schneller, wenn sie daran dachte. Bald war es so weit. Noch drei Tage. Noch zwei. Noch einer.

Und endlich kam der Silvesterabend. Sie aßen mit Cosima und Jonathan zu Abend, die einige Gäste eingeladen hatten, nahmen an einer Scharade teil, bei der John sich langweilte und Helen beinahe die Augen zufielen, und als es neun Uhr war, zogen sie sich mit dem Einverständnis der Eltern zurück. Paula hatte Mrs. Goodman nicht um Erlaubnis gebeten, zum Ball Drop zu gehen, denn offiziell hatte sie frei. Außerdem war Nanette zu Hause und würde nach den Kindern sehen, wenn sie etwas brauchten. Dennoch fühlte es sich merkwürdig an, das Haus zu verlassen, ohne ihnen Bescheid zu geben.

Als sie um kurz nach zehn nach draußen trat, trug sie eine dicke Strumpfhose und Stiefel, ihr wärmstes Kleid, den Mantel und ihren Hut aus Deutschland, beides vielleicht modisch nicht der letzte Schrei, aber immerhin warm, einen dicken Wollschal und ihr Hut mit Philips Brosche, der nun mal am besten dazu passte. Fitzgerald wartete schon auf sie und begrüßte sie fröhlich, als er ihr die Tür aufhielt. Sie hatte gedacht, dass sie Norman gemeinsam abholen würden, aber nicht damit, dass er schon im Wagen saß und ihr die Hand entgegenstreckte, um ihr hineinzuhelfen.

»Ich weiß, es ist sehr unhöflich von mir, dass ich nicht ausgestiegen bin, aber ich …« Er sah verlegen zur Seite. »Ich hatte Sorge, dass du nicht kommst, und vielleicht hätten mich dann Jonathan oder Cosima entdeckt und mich hineingebeten. Ich hätte erklären müssen, warum ich da bin oder, schlimmer noch, mit ihnen und ihren Gästen plaudern. Aber es ist ganz gleichgültig, denn jetzt bist ja hier.« Er lachte. »Ich rede wirres Zeug, Paula, verzeih mir.«

Paula lächelte. »Ich würde nie einfach nicht auftauchen«, sagte sie ernsthaft. »Wenn ich nicht zu einer Verabredung kommen kann, dann sage ich Bescheid. Und wenn nicht, dann muss etwas sehr Großes passiert sein.«

Norman sah sie immer noch an. Es tat gut, endlich wieder in seiner Nähe zu sein, und sie war froh, dass sie sich immer noch genauso sicher mit Norman fühlte wie noch vor ein paar Tagen.

»Ich habe noch nie jemanden getroffen, der so aufrichtig ist wie du, Paula Wilhelm«, antwortete Norman. Seine Augen leuchteten. »Ich danke dir dafür«, setzte er nach, bevor er behutsam einen Kuss auf ihren Handrücken drückte, der heiße Wellen durch Paulas ganzen Körper schickte und sie ein wenig atemlos machte.

Es fühlte sich großartig an, mit Norman durch die dunklen Straßen zu fahren und in die erleuchteten Fenster der Häuser zu schauen, hinter denen überall Menschen zusammengekommen waren, um das neue Jahr zu begrüßen.

Die meisten aber waren rund um den Times Square unterwegs, weshalb sie auch nicht direkt dorthin fahren konnten. Fitzgerald ließ sie am Bryant Park aussteigen und versprach, sie genau dort um halb zwei wieder abzuholen.

Wie selbstverständlich nahm Norman Paulas Hand, und als sie sich dem Wolkenkratzer der New York Times näherten, an dem der Ball Drop stattfinden würde, und Norman ihnen einen Weg durch die Menge bahnte, um den besten Platz zu finden, war sie noch dankbarer dafür. Von allen Seiten drangen laute Rufe, Gelächter und Späße auf Englisch zu Ihnen, aber zwischendrin hörte Paula auch einige italienische, polnische und deutsche Sprachfetzen.

Die Menschen waren bereit, das neue Jahr ausgelassen zu begrüßen, voller Hoffnung, dass es wirtschaftlich und politisch bergauf gehen würde. Da bildete Paula keine Ausnahme. Aber mindestens genauso sehr wünschte sie sich etwas, das sie kaum zu hoffen wagte: eine Zukunft mit Norman. Stattdessen konzentrierte sie sich darauf, jeden Moment zu genießen, den sie mit ihm verbringen durfte.

Norman hatte einen kleinen Rucksack mit Punsch dabei, den er mit irgendetwas geheimnisvollem Alkoholischem gestreckt hatte, was köstlich schmeckte und sicher ganz und gar verboten war und sich gerade auch deshalb großartig anfühlte. Für diesen einen Moment waren sie einfach nur zwei junge Menschen, die sich gern hatten und für die sich niemand interessierte außer sie selbst.

Der riesige Ball oben an der Stange leuchtete hell. Immer wieder sah Paula zu ihm nach oben. Norman hatte ihr erzählt, dass es sechs Männer und eine perfekte Abstimmung aufeinander brauchte, damit der Ball wirklich im Sekundentakt nach unten gelassen werden und pünktlich ankommen konnte.

Und dann war es endlich so weit. Als alle zusammen von sechzig rückwärts zählten, wurde Paula von der Vorfreude und Aufregung mitgerissen. Sie rief die Zahlen mindestens so laut wie die Menschen um sie herum und hielt nur kurz inne, als sie Normans Blick auf sich bemerkte. Er war der Einzige, der nicht nach oben sah. »Twenty! Nineteen! Eighteen«, rief Paula laut und sah wieder hoch. In ihrem Bauch kribbelte es vor Freude.

»Three, two, one!« Sie lachte laut auf, als die Menge zu johlen begann und sich jeder um den Hals fiel.

Langsam drehte sie sich um und sah Norman an. Sein Lächeln war unergründlich und tief und es hüllte sie beide ein wie in einen Kokon. Sie standen mitten in der Menge und waren dennoch ganz allein für sich.

»Happy New Year«, sagte sie leise. Auf einmal war ihr nicht mehr nach Rufen und Lachen zumute.

Er nahm ihre Hände in seine. »Happy New Year, Paula«, antwortete er, bevor er sie an sich zog und seine Lippen ihre fanden, und sie sich endlich das erste von vielen weiteren Malen in dieser Nacht küssten.

Kapitel 18

New Year's Eve 1937, Goodman Residence

Paula saß vor dem kleinen Schminktisch in ihrem Zimmer und betrachtete die schmale goldene Armbanduhr an ihrem Handgelenk, die Norman ihr dieses Jahr zu Weihnachten geschenkt hatte. Auf der Rückseite war in winzigen verschnörkelten Buchstaben ihr Name eingraviert. Als er ihr die Uhr am Weihnachtsabend umlegen wollte, hatte Paula ihn daran gehindert, denn sie wollte nicht nur das filigrane Zifferblatt bewundern, sondern auch die Schrift auf der Rückseite. Sie wollte sie ans Ohr halten, um das feine Ticken zu hören und immer wieder über das zierliche Gliederarmband streichen, das gerade so um ihr Handgelenk passte. Sie hatte die Uhr gehütet wie einen Schatz – und sie nur aus ihrer hübschen Schatulle genommen, um sie zu anzusehen. Bis Norman ihr gesagt hatte, dass es regelrecht Verschwendung sei, schöne Dinge nur für besondere Momente zu bewahren, anstatt sich so oft wie möglich an ihnen zu erfreuen. Ab da hatte sie sie nur nachts ausgezogen. Diese Uhr war das Schönste, was sie je bekommen hatte. Und vermutlich auch das Kostbarste. Norman hatte zwar längst verstanden, dass Paula sich durch teure und protzige Geschenke nicht beeindrucken ließ, aber diese Uhr war anders. Paula liebte sie vom ersten Augenblick an, schon allein weil sie Norman nie so nervös und unsicher erlebt hatte wie in dem Augenblick, als er sie ihr überreicht und mit dem Geschenk ein Versprechen verknüpft hatte: Dass es nur eine Frage der Zeit sei, bis er um ihre Hand anhalten würde. Er war sechsundzwanzig, Paula fünfundzwanzig Jahre alt. Sie waren voller Hoffnung und Vertrauen in all das Gute, das vor ihnen lag, ohne auch nur zu ahnen, was das Leben tatsächlich für sie bereithalten würde.

Paula versteckte die Uhr unter dem weiten Ärmel des dunkelgrünen Seidenkleides. Es hatte einen langen Rock, eine großzügige Raffung an der linken Hüfte, die mit einer Brosche aus grünen Strasssteinen besetzt war, und einen raffinierten Rückenausschnitt. In diesem Kleid fühlte sie sich unglaublich elegant, aber sie wollte auf keinen Fall allzu viel von Cosima Goodmans Aufmerksamkeit darauf lenken. Denn Mrs. Goodman würde vermutlich sofort ahnen, dass sie eben nicht mit Nanette zu deren Silvesterparty unterwegs war, sondern eine Verabredung hatte. Mit einem Mann. Mit Norman. Und dann würde sie Paula unter irgendwelchen fadenscheinigen Erklärungen dazu zwingen, zu Hause zu bleiben. Mrs. Goodman gab vor, nichts von der Verbindung zwischen Norman und ihr zu wissen, denn für sie hatte Paula in den höheren gesellschaftlichen Kreisen nur eine Daseinsberechtigung als das Kindermädchen von John und Helen. Aber sie wusste alles. Und zwar ganz genau. Dass Norman sich in sie verliebt hatte, tat sie dennoch vor ihrer Schwester, Normans Mutter, als Irrtum ab und behauptete, dass er sich schon noch besinnen würde, wenn er erst einmal verstanden hatte, wie viele junge Damen es in New York gab, die deutlich besser zu ihm passten, und dass eine Bedienstete, die noch dazu aus Deutschland kam, sicher nicht die richtige Partie für einen jungen und aufstrebenden Anwalt wie ihn war. Paula hatte unzählige Gespräche zwischen ihr und Eleanor Anderson mitgehört. Manche beabsichtigt, einige unbeabsichtigt. Alle waren voller Ablehnung und Überheblichkeit ihr gegenüber, aber auch gegenüber Norman, dem sie es offensichtlich nicht zutrauten, seine Gefühle einschätzen zu können.

Wenn John und Helen nicht so sehr an ihr hängen würden oder Mr. Goodman kein so unglaublicher Fürsprecher von Paula gewesen wäre, hätte Mrs. Goodman ihr sicher längst gekündigt. Sie fand sie zu schlicht, zu unkompliziert, zu pragmatisch, zu … deutsch. Sie mochte Paula einfach nicht. Vom ersten Augenblick an, und vor allem, seitdem sie spürte, dass da mehr zwischen ihr und Norman war, hatte sie sie abgelehnt. Angeblich bekam sie Kopfschmerzen, wenn die Kinder und sie zu laut miteinander lachten, schüttelte sich sichtbar, wenn John oder Helen stolz die deutschen Worte, Lieder oder Reime aufsagten, die sie von Paula gelernt oder bei den Behrends aufgeschnappt hatten. Auch gegen Cosimas Willen und heimlich nahm Paula die beiden weiterhin mit nach Yorkville, weil die beiden ihre Zeit am liebsten dort verbrachten, wo sie einfach nur normale Kinder unter Gleichaltrigen sein konnten und nicht die ausstaffierten Anziehpuppen, die sie hier in der Goodman Residence zu sein hatten. Wo sie vor den Freunden, Bekannten und Geschäftspartnern ihrer Eltern unter Beweis stellen mussten, wie perfekt sie die höfliche Konversation und das stille Herumsitzen beherrschten. Paula ärgerte sich jedes Mal wieder, dass sie John und Helen nicht davor bewahren konnte. Mrs. Goodman schmückte sich gern mit den Kindern vor ihren kunstinteressierten Freundinnen, vor allem vor Abby Aldrich Rockefeller, mit der sie eines Tages gemeinsam ein eigenes Museum gründen wollte und die als innovativer Freigeist galt, was Mrs. Goodman überaus beeindruckte, obwohl sie selbst eine Verfechterin der Tradition und Etikette war und großen Wert darauf legte, die strengen Regeln der New Yorker High Society zu bewahren.

Aus diesem Grund sorgte Mrs. Goodman auch dafür, dass es keine offiziellen Zusammenkünfte mehr zwischen Norman und Paula gab. Die Einladungen zum Tee für Norman und seine Mutter legte sie immer auf Paulas freie Tage oder schickte sie mit den Kindern weg, wenn er unangekündigt auftauchte, sodass sie sich auch nicht zufällig in dem riesigen Haus begegnen konnten.

Aber allen Widerständen zum Trotz hatten Paula und Norman von der Silvesternacht vor fünf Jahren bis zum heutigen Tag nicht aufgehört, sich zu treffen. Und obwohl Mrs. Goodman alles dafür tat, um die beiden auseinanderzubringen, wurden ihre Gefühle immer stärker. Paulas Zweifel, ob sie am richtigen Ort war, ihr Heimweh, das Misstrauen und die Ablehnung, die sie bei Cosima Goodman spürte, waren jedes Mal vergessen, wenn sie in Normans Augen sah. Und dennoch schmerzte ihr Herz mehr als nur ein wenig, wenn sie sich schon wieder heimlich an der Ecke verabschieden mussten. Wenigstens war Fitzgerald, der Chauffeur, zu einem Verbündeten geworden und absolut verschwiegen, übersah ihre Küsse und Umarmungen, die sie verstohlen auf der Rücksitzbank tauschten, und fuhr sogar manchmal extra noch eine Runde, wenn sie sich wieder nicht trennen konnten.

Gerade hatte sie den großen Packen Briefe des gesamten Jahres 1937 ihrer Lieben mit einem rosafarbenen Satinband zusammengebunden, das Helen ihr zu Weihnachten geschenkt hatte. Fünf Briefpäckchen mit Satinbändern drum herum gab es bereits. Sie waren fein säuberlich in der cremefarbenen Hutschachtel verstaut, in der auch Paulas andere Erinnerungsstücke lagen. Sie zog die Hutschachtel mit dem Fuß ein wenig näher, um auch den Stapel Briefe von diesem Jahr darin zu verstauen.

So viele Jahre war sie nun schon hier, hatte New York zu ihrer Heimat gemacht, sprach und dachte in Englisch genauso selbstverständlich wie auf Deutsch. Es war so viel geschehen. Kurt hatte sich mit Ingrid verlobt, Richard bei Daimler-Benz Karriere gemacht, und ihre Mutter kämpfte jeden Monat damit, über die Runden zu kommen. Trotz der Dollars, die Paula jeden Monat nach Hause schickte. Beinahe sechs Jahre hatte Paula sie alle nicht gesehen, und ihre Erinnerung an die Klingenstraße mitsamt ihren Bewohnern, Geräuschen und Gerüchen wurde immer blasser und gewann nur ab und zu an Farbe, wenn irgendetwas Paulas Gedächtnis auf die Sprünge half. Das Zwitschern eines Vogels im Central Park, der Duft in Marthas Küche, ein altes Lied, das ihr in den Sinn kam. Auch Philip schrieb regelmäßig, und Paula antwortete ihm, aber aus irgendwelchen Gründen, die sie sich selbst nicht erklären konnte, erzählte sie weder ihm noch ihrer Familie von Norman oder fragte Philip, ob er in der Zwischenzeit ein anderes Mädchen kennengelernt hatte.

Es gab so viele andere Dinge, die in den fünf Jahren geschehen waren und über die Paula schreiben konnte, dass es ihr manchmal ganz schwindelig wurde, wenn sie nur daran dachte. Norman hatte mehr oder weniger am nächsten Morgen nach ihrem Kuss in der Silvesternacht angefangen, Paula die ganze

Stadt zu zeigen. Damals sogar noch mit Cosimas Einverständnis, damit sie sich auch jenseits von Midtown zurechtfinden konnte, vor allem, wenn sie mit den Kindern unterwegs war. So kam es, dass sie an den Wochenenden gemeinsam mit Helen und John die unterschiedlichen Viertel New Yorks erkundeten. Sie verbrachten viel Zeit im Central Park, sahen sich im Sommer dort endlich doch noch die Radrennen an und fuhren im Winter auf dem großen Teich Schlittschuh, nahmen die Fähre vom Whitehall Terminal in Lower Manhattan hinüber nach Staten Island, bewunderten die Freiheitsstatue unterwegs, die eine so große Bedeutung für Paula und viele andere Einwanderer hatte. Bei schönem Wetter aßen sie Zuckerzeug, fuhren Riesenrad und warfen Bälle auf verbeulte Dosen in Coney Island, und bei Regen saßen sie in der New York Public Library am Bryant Park im Rosenzimmer, wo sie in deutschen Kinderbüchern und Gedichtbänden schmökerten. Paula las John und Helen aus Erich Kästners *Emil und die Detektive* oder *Pünktchen und Anton* vor oder teilte ihre Lieblingsgedichte von Mascha Kaléko mit ihnen, gemeinsam lachten sie über die absurden Reime von Ringelnatz und Morgenstern oder sahen sich die kunstvoll verzierten Märchenbücher der Gebrüder Grimm an, während Norman in der Financial Times blätterte und so tat, als würde er ihnen nicht zuhören, dabei aber immer am lautesten lachte oder schlicht das Umblättern vergaß, während er gebannt an Paulas Lippen hing. Norman nannte Paula »Augenstern«, nachdem er dieses Wort eines Tages in einem Gedicht von Heinrich Eggersglüß gehört hatte, das sie den Kindern vorgelesen hatte. Paulas Bindung zu den Kindern wurde immer enger. Wenn sie zusammen waren, sprach Paula oft Deutsch mit ihnen, und so kam es, dass Norman auch immer mehr in diese für ihn so schwere Sprache hineinfand. Sehr zum Vergnügen von John und Helen versuchte er sich ab und zu auch einem Satz, aber selten war er richtig. Schwierige deutsche Wörter wie »Krankenhaus«, die in seinen Ohren einfach nur absurd klangen, sagte er besonders gern, und »Achtung« hatte sich als eine Art Geheimcode für alle etabliert, wenn sie zu Hause waren, herumalberten und Cosima im Anmarsch war.

John und Helen wussten über Norman und Paula Bescheid. Nachdem John ihr damals ganz am Anfang seine Liebe gestanden hatte, war es für ihn unumstößlich, dass sein »Onkel Norman« und Miss Paula eines Tages heiraten würden. Oft ertappte sich Paula dabei, wie sie sich vorstellte, dass sie eine glückliche junge Familie waren, vor denen eine verheißungsvolle Zukunft voller Liebe und Freude lag. Norman, John, Helen und sie. Trotzig sagte sie sich selbst immer wieder, dass sie zusammengehörten. Zwar waren sie nicht genetisch verbunden, aber durch eine bedingungslose und echte Liebe, die ihre leibliche Mutter nie für diese wundervollen Kinder empfinden würde.

Oft veranstalteten sie unter einem der riesigen Bäume im Central Park ein Picknick, zu dem auch Martha mit den Kindern kam und sogar ab und zu Alma, die mittlerweile die ersten kleinen Rollen ergattert hatte und nur noch selten bei den Behrends arbeitete. Hans Ackermann war ebenfalls oft dabei, genauso wie Nanette, die sie im Verdacht hatte, heimlich in den jungen Mann aus dem Deli verliebt zu sein. Alma brachte dann ihre Ukulele mit, und sie sangen Fred Astaires »Cheek to Cheek«, Billie Holidays »Summertime« und »Mein kleiner grüner Kaktus« von den Comedian Harmonists, die alle ganz sentimental machten. Besonders Nanette entpuppte sich als sehr begabte Sängerin. Paula zeigte den Kindern, wie man Kastanienmännchen bastelte. An anderen Tagen hatte Martha ein Federball-Set dabei und mit Aprikosenmarmelade gefüllte Buchteln. Norman war für die Limonade zuständig und hatte – zumindest solange die Prohibition währte – es dennoch geschafft, in manche der hübschen Glasflaschen den einen oder anderen Schuss Gin hineinzuschmuggeln. Er liebte es, einfach nur einer von ihnen zu sein, und nicht Mr. Anderson, der Anwalt mit der Aussicht auf eine glänzende Politkarriere, dessen Onkel halb Manhattan gehörte.

In solchen Momenten fühlte sich Paula einerseits leicht und froh. Andererseits war ihr Herz dann immer besonders erfüllt von einer Sehnsucht nach ihren Brüdern, nach ihrer Mutter, Ingrid und nach Philip. Manchmal fragte sie sich, ob ihr bester Freund aus Kindertagen sich mit den anderen verstehen und in dieser Runde wohlfühlen würde, erlaubte sich aber nicht, diesen Gedanken zu Ende zu denken. Denn unweigerlich landete sie bei seinem Liebesbrief und der Frage, ob er ebenfalls jemand gefunden hatte. Etwas, das sie unbedingt Ingrid in ihrem nächsten Brief fragen musste. Paula wünschte so sehr, sie könnte dieses Fest und die Leichtigkeit dieses Tages mit ihnen teilen. Aber gleichzeitig fiel es ihr schwer, sich einen von den Fünfen in ihrer Mitte vorzustellen.

Paula stand auf und sah aus dem Fenster. Eine Weile beobachtete sie die Schneeflocken dabei, wie sie an Paulas Zimmer vorbeitanzten, im Kreis wirbelten, von unten nach oben schwebten. Der Schnee hatte eine hellgraue Decke über die Dächer und Straßen und auch über Paulas Fensterbrett gelegt.

Sie hauchte immer wieder Kreise auf das Glas, um darin mit ihrem Finger Kringel zu malen.

Das alte Jahr ging zu Ende, und ein neues brach an. Sie hätte sich hingelegt, um ein bisschen zu schlafen, damit sie in dieser besonderen Nacht lange wach bleiben konnte, denn Paula und Norman, Nanette und ein paar andere hatten große Pläne. Doch sie kam einfach nicht zur Ruhe, dazu freute sie sich viel zu sehr aufs Tanzen und auf all die Abenteuer, die im nächsten Jahr auf sie warteten. Hoffnungsvoll sah sie erneut aus dem Fenster. Mochten es gute Abenteuer sein, fröhliche und welche, die Frieden brachten. Schon im vergangenen Jahr hatte sie so Unglaubliches erlebt. Sie musste lächeln, als sie daran dachte, wie Norman Paula, John und Helen eines Nachmittags einfach abgeholt hatte, ohne sich vorher anzukündigen, und sie in den Eingangsbereich des Wolkenkratzers führte, wo ein riesiges buntes und überaus beeindruckendes Kunstwerk entstand. Abby Aldrich Rockefeller hatte 1933 den berühmten mexikanischen Künstler Diego Rivera eingeladen, um ein riesiges Wandgemälde im neu erbauten Rockefeller Center zu malen. Paula hatte noch nie so ein großes Bild gesehen und war fasziniert von dem riesigen dicken Mann im schwarzen Anzug und gleichermaßen von Frida Kahlo, seiner exotischen winzigen Frau, die mit ihren bunten Röcken und den Blumen im Haar einen unglaublichen Kontrast zu ihm darstellte, aber mindestens so viel Raum einnahm wie er. Beide waren glühende Anhänger Lenins. Und wenn sie mit ihrem starken mexikanischen Akzent über die Kunst, die Liebe und die Gesellschaft sprachen, konnte Paula die Leidenschaft in ihren Blicken sehen, fühlte sich eingeschüchtert von deren Talent und Überzeugungen und hätte ihnen gleichzeitig stundenlang zuhören können. Noch nie zuvor hatte sie Menschen erlebt, die so kompromisslos nach ihren Überzeugungen lebten und arbeiteten. Ein paar Monate nach Paulas Besuch dort, nachdem Rivera sowohl Lenin als auch einen Martini trinkenden Mr. Rockefeller höchstpersönlich in das Bild geschmuggelt hatte, war es zum größten Skandal gekommen, den sich die Kunstwelt dieser Zeit vorstellen konnte: Rockefeller, der sich selbst den strengen Regeln der Baptistenkirche unterwarf, nie Alkohol trank und eine Ikone des Kapitalismus war, ließ das kostbare Gemälde zerstören. Paula war fassungslos.

Wenn weder John noch Helen dabei waren, nahm Norman sie mit ins Stadion zu den Yankees und erklärte ihr geduldig die Baseballregeln, tanzte mit ihr in Jazz Clubs und Flüsterkneipen, aß Austern an der Oyster Bar im Untergeschoss der Grand Central Station oder lachte mit ihr über die Marx Brothers in deren Shows am Broadway. Paula hatte ihre Radioshow *Flywheel, Shyster & Flywheel* geliebt. Außerdem war Martha Behrend eine Freundin von Minnie, der deutschen Mutter der Marx Brothers, sodass Paula immer ohne Probleme an zwei Karten kam.

Überhaupt lachten sie viel. Das Lachen machte Paulas Herz leichter, während immer bedrohlichere Nachrichten aus Deutschland nach New York drangen und die Briefe, die sie von zu Hause bekam, von Mal zu Mal bedrückender wurden. Die politische Lage in Deutschland spitzte sich weiter zu. Wenn Paula bisher gedacht hatte, die Konflikte zu Hause würden sie in New York nicht erreichen, so musste sie bald feststellen, dass das ein Irrtum war. Spätestens nach Franklin D. Roosevelts Rede im Oktober dieses Jahres in Chicago, in der er forderte, sich politisch gegen Deutschland, Italien und Japan zu stellen, wurde sowohl Paula als auch Norman bewusst, dass ihr Glück noch viel unsicherer war als gedacht.

Einflussreiche Persönlichkeiten wie Marlene Dietrich verließen Deutschland freiwillig, um dauerhaft in den USA zu leben, andere, wie Kurt Tucholsky oder Albert Einstein, wurden ausgebürgert. Richard entwickelte sich immer mehr zum glühenden Verehrer Hitlers, der in seinen Augen für gerechten Wohlstand und Sicherheit einer sich neu erfindenden Gesellschaft sorgte, genauso wie für eine politische und wirtschaftliche Perspektive. Er war überzeugt davon, dass der »große Führer«, wie er ihn nannte, nur das Beste für Deutschland im Sinn hatte, war von Beginn an Mitglied in der NSDAP und geriet zunehmend mit Philip und Kurt aneinander, die er für naiv und dumm hielt. In seinen Briefen erzählte er von einem Mercedes Cabriolet, an dessen Entwicklung er beteiligt war, von der Automobilausstellung, die der Führer ins Leben gerufen hatte, und davon, was für Chancen er schaffte. Er fand es großartig, dass Hitler die Wehrpflicht eingeführt hatte, und wiederholte in jedem seiner wenigen Briefe, was Hitler nur ein paar Tage nach seiner Wahl zum Reichskanzler gesagt und damit den Nicht-Angriffspakt mit Polen ein Jahr später scheinheilig und unglaubwürdig erscheinen ließ: nämlich dass eine gewaltsame Eroberung von Lebensraum im Osten notwendig war und dass eine gleißend helle Zukunft vor Deutschland lag, wenn man nur die richtigen Entscheidungen bezüglich der Rechte und Pflichten gewisser Bevölkerungsgruppen traf. Paula lief es bei solchen Zeilen jedes Mal kalt den Rücken hinunter. Wie konnte ihr kleiner lustiger Bruder so kalte und wirre Gedanken haben? Nachzufragen, was er genau mit seinen Andeutungen meinte, traute sie sich allerdings nie, aus Angst vor seiner Antwort.

Kurt schrieb, dass Hitler sogenannte Arbeits- oder auch Konzentrationslager errichtete und – schlimmer noch – mit Hilfe der NSDAP, der SA und der Hitlerjugend Bücher verbrennen ließ. Bücher, die Paulas Welt geprägt hatten, von Heine, Kästner, Brecht, Freud, Remarque, Tucholsky und vielen mehr. Er zerstörte mutwillig Kunst und Kultur, enteignete Geschäfte, diskriminierte und zwang Menschen dazu, ihr eigenes Land zu verlassen. Wie konnte Richard nur so blind sein und glauben, dass dieser Mensch etwas Gutes im Sinn hatte? Wie sollte aus etwas so Furchtbarem wie einer Bücherverbrennung etwas entstehen, das nicht aus Leid und Schmerz bestand? Aber Richard war nicht der Einzige, der zu Hitler aufsah. Die schnell wachsenden Zahlen seiner Anhänger, die immer lauteren Schlagzeilen über seine willkürlichen Entscheidungen, die niemand zu hinterfragen schien, waren Beweis genug. Deutschland schien die eigenen Wurzeln vergessen zu haben. Schlimmer noch, sie zerstören zu wollen. Wie konnte ein ganzes Land dabei zusehen? Aber Paula hatte leicht reden. Sie war so weit weg. Ihr war bewusst, wie privilegiert sie lebte. Sie unterstützte ihre Mutter zwar finanziell und dennoch plagte sie ein schlechtes Gewissen, obwohl Luise niemals klagte und ihr geliebtes Kastanienmädchen immer weiter darin bestärkte zu bleiben. Viele von Kurts Briefen endeten mit demselben Satz: *Ich habe Angst, Paula.* Nie bat er sie, nach Hause zu kommen. Und dennoch las sie es zwischen den Zeilen.

Aber auch in New York war nicht alles friedlich. Ein gewisser Fritz Julius Kuhn, der sich als amerikanischer Führer sah, rief in New York eine Bewegung ins Leben, die er Amerikadeutscher Bund nannte. Er organisierte Sommercamps für Jugendliche, in denen sie den Waffengebrauch üben und sich mit Hitlergruß begrüßen sollten. Die Feindseligkeit gegen Deutsche wuchs immer weiter. Wenn Paula mit Martha oder Alma auf der Straße Deutsch sprach, wurden sie skeptisch angesehen und das eine oder andere Mal sogar bespuckt. Paula hatte immer mehr Angst – um sich, aber auch um Norman, der immer öfter auch in Auseinandersetzungen mit den Goodmans geriet. Außerdem wurde sie zufällig Zeugin eines Gesprächs, in dem Cosima Jonathan Goodman eindrücklich bat, mit Norman über seine Verbindung zu Paula zu sprechen. Sie wollte auf keinen Fall als Unterstützerin eines Landes wahrgenommen werden, das die ganze Welt ins Verderben stürzte. Sie hatte Sorge, dass John und Helen die Nähe zu einer Deutschen büßen müssten, und behauptete, Paula würde Norman manipulieren. Das Schlimmste aber war, dass sie ihr unterstellte, Norman und seiner Karriere als Anwalt im Weg zu stehen.

Paulas Verzweiflung war in den letzten Monaten von Tag zu Tag gewachsen, denn sie wollte weder ihre Stelle verlieren, vor allem nicht, weil sie die Kinder so gernhatte, aber auch, weil es immer schwieriger wurde, eine neue zu finden. Noch wollte sie Norman schaden, was auch immer Cosima behauptete. Im Gegenteil: sie wollte ihn unterstützen, genauso wie er es bei ihr tat. Er hatte Paula ermutigt und schließlich überredet, sich nebenher in einen Sekretärinnenkurs einzuschreiben, damit sie irgendwann als Fremdsprachenkorrespondentin oder Übersetzerin arbeiten könnte. Im Knickerbocker Club hatte er gehört, dass viele Firmen darauf spekulierten, mit

Deutschland zu kooperieren, nachdem sie die Weltwirtschaftskrise als Erste so erfolgreich beendet hatten und sich nun in einem wirtschaftlichen Aufschwung befanden.

Paula meldete sich heimlich zu einem Abendkurs am Hunter College in der Upper East Side an und ging nun jeden Dienstag dorthin. Da das Hunter ganz in der Nähe von dem Haus der Behrends lag, verband sie es immer mit einem Besuch bei Martha und den Kindern. So fühlte es sich nicht ganz so sehr wie eine Lüge an, wenn sie ihren freien Abend angeblich dazu nutzte, um ihre alten Freunde zu sehen.

Mr. Goodman blieb freundlich ihr gegenüber, begann aber zunehmend, sich negativ und abwertend über Schwarze zu äußern. Besonders eindrücklich waren Paula die Olympischen Spiele in Berlin im letzten Jahr im Gedächtnis geblieben. Norman war nicht nur als Anwalt und als leidenschaftlicher Kämpfer für Gerechtigkeit zunächst von diesem Zeichen der Hoffnung auf eine friedliche Verständigung zwischen den Ländern begeistert gewesen. Er, der sehr sportlich war, träumte auch davon, eines Tages selbst im Leichtathletikteam für Amerika anzutreten. Aber obwohl Paula ihn bei dem einen oder anderen Wettkampf angefeuert hatte, war ihm wohl selbst klar, dass er nicht gleichzeitig ein erfolgreicher Anwalt und ein Olympia-Teilnehmer sein konnte. Dennoch hatten sie beide im Wohnzimmer der Goodmans gesessen, im Radio die Spiele verfolgt und sich ganz besonders gefreut, als Jesse Owens vier Goldmedaillen gewann. Er trug Schuhe von einem gewissen Adolf Dassler. Und er war Schwarz.

Aber als Roosevelt die Athleten nach ihrer Rückkehr zur Siegesfeier im Waldorf-Astoria empfing, ließ er ausgerechnet denjenigen, der die meisten Medaillen dieser Spiele für Amerika gewonnen hatte, mit dem Warenaufzug nach oben fahren. Norman war empört. Und Mr. Goodman verstand überhaupt nicht, warum.

Paula seufzte. Ja, Frieden wäre schön. Und vielleicht sollte sie sich nicht mehr, sondern eher weniger Abenteuer wünschen. Und Frieden. Einfach nur Frieden. Sowohl in den Familien als auch in der Welt.

Sie selbst bemühte sich darum, sich anzupassen, so gut es eben ging, nicht aufzufallen und keine Fehler zu machen, um Cosima Goodman keinen Grund zur Kritik zu geben. Aber sie war erschöpft von all der Heimlichtuerei und sehnte sich nach einem unbeschwerten und fröhlichen Fest. Ein einziges, wunderbares Silvester mit ihrem Liebsten war doch nicht zu viel verlangt, oder?

John und Helen betraten den Raum und schmiegten sich wortlos in ihren Arm. Nein, solange sie die beiden hatte, konnte sie hier nicht weg. Sie waren ihre Familie.

»Kommst du mit runter?«, fragte John und löste sich aus der Umarmung. »Dann haben wir bei dem blöden Empfang wenigstens noch ein bisschen Unterhaltung.« Er stöhnte laut und wandte sich an Helen. »Das wird wieder ein öder Abend mit diesen ganzen Erwachsenen werden.« Er sagte es genauso, wie seine Mutter das Wort *Kinder*, wenn irgendwo welche dabei waren. Paula musste sich ein Lachen verkneifen.

»Vielleicht wird es ja ganz nett«, sagte sie tröstend und stand auf, um die beiden zu begleiten. »Es gibt bestimmt leckere Sachen zu essen, Menschen, die euch sagen, wie groß ihr geworden seid, und ganz sicher wird später noch Scharade gespielt.« Aus irgendwelchen Gründen hatte es dieses Spiel in die gehobene Gesellschaft geschafft, und selbst Cosima Goodman war sich nicht zu schade, Dinge wie Ozeandampfer oder Truthahnsandwich pantomimisch darzustellen. Paula fand es lustig, die feinen Leute dabei zu beobachten, aber John stöhnte erneut auf.

»Das ist ja das Problem. Ich möchte lieber mit dir mitkommen. Warum geht das nicht?«

»Ja, nimm uns mit, Paula«, bettelte auch Helen und sah sie aus ihren großen Augen an. »Bitte.«

Paula zog die beiden erneut an sich und drückte jedem einen Kuss auf den Scheitel. »Es tut mir sehr leid, meine Süßen, aber heute muss ich einmal allein ausgehen.«

»Allein? Ohne Norman? Wohin gehst du eigentlich?« Helen strich bewundernd über den seidigen Stoff von Paulas Kleid. »Du bist heute so schön und grün wie eine Waldprinzessin.«

Paula lächelte. »Danke sehr für das Kompliment, mein Kind.«

»Ja, wohin gehst du? Und wo ist Norman?«, wollte auch John wissen.

Es bereitete Paula enorme Gewissensbisse, die Kinder anzulügen, aber sie wusste, dass Cosima die beiden ausfragen und mit einem fadenscheinigen Vorwand dafür sorgen würde, dass Paula nicht ausging, sobald sie erfuhr, dass Norman dabei war. Und selbst wenn sie Paula jeden Spaß mit ihrem Onkel gönnten und sie sicher nicht verraten wollten, so waren sie doch den geschickten Fragen ihrer Mutter nicht gewachsen. Paula würde versuchen, einfach gar nichts über ihn zu sagen.

»Ich gehe mit Nanette zu einer Feier von Freunden ins Riva, einem kleinen Varieté im East Village. Es wird sicher sehr lustig, aber für Kinder ist es nichts. Zu viel nackte Haut.« Sie zwinkerte John zu, der sein Gesicht verzog und sich so schüttelte, dass er damit sowohl Helen als auch Paula erneut zum Lachen brachte.

»Und Norman?«

Paula seufzte. Lügen zu müssen war schrecklich.

»Ich glaube, er ist in Pocantico Hills bei eurer Tante.«

Es tat ihr leid, aber es musste sein. Immerhin hatte Norman angedeutet, dass er eine Überraschung für sie hätte, und sie gebeten, unbedingt zu erscheinen. Selbst der Gedanke daran, dass sie am nächsten Morgen um sieben Uhr Dienstbeginn hatte, schmälerte ihre Vorfreude nicht. Immerhin waren immer noch Ferien, und Helen und John gehörten nicht zu den Frühaufstehern. Doch selbst wenn es anstrengend werden würde, so konnte sie doch den ganzen Tag in ihrer Erinnerung an den vorangegangenen Abend schwelgen.

»Wie schade für dich«, sagte Helen voller Mitgefühl, legte ihren warmen Arm tröstend um Paulas Taille und machte es damit für sie nur noch schlimmer.

»Es ist in Ordnung, Liebes. Manchmal muss man eben Dinge tun, die man nicht tun möchte.« *Das galt sowohl für Lügen als auch für Scharaden.* »Und jetzt kommt, lasst uns nach unten gehen und wenigstens für ein paar Minuten ein bisschen Spaß haben.« Sie klatschte in die Hände und scheuchte die beiden zur Tür. Noch eine Sekunde länger und sie hätte ihnen die Wahrheit gesagt.

Paula wusste, dass sich im Salon bereits einige Gäste versammelt hatten. Manchen von ihnen war sie schon begegnet, andere kannte sie aus der Presse und wieder andere hatte sie noch nie gesehen. Sie wollte gern für John und Helen einen einfachen Einstieg in diesen Abend finden, und nahm sich vor, für nächstes Jahr vorzuschlagen, mit den beiden und all den anderen Kindern der Anwesenden, die vermutlich alle am heutigen Abend mit ihren Kindermädchen zu Hause saßen, eine eigene Party im oberen Stock zu veranstalten.

Nachdem sie länger als geplant mit John und Helen unten geblieben war, musste Paula sich dann sputen, um rechtzeitig bei ihrem eigenen Date zu sein.

Norman hatte ihr zwar empfohlen, vor allem darauf zu achten, warm angezogen zu sein, andererseits hatte er ihr auch von einer geheimnisvollen und sehr besonderen Überraschung erzählt, und Paula wollte vorbereitet sein. Deshalb hatte sie sich für die hauchzarten Seidenstrümpfe und nicht für die aus Wolle entschieden, obwohl es bitterkalt war. Genauso wenig kam eine Mütze statt des schicken grünen Hutes infrage. Paula vertraute einfach darauf, dass Norman sie schon wärmen würde, wenn es nötig wurde.

Ein aufgeregtes Kribbeln breitete sich in ihrem Magen aus, als sie sich selbst einen letzten Blick im Spiegel zuwarf. Ihre akkurat gelegten Wasserwellen saßen perfekt. Das Funkeln in ihren Augen leuchtete strahlender, als es Juwelen je gekonnt hätten, und ihre zart geschminkten Lippen lächelten voller Liebe. Für einen kurzen Moment dachte sie noch einmal an John und Helen und bat sie in Gedanken um Verzeihung, weil sie sie heute Abend im Stich ließ. Aber dann gönnte sie es sich, einfach nur glücklich zu sein. Sie war fürchterlich gespannt auf alles, was da vor ihr lag.

Kapitel 19

Nanette und Paula wünschten Sidney, dem Portier, der ihnen galant die Tür aufhielt, einen schönen Abend und einen guten Start ins neue Jahr. Paula hatte sich schon oft gefragt, ob er überhaupt ein eigenes Zuhause hatte, denn wann auch immer sie morgens ging oder abends kam, Sidney war da. Hinter dem Eingang gab es eine kleine Einzimmerwohnung, wo der große, etwas gebeugte Mann manchmal seine Pausen verbrachte, aber er schien weder Schlaf zu brauchen noch ein Wochenende zu haben, denn wie durch ein Wunder stand er immer an der großen Eingangstür, um sie aufzuhalten, wenn irgendjemand das Gebäude betreten oder verlassen wollte. Es schien Paula, als hätte er einen siebten Sinn für die Bewohner und die Besucher des Hauses.

Draußen schlug ihnen die eiskalte Dezemberluft ins Gesicht. Paula bereute für den Bruchteil einer Sekunde, dass sie nicht doch auf Norman gehört und die Wollstrümpfe angezogen hatte. Zum Glück wartete Fitzgerald schon auf sie und öffnete schnell die Tür zum Fond des schwarz glänzenden Lincoln Zephyr. Er zwinkerte ihnen verschwörerisch zu, als er sich zu ihnen umdrehte und nach der Adresse des Riva fragte, dem kleinen Varieté am Tompkins Square Park, aber selbstverständlich wusste er längst, wo er sie hinbringen musste.

Norman würde erst im Riva zu ihnen stoßen. Ihr wurde warm, als sie an ihn dachte. Bestimmt stand er längst dort und wartete auf sie. Tatsächlich schlug ihr Herz sofort noch einmal ein bisschen schneller, als sie ihn unter dem hell beleuchteten Vordach des Riva zwischen all den Menschen in ihren festlichen Roben stehen sah. Sie war so unglaublich stolz, dass dieser umwerfend aussehende, große dunkelhaarige Mann mit dem eleganten Mantel und dem feschen Hut zu ihr gehörte. Seine Körperhaltung war so aufrecht, seine Ausstrahlung so selbstbewusst und sein Gesicht so freundlich. In den Händen hielt er ein großes Paket mit einer Schleife aus blauem Samt.

Genau in dem Moment, als der Lincoln vorfuhr, hob er seinen Blick, und ein warmes Lächeln breitete sich auf seinem Gesicht aus. Schneller als Fitzgerald aussteigen konnte, kam er zur hinteren Tür und öffnete sie mit Schwung. Erneut traf eisige Luft Paulas Haut, und sie fröstelte.

»Guten Abend, die Damen.« Er beugte sich zu ihnen hinunter, und ein Hauch seines Aftershaves kitzelte Paulas Nase.

Fitzgerald war ausgestiegen und nahm ihm das Paket ab, um es im Kofferraum des Lincoln zu verstauen, während Norman Nanette die Hand reichte.

»Darf ich Ihnen behilflich sein, Miss?« Er zwinkerte ihr zu. Die beiden waren ebenfalls zu guten Freunden geworden. Dass die Krankenschwester immer wieder gern als Paulas Alibi zur Verfügung stand, sorgte dafür, dass er sie noch lieber mochte. »Sie sehen heute übrigens ganz besonders bezaubernd aus.«

Und es stimmte. Nanette hatte ihre blonden Haare zu Locken aufgedreht, und ihr langes nachtblaues Kleid unter dem dicken Mantel schimmerte im Licht des Riva, als sie mit Normans Hilfe ausstieg. Formvollendet geleitete er sie zum Eingang, bevor er zurückkam und nun Paula die Hand reichte.

»Mein Augenstern«, sagte er leise auf Deutsch und hielt für einen Moment ihren Blick fest, bevor er einen sanften Kuss auf ihren Handrücken drückte. »Du weißt gar nicht, wie sehr ich mich auf diesen Abend mit dir freue.«

In dieser Sekunde hatte sie wieder einmal wie so oft in letzter Zeit das beinahe nicht niederzuringende Bedürfnis, ihn zu bitten, einzusteigen und mir ihr durch die Nacht zu fahren. Durchzubrennen. Über die Brooklyn Bridge, nach Harlem, immer weiter und weiter, bis sie niemand sie mehr beobachten oder bewerten konnte. Wo sie einfach nur Paula und Norman waren. Ein junges verliebtes Paar mit dem Recht auf Hoffnung auf eine gemeinsame Zukunft. Sie wusste, dass auch Norman davon träumte, aber jetzt war nicht der richtige Zeitpunkt dafür. Und außerdem wollte Paula Nanette nicht länger wartend und frierend am Eingang stehen lassen. In ihren Händen hielt sie zwei Stoffbeutel, in denen sich ihre und Paulas Tanzschuhe befanden. Paula schob die Fluchtgedanken beiseite und setzte vorsichtig einen Fuß auf den schneebedeckten Gehweg.

»Ich freue mich auch.« Als sie vor Norman stand, nahm er auch noch ihre andere Hand.

»Was habe ich nur für ein Glück«, sagte er und küsste zärtlich ihre Wange.

Schauer rannen durch ihren Körper, als sie sich für einen Augenblick an ihn schmiegte. Auch wenn er ihr so vertraut war wie kaum ein anderer Mensch, so konnte er doch nach diesen gemeinsamen fünf Jahren immer noch dafür sorgen, dass sie auf eine gute Art und Weise nervös wurde.

»Rein mit euch, ihr beiden Turteltäubchen, ich erfriere!«, rief Nanette da.

»Schon unterwegs«. Paula küsste Norman ebenfalls auf die Wange, wenn auch ein wenig schwungvoller als er.

Im Inneren des Riva war alles unglaublich prachtvoll geschmückt. Über dem dunkelroten Teppich im Eingangsbereich funkelte der riesige Kronleuchter und darunter standen festlich gekleidete Menschen in Grüppchen zusammen, unterhielten sich, tranken Champagner aus filigranen Schalen oder wippten im Takt der Kapelle, die auf einer etwas erhöhten Bühne leise Swingmusik spielte. Dazwischen tummelten sich die Schauspieler, Zauberer und Artisten in ihren glitzernden Kostümen, mit fantasievollen Frisuren, Hüten mit Federn und Broschen und spektakulärem Make-up. Links neben der Bühne hatte ein Fotograf seine Kamera aufgebaut. Dort konnten sich die Gäste fotografieren lassen, um ein paar Tage später einen Erinnerungsschnappschuss von der Party zu erhalten. Das wollte sie auf keinen Fall verpassen. Zunächst aber wusste sie überhaupt nicht, wo sie zuerst hinschauen sollte.

Sie nahm Normans Hand, als die Stimme der Sängerin erklang, sanft und süß, wie flüssiges Karamell. Später würde hier getanzt werden, und darauf freute Paula sich ganz besonders. Selten genug hatte sie die Gelegenheit dazu.

An der Garderobe gaben die drei ihre Mäntel ab, und Paula und Nanette tauschten ihre Stiefel gegen die Tanzschuhe. Sobald sie wieder aufgestanden waren, reichte er sowohl ihr als auch Nanette eine Champagnerschale, bevor er sich selbst eine nahm. Die Türen zum Zuschauerraum waren bereits geöffnet. Statt Stuhlreihen standen hier überall kleine Tischchen oder halbrunde Sitzgruppen, in denen sich auch schon ein paar Gäste niedergelassen hatten.

Auf dem Weg zu ihrem Tisch trafen sie Hans, seinen Freund Gerhardt mit seiner Frau Christa und Nanettes französische Freundinnen Eloise und Marie Claire, die jeweils auch wieder Freunde mitgebracht hatten. Nur Alma war dieses Mal nicht mit dabei. Sie würde schon bald ihre Zelte in New York abbrechen und nach Los Angeles umziehen. Die meiste Zeit verbrachte sie bereits dort. Paula vermisste ihre Freundin, aber sie waren so eine große Gruppe, dass ihr Fehlen unter dem Gelächter und den vielen französischen, deutschen und englischen Scherzen nicht so sehr ins Gewicht fiel.

Um Mitternacht würde es einen eigenen kleinen Ball Drop auf der Bühne geben und danach würde bis zum Morgengrauen getanzt werden. Sie hatten mit Fitzgerald ausgemacht, dass er sie um zwei Uhr abholen würde, was Paula auch ganz recht war. Sie liebte Partys, aber nachdem sie John und Helen von dem Brauch aus ihrer Heimat erzählt hatte, am 1. Januar Neujahrsbrezeln zu Freunden zu bringen, um ihnen ein gutes neues Jahr zu wünschen, hatten sie ihr das Versprechen abgeknöpft, das auch einmal auszuprobieren. Und Paula freute sich darauf, mit den beiden in der Küche zu stehen und anschließend nach Yorkville zu fahren, um ihre Schätze dort zu verteilen. Schon als sie die Zutaten in der Küche in einem kleinen Korb zusammengesucht hatte, hatte sie sich ihrer Mutter, ihren Brüdern und den Kaisers wieder ein bisschen näher gefühlt. Nanette war es ebenfalls recht. Aber bis zwei Uhr war ja auch noch viel Zeit. Die Revue war unglaublich. Sie sahen eine komödiantische Rollschuhnummer, die Paula an Ginger Rogers und Fred Astaires Tanzaufführung zu »Let's Call the

Whole Thing Off« aus dem Kinofilm *Tanz mit mir* erinnerte. Eine junge Dame schwebte über die Bühne und wurde später von einem Magier mit riesigem Zylinder in eine große Kiste gesteckt und auseinandergesägt, was Paula ziemlich fragwürdig fand, und ein junger Mann spielte die singende Säge so herzergreifend, dass Nanette neben ihr zu schluchzen begann. Es war ein großartiges Programm, das Publikum war begeistert.

Um kurz vor elf, nach einer sehr eindrucksvollen Nummer, bei der sich eine Frau so verbog, dass Paula sich fragte, ob sie überhaupt einen einzigen Knochen im Leib hatte, neigte sich Norman plötzlich zu Nanette hinüber und flüsterte ihr etwas ins Ohr. Sie nickte lächelnd, klopfte ihm auf die Schulter und drückte ihm einen Kuss auf die Wange, was Paula überhaupt nicht gefiel. Aber bevor sie sich fragen konnte, was es mit diesem Kuss auf sich hatte, stand er auf und reichte ihr die Hand, um ihr ebenfalls aufzuhelfen.

»Was ist los?«, fragte sie. Gerade kam eine Frau auf die Bühne, die vier schwarze Pudel dabeihatte, von denen zwei auf ihren Vorderbeinen spazierten.

Doch Norman schüttelte nur den Kopf und legte den Zeigefinger auf seine Lippen. Wortlos führte er sie nach draußen in die Lobby, wo sich nun niemand mehr aufhielt außer den Musikern, die sich leise unterhielten, dem Fotografen, der an seiner Kamera herumhantierte, und den Kellnern, die gerade dabei waren, ein kleines Buffet aufzubauen.

Norman führte Paula zu einer der kleinen Bänke, die in der Nähe des Ausgangs standen. Dorthin, wo sie vorhin ihre Schuhe gewechselt hatten, und eilte dann in Richtung Garderobe. Aufregung und Vorfreude kitzelten Paulas Herz. Was hatte er nur vor?

Als er ihr entgegenkam, hielt er das Paket in seinen Händen, und sein Gesicht leuchtete glücklich, als er sich neben sie setzte und ihre Hand in seine nahm.

»Liebste Paula«, begann er so feierlich, dass es ihr ganz merkwürdig zumute wurde. »Wir kennen uns ja jetzt schon einige Jahre. Und da ...« Würde er ihr hier und jetzt einen Antrag machen? Mit einem riesigen Paket anstelle einer kleinen Schmuckschatulle? Einfach so auf einer Schuhbank? Nein, niemals. Nicht so. Und auch nicht, bevor ihre Situation sich nicht geändert hatte. Das wusste Paula, und es ergab ja auch durchaus Sinn. Dennoch wünschte sie sich nichts sehnlicher, als dass er jetzt vor ihr auf die Knie gehen und sie fragen würde, selbst wenn in dem Paket ziemlich sicher kein Ring war. Aber das tat er nicht. »... und es waren sogar einige Winter dabei«, fuhr er fort. »Winter, in denen ich dich frierend erlebt habe und viel zu stolz und zu bescheiden, um dir einen wärmeren Wintermantel zu kaufen, solange der alte noch nicht auseinandergefallen ist. Meine Güte, wie oft habe ich dir deine Finger massiert und deine eiskalte Nase geküsst?« Er schüttelte den Kopf, bevor er sie sanft mit dem Ellbogen in die Seite stieß. »Unzählige Male. Und genau deshalb habe ich mir erlaubt, dir einen Mantel schneidern zu lassen, der dich wärmt, wenn ich mal nicht in der Nähe bin.« Er lächelte ihr aufmunternd zu, als er ihr das Paket reichte. »Hoffentlich wird er dich auch dann an mich erinnern. Aber vor allem, weil ich dich liebe, Paula Wilhelm, mein Augenstern«, sagte er, bevor er sie zärtlich küsste. »Und jetzt mach endlich das Päckchen auf.«

Der Kuss prickelte noch auf ihren Lippen, aber das ließ sich Paula nicht zweimal sagen. Aufgeregt löste sie die blaue Samtschleife und schob vorsichtig das zarte Seidenpapier zur Seite, um es sofort wieder zuzuschlagen, als sie sah, was sich darunter befand. Nur um das Papier den Bruchteil einer Sekunde später erneut zu öffnen. Denn darin eingeschlagen war das schönste, kostbarste und verrückteste Kleidungsstück, das sie je besessen hatte. Behutsam strich sie über den üppigen weichen Kragen aus kastanienbraunem Fuchspelz, über die dicke blaue Wolle, aus der der Mantel gefertigt war, und über den schmalen braunen Gürtel, der ihn zusammenhalten würde. Es war bestimmt kein Zufall, dass die Wolle exakt die Farbe ihrer Augen hatte und dass der Fuchs im selben Ton ihrer Locken leuchtete. Norman hatte ihn extra für sie ausgesucht. Es rührte sie, dass er ihr nicht nur ein so wunderbares Kleidungsstück schenkte, sondern sich so viele Gedanken darum gemacht hatte. Offensichtlich war ihm aufgefallen, dass sie fror, und hatte sich dann auf die Suche gemacht, nach dem perfekten Stoff und einer Schneiderin, die daraus den Mantel zaubern konnte, den er sich für sie vorstellte.

»Ich …« Es fiel Paula schwer, Worte für das zu finden, was sie empfand. Es war eine Mischung aus Dankbarkeit für den Zufall, der diesen Mann am anderen Ende der Welt in ihr Leben geführt hatte, für die Liebe, die ihr Herz beinahe überlaufen ließ, und die Fassungslosigkeit über ihr eigenes Glück. Sie konnte nur den Kopf schütteln und Norman immer weiter ansehen.

»Na los, zieh ihn schon an!« Ein wenig verlegen richtete er den Blick für einen Moment zur Seite.

»Hier?« Paula sah sich um.

»Wo denn sonst?« Er lächelte. »Es ist ja nicht so, als hätte ich dir vorgeschlagen, dich auszuziehen.«

Paula erhob sich, faltete den Mantel auseinander und wartete, bis Norman ebenfalls aufgestanden war, um ihn ihr abzunehmen und über die Schultern zu legen. Behutsam schob sie ihre Hände durch die Ärmel, schloss die feinen Häkchen und schließlich den schmalen Gürtel. Sofort spürte sie die Wärme, die sie behaglich einhüllte. Er passte wie angegossen. Dieser Mantel war wie eine warme Umarmung von Norman.

Er drehte sie zu sich um und trat dann einen Schritt zurück.

»Genau so habe ich mir dich darin vorgestellt«, sagte er zärtlich, bevor er sie in eine Umarmung zog.

»Entschuldigen Sie, dass ich Sie beobachtet habe, aber Sie beide sind so ein wunderschönes Paar! Darf ich Sie um ein Foto bitten?« Paula hatte den Fotografen völlig vergessen. Schnell löste sie sich von Norman. Es gab bisher kein einziges gemeinsames Foto von ihnen. Paula hätte unglaublich gern eines gehabt und sie war auch ein paarmal kurz davor gewesen, Herr Behrend zu bitten, eines zu machen. Aber sie hatte Angst, dass Norman ablehnen würde. Nun aber sah er nur schnell auf seine Uhr und nickte.

»Wir müssen uns allerdings ein bisschen beeilen«, flüsterte er auf dem Weg zur Kamera leise in ihr Ohr. »Fitzgerald wartet schon.«

Erneut machte sich das Kribbeln in Paulas Bauch bemerkbar, als sie begriff, dass der Mantel nur ein Teil von Normans Überraschung war. Der Fotograf drückte ab und bannte genau den Moment auf Papier, in dem Paulas Herz tatsächlich überlaufen zu schien vor Glück. Sie waren eins. Und das Versprechen, das in ihren Blicken lag, war größer, als Worte es je hätten ausdrücken können.

Kapitel 20

Fitzgerald stand tatsächlich schon am Eingang und sah wartend auf seine Uhr. »Noch ein paar Minuten und wir hätten es nicht mehr geschafft!«, sagte er aufgeregt, als er Paula und Norman in den Wagen half. »Aber dank meiner unglaublichen Ortskenntnis und meiner Fahrkünste werden wir schon noch rechtzeitig da sein.« Er strahlte über das ganze runde Gesicht. Fitzgerald liebte seine Arbeit und am meisten liebte er es, beweisen zu können, wie gut er darin war.

»Wo fahren wir denn hin, Fitzgerald?« Paula konnte sich die Frage nicht verkneifen.

»Das werde ich Ihnen auf keinen Fall verraten! Ich möchte doch Mr. Andersons Überraschung nicht ruinieren! Wo denken Sie denn hin, Miss Paula?« Er zwinkerte Norman zu, der dem Fahrer schnell auf die Schulter klopfte.

»Danke, Fitz«, sagte er. Ein wenig Anspannung lag in seinem Blick, als er ebenfalls auf die Uhr sah und dann aus dem Fenster.

Draußen fielen dicke schwere Flocken und überzogen die teils matschige, teils vereiste Fahrbahn immer weiter mit einer weißen Decke. Fitzgerald fuhr zügig und dennoch bedacht in Richtung Williamsburg Bridge und dann an der Wasserlinie entlang. Es sah hübsch aus, wie die Lichter der Brooklyn Bridge auch dort den fallenden Schnee beleuchteten. Gerade, als sich Paula fragte, ob Norman vielleicht irgendeine interessante Bar in Brooklyn ausfindig gemacht hatte, von wo aus man die Lichter von Manhattan besonders gut sehen konnte, fuhr Fitzgerald auch an der Brooklyn Bridge vorbei und immer weiter geradeaus, passierte die Manhattan Bridge, fuhr an der Whitehall Ferry Station vorbei und hielt schließlich an der Liberty Street Ferry Depot. Er parkte direkt vor dem Eingang, von dem aus die Fähre über den Hudson fuhr.

»Geschafft!«, sagte er stolz. »Und Sie müssen noch nicht einmal rennen!« Er lachte und stieg aus, um Norman und Paula die Türen zu öffnen und einen großen Schirm über sie zu halten, damit sie nicht sofort von den Schneeflocken durchweicht wurden. Das riesige Gebäude lag vor ihnen. Es war vollkommen leer und wirkte dadurch ein wenig gespenstisch. Selbst die zwei Hotdog-Wagen, die den Eingang säumten und für gewöhnlich von hungrigen Menschen umlagert waren, sahen verlassen und trostlos aus.

Was wollten sie hier?

Bevor Norman sich in Richtung Tür schob und den Lincoln verließ, drückte er noch einmal Paulas Hand und sah ihr für einen Moment fest in die Augen. »Du kannst dir gar nicht vorstellen, wie sehr ich mich auf diesen Abend gefreut habe, mein Liebling.«

»Ich mich auch«, antwortete Paula sofort, ohne zu wissen, auf was sie sich da einließ. Solange Norman an ihrer Seite war, war alles ein großes wunderbares Abenteuer.

»Viel Glück« sagte Fitzgerald so leise zu Norman, dass Paula ihn kaum verstand, nachdem er sie bis unter das Vordach geleitet hatte, wo sie vor dem Schnee sicher waren. »Ich … ich freue mich wirklich sehr für Sie. Und selbstverständlich werde ich hier warten, egal, wie lange es dauert.«

Er nickte Norman bedächtig zu, der Paulas Hand genommen hatte und in seine Armbeuge legte. »Danke, Fitz. Das weiß ich sehr zu schätzen. Ich danke Ihnen überhaupt sehr für … alles.«

Fitzgerald räusperte sich und winkte ab. »Ach was, das ist doch nichts. Danke, Mr. Anderson. Aber für Sie und vor allem für Miss Paula würde ich doch alles tun. Und nun gehen Sie schon! Sonst verpassen sie das Schiff zum Schluss doch noch!« Er wedelte mit den Händen und drehte sich dann um, um zum Auto zurückzukehren.

Der Eingang zum Fährterminal war mit einem roten Teppich ausgelegt und mit Fackeln geschmückt. Das kleine Schiff, das am Steg anlegte und das Paula von hier aus sehen konnte, funkelte vor Lichterketten. Leise Musik wehte an ihr Ohr, und sie konnte ein paar wenige Silhouetten ausmachen, die an Deck hin und her huschten. Aber soweit sie es erkennen konnte, war das Schiff so gut wie leer. Verwirrt drehte sie sich zu Norman um. »Wo sind die anderen?«

»Welche anderen meinst du?«, fragte er belustigt zurück.

»Na, die, die auf diesem Schiff sein und feiern sollten.«

Norman nahm ihre Hand und drückte einen Kuss darauf. »Die Menschen, die auf diesem Schiff feiern sollten, sind hier, mein Augenstern«, sagte er lächelnd.

»Du meinst …«

Es war ihr Schiff? Ihres ganz allein?

»Ganz genau. Komm, lass uns gehen, Liebling. Es sind noch zwanzig Minuten bis Mitternacht, und ich möchte jede Sekunde davon mit dir auf diesem Schiff verbringen.«

Nicht weniger verwirrt folgte sie Norman über den roten Teppich im Gang, der auch im Inneren mit Kerzen beleuchtet war und sie durch das leere Gebäude zur großen Glastür führte, wo normalerweise viele andere Menschen warteten, um auf eine der Fähren zu gelangen oder um Menschen in Empfang zu nehmen, die von Jersey herüberkamen.

Paula hatte keine Worte für das, was Norman da für sie vorbereitet hatte. Sie spürte, wie er gleichermaßen stolz und aufgeregt neben ihr herging und wie ihre eigene Aufregung stieg, je näher sie der Tür kamen. Was hatte er vor? Würde er ihr allen Hindernissen und Schwierigkeiten zum Trotz womöglich doch einen Antrag machen?

Bevor sie darauf eine Antwort fand, hatte er bereits die Tür für sie geöffnet. Im Warteraum, der sich zum Hudson hin öffnete, war es eisig kalt, und Paula war dankbar für den dicht gewebten Wollmantel, der den Wind abhielt, der durch das offene Gebäude pfiff.

Vorne am Steg standen zwei Matrosen in weißer Uniform und reichten Paula die Hand, um ihr beim Einsteigen zu helfen. Nachdem sie das kleine Schiff betreten hatte, war sie zunächst froh, der Kälte entronnen zu sein, aber ihre Augen mussten sich dennoch erst an das schummrige Licht im Innern gewöhnen. Die blank polierten Holzbänke, auf denen tagtäglich so viele Menschen saßen, waren leer, dafür hatte irgendjemand vorne auf dem Boden, wo die großen Glasfenster waren, einen runden ebenfalls roten Teppich ausgelegt. Darauf stand ein kleiner Tisch mit einem weißen Tischtuch und links und rechts davon auf dem Boden zwei große silberne Kerzenhalter, die das kostbare Kristall und den Champagnerkühler zum Funkeln brachten. In einer zarten Vase befand sich ein wunderschöner Strauß aus weißen Christrosen und Tannengrün. Norman wusste, dass Paula diese Blumen besonders liebte, seitdem sie ihm erzählt hatte, dass ihre Mutter in der Vorweihnachtszeit immer einen besonders schönen blaugrauen Steinguttopf mit den zarten Blumen bepflanzte und am Eingang zum Milchladen platzierte. Außerdem schmückten Christrosen das Grab ihres Vaters auf dem Gablenberger Friedhof. Für Paula waren die Blüten, die selbst im kältesten Winter so wunderhübsch blühten, immer ein Zeichen der Hoffnung und der Verbundenheit mit ihrer Familie gewesen, und es rührte sie, dass Norman selbst daran gedacht hatte.

Von einem Grammofon, das am Fenster stand, wehte leise Klaviermusik herüber. Ein Kellner im schwarzen Anzug nahm Paula und Norman die Mäntel ab und geleitete sie dann zu dem kleinen Tischchen.

»Hast du Hunger?«, fragte Norman und zeigte auf eine kleine silberne Etagere, auf der winzige köstlich aussehende Kanapees lagen, aber Paula war so aufgeregt, dass sie nur den Kopf schütteln konnte.

Der Kellner schenkte ihnen ein und reichte ihnen die Schalen, bevor er sich wieder in den hinteren Teil des Schiffes zurückzog. Verstohlen sah Paula auf ihre Uhr. Noch etwas mehr als zehn Minuten blieben von diesem alten Jahr übrig. Nachdem sie angestoßen hatten, traten sie an das große Frontfenster. Das Schiff setzte sich nun langsam und zunächst ein wenig ruckelnd in Bewegung.

Draußen war es stockfinster, bis auf den hellen Lichtkegel, den ihr Schiff auf das Wasser warf und die darin tanzenden Schneeflocken beleuchtete, durch die man kaum hindurchsehen konnte. Paula konnte zunächst nur erahnen, in welche

Richtung sie fuhren, bis der Schnee weniger wurde und den Blick auf die weit entfernte, aber hell beleuchtete Freiheitsstatue freigab.

Norman stand hinter ihr und hatte die Arme um sie gelegt. Still beobachteten sie gemeinsam, wie sich die majestätische Lady Liberty langsam näherte. Etwas mehr als drei Minuten vor zwölf drosselte der Kapitän den Motor. Plötzlich war es sehr still. Selbst die Musik hatte aufgehört zu spielen, und das Einzige, was zu hören war, waren die gedämpften kleinen Wellen, die gegen den Schiffsrumpf schlugen.

Für einen winzigen Augenblick gönnte sie es sich selbst, einfach nur glücklich zu sein. Den Streit mit Cosima, die Sorge um ihre Mutter und um ihre Brüder, um die Welt, die sich gerade auf einen Krieg vorbereitete, beiseitezuschieben. Sie fühlte sich eins mit dem Universum, am Ziel von allem, was sie sich erträumt hatte, denn da, wo Norman war, da war sie richtig. Würde sie immer richtig sein. Sie wusste, die Stürme des Lebens würden schon in ein paar Sekunden wieder an ihr zerren, aber jetzt und hier befand sie sich im Auge des Orkans, sie würde es genießen, solange es andauerte, und die Kraft daraus schöpfen, die sie von Tag zu Tag dringender brauchte.

Noch zwei Minuten. Der Kellner reichte ihnen erneut den Champagner. Noch eine. Paula löste sich aus Normans Umarmung und drehte sich zu ihm um. Sein Blick und sein Lächeln waren genauso zärtlich und voller Liebe wie sonst, aber Paula sah auch die Nervosität dahinter. Ihr Herz schlug schnell, als um Punkt Mitternacht ein leichter Gong aus dem hinteren Bereich des Schiffes ertönte und er sacht sein Glas gegen ihres stieß.

»Paula, liebste Paula.« Sein Blick wanderte über ihr Gesicht und blieb an ihren Lippen hängen. »Ich wünsche dir ein gutes neues Jahr. Nicht nur das: Ich wünsche dir, dass es großartig wird. Voller Abenteuer, die du so sehr liebst, voller Liebe und Nähe und Freude und Lachen. Ich wünsche dir und mir aber noch viel mehr, dass endlich Frieden auf der Welt einkehrt. Dass wir eines nicht so fernen Tages gemeinsam reisen können, dass ich mit dir gemeinsam Italien sehen und dort Wein trinken kann. Ich möchte nach Deutschland und deine Familie kennenlernen. Ich will … Paula.«

Paula schwankte für einen Augenblick. Was geschah hier? Sie, Paula Wilhelm aus Gablenberg, stand auf einem Schiff vor der Freiheitsstatue, mit dem Mann, den sie über alles liebte. Das Leben lag verheißungsvoll vor ihr und würde so viel besser werden, als sie es sich immer erträumt hatte!

Norman ließ ihre Hände los und ging vor Paula auf die Knie. Ihr wurde ein wenig schwindelig, aber es fühlte sich richtig an und sie genoss die Leichtigkeit in ihrem Kopf, die verhinderte, dass sie irgendetwas dachte. Sie sah nur, hörte nur, fühlte nur. Schneller und immer schneller schlug ihr Herz, als er erneut ihre Hände nahm und ihr fest in die Augen sah.

»Liebste Paula. Mein Augenstern. Weißt du noch damals, als wir uns im Fotogeschäft das erste Mal begegnet sind?« Er lachte leise, bevor er fortfuhr. »Ich weiß es jedenfalls noch sehr genau. Du warst so … schüchtern und still. Und gleichzeitig auch irgendwie … frech. Schön und leuchtend und … Auf jeden Fall ganz anders als alle Mädchen, die ich je getroffen habe.« Er lächelte. »Dabei wusste ich damals noch gar nicht, was für ein liebevoller, großartiger, mutiger, aufrichtiger, außergewöhnlicher Mensch du bist.« Er drückte ihr einen Kuss auf die Handrücken. »Wie hätte ich ahnen können, dass du mich jeden Tag, den wir miteinander verbringen, immer wieder aufs Neue überraschen und mir deutlich machen würdest, dass ich immer noch nicht alles über dich weiß? Eines wusste ich aber bestimmt. Nämlich dass ich vom ersten Augenblick an alles über dich herausfinden, dir nah sein, dich zum Lachen bringen und an deiner Seite sein wollte, wenn du einmal traurig bist. Und das will ich. Das will ich unbedingt! Ich möchte außerdem der Welt zeigen, wie lieb ich dich habe. Ich will mich nicht mehr verstecken, Paula. Es ist mir gleichgültig, was die Gesellschaft von mir hält, denn die einzige Meinung über mich, die zählt, ist deine. Ich will kein erfolgreicher Anwalt sein, der er es noch nicht einmal schafft, für sich selbst einzustehen, geschweige denn für die Frau, die er liebt. Und das tue ich, Paula. Aufrichtig. Ich liebe dich! Liebe dich so sehr. Du bist mein Licht und mein Leben und wenn ich nicht mit dir sein kann, dann macht alles andere für mich so wenig Sinn. Es tut mir leid, dass ich so lange gebraucht habe, bis ich das verstanden habe. Aber ich möchte dir hier unter den Augen der Lady Liberty, die nicht nur für dich ein so großes Zeichen der Hoffnung war, versprechen, dass ich an deiner Seite sein und dich lieben werde, solange es mich gibt. Und deshalb frage ich dich, Paula Wilhelm, Liebe meines Lebens: Möchtest du das auch? Willst du an meiner Seite sein und meine Frau werden?«

In seinem Blick lag ein Flehen, das Paula beinahe das Herz zerriss. Es war keine Frage, ob sie zu ihm gehören wollte. Sie tat es ja schon jetzt. Und so holte sie tief Luft und sagte mit der Gewissheit, dass sie gemeinsam alles durchstehen konnten: »Ja, das will ich. Das will ich unbedingt!«

Und dann begann sie, gleichzeitig zu lachen und zu weinen, als Norman aufstand und einen filigranen Goldring mit einem winzigen und dennoch hell funkelnden Saphir aus seiner Jackentasche nahm und ihn vorsichtig über den Ringfinger ihrer linken Hand schob.

»Paula Anderson«, flüsterte er. »Liebe meines Lebens, du kannst dir nicht vorstellen, wie oft ich diesen Namen in den letzten Nächten in meinen Träumen gesagt habe. Ich kann es kaum erwarten, bis du wirklich so heißt.« Und dann, endlich, küsste er sie unter dem Blick der Freiheitsstatue, hielt sie fest, als es ihr noch ein wenig schwindeliger dabei wurde, wischte ihre Tränen ab und auch ein paar von seinen. So lange, bis der Kellner sich leise räusperte und ankündigte, dass sie nun so langsam wieder zurückfahren müssten.

Kapitel 21

Fitzgerald erwartete sie bereits vor der Fährstation und kam ihnen mit ausgebreiteten Armen entgegen, um sowohl Paula als auch Norman überschwänglich zu gratulieren. Als er den beiden Glück und den Segen Gottes wünschte, standen Tränen der Rührung in den Augen des alten Mannes. Paula hatte nicht damit gerechnet, dass er sich so mit ihnen freuen würde, umso mehr berührte es sie.

Auch während der Fahrt drehte er sich immer wieder um, um lachend den Kopf zu schütteln und ihnen zu sagen, was für ein schönes und liebenswertes Paar sie waren, um »Mazel tov!«, »Herzlichen Glückwunsch!« oder wahlweise irgendetwas in seiner irischen Muttersprache zu sagen, das Paula absolut nicht verstand. Die Herzlichkeit und Wärme aber verstand sie sehr wohl und sie hüllte Paula auf der Fahrt zurück ins Riva ein wie eine warme Decke, die sich über die vielen Fragen legte, die sich immer mehr in den Vordergrund drängten. Allen voran die eine: Wie sollte es jetzt weitergehen?

»Du bist so still, Liebling. Und dein Gesicht ist ein einziges Fragezeichen«, flüsterte Norman in diesem Moment in ihr Ohr. Das Licht der wenigen Straßenlaternen wurde zwar durch den leuchtenden Schnee verstärkt, aber dennoch war es dunkel im Inneren des Lincoln.

»Das kannst du doch gar nicht sehen,« antwortete Paula und lachte leise. Und dennoch hatte er recht.

Paula spreizte die Finger, um den Saphir ein wenig funkeln zu lassen. Mrs. Paula Anderson, Mrs. Paula Anderson, sagte sie in Gedanken vor sich her, um es ein wenig greifbarer zu machen. Sie wollte einfach nur glücklich sein, mit diesem Mann, der Liebe ihres Lebens an ihrer Seite – und nun, da alle ihre Wünsche in Erfüllung gingen, konnte sie nicht aufhören, darüber nachzudenken, was für schreckliche Folgen es haben würde. Sie musste verrückt sein, wenn sie diesen Moment nicht genoss.

Schnell kuschelte sie sich noch ein wenig tiefer in Normans Umarmung. »Was machen wir nun mit dem angebrochenen Abend, Mr. Anderson?« fragte sie und lächelte, als er sie noch ein wenig fester an sich zog.

»Da würde mir schon was einfallen, zukünftige Mrs. Anderson.« Er drückte ihr einen Kuss auf den Scheitel. »Die Frage ist nicht, was wir mit dem restlichen Abend anfangen, sondern was wir mit dem Rest des neuen Jahres, ach was, mit dem Rest unseres Lebens anfangen.«

Mrs. Anderson. Es klang so süß, so verheißungs- und hoffnungsvoll. Es war ein Versprechen, an dem sie sich festhalten wollte, egal was das Schicksal für sie bereithielt.

Norman räusperte sich. »Möchtest du denn noch etwas unternehmen?«

Vor ihnen tauchten die ersten Lichter des Riva auf, und in weniger als fünf Minuten würden sich Nanette und ihre Freundinnen in den Lincoln quetschen, denn Fitzgerald hatte versprochen, alle nach Hause zu fahren. Aber Paula wollte noch nicht nach Hause. Sie wollte noch nicht in dieses Leben zurückkehren, in dem alles so kompliziert sein würde. Andererseits konnte sie sich auch nicht vorstellen, spazieren zu gehen, denn selbst, wenn ihr neuer Mantel warm war, gegen die bittere New Yorker Kälte konnte selbst er nicht standhalten. Norman ging es anscheinend ähnlich. Er nahm ihre Hand in seine und streichelte zärtlich mit dem Daumen darüber.

»Wenn du möchtest, würdest du … könntest du dir vorstellen, mit mir … mitzukommen?«, fragte er leise.

»In den Knickerbocker Club?« Paula konnte die Unsicherheit in seiner Stimme hören und die Frage hinter der Frage. Norman schlief immer dort, wenn er in der Stadt war, und das war in den letzten Jahren immer häufiger der Fall gewesen. Er hatte oft darüber gesprochen, sich eine Wohnung zu nehmen, aber insgeheim hatten sie beide wohl das Gefühl gehabt, dass es dann ihre gemeinsame Wohnung sein würde. Und das war bisher undenkbar erschienen. Nun aber wäre Paula froh, es gäbe diese Wohnung bereits.

»Nein, um Himmels willen!« Er lachte laut auf, und wenn sie nicht gewusst hätte, dass es unmöglich war, einfach so einen Gast mit in den Club zu bringen, und erst recht einen weiblichen, wäre sie vermutlich verletzt gewesen. Aber Paula und Norman hatten noch nicht einmal dort an der Bar je gemeinsam einen Drink genommen. Nur zu den Weihnachtsfeiern der Goodmans war sie dort gewesen, und selbst da hatte sie sich fremd und unwohl gefühlt.

Das Riva kam immer näher. Paula konnte schon die Umrisse von Nanette und ihren Freundinnen ausmachen. Norman nahm ihre Hand und küsste sie. »Ich habe mir erlaubt, eine Suite im Plaza zu reservieren. Ich … ich hoffe, das war nicht … das war … in deinem Sinne?«

Paula war noch nicht oft im Plaza gewesen. Einmal hatte sie sich mit Nanette dort in der Lobby getroffen, um – wie Nanette sagte – reiche Leute zu studieren, und währenddessen so getan, als seien sie ebenfalls Gäste, bis ein Concierge sie freundlich, aber bestimmt herauskomplimentiert hatte. Und ein anderes Mal hatte sie dank eines glücklichen Zufalls Cosima Goodman und die Kinder zum High Tea begleitet. Jedes Mal war Paula von der Pracht dieses riesigen Hauses beeindruckt gewesen. Unvorstellbar, was ein Zimmer dort kostete.

»Eine Suite?«

Sie musste eine Entscheidung treffen. Seit fünf Jahren waren sie ein Paar, von heute an sogar offiziell verlobt. Sie sehnte sich so lange schon nach mehr als nur der Berührung von Normans Händen, den verstohlenen Zärtlichkeiten im Park oder im Kino, den Küssen. Schon so lange. Und sie wusste, ihm ging es genauso. Sie waren jung und verliebt. Und sie hatten immer so viel Rücksicht auf alles andere genommen.

»Ja, ich würde gern mit dir mitkommen«, antwortete sie schlicht, genau in dem Moment, in dem Nanette die Tür aufriss und Paula ein Schwall eiskalte Luft, Gelächter und Alkoholdunst traf.

»Happy New Year!«, rief ihre Freundin fröhlich und umarmte erst Norman, während sie sich ins Auto schob. »Erzähl schon, Paula! Hat er dich endlich gefragt?« Ihre Augen funkelten vergnügt, als sie sich gegenüber von Paula in den Sitz fallen ließ. »Ich habe es schon vor zwei Wochen gewusst! Es war so aufregend! Du kannst dir gar nicht vorstellen, wie schwer es mir gefallen ist, das Geheimnis für mich zu behalten!«

Paula lachte, als sich auch Eloise und Marie Claire ins Auto schoben und ebenfalls aufgeregt zu plappern begannen. »Uns hat sie ja auch kaum was erzählt. Aber trotzdem: Wenn ein Mann eine Frau an Silvester entführt, kann es ja nur eines heißen, nicht wahr? Wie war es? Ach, das alles ist so romantisch!« Die drei seufzten unisono.

Für Paula waren Nanette, Alma und die Behrends in den letzten Jahren zu einer Art Ersatzfamilie geworden. Auch Norman gehörte mittlerweile dazu.

»Ja, er hat mich gefragt«, antwortete sie und sah zu Norman hinüber, bevor sie freudestrahlend ihre linke Hand hob, um ihren Freundinnen den blau funkelnden Saphir zu zeigen.

Nun war es restlos um die Zurückhaltung der drei geschehen. Sie jubelten und lachten, ließen Norman und Paula hochleben und redeten alle so laut durcheinander, dass Fitzgerald sich irgendwann umdrehte und um etwas Ruhe bat, wenn sie nicht wollten, dass er gleich zu Beginn des neuen Jahres zum ersten Mal in den Straßengraben fuhr.

Zunächst brachte er Eloise und Marie Claire zu ihrem kleinen Appartement in der 23. Straße, das sie sich teilten. Sie warteten, bis sich die beiden in der Lobby des hohen Backsteingebäudes noch einmal umdrehten und ihnen zum Abschied zuwinkten, und erst, als sie im Treppenhaus verschwunden waren, fuhr Fitzgerald weiter zu den Goodmans.

Der Gehweg vor dem Eingang der Residence war sauber gefegt wie immer. Fitzgerald hielt so nah am Randstein, dass keiner von ihnen nass oder schmutzig werden würde. Norman öffnete die Tür und stieg aus, um für einen Augenblick mit Sidney zu sprechen und ihm ein gutes neues Jahr zu wünschen.

Bis zu diesem Zeitpunkt hatte sich alles so leicht und selbstverständlich angefühlt, aber nun, da sie vor der Residence standen, wurde Paula auf einmal unsicher.

Sie hatten so lange gewartet – aufeinander, auf diesen Moment, sollte es wirklich jetzt so weit sein? Und wie in Gottes Namen sollte sie ihrer Freundin sagen, dass sie nicht mit ihr nach oben kommen würde?

»Was ist los, Paula?« Nanette legte ihre Hand auf die ihrer Freundin und drückte sie sanft. »Du bist dir doch sicher, dass Norman der Richtige ist? Es ist doch alles in Ordnung, oder?«

»Ja, es ist nur …« Paula sah verschämt nach unten.

»Was?«

»Norman hat mich gefragt, ob ich … ob ich … noch mit … ihm … mitkommen will.«

Da. Jetzt war es heraus. Sie traute sich nicht aufzusehen, bis sie schließlich ein Geräusch hörte, mit dem sie überhaupt nicht gerechnet hatte: Nanette lachte laut auf.

»Willst du damit sagen, dass du … dass ihr … noch nie …?« Sie zog die Augenbrauen nach oben und sah ihre Freundin amüsiert an. »Das ist nicht dein Ernst!«

»Doch, das …«

Nanette war Französin und vielleicht ein wenig freier erzogen worden als sie selbst. Dennoch hatte sie auf einmal das Gefühl, sich rechtfertigen zu müssen. »Es ist nicht … ich wollte es so.«

Dabei hatte es viele Momente gegeben, in denen sie sich vorgestellt hatte, wie es wohl wäre, Norman ganz nah, Haut an Haut zu spüren, ihn zu sehen, nicht nur die Tage, sondern auch die Nächte mit ihm zu verbringen. Und sie hatte sich danach gesehnt, o ja, und wie. Aber nie wäre es ihr in den Sinn gekommen, vorher … vor ihrem Eheversprechen mit ihm mehr zu teilen als sehnsuchtsvolle und leidenschaftliche Küsse – und ihre Liebe.

»Und jetzt?« Nanette sah sie fragend an. »Hast du Angst? Denn wenn du Angst hast, musst du nicht mit, das weißt du schon, nicht wahr?«

Hatte sie? Paula spürte für einen Augenblick in sich hinein, bevor sie energisch den Kopf schüttelte. Sie hatte keine Angst. Sie war aufgeregt.

»Na dann, ma chérie, wünsche ich dir eine Nacht, die du nie vergessen wirst.« Nanette zwinkerte ihrer Freundin zu. »Hauptsache, du bist zurück, bevor Cosima aufwacht oder sich der schicke Lincoln doch in einen Kürbis verwandelt.«

»Ich bin auf jeden Fall vor sieben zurück«, versprach Paula und lächelte. »Danke, Nanette.«

»Für was denn?«

»Für deine Freundschaft«, antwortete Paula und drückte ihrer Freundin einen Kuss auf die Wange. »Und jetzt steig schon aus!«

»Uuuh, zukünftige Mrs. Anderson, da kann es jemand kaum erwarten, was?«

»Sei leise, Nanette!« Paula spürte, wie ihr nun doch die Röte den Hals hinaufkroch. »Wenn Norman dich hört!«

»Schon gut, bin schon weg.« Nun gab auch sie ihrer Freundin einen Abschiedskuss auf die Wange. »Ich wünsche dir für heute Nacht und für das ganze neue Jahr Liebe und Lachen, Gesundheit, Vertrauen und alles Glück dieser Welt.« Für einen Moment sah es so aus, als wollte sie noch etwas hinzufügen, aber dann ließ sie es doch bleiben. Sie sah ihre Paula nur noch einmal an, dann stieg sie aus.

Draußen verabschiedete sie sich von Norman und flüsterte

auch ihm irgendetwas ins Ohr. Die beiden lachten, und Norman blieb stehen, bis Sidney ihr die Tür geöffnet und Nanette die Eingangshalle betreten hatte.

Schnell schlüpfte er dann zu Paula zurück in den warmen Wagen. »Ich habe dich vermisst«, sagte er und rutschte ganz nah. Seine Wange und Nase waren kalt, aber seine Lippen, mit denen er die ihren berührte, waren warm und weich, und Paula beschloss, alles, was von nun an geschehen würde, mit all ihren Sinnen zu genießen.

Fitzgerald hielt direkt vor dem Eingang des Waldorf Astoria und öffnete wie immer galant und ohne ein weiteres Wort die Autotür. Norman stieg zuerst aus und half dann Paula. Ihr Herz schlug ihr bis zum Hals, als sie ihren Blick über den unglaublichen Luxus der hell erleuchteten Eingangshalle schweifen ließ. Überall funkelten Lichter, leuchteten Teppiche in dunklem Grün, von den Decken hingen Kronleuchter und tauchten die livrierten Pagen und Concierges mit ihren goldenen und grünen Uniformen in festliches Licht. Norman und Paula waren bei Weitem nicht die einzigen Gäste. Feine Damen in exklusiven Mänteln und Hüten gingen aufrecht an den Armen ihrer Männer vorbei. Niemand interessierte sie sich für Norman und Paula. Sie waren einfach nur ein Teil dieses Luxus, und Paula war dankbar für den Mantel, den Norman ihr geschenkt hatte und der sie in diesem Moment abschirmte wie ein Panzer, und seine warme Hand, die er auf ihren Rücken gelegt hatte.

Kapitel 22

Es war eine unglaubliche Nacht. Paula hatte das Gefühl, keine Sekunde die Augen geschlossen oder geschlafen zu haben, aber sie musste doch immer wieder eingedöst sein, denn sonst hätte sie nicht von Normans Küssen oder Liebkosungen geweckt werden können – oder von dem unbändigen Verlangen, ihn ebenfalls erneut zu berühren, ihre Lippen und Fingerspitzen über seine glatte und warme Haut gleiten zu lassen.

Es war nicht ganz dunkel, denn der Mond und die Lichter der Stadt drangen selbst hier oben in ihrer Suite durch die zarten Vorhänge. Aber Paula war froh darüber, denn so konnte sie immer wieder Normans Silhouette betrachten, die sich von der weißen feinen Bettwäsche abhob.

»Ich liebe dich so sehr«, flüsterte sie immer und immer wieder.

»Mehr als mein Leben«, antwortete Norman jedes Mal.

Dass der Schlaf sie doch irgendwann entführt haben musste, wurde Paula erst bewusst, als sie mit der plötzlichen Erkenntnis hochfuhr, dass sie verschlafen hatte.

»Verdammt! Verdammt! Verdammt!« rief sie aufgelöst und tastete nach Norman, um ihn wach zu rütteln. »Hast du eine Uhr, Liebling?«

Der Schnee, der die ganze Nacht gefallen war, sorgte dafür, dass das Licht von draußen geradezu weiß leuchtete. Glücklicherweise. Denn sonst wäre Paula sicher noch später aufgewacht.

»Was ist?« Norman drehte sich zu ihr um und öffnete ein Auge. Seine Haare standen in alle Richtungen von seinem Kopf ab, und Paula hätte sich am liebsten wieder zu ihm aufs Bett fallen lassen, hätte ihre Hände in seinen Haaren vergraben und dort weitergemacht, wo sie gerade erst aufgehört hatten.

»Ich muss nach Hause! Schnell!« Panisch sah sich Paula im Raum um. Wo hatte sie ihre Kleider gestern hingelegt? Sollte sie ein schnelles Bad nehmen? Und wie viel Uhr war es, verdammt noch mal?!

»Leg dich wieder hin, Liebling«, sagte Norman, tastete nach ihrer Hand und schloss die Augen wieder. »Es ist bestimmt noch mitten in der Nacht!«

»Irgendwo ist das sicher so, aber nicht in New York!« Paula wollte nicht nackt durchs Hotelzimmer laufen, aber sie musste einfach ihre Kleider finden. Also zog sie das Laken unter der Bettdecke vom Bett und wickelte sich darin ein. Dabei rutschte auch die Decke mit und Norman lag ohne da. Paula hätte ihn gern angesehen, aber sie traute sich nicht. Auch wenn sie durchaus neugierig war, ob der Körper, der sich an ihrem so gut angefühlt hatte, auch so schön aussah, wie sie ihn sich vorstellte.

»Was ist los?«, fragte Norman erneut und begann zu lachen, als er sah, wie Paula in das Laken gewickelt durchs Hotelzimmer irrte und ihre Kleider aufsammelte, während sie sich bemühte, ihren Blick vom Bett fernzuhalten. »Kann ich helfen?«

»Ja bitte«, flehte Paula. »Sag mir, wie spät es ist, und dann muss ich schnellstmöglich nach Hause! Ich sollte um sieben da sein, aber das schaffe ich niemals, das spüre ich einfach.

Kannst du Fitzgerald rufen? Und dann bete mit mir, dass es nicht allzu spät ist und dass John und Helen noch schlafen!« Sie war kurz davor, in Tränen auszubrechen. Auf die schönste Nacht ihres Lebens folgte der schlimmste Morgen, den sie sich nur vorstellen konnte. Norman setzte sich auf und tastete nach seiner Armbanduhr auf dem Nachttisch. Scharf sog er die Luft ein, nachdem er auf das Zifferblatt gesehen hatte.

»Es ist kurz nach neun, Paula«, sagte er. »Es tut mir leid. Und es ist meine Schuld. Ich rufe dir sofort einen Fahrer.«

So schnell hatte Paula sich noch nie angezogen. Sie war sehr gern pünktlich. Noch lieber zu früh, weil es ihr unendlich unangenehm war, wenn jemand auf sie warten musste. Aber noch schlimmer als das war die Vorstellung, dass John und Helen aufgewacht waren und Paulas Bett leer vorgefunden hatten. Sie hatte diese beiden zauberhaften Kinder im Stich gelassen. Das würde sie sich nie verzeihen. Selbst wenn es die schönste Nacht ihres Lebens gewesen war.

Sidney grüßte sie wie immer und wünschte ihr ein glückliches neues Jahr, als sie um kurz vor zehn endlich an der Goodman-Residence aus dem Taxi stolperte. Sie hatte sich nur schnell das Gesicht gewaschen, um nicht ganz so müde auszusehen, aber sie trug immer noch das grüne Seidenkleid von gestern, ihre Haare waren nicht gekämmt, und man würde ihr auf jeden Fall ansehen, dass sie die ganze Nacht über nicht zu Hause gewesen war. Dabei hätte sie im Waldorf Astoria nun endlich das Bad nehmen können, von dem sie schon so viele Jahre träumte, aber das war nun wirklich nicht wichtig.

Als sie durch die große Eingangstür trat, die Sidney ihr aufhielt, sah sie es sofort: Cosima Goodman stand in der Lobby und erwartete sie bereits.

»Paula.«

»Guten Morgen, Cosima«, antwortete Paula. Ihr Herz schlug ihr bis zum Hals. Es war unmöglich, von dieser starken selbstbewussten Frau nicht eingeschüchtert zu sein.

»Es … ich … es tut mir leid.« Sie senkte den Blick, als sie näher kam.

»Sieh dich an, Paula.« Cosimas Stimme war kühl und beherrscht. »Da bist du also. Gestrandet von der letzten Nacht.« Sie ließ Paula nicht aus den Augen, während sie langsam näher kam. und schließlich vor Cosima stehen blieb. Mrs. Goodman ließ ihren Blick einmal an Paulas Kleid, über ihre Schuhe hinab- und wieder bis zu ihrem Gesicht hinaufwandern. Schließlich betrachtete sie kopfschüttelnd Paulas Haar.

»Ich kann dir ansehen, wo du gewesen bist. Dabei war ich durchaus gewillt, dir eine Chance zu geben.«

»Ich kann es erklären, ich …« Paula fühlte sich elend. Sie hatte einen Fehler gemacht. Sie hätte Nein sagen sollen, oder zumindest dafür sorgen, dass sie auf keinen Fall zu spät kam, aber das hatte sie nicht, und das war unverzeihlich. Andererseits war sie auch nur ein Mensch, der Fehler machte. Außerdem hatte sie sich verlobt, und wenn Mrs. Goodman nicht so streng wäre und ihr nicht so viele Steine in den Weg legen würde, hätte sie sich nicht heimlich fortschleichen müssen. Sie liebte Norman. Sie würde ihn heiraten. Und daran würde auch Cosima Goodman nichts ändern können.

»Ach ja?« Mrs. Goodman verzog das Gesicht. »An einer Erklärung bin ich nicht interessiert. Ich will mich auf mein Kindermädchen verlassen können. Ich will, dass sie da ist und meine Tochter und meinen Sohn nicht eine Sekunde aus den Augen lässt, wenn sie es versprochen hat. Meine Kinder sollen sich keinesfalls so eine Person wie Sie zum Vorbild nehmen!« Die letzten Worte spuckte sie beinahe vor Paulas Füße. Eine Person wie sie? Was meinte Cosima Goodman damit?

»Aber ich habe Ihre Kinder noch nie …«

»Was … sich selbst überlassen? Nein? Nicht heute Nacht? Nicht, wenn sie mit ihnen im Park waren und dann doch lieber mit meinem Dummkopf von Neffen herumpoussiert haben?«

»Ich habe nicht …«

»Ich beobachte Sie schon eine Weile, Paula.« Mrs. Goodman kniff die Augen zusammen. »Wenn die Kinder Sie nicht ständig verteidigen würden, wenn Jonathan einsichtiger wäre und nicht so ein Fan von allem Deutschen, dann wären Sie schon lange weg, das können Sie mir glauben.«

Auf einmal schien sie sich nicht mehr beherrschen zu wollen, denn sie kam noch ein Stückchen näher. Paula bemühte sich, durch den Mund zu atmen, denn das sicher sündhaft teure Parfüm mit der schweren Patschuli-Note, das Mrs. Goodman immer sehr großzügig auflegte, war nichts, was sich besonders gut mit Paulas nüchternem Magen und ihren flatternden Nerven vertrug. »Bitte, Mrs. Goodman, entschuldigen Sie mein Zuspätkommen. Es tut mir wirklich furchtbar leid. Sie wissen doch, wie zuverlässig ich sonst immer bin!« Paula spürte, wie ihr Tränen in die Augen stiegen. »Ich liebe John und Helen, als wären die beiden meine eigenen Kinder, und deshalb würde ich nie etwas tun, das ihnen schaden könnte!«

»Nicht? So etwas, wie sie allein zu lassen?«

»Aber sie waren doch nicht allein! Nanette war da, Sie waren da, hier in diesem Haus sind immer Menschen!«

»Das stimmt. Aber es war Ihre Aufgabe, für sie da zu sein. Ihre einzige wohlgemerkt. Dafür habe ich Sie eingestellt. Nicht Nanette und niemanden sonst.«

»Es wird nicht wieder vorkommen!« Paula wollte ihre Hand auf Cosimas Arm legen, aber der Blick, mit dem Mrs. Goodman sie musterte, sorgte dafür, dass sie ihre Hand wieder sinken ließ.

»Ganz genau. Das wird es nicht.« Cosimas Stimme war noch eine Spur kälter geworden. »Denn, Paula Wilhelm aus Deutschland, Sie sind hiermit gefeuert!«

Gefeuert. Gefeuert. Gefeuert.

Vor Paulas Augen begannen schwarze und weiße Lichtpunkte zu tanzen.

»Aber …«

»Nein. Ich habe Sie beobachtet. Was haben Sie denn gedacht? Dass ich nicht merken würde, wie Sie versuchen, sich über meinen armen Neffen in unsere Familie zu schleichen? Um was ging es Ihnen? Ansehen? Geld? Ich habe Ihnen von Anfang an nicht getraut. Ihnen nicht und der ganzen deutschen Mischpoke dort oben in Yorkville schon gleich gar nicht. Mein Mann und mein Neffe sind einfach zu dumm und blind, um zu sehen, dass Deutsche nur Ärger machen!«

»Ich …« Paula liefen heiße Tränen die Wangen hinab. Sie hatte immer geahnt, dass Cosima Goodman sie nicht leiden konnte. Aber dass sie ihr so viel Schlechtes unterstellte und ihren Freunden, den Menschen, denen sie vertraute und die sie nie im Stich gelassen hatten, gleich mit, das machte sie zusätzlich traurig. Ihr fiel wieder ein, wie Mrs. Goodman sie geradezu angefleht hatte, als Kindermädchen in ihren Dienst zu kommen. So viele Jahre war sie hier gewesen und hatte sich um ihre Kinder gekümmert, als wären es ihre eigenen. Und nun, nach einem einzigen Fehler, verlor sie ihre Stelle, obwohl Cosima wusste, dass es in diesen Zeiten kaum möglich war, eine andere zu bekommen, und – schlimmer noch – sie damit ihren eigenen Kindern das Herz brach? Was war sie nur für eine Mutter? Paula spürte, wie sich zu dem Schock heiße Wut gesellte. Sie hatte keine Chance und auch nie wirklich eine gehabt, denn Mrs. Goodman hatte nur auf diesen Moment gewartet, in dem Paula einen Fehler machen würde, der so groß war, dass Mrs. Goodman ihren Entschluss, Paula zu feuern, endlich ausreichend rechtfertigen konnte.

»Ich habe mich nicht eingeschlichen! Ich …«

Hinter Mrs. Goodman öffneten sich die Türen zum Aufzug. Ein blasser und verstörter John und eine völlig verweinte Helen stürzten heraus und warfen sich in Paulas Arme, die sofort in die Knie gegangen war, um die beiden aufzufangen.

»Wo warst du, Paula?«, schluchzte Helen und kuschelte sich noch ein wenig tiefer in ihre Umarmung.

»Wir haben uns Sorgen gemacht. Geht es dir gut?«, ergänzte John und auch er drückte sich noch ein wenig näher an sie heran.

Ihre Mutter, die wie erstarrt danebenstand, würdigten die beiden keines Blickes. Der vertraute Geruch der Kinder, ihre Wärme und ihre Umarmung gaben Paula Kraft.

»O Gott, ihr beiden, es tut mir so leid!« Sie drückte sie noch ein wenig fester an sich und sog den vertrauten Duft ein. »Und ja, es geht mir gut, ich war bei Norman …«

Mrs. Goodman schnaubte laut. Genau in dem Moment, als John erleichtert aufatmete.

»Das habe ich mir schon gedacht«, sagte er und sah sie aus

seinen großen Augen an. »Dann ist ja alles gut. War es denn schön? Hattet ihr eine tolle Party?«

Auch Helens Tränen waren versiegt. »Hat er dich gefragt, ob du ihn heiraten willst?«, wollte sie wissen und lächelte schon wieder ein bisschen dabei.

Paula stupste ihr auf die Nase. »Du neugierige kleine Fee!«, sagte sie mit einem traurigen Lächeln. Für einen Moment spürte sie das Glück der vergangenen Nacht wieder in sich aufsteigen, und sie beugte sich ganz nah zu den Kindern hinunter.

»Hat er«, flüsterte sie.

»Und?«, fragten beide gleichzeitig.

»Ich habe Ja gesagt.« Die Kinder schlangen erneut die Arme um Paula und jubelten. Es dauerte nur den Bruchteil einer Sekunde, bis Cosima bei ihnen war und die beiden packte, um sie von Paula wegzuziehen.

»Das ist doch … Jetzt ist es aber genug!«, sagte sie mit lauter Stimme. »Sie sollten sich was schämen, Paula, den Kindern solch einen Floh ins Ohr zu setzen. Eine Verlobung! Dass ich nicht lache! Das glauben Sie doch selbst nicht!« Sie lachte wirklich. Ein hässliches falsches und eiskaltes Lachen.

»Mutter!«, rief John empört.

»Paula!« Helens Stimme klang hell und ängstlich.

Paula spürte, wie die Kinder von ihr weggezogen wurden und sich eine unglaubliche Leere in ihr ausbreitete. Sie war unfähig, sich zu bewegen oder die Augen zu öffnen.

»Ihr geht jetzt erst einmal auf eure Zimmer. Ich komme später und erkläre euch … das … hier dieses ganze Durcheinander!« Wieder schnaubte sie laut. »Und Sie, Paula, können direkt hier unten bleiben. Nanette hat ihre Sachen schon gepackt und wird gleich bei Ihnen sein. Fitzgerald bringt Sie … wohin auch immer Sie wollen. Hauptsache, Sie verlassen endlich mein Haus!« Ihre Stimme überschlug sich beinahe.

Helen hatte wieder angefangen zu weinen, und auch John begann zu schluchzen.

»Das hier müsste wohl reichen, um wieder nach Deutschland zurückzukommen, was ich Ihnen sehr ans Herz lege. Hier sind Sie jedenfalls nicht mehr willkommen.«

Sie nahm einen dicken Stapel Dollarnoten aus einer kleinen Tasche und hielt sie Paula hin.

Paula stand auf und drehte sich zu den Kindern um, gerade als der Aufzug erneut seine Türen öffnete und Nanette mit Paulas Koffern heraustrat. Sie war blass und man sah ihr an, dass auch sie geweint hatte. Sofort stellte sie das Gepäck ab und lief zu Paula, um sie zu umarmen.

»Es tut mir so unfassbar leid!« Paula spürte die Tränen ihrer Freundin an ihrer Wange.

»Nicht, Nanette«, sagte sie leise und bemühte sich darum, selbst die Fassung zu bewahren. »Bitte. Bitte nicht weinen. Kannst du mir etwas versprechen?«

Nanette nickte, während Paula sich bemühte, ihre Stimme, die ihr einfach nicht gehorchen wollte, unter Kontrolle zu bringen. »Bitte, pass auf meine Kinder auf.«

Es war nicht gerecht. Wie konnte diese Frau einfach so über drei Leben bestimmen? Und das aus völlig egoistischen Motiven und ohne ihnen die Möglichkeit zu geben, sich darauf vorzubereiten? Hatte sie eine Ahnung, was sie ihnen damit antat? Für John und Helen war Paula die wichtigste Person in ihrem Leben, und nun riss sie die drei auseinander ohne jede Not. Nur weil sie es konnte. Wenn es einen Gott gab, so hoffte Paula, würde er sie wieder mit den Kindern vereinen und dafür sorgen, dass Cosima sich besann. Nachdem aber ihr Vertrauen in den lieben Herrn seit den jüngsten weltpolitischen Entwicklungen etwas gelitten hatte, war sie sich nicht sicher, ob das geschehen würde. Aber wenn schon kein Gott zur Verfügung stand, so konnte vielleicht Jonathan Goodman noch etwas bewirken.

Paula ging zu John und Helen und nahm beide fest in den Arm. »Ihr beiden, vergesst nicht: Nanette und euer Onkel Norman sind immer für euch da. Und ich bin es auch. Ich hab euch lieb, ihr beiden. Ihr seid das Beste, was mir je passiert ist.« Sie spürte, wie ihr die Tränen in die Augen stiegen, und versuchte sie wegzublinzeln. »Wir sehen uns wieder! Ganz bald! Ich bin da, wo Norman ist. Und eines Tages wird alles gut werden.«

Schon während sie sprach, wusste sie, dass nichts von alledem sicher war. Aber sie sah die Hoffnung, die für einen kurzen Moment in den Augen der Kinder aufblitzte, und hielt sich daran fest. Bald. Bald würde alles gut werden, dachte sie, als sie ohne ein weiteres Wort an Cosima Goodman vorbei nach draußen ging. Ja, bald, als sie das Geld doch nahm, das Nanette ihr wortlos und bestimmt in die Hand drückte. Sehr bald, als sie dabei zusah, wie Fitzgerald ihr Gepäck ins Auto lud, um sie nach Yorkville zu den Behrends zu fahren, dorthin, wo alles begonnen hatte. Und dorthin, wo es nun offenbar endete.

Kapitel 23

Freitag, 21. Juli 2023, Gablenberg

»Komm nach Hause, Paula. Mutter geht es schlecht. Kurt«, las Linda laut vor. Sie hatte ein quadratisches Stück Papier zwischen den Briefen herausgefischt, das mit Schreibmaschinenschrift bedruckt war und am oberen Rand groß das Logo der Western Union trug. »Was ist das?«, fragte sie.

»Ein Telegramm, nehme ich an.« Esther nahm ihrer Tochter das hauchdünne und vergilbte Stück Papier aus den Händen und drehte es so, dass sie es lesen konnte. »Das hat bestimmt ein Vermögen gekostet. Aber auf die Post hätten sie in diesem Fall nicht warten können.«

Das Telegramm war datiert auf den 3. Januar 1938.

»Ob sie damals wohl sofort nach Hause gefahren ist?« Linda schob den Stapel mit den vielen Briefen auf der Bettdecke zu einem Fächer auf und ließ ihre Finger darübergleiten.

»Vielleicht nicht sofort, so einfach ging das bestimmt nicht. Aber sobald es ihr möglich war, nehme ich an. Sie hat zu diesem Zeitpunkt wohl schon nicht mehr für die Goodmans gearbeitet und wieder in Yorkville bei den Behrends gelebt, auch wenn das ihre Familie anscheinend nicht wusste, sonst wäre das Telegramm bestimmt nicht dorthin gegangen. Aber hier steckt auch ein Brief mit Genesungswünschen von Martha Behrend an ihre Freundin Luise Wilhelm dazwischen, in dem sie schreibt, was für eine Freude es sei, Paula wenigstens für eine Weile wieder bei sich zu haben. Und irgendwo hier müsste auch ein weiteres Telegramm von Paula an Kurt sein, in dem steht, dass sie irgendwann im Februar in Cuxhaven ankommt.«

Esther schüttelte den Kopf. »Kann man sich kaum vorstellen, wie das wohl war in diesen Zeiten.« Für einen Moment sah sie ihre Mutter auf einer eiskalten Überfahrt, aus einem Leben gerissen, das bestimmt längst vertrauter war als das ferne Deutschland, voller Sorge um die eigene Mutter und ohne zu wissen, wie sich die Welt entwickeln würde. Sie konnte die große Unsicherheit und Angst und auch den Abschiedsschmerz beinahe selbst fühlen. Unwirsch schob sie all diese Gefühle zur Seite. Nichts davon wollte sie empfinden. Ihre Mutter war egoistisch, rücksichtslos und gleichgültig gewesen, sonst hätte sie sich später wohl kaum so verhalten. Sie hatte so viele Fehler gemacht und verdiente Esthers Verständnis nicht. Andererseits: Sie war damals nach Hause zurückgekehrt und hatte den Mann auf dem Foto verlassen. Den Mann, der …

»Weißt du, wie es weiterging?«, unterbrach Linda ihre Gedanken. Sie hatte das zweite Telegramm gefunden und betrachtete es neugierig.

»Nicht genau. Deine Großmutter hat nicht viel darüber gesprochen.« Um genau zu sein, hatte sie sowieso nie viel gesprochen.

Was Esther aber wusste, war, dass Deutschland sich in den sechs Jahren, in denen Paula weg gewesen war, sehr verändert hatte. Die Stimmung war geprägt von Angst und Sorge um die Zukunft. Konzentrationslager wurden gebaut, in die angebliche Verbrecher eingeliefert wurden, die kritisch oder unbequem waren, unter ihnen sogar Vertreter der Kirche. Jüdische Geschäfte schlossen reihenweise. Bestimmte Werke aus Kunst, Theater, Literatur wurden verboten, Ausstellungen über »Entartete Kunst« erfreuten sich großer Beliebtheit. Hitlers bedrohliche Macht wurde immer größer, genauso wie seine kriegerischen Absichten. Ihre Mutter hatte vielleicht nie darüber gesprochen, wie es war, als sie zurückkam. Ihr Vater aber durchaus.

»Dein Großvater hat immer gesagt, dass sie nicht mehr die fröhliche und unternehmungslustige junge Frau war, die sechs Jahre zuvor aufgebrochen war, aber gewundert hat es ihn auch nicht. Krieg lag in der Luft, ihrer Mutter ging es immer schlechter, Richard hatte sich endgültig den Nazis angeschlossen, und Kurt war mit Ingrid zusammen in deren Haus umgezogen. Deine Großmutter war plötzlich allein verantwortlich für das Haus, den Laden und Luise.«

»Und dann?« Linda hing gebannt an Esthers Lippen.

»Ich weiß auch nur die Hälfte, Kind! Ich war da noch nicht mal geboren!«

»Aber du weißt doch immerhin mehr als ich. Also erzähl schon! Und so weit weg von deiner Geburt war es auch nicht. Ist sie wegen ihm zurückgekommen? Die beiden müssen doch längst miteinander verheiratet oder zumindest verlobt gewesen sein, wenn du im September 1938 auf die Welt gekommen bist!«

»Wer?«

»Na, dein Vater und deine Mutter! Philip und Paula!«

»Du hältst dich wohl für superschlau, was?« Esther nahm noch einen großen Schluck aus ihrem Glas und sah ihre Tochter missbilligend an. »Nur weil ich in diesem schrecklichen Jahr geboren bin, heißt das ja noch lange nicht …«

Tatsächlich hätte sie ein ziemlich früh geborenes Baby sein müssen, wenn Philip ihr leiblicher Vater gewesen wäre. Aber das war er nicht. So sehr es sich Esther ihr Leben lang gewünscht hatte. Aber Paula hatte sowohl ihr Herz als auch die Ehe jemand anderem versprochen.

Kapitel 24

Februar 1938, Gablenberg

»Paula, Liebes!«

Luises Wilhelms Stimme klang so schmerzerfüllt, dass Paula zusammenzuckte. Sie hatte das Bett ihrer Mutter im Wohnzimmer in die Nähe des Ofens geschoben, denn seit Neuestem fror Luise Wilhelm ständig. Kein Wunder. Sie war nur noch Haut und Knochen. Aus der einst so energiegeladenen Frau war ein kraftloser Schatten ihrer selbst geworden. Doktor Lauinger hatte Paula bei seinem letzten Besuch beiseitegenommen und ihr einfühlsam, aber ohne etwas zu beschönigen mitgeteilt, dass ihre Mutter nicht mehr lange leben würde. Er vermutete Bauchspeicheldrüsenkrebs. Und er gab ihr zwei Monate. Vielleicht drei. Der Arzt fand es sowieso überaus erstaunlich, dass sie so lange durchgehalten hatte, bis Paula zurückgekehrt war. In diesem Moment war ihr klar geworden, dass es die richtige Entscheidung gewesen war zu kommen, selbst wenn es ihr das Herz herausgerissen hatte, Norman zu verlassen.

Sie erinnerte sich noch genau daran, wie er am Pier immer kleiner geworden war, wie die Seebrise schließlich seinen vertrauten Geruch aus dem neuen Mantel genommen hatte, der sie trotz dem Fuchskragen nicht mehr zu wärmen vermochte.

Es würde ihr nie wieder richtig warm werden, bis sie nicht zurück an Normans Seite war.

Doch sie hätte es sich nie verziehen, wenn sie ihre Mutter nicht mehr gesehen hätte. Nie mehr ihren liebevollen Blick, ihren scharfen Verstand und ihr Vertrauen in das Gute im Menschen, an die Zukunft und vor allem auch an ihre Kinder gespürt hätte.

Trotz allem war Luise Wilhelm ihr klarer Blick und der Mut, die Dinge auch beim Namen zu nennen, nicht abhandengekommen.

»Was kann ich für dich tun, Mutter?« Paula beugte sich besorgt über sie. Sie blinzelte die schwarzen Flimmerpunkte weg, die in letzter Zeit immer wieder vor ihren Augen erschienen, und bemühte sich, durch den Mund zu atmen, weil der Geruch nach Krankheit den wunderbaren Duft ihrer Mutter so intensiv überdeckte, dass ihr beinahe übel davon wurde. Ihr Kreislauf war nicht besonders stabil in letzter Zeit, aber das war ja auch kein Wunder bei dem, was ihr in den letzten acht Wochen passiert war.

»Kannst du mir einen Lavendeltee bringen? Und dann setz dich zu mir, mein Kastanienmädchen, ja?« Luise legte für einen Moment ihre Hand auf Paulas und sah sie an, als wollte sie etwas sagen, aber dann ließ sie es bleiben und schloss die Augen.

»Bin gleich wieder zurück.«

Am liebsten hätte Paula geweint, wie so oft in letzter Zeit, aber sie hatte das Gefühl, wenn sie einmal damit anfing, würde sie vielleicht nicht mehr damit aufhören können. Sie vermisste Norman, aber beinahe genauso sehr Helen und John und alle anderen. Ihr Leben.

Und es tat so unendlich weh, ihrer Mutter beim Sterben zusehen zu müssen. Wie konnte diese starke und unglaubliche Frau nur so früh gehen, wo Paula sie doch noch so dringend brauchte? Mit wem sollte sie sprechen, wem sich anvertrauen, wenn nicht ihr? Wenn Luise Wilhelm nicht mehr da war, wer war Paula dann überhaupt?

Als sie mit der dampfenden Tasse zurückkehrte, hatte ihre Mutter die Augen immer noch geschlossen. Von draußen drang die fahle Wintersonne ins Wohnzimmer und tauchte alles in ein einheitliches für Ende Februar typisches Schummerlicht.

»Mutter?«, flüsterte Paula und setzte sich vorsichtig auf den Sessel neben dem Ofen. Selbst im Schlaf sah man Luise Wilhelm die Schmerzen an. Sie war so blass, beinahe durchscheinend, und ihr Körper hob sich kaum unter der Decke ab.

»Kastanienmädchen«, flüsterte Luise Wilhelm zurück. Die Augen ließ sie geschlossen. »Gib mir deine Hand.«

Paula rutschte an die Sesselkante und nahm die Hand ihrer Mutter in ihre. Die Finger waren kalt. Paula unterdrückte den Impuls, sie zu reiben, in der Hoffnung, dass sie ein wenig von ihrer eigenen Wärme abgeben konnte.

»Ich werde sterben«, sagte sie mit einer Gelassenheit, die Paula nur noch mehr beunruhigte.

»Sag so was nicht!«

Ihre Mutter lächelte. »Warum nicht, Kind? Wir sterben alle. Vielleicht nicht so bald wie ich, aber eines Tages sterben wir.« Sie zuckte mit den Schultern. »Ich habe keine Angst. Und du solltest auch keine haben. Sieh mal.« Nun öffnete sie doch die Augen. »Du hast Richard, Kurt und Ingrid. Du hast dieses Haus und – was am wichtigsten ist: Du hast Philip.«

Plötzlich wurde ihr Blick so klar, wie er schon lange nicht mehr gewesen war. »Philip. Ich möchte, dass du ihn heiratest, Paula.«

»Du willst …?«

»Schhhh, lass mich ausreden.« Ihre Mutter zog ihre Finger aus Paulas festem Griff und legte den Zeigefinger an ihre eigenen Lippen. »Ich bin nicht altmodisch, oder?«

»Nein, du …«

»Und du hast in Amerika sehr lange sehr gut auf dich selbst aufgepasst.«

Luise Wilhelm räusperte sich, bevor sie weitersprach. »Aber eines musst du wissen, Paula: Du wirst ab jetzt mehr Unterstützung brauchen. Sowohl hier im Haus als auch in deinem Leben, Liebes. Es wird nicht mehr lange dauern, und dann merken es auch die anderen.«

»Was sollen sie denn merken? Ich verstehe nicht, was du meinst.«

Luise Wilhelm lächelte und legte ihre Hand erneut auf die ihrer Tochter.

»Ich habe zwar oft die Augen geschlossen, aber ich sehe trotzdem mehr, als du denkst. Und ich habe Zeit zu beobachten.« Sie rutschte ein kleines Stück nach oben, um einen Schluck von dem Tee zu nehmen, den Paula ihr hinhielt.

»Ich sehe, wie blass du bist, wie viel Gewicht du verloren hast, seitdem du da bist.«

»Ich arbeite viel.«

»Ja, das tust du. Du bist wirklich fleißig, und, Paula, ich bin dir so unendlich dankbar dafür, dass du da bist. Ohne dich …« Sie schüttelte den Kopf. »Ohne dich wäre ich verloren. Danke.« Nun flüsterte sie beinahe, und Paula sah, wie sie ihre letzte Kraft zusammennahm, um weiterzusprechen. »Aber meine Kleine, weißt du denn nicht, was mit dir los ist?«

Paula schüttelte den Kopf. Sie hatte Sehnsucht. Liebeskummer. Angst. Und da waren noch so viele Gefühle mehr, die in ihr tobten.

»Ich glaube, du bist schwanger, Liebes«, sagte Luise Wilhelm. Ein feines Lächeln lag auf ihren Lippen. Paula wollte etwas entgegnen, ihr sagen, dass das nicht sein konnte, stattdessen aber sprang sie auf und rannte zur Toilette, um sich zu übergeben.

Kapitel 25

Montag, 18. April 1938, Gablenberg

An der Beerdigung von Luise Wilhelm regnete es Bindfäden. Pfarrer Lehmann bemühte sich sehr, eine angemessene Rede zu halten, aber obwohl er Luise gekannt hatte und Paula, Kurt und Richard ihm noch einiges mehr über sie erzählt hatten, war sie genauso langweilig wie sonst auch. Ihre Mutter hätte sicher einen Scherz darüber gemacht. Paulas Herz zog sich bei dem Gedanken an sie schmerzhaft zusammen, und wieder liefen ihr die Tränen über die Wangen. Kurt hatte den Arm um sie gelegt und weinte still. Aber wenigstens hatte er Ingrid, die liebevoll seine Hand hielt und ihm nun ein Taschentuch reichte. Richard saß stumm auf ihrer anderen Seite und starrte mit zusammengepressten Lippen nach vorne. Trotzdem tat es gut, ihn neben sich zu spüren. Jeder trauerte eben auf seine ganz eigene Weise. Auch Philip und seine Eltern waren gekommen. Sie saßen wie immer in der Reihe hinter Paula, aber heute kam es ihr so vor, als schirmten sie sie auf ihre Weise vor den neugierigen Blicken all der anderen Gablenberger und Gaisburger ab, die vielleicht wegen Luise Wilhelm gekommen waren, deren Milchladen immer eine Anlaufstelle für viele gewesen war. Aber viel wahrscheinlicher, um einen Blick auf Paula zu werfen, die angeblich ein uneheliches Kind austrug. Zumindest munkelte man so.

Am Grab wollte der Zug der Kondolierenden ebenfalls nicht enden. Paula stand da, an Richards Arm geklammert, und ließ die Beileidsbekundungen über sich ergehen. In ihr war ein so tiefer Kummer, dass sie kaum bemerkte, wie ihr der eiskalte Regen in den Kragen tropfte und wie sehr sie fror.

»Paula?« Philip stand vor ihr und sah sie besorgt an. Auch in seinem Gesicht spiegelte sich die Trauer wider. Für einen kurzen Augenblick wurde Paula ein wenig wärmer. Es tat so gut, nicht allein zu sein. Er hob ihr Kinn an und sah ihr fest in die Augen. »Du hast lange genug hier gestanden. Es gibt nichts mehr zu tun, was die anderen nicht für dich übernehmen könnten. Ich bringe dich jetzt nach Hause.«

Es war eine Feststellung, keine Frage. Philip nickte Richard kurz zu und nahm dann Paulas Hand, um sie in seine Ellenbeuge zu legen.

Auf dem Weg in die Klingenstraße schwiegen sie beide.

Paula und Ingrid hatten am Morgen Salzkuchen gebacken und Kaffeebohnen besorgt, die mittlerweile beinahe unbezahlbar und sehr schwer zu bekommen waren. Aber der einzige Luxus, den sich Luise Wilhelm bis zum Schluss gegönnt hatte, war ein anständiger starker Kaffee, und sie wäre empört gewesen, wenn es bei ihrer Beerdigung keinen gegeben hätte. Dennoch war Paula froh, dass sie dank Philips Eingreifen ein paar Minuten hatte, um die Beine hochzulegen. Das Bett ihrer Mutter stand nun wieder in deren Schlafzimmer, und stattdessen hatte Paula die kleine Chaiselongue zurück in den Erker gerückt. Dort lag sie nun und schloss die Augen.

Man sah ihr die Schwangerschaft bislang kaum an. Paula hatte viel Gewicht verloren und selten einen Gedanken ans Essen verschwendet, seitdem sie zu Hause angekommen war.

Wenn sie für einen Augenblick zur Ruhe kam, dann wanderte ihre Sehnsucht nach Amerika, zu Norman. Sie sehnte sich danach, sich in seine Arme schmiegen zu können, seine tröstenden Worte zu hören, seine liebevollen Hände zu spüren und zu wissen, dass alles gut werden würde. Aber wie sollte das möglich sein, wenn ihre Mutter tot war, sie keine Chance hatte, nach New York zurückzukehren und – schlimmer noch – auch keine Möglichkeit bestand, mit Norman zu sprechen, ihm zu sagen, wie es ihr ging, ihm mitzuteilen, dass sie ein Kind erwartete?

Sie hatte ihm beinahe täglich geschrieben. Oft nur ein paar Zeilen am Abend, weil sie einfach viel zu erschöpft war. Meist hatte sie das dünne Papier dann doch wieder zerrissen, zu verzweifelt klangen die Worte darauf. Aber genau das war sie.

Die letzten beiden Monate waren furchtbar gewesen. Die Gewissheit, dass ihre Mutter sterben würde. Die Blicke der anderen, zielsicher auf Paulas Körpermitte gerichtet, das Tuscheln hinter ihrem Rücken, das ihr nicht verborgen blieb. Wenn sie daran dachte, was nun alles auf sie zukommen würde, stieg nur noch mehr Panik in ihr auf. Wie sollte sie das alles schaffen? Wie sollte sie überleben?

»Trink einen Schluck, Pips.« Philip hielt ihr ein Glas Wasser hin und riss sie damit aus ihren Gedanken.

»Danke.« Sie nippte an dem Glas und beobachtete Philip dabei, wie er sich einen Stuhl vom Esstisch holte und sich neben sie setzte. Einen Augenblick lang betrachtete er sie nur, dann lächelte er.

»Ich habe nachgedacht.« Er richtete den Blick kurz aus dem Fenster, bevor er sich wieder Paula zuwandte.

Auf einmal fiel ihr auf, wie blass und schmal er geworden

war. Die Anspannung, die ihn umgab, war so deutlich spürbar, dass sie wie er die Schultern hochzog. War sie zu sehr mit sich selbst beschäftigt gewesen, um zu sehen, wie schlecht es ihrem Freund ging?

»Ich habe nachgedacht und bin zu einem Entschluss gekommen«, sagte Philip. Und bevor sie ihn danach fragen konnte, fuhr er mit fester Stimme fort: »Heirate mich«, sagte er so leise, dass sie kurz dachte, sie hätte sich verhört. »Bitte«, schob er nach und griff nach ihrer Hand.

In seinem Blick lag ein brennendes Flehen, das seine Worte unterstrich. Nein, ihre Ohren hatten sie nicht getäuscht. Paula versuchte krampfhaft, das Vakuum in ihrem Kopf mit etwas Sinnvollem zu füllen, das sie sagen konnte. Aber da war nichts. Nur Leere.

»Ich …«

Er schüttelte den Kopf. »Nein, Pips. Nicht. Bevor du antwortest, hör mir bitte zu.« Er wartete ihr Nicken ab, bevor er weitersprach. »Es ist nicht wichtig, was in den letzten Jahren geschehen ist. Es ist vielleicht noch nicht einmal wichtig, was ich empfinde, oder … du.«

Er hob ihre Hand an seinen Mund und drückte so behutsam einen Kuss darauf, dass Paula kaum die Berührung seiner Lippen spürte. Als er wieder zu ihr aufsah, konnte sie diese tiefe und vertraute Traurigkeit in seinem Blick erkennen, die ihn schon vor ihrer Abreise umgeben hatte.

»Ich habe dir versprochen, dich nie im Stich zu lassen. Und mein Wort werde ich halten, was auch immer geschieht. Ich weiß, dass du mich nicht liebst. Nicht auf diese Weise. Aber vielleicht muss das auch nicht sein. Meine Eltern haben auch nicht aus …«

»Ich kann nicht, Philip«, unterbrach sie ihn. Es zerriss ihr das Herz, mitansehen zu müssen, wie er bei ihren Worten noch mehr in sich zusammensank. »Ich kann nicht«, flüsterte sie noch einmal.

Kapitel 26

Freitag, 21. Juli 2023, Gablenberg

Februar 1938

Liebster Norman,

nun bin ich schon seit vier Wochen wieder zurück in Deutschland. Hitler hat das Reichskriegsministerium aufgelöst und das Oberkommando über die Wehrmacht so geregelt, dass sie ihm direkt unterstellt ist. Er hat den Oberbefehl über die komplette Wehrmacht übernommen, und die Rassendiskriminierung und der drohende Krieg sind überall deutlich spürbar. Als ich in Bremen angekommen bin, war nichts mehr so wie bei meiner Abreise. Ich verstehe nicht viel von Politik, aber Kurt sagt, dass er jetzt mit seiner Kriegstreiberei freie Hand hat und niemand ihm mehr widersprechen kann. Richard redet nur vom Vierjahresplan und davon, wie großartig Hitler sei. Kurt hat Angst vor der Einberufung und auch ich habe Angst, Norman. Um meine Brüder, um Deutschland, um die Welt. Meiner Mutter geht es sehr schlecht, und ich bin froh, dass ich bei ihr sein kann. Der Arzt spricht von Krebs, davon dass es kaum Hoffnung gibt, aber ich bin noch lange nicht bereit, sie aufzugeben. Ich glaube immer noch daran, dass sie bald wieder gesund ist und ich in ein paar Wochen zu dir zurückkehren kann, aber …

März 1938

Liebster Norman,

die Tage sind verrückt, die Zeit rast, und hier ist alles durcheinander. Ich bin durcheinander. Schon sechs Wochen, und ich habe immer noch nichts von dir gehört … Dein wunderschöner Mantel liegt neben mir auf dem Bett, und ich unterhalte mich mit ihm, als wärst du es. Bin ich verrückt? Oder nur sehr einsam? Sag du es mir. Dabei habe ich das große Glück, nicht nur meine Brüder, sondern auch Ingrid und Philip an meiner Seite zu haben, die mir helfen, wann und wie auch immer es möglich ist. Es muss einfach Gründe dafür geben, dass du dich nicht meldest, Liebster. Ich weiß doch, dass du mich genauso sehr vermisst wie ich dich. Und ich weiß auch, dass ich eines Tages zurückkehren werde, um deine Frau zu werden. Ich habe es versprochen …

März 1938

Liebster Norman,

nun glaube ich selbst nicht mehr an die Genesung meiner Mutter und bin dankbar dafür, dass ich sie begleiten kann. Aber dennoch ist es schwer, hier zu sein. Ohne dich. Ohne ein Wort von dir. Nachts sitze ich so oft am Fenster, betrachte den Mond und die Sterne und frage mich, ob du wohl ebenfalls nach oben schaust und dich daran erinnerst, wie wir beide zusammen im Mondlicht spazieren gegangen sind und uns eine Zukunft ausgemalt haben, an die ich immer noch glauben will. Die Angst ist mein ständiger Begleiter, Liebster. Ich kann dich nicht mehr hören, nicht mehr spüren. Ich bekomme keine Antwort auf meine Briefe und weiß nicht, wie es dir geht! Mein Herz ist sich darüber gewiss, dass du mich nicht vergessen hast. Es ist zuversichtlich und voller Vertrauen. Aber mein Kopf malt verrückte Bilder, und ich wache mit dem Gedanken an dich auf. Ich frage die Nacht, ob es dir gutgeht, ob du zwischendurch einmal lachst, ob du Nanette siehst, Alma, die Behrends. Fitzgerald, Hans und Sidney. Aber mehr noch: John und Helen! Ich vermisse sie so sehr!

März 1938

Liebe Helen, lieber John,

o ihr könnt euch nicht vorstellen, wie sehr ich euch vermisse! Immer, wenn ich hier durch die Straßen gehe, die Hühner im Hof füttere oder mit der Nachbarskatze spiele, denke ich an euch. Stellt euch vor, gestern wurden etwas weiter oben in der Klingenstraße zwei kleine Ziegen geboren. Das hätte euch gefallen! Du, Helen, hättest bestimmt das schwarz-weiße mit nach Hause nehmen wollen, und John, du hättest bestimmt schrecklich gelacht, weil die süßen kleinen so unbeholfen auf ihren wackligen Beinchen sind. Ach, ich wünschte, ihr wärt hier, und ich hoffe so sehr, dass ihr meine Briefe bekommt! Ich habe sie extra an Nanette geschickt, damit niemand sie euch vorenthalten kann. Geht es euch gut, ihr beiden Schätze? Wascht ihr eure Hände und übt ihr fleißig Klavier? Versprecht ihr, immer schön aufeinander aufzupassen, bis ich wieder zu euch zurückkommen und euch in meine Arme schließen kann?

Ich vermisse euch so schrecklich!

In Liebe, eure Paula

April 1938

Liebster Norman,

das Schreckliche ist passiert: Mutter ist gestorben. Ich kann nicht aufhören zu weinen und fühle mich so furchtbar allein! Die Wehrmacht ist in Österreich einmarschiert, die österreichischen

Truppen durften keinen Widerstand leisten, und im ganzen Land gab es eine Verhaftungswelle gegenüber politischen Gegnern. Selbst Roosevelt scheint damit zu rechnen, dass ein Krieg droht. Wenn ich nur daran denke, wird mir schlecht …

April 1938

Liebster Norman,

es ist so merkwürdig, dass Freud und Leid so nah beieinanderliegen. Heute möchte ich dir unbedingt einmal einen Brief voller Freude schicken. Immerhin leben wir ja noch, nicht wahr? Der Frühling zieht so langsam ein, die Forsythie sprenkelt die Hänge gelb, und Narzissen wagen sich langsam nach draußen. Die Sonne hat schon ein wenig Kraft und streichelt mein Gesicht. Solange die Natur die Hoffnung nicht aufgibt und uns so viel Schönes schickt, dann kann ich das doch wohl auch.

Stell dir vor, Ingrid und Kurt werden nächsten Monat heiraten! Ich freue mich, dass mein kleiner Bruder wirklich sein Glück gefunden hat und es festhalten will. Ich wünschte, es könnte unsere Hochzeit sein, aber ich werde genau beobachten und mir vorstellen, du wärst hier an meiner Seite.

Ich vermisse dich schrecklich.

In Liebe, deine Paula

Mai 1938

Liebster Norman,

so viele Wochen ohne eine Nachricht von dir. Selbst Nanette hat mir zum Tod meiner Mutter geschrieben …

Aber was ist schon ein einziges Schicksal in Anbetracht all der anderen überall auf der Welt und vor dem Hintergrund dieser schrecklichen Kriegstreiberei? Nun hat selbst schon die tschecho-

slowakische Regierung wegen deutscher Truppenbewegungen an der Grenze Teile ihrer Armee mobilisiert! Ich kann nicht glauben, dass das wirklich passiert, Norman. Und nachdem sich Polen, Frankreich und Großbritannien eingeschaltet haben, hat Ribbentrop tatsächlich behauptet, es hätte gar keinen Truppenaufmarsch gegeben … Aber wem erzähle ich das? Du weißt es sicher längst, und bis mein Brief bei dir angekommen ist, hat sich alles schon wieder geändert. Zum Schlimmeren. Ich zweifle an der Zukunft, Liebster, aber ich zwinge mich, wenigstens nicht an uns zu zweifeln. Wenn ich doch nur endlich eine Nachricht von dir bekommen würde!

Was auch immer geschieht, ich verbleibe
in Liebe, deine Paula

Juni 1938

Liebster Norman,

immer noch keine Nachricht von dir …

Juni 1938

Liebe Paula,

mit großer Bestürzung haben wir vom Tod deiner geliebten Mutter, meiner treuen Freundin Luise, gelesen! Es bricht mir das Herz, dass sie nicht mehr da ist – und auch nie wieder da sein wird, wenn wir eines Tages, so Gott will, den Mädchen ihre Wurzeln zeigen und nach Gablenberg zurückkehren können. Dass sie nie wieder in der Tür ihres Milchladens stehen wird, wenn ich vorbeilaufe, und gerade mit irgendeinem Nachbarn ein Schwätzchen hält, kann ich kaum fassen. Ihr Lachen, Paula, Liebes, und ihre klugen Antworten werde ich aber immer hören, denn beides wohnt schon in meinem Herzen, seitdem wir damals aufgebrochen sind, und hat mich immer wieder durch schwere Zeiten geleitet. Ich hoffe für dich, dass es dir ähnlich geht, denn dann fühlst du dich vielleicht nicht ganz so verlassen. Wir senden unser aufrichtiges Beileid, Umarmungen und die besten Wünsche auch an deine Brüder.

Deine Familie Behrend mit Christa, Gabriele und Gertrud

13. August 1939

Liebster Norman,

ich möchte nicht über den Krieg sprechen oder schreiben. Er ist so allgegenwärtig, dass man sowieso an nichts anderes denken kann, nicht wahr? Gestern Nacht gab es den Perseidenschwarm. Unsere Sommernächte sind heiß, und der Himmel ist meist klar. Ich lag mit Ingrid und Kurt auf der Wiese am Hang, von der ich dir schon erzählt habe. Das Gras ist hoch, und tagsüber zirpen die Grillen, wir fangen Grashüpfer und machen uns Kronen aus Margariten und Gräsern. Ich wünschte, du könntest sehen, wie schön wir sind. Selbst Kurt sieht mit einer Gräserkrone besser aus, wenn auch vielleicht ein bisschen ulkig. Wir haben viel gelacht und einen dieser unbeschwerten Sommertage gehabt, die so selten geworden sind. Ich habe den Krieg für diesen Brief aus meinem Kopf aussortiert, genauso wie die Sorgen und die Angst. Und jeden Moment gehofft, du wärst hier. Bei mir. Irgendwann ist Kurt nach Hause gelaufen und hat etwas zu essen geholt. So konnten wir die ganze Nacht wach bleiben, um die Sternschnuppen zu sehen. Weißt du noch, wie wir in Pocantico Hills im Park lagen?

In meinem geliebten New York mit seinen vielen funkelnden Lichtern kann ich mir das gar nicht vorstellen, genauso wenig, wie du vermutlich je selbst eine Grille gehört hast. Ich würde dir so gern mein Zuhause zeigen, Norman. So winzig, wie ein Puppendorf im Vergleich zu deiner Stadt. Und dennoch so bunt und vielfältig wie Yorkville, die Lower East Side oder Soho. Ich habe meine

Heimat erst dadurch lieben gelernt, dass ich weggegangen bin. Aus der Entfernung kann man das Wesentliche manchmal eben doch besser sehen, nicht wahr? Aber weil das so ist, bin ich nun gefangen zwischen der Sehnsucht nach dir und dem Glück, einen Sommer zu Hause verbringen zu dürfen. Denkst du, es ist mein Schicksal, hin- und hergerissen zu sein zwischen zwei Orten? Mich nie vollständig zu fühlen? Werde ich irgendwann einmal einfach nur bleiben können? Ankommen?

Ich möchte wissen, wie es dir geht, was du machst, wo du bist, mit wem du isst und redest. Wen deckst du zu, wen schaust du über deine Teetasse so an wie mich? Mit wem lachst du? Aber noch viel wichtiger: Warum bin ich es nicht?

Ich vermisse dich unendlich!

In Liebe, deine Paula

Linda saß mittlerweile im Schneidersitz auf der bunt bestickten Tagesdecke und zog Brief um Brief aus dem Stapel, faltete sie auf und entzifferte zunächst zögerlich und dann mit einem immer geübteren Blick die altmodischen Buchstaben. Esther hatte sich aufgesetzt und lehnte nun am hölzernen Kopfteil ihres Bettes.

Die stockende Stimme, die zunehmende Fassungslosigkeit ihrer Tochter, all das ließ die Zeit damals vor Esthers Geburt mehr als lebendig werden, und Esther schloss die Augen, um sich noch besser in diese Zeit zurückversetzen zu können. Sie hatte über die Jahre jedes Gefühl der Trauer und Wut so lange und gründlich genährt, dass es für sie zur absoluten Wahrheit geworden war. Sie hatte nicht den geringsten Zweifel zugelassen, dass es nur eine einzige Sicht auf die Dinge geben konnte. Zu sehr hatten sie die Enttäuschung, die Einsamkeit und die

Sehnsucht nach der Mutter, die sie im Stich gelassen hatte, gefangen genommen. Aber jetzt war sie kein Kind mehr, weiß Gott, sondern eine alte Frau. Sie war selbst Mutter, hatte viel erlebt und am eigenen Leib erfahren, dass man manchmal keinen Einfluss auf die Dinge hatte – oder keine andere Option, als einfach nur, so gut es eben ging, weiterzumachen. Esther wünschte sich mit einem Mal nichts sehnlicher, als die Zeit zurückdrehen zu können. Aber wenn sie es könnte, würde sie nicht zu dem Moment zurückkehren, in dem Paula sie verlassen hatte, sondern zu einem anderen. Dorthin, wo Paula alleine, ohne Perspektive einem Leben ausgeliefert war, das sie so nie gewollt hatte. Wie einsam und verlassen musste sie sich gefühlt haben? Wie verzweifelt und hoffnungslos war sie gewesen? Wieder spürte Esther die Verbindung zu der jungen Frau, die ihre Mutter einmal gewesen war und die so vieles in diesen schlimmen Zeiten ganz allein hatte durchstehen müssen. Ein weiteres Stück ihrer Enttäuschung löste sich in Mitgefühl auf, und sie spürte, wie ein paar Tränen ihre runzeligen Wangen hinabliefen. Sie wischte sie nicht weg. *Verzeih mir, Mutter,* war das Einzige, was sie denken konnte.

Das goldene Licht des Sommernachmittags, das durch die halb geöffneten Jalousien drang, malte helle Streifen auf die Dielenbretter. Es war still, nur das Rascheln der Briefe und die Vögel, die hinten im Garten ein träges Lied trällerten, hörte man ab und zu. Irgendwann ließ Linda die Seiten vor sich auf die Tagesdecke gleiten. Einige Sekunden sagte sie nichts, bevor sie sich zum Nachttisch ihrer Mutter beugte, um einen großen Schluck aus dem Weinglas zu nehmen, das sie dort abgestellt hatte. Nachdenklich betrachtete sie ihre Mutter dabei. Und auch Esther beobachtete ihre Tochter ganz genau. In Lindas Gesicht spiegelte sich jeder einzelne Schritt, den ihre Gedanken gingen, und Esther konnte ihr ansehen, wie sie langsam, aber sicher begriff. Plötzlich hatte sie Angst davor, was ihre Tochter als Nächstes sagen würde. Immerhin hatte sie selbst gerade erst erkannt, wie falsch sie mit so ungefähr allem gelegen hatte. Würde Linda sie verurteilen? Ihre Tochter fuhr behutsam mit dem Finger über den Rand des Glases, bis es zu summen begann. Esthers Nerven summten synchron mit. Sie war kurz davor, nichts von alledem mehr aushalten zu können.

»Ich verstehe das nicht. Wieso sind all diese Briefe hier? Sollten sie nicht bei dieser Nanette, Norman oder bei Helen und John sein? Wo sind die Antworten? Was ist passiert? Warum … warum hat nie jemand über Norman gesprochen und darüber, dass er vielleicht dein Vater ist?«

Verwirrt schüttelte sie den Kopf. Wenigstens schien sie nicht sauer zu sein. Trotzdem waren es viel zu viele Fragen. Einige davon hatte sich Esther selbst schon unzählige Male gestellt – aber eben niemand sonst. Denn der, den sie so lange Zeit für ihren über alles geliebten Vater gehalten hatte, war tot. Und ihre Mutter längst fort gewesen, zu dem Zeitpunkt, als Esther es vielleicht gewagt hätte. Die Briefe, die es von Paula an ihre Tochter gab, lagen ungeöffnet in einem alten Schuhkarton auf dem Dachboden. Esther war bisher der Meinung gewesen, dass sie dort auch verrotten könnten. Denn was sollte schon drinstehen? Dass es Paula leidtat? Dass sie es bereute? Damals und all die Jahre darauf war sie davon überzeugt gewesen, dass sie keine Briefe, sondern eine Mutter gebraucht hätte. Sie hatte sich geirrt: Nicht Paula hatte die Chance vergeudet, ihr Leben mit Esther zu verbringen und

Linda kennenzulernen, sondern Esther selbst war es gewesen. Aber nun war es zu spät, um das alles wiedergutzumachen. Das Einzige, was sie nun noch hatte, waren die Briefe. Wie absurd, dass das, was sie einmal so sehr ins Unglück gestürzt hatte, sich nun als ihr größter Schatz entpuppte. Am liebsten wäre sie sofort aufgestanden und hätte den Karton geholt. Aber das musste warten. Zunächst wollte sie Linda dabei helfen, ein paar Antworten in den Briefen auf dem Bett zu finden. Die hatte sie immerhin alle gelesen.

Esther zog einen eher unscheinbaren Brief mit dem typischen rot-blauen Muster der Luftpost aus dem Stapel. »Vielleicht erfährst du hier das eine oder andere«, sagte sie und reichte ihn Linda.

Goodman Residence, 7. November 1939

Liebe Paula,

verzeihen Sie bitte, dass ich mich jetzt erst bei Ihnen melde, aber es ist eben immer so viel zu tun in diesem Haus. Die Welt steht kopf, und vor uns liegen schwere Zeiten, aber das spüren Sie in Deutschland dieser Tage ja sicher auch sehr deutlich. Ich wollte Sie wissen lassen, dass ich Ihre Briefe an Nanette und meine Kinder allesamt einbehalten habe. Meine Schwester und der Concierge im Knickerbocker Club haben dasselbe mit Ihren Briefen an Norman gemacht. Ich denke, es tut niemandem gut, das Augenmerk auf die Vergangenheit zu lenken, denn das versperrt uns die Sicht auf die Zukunft. Sie werden verstehen, dass ich mir vor allem für meine Kinder wünsche, dass da etwas Großes und Schönes vor ihnen liegt, und es soll nicht überschattet sein von einer Sehnsucht nach etwas, das es nicht gibt und nie gegeben hat. Dasselbe gilt auch für meinen Neffen. Dass es ihm nun gelungen ist, doch noch eine für ihn passende Ehefrau zu finden, bevor er sich freiwillig der Armee angeschlossen und zur Luftwaffe gemeldet hat, spricht dafür, dass ich richtig gehandelt habe. Ich bin unendlich stolz auf diesen guten jungen Mann und seine bildschöne Verlobte, denen eine so glänzende Zukunft bevorsteht!

Ich habe Ihnen eine Einladung zu Normans und Mildreds Verlobungsfeier beigelegt, damit Sie sich davon überzeugen können, wie viel Freude und Glück diesen beiden dank Ihrem Rückzug nun möglich ist, und hoffe sehr, dass Sie sich mit meinem Neffen freuen und ebenfalls einen für Sie passenderen Ehemann finden. Ich wünsche Ihnen und Ihrer Familie Gesundheit und einen baldigen Frieden.

Leben Sie wohl, gez. Cosima Goodman

Kapitel 27

Donnerstag, 15. Januar 1942, Gablenberg

»Mama, wann kommt Luise?« Die kleine Esther zupfte ihre Mutter an der Schürze. Draußen dämmerte es bereits, obwohl es noch früher Nachmittag war. Aber Paula hatte sowieso den Eindruck, dass es überhaupt nicht mehr richtig hell werden würde. Nie mehr. Wie auch? Wo sollte das Licht herkommen? Die Hoffnung? Nachdem die Japaner das amerikanische Pearl Harbour angegriffen und die beiden Länder sich gegenseitig den Krieg erklärt hatten, gab es keinen Grund mehr, an eine Zukunft zu glauben oder auf Frieden zu hoffen. Und dennoch war es ihr Leben und das von Esther, das gelebt werden wollte. Aufgeben stand nicht zur Debatte.

Es hatte Angriffe auf Stuttgart und auch auf das benachbarte Gaisburg gegeben, aber Gablenberg war bislang verschont geblieben, und es hatten auch Gott sei Dank noch nicht viele Menschen ihr Leben lassen müssen. Dennoch verschwanden die letzten Jahre in einem Dauernebel aus Krieg und Weitermachen. Alles andere war keine Option, seit Esther bei ihr war.

Richard begleitete Hitlers Stab voller Stolz als persönlicher Wartungsmeister seines Mercedes-Benz 770, und Kurt war als Funker irgendwo an der Ostfront in der Nähe des Asowschen Meeres stationiert. Ingrid hatte furchtbare Angst um ihn und verbrachte mehr Zeit in der Klingenstraße als zu Hause. Es konnte aber auch nicht mehr sehr lange dauern, bis sie ihr zweites Kind bekommen würde. Paula war vorbereitet. Helga, eine der Hebammen in Gablenberg, würde sie bei der Geburt unterstützen, und Esther hatte versprochen, nach Luise zu sehen, selbst wenn ihre Cousine nur ein Jahr jünger war als sie selbst und sie natürlich mit ihren drei Jahren keine wirkliche Hilfe war. Aber sie würde mit ihr spielen und sie beschäftigen und schon das war eine große Entlastung.

Voller Stolz strich Paula ihrer Tochter durch die dunklen Haare. Sie war ein ernsthaftes Kind, das mehr beobachtete und sah als andere Kinder in ihrem Alter und schon jetzt ein ausgeprägtes Verantwortungsgefühl besaß. Wann auch immer sie in das Gesicht ihrer geliebten Tochter sah, erkannte sie Normans wachen Blick, seine Klugheit und sein großes Herz. Aber auch den Verrat und die Enttäuschung, die er in ihr Leben gebracht hatte. Esther war sehr groß für ihr Alter und ausgesprochen sportlich. Ihr größtes Glück war es, wenn Philip und ihre beiden Onkel Kurt und Richard sie mit auf die Waldau zu den Kickers nahmen. Eines Tages, so hatten sie ihr versprochen, würden sie sie in der Leichtathletikabteilung anmelden, und es verging kaum ein Tag, an dem Esther nicht fragte, wann denn nun »eines Tages« sei.

Paula seufzte. Eines Tages. Wenn Kurt und Richard wiederkamen. Wenn der Krieg vorbei wäre. Eines Tages, wenn Norman sich womöglich doch endlich bei ihr melden und sie und Esther holen würde.

Aber es verging Tag um Tag, und er kam nicht. Er würde auch nicht kommen. Er hatte sich für eine andere Frau und ein anderes Leben entschieden. Wann er sie wohl vergessen hatte? Direkt nachdem sie auf das Schiff gegangen war – oder vielleicht auch erst am Tag seiner glücklichen Hochzeit? Sie würde den Augenblick nie vergessen, als sie den Brief geöffnet hatte und wie immer, wenn sie daran dachte, schnitt der Schmerz wie ein Messer durch ihr Herz. Cosimas Worte hatte sie zunächst gar nicht begriffen. Nicht begreifen wollen. An Mildred erinnerte sich Paula aber durchaus. Sie war eine etwas blasse blonde Frau, die immer sehr freundlich zu ihr gewesen war und eine der wenigen, die sich gern mit John und Helen unterhalten hatte – und manchmal sogar mit Paula. Ihr Vater war Robert Banks, ein einflussreicher US-Senator in Washington, und sie zählte zu den jungen Damen, die zu dem erlauchten Kreis der Leute gehörte, der immer wieder zu irgendwelchen kulturellen Veranstaltungen in die Goodman-Residenz gebeten wurde oder auch zu Partys und Festlichkeiten im Knickerbocker Club oder in Pocantico Hills bei den Andersons. Selbstverständlich war Paula nicht eingeladen gewesen, sie war schließlich kein Mitglied der Gesellschaft. Ganz im Gegensatz zu Mildred Banks. Hatte Paula damals etwas übersehen? Hatte sie sich von Anfang an getäuscht? Hatte Norman sie überhaupt je geliebt? Oder hatte sie sich das in ihrer dummen und naiven Art nur eingeredet? Hätte es etwas geändert, wenn er von Esther gewusst hätte? Paula würde es vermutlich nie erfahren.

»Was ist los, Mama?« Erneut schmiegte Esther sich an ihre Mutter, und Paula ließ sich auf dem nächstgelegenen Stuhl am Küchentisch nieder, damit ihre Tochter auf ihren Schoß klettern konnte. Sie schloss sie fest in die Arme und atmete tief ein. Esthers Wärme und ihr süßer unschuldiger Duft beruhigten Paulas dauerhaft überreizte Nerven ein wenig, und sie fühlte sich gleich besser. Sie liebte dieses Kind so sehr. Mehr als ihr Leben. Ihr Anblick erfüllte sie mit dem größten Glück, das man sich nur vorstellen konnte, und dennoch schmerzte es sie jedes Mal aufs Neue, sie anzusehen und in ihr das perfekte Abbild ihres Vaters zu erkennen.

»Nichts, mein Engel«, antwortete sie und drückte Esther einen Kuss auf den Scheitel.

»Aber du weinst!« Esther hatte sich umgedreht und sah ihre Mutter aufmerksam an. Mit ihrem kleinen Zeigefinger folgte sie behutsam der Spur der Tränen, die Paula gar nicht bemerkt hatte.

»Ich …« Was sollte sie ihr sagen? Einer Dreijährigen, die damit zurechtkommen musste, keinen Vater zu haben? Natürlich waren mittlerweile viele Frauen mit ihren Kindern allein zu Hause, weil die Männer überall an der Front verteilt waren, aber Gablenberg war ein kleiner Ort, in dem jeder jeden kannte. Und es war etwas anderes, einen Ehemann zu vermissen oder nie einen gehabt zu haben. Auch die anderen Kinder ließen Esther oft spüren, dass sie nicht zu ihnen gehörte. Und so verbrachte ihre kluge, wunderschöne und besondere Tochter die meiste Zeit zu Hause und spielte mit Luise, die ihre große Cousine abgöttisch liebte, oder in Philips Werkstatt, wo sie mit seinem Vater aus Holzresten kleine Figuren schnitzte, mit einem kleinen Besen, den er ihr gebunden hatte, die Werkstatt fegte oder einfach nur auf einem Schemel saß und ihn mit Fragen löcherte, die er kaum alle beantworten konnte.

Sie nannte ihn Großvater. Und er nannte sie Esti. Sie war die Freude seines Lebensabends und er war ihr Halt in diesen stürmischen Zeiten.

Paula räusperte sich und gab Esther einen dicken Kuss auf die Wange. Schlimm genug, dass es keinen Vater gab. Umso dringender brauchte sie ihre Mutter. Höchste Zeit, sie und sich selbst mit etwas Erfreulicherem abzulenken.

»Lass uns nachsehen, ob die Hühner schon Eier gelegt haben, ja? Vielleicht kommt ja Luise dazu und kann uns helfen?«

Sie lächelte, und Esther nickte strahlend, während sie von Paulas Schoß sprang, um sich Schuhe und Jacke anzuziehen. Was für ein Glück, dass sie sich so leicht ablenken ließ.

Wenigstens war Philip wieder zu Hause. Er hatte sich in den ersten Angriffstagen an der Ostfront einen Oberschenkeldurchschuss eingehandelt, der sich entzündet hatte und nicht heilen wollte. Es ging ihm nicht gut, und er konnte nach wie vor nicht ohne Stock und Schmerzen gehen. Aber Wenigstens war er vor den eisigen Wintertagen mit einer gefährlichen Grippe, geschwächt und dünn, aber vor allem lebendig nach Hause gekommen. Er war sehr still und erholte sich nur langsam. Das Wichtigste war, dass er vorerst bleiben konnte. Wenigstens über den Winter und bis in den Frühling, wenn er Glück hatte.

Es läutete an der Tür.

»Ich geh schon!« Esther lief nach unten, bevor Paula etwas sagen konnte. Aber bevor sie sich wundern konnte, dass weder Ingrids Stimme noch Luises Lachen erklang, spürte Paula, dass da etwas absolut nicht stimmte.

Schnell schlüpfte sie in ihre Holzpantinen und eilte nach unten. Esther sah ihr schon entgegen. Sie war blass und hatte die Tür nur einen Spalt geöffnet. »Mama?«, flüsterte sie mit weit aufgerissenen Augen und einer Stimme voller Angst.

Paula schob sich an ihr vorbei und öffnete die Tür weiter.

Draußen stand Martin Wolff und sah sie mit diesem stechenden Blick an. Er und sein Bruder Friedrich sowie ihr Vater Eugen waren nicht im Krieg. Angeblich hatten sie von ganz oben die Anweisung bekommen, für die Sicherheit in Gablenberg zu sorgen. Für Paula waren sie feige, hinterhältige Opportunisten, die nichts lieber taten, als andere Menschen zu drangsalieren und denunzieren. Sie wollte nichts mit ihnen zu tun haben.

»Richard ist nicht zu Hause«, sagte sie schroff. Schlimm genug, dass er sich überhaupt mit den Wolff-Brüdern abgab.

»Ich weiß.« Wolff legte seine Hand auf den Türrahmen und beugte sich nach vorne, während er sie mit seinem stechenden Blick musterte und kalt lächelte. »Ich bin ja auch nicht wegen ihm hier.«

Paula wollte zurückweichen, aber das war nicht möglich, denn sie stieß sofort gegen Esther, die sich instinktiv an ihre Mutter geklammert hatte.

Paula begann zu schwitzen, als er sich noch ein wenig mehr zu ihr neigte und ihr dabei seinen eklig warmen Atem ins Gesicht blies. »Ich dachte mir, ich schau mal, wie es der einsamen Paula wohl geht. Vielleicht hast du ja doch noch einmal Lust auf einen Tanz? Immerhin schuldest du mir ja noch einen. Erinnerst du dich?«

Natürlich würde sie diesen Abend damals im Lamm nie vergessen. Seitdem hatte sie Angst vor ihm und seinem Bruder. Noch nicht einmal die Jahre in New York hatten sie das vergessen lassen. Denn von dem Moment an, als sie aus Amerika zurückgekehrt war, hatte er sie daran erinnert und nie aufgehört zu fragen. Nicht, als ihre Mutter im Sterben lag, noch nicht einmal, als ihre Schwangerschaft unübersehbar vorangeschritten, und auch nicht, nachdem Esther auf die Welt gekommen war. Paula war zu Martin Wolffs fixer Idee geworden.

»Nein!«, antwortete sie sofort. »Ich schulde dir gar nichts.« Ihr Herz schlug wie verrückt.

»Bist du sicher?« Er lächelte immer noch auf dieselbe beunruhigende Art und Weise. »Vielleicht mag ja dann die kleine Esther mit mir tanzen? Womöglich ist sie nicht so wählerisch wie ihre Mutter. Das heißt: So wählerisch kannst du ja gar nicht gewesen sein, sonst gäbe es sie ja gar nicht.« Er fixierte Paula immer noch und grinste gemein.

»Hast du nicht gehört, was sie gesagt hat? Sie schuldet dir nichts. Und du hast hier nichts verloren!«

Philip war neben Wolff gehumpelt und funkelte ihn böse an. Er war sehr blass und hatte bläuliche Ringe unter den Augen, wie jemand, der nicht schlafen konnte, und stützte sich schwer auf seinen Stock. Paula konnte ihm ansehen, dass er große Schmerzen hatte und sicherlich nicht in der Verfassung war, sie körperlich zu verteidigen. Aber war er da, hatte ihre Angst trotzdem ein wenig an Wucht verloren. Esther schob sich an Paula vorbei, bevor sie ihre Tochter daran hindern konnte, und rannte zu Philip, um sich an sein gesundes Bein zu klammern.

»Was willst du denn hier, Kaiser? Dich hat sie doch auch abblitzen lassen?« Wolff lachte höhnisch.

»Geh jetzt, Martin«, sagte Philip bestimmt und ohne auf seine Provokation einzugehen. »Du bist hier nicht willkommen.«

»Sagt wer?«

»Sage ich«, antwortete Philip und schob Esther hinter sich.

»Du hast mir gar nichts zu befehlen!«, gab Wolff zurück, aber seine Stimme klang schon deutlich weniger forsch.

Philip war ihm körperlich unterlegen, das war offensichtlich. Bei einem Kampf würde ihr Freund den Kürzeren ziehen. Allerdings war er aber auch sehr beliebt in Gablenberg und hatte mit seiner ruhigen und besonnenen Art schon den einen oder anderen Streit geschlichtet, während es eigentlich niemanden gab, der Wolff wirklich leiden konnte. Wenn Wolff seine politischen Ambitionen durchsetzen wollte, durfte er nichts riskieren, das wusste er genau. Philip hatte ihm die Tour vermasselt.

»Mir ist die Lust aufs Tanzen sowieso vergangen«, sagte er und wandte sich zur Straße. Dann drehte er sich allerdings noch einmal um. »Ach, ganz vergessen: Das hier lag auf deiner Schwelle.« Er streckte die Hand aus und drückte Paula einen Luftpostbriefumschlag in die Hand. Ihr Herz, das sich gerade ein wenig beruhigt hatte, begann von Neuem völlig unkontrolliert zu rasen. Es war ein Brief aus New York.

Auch Philip hatte den Umschlag sofort erkannt, und als Wolff sich nun endgültig verabschiedete, wandte auch er sich in Richtung der Werkstatt, wo man seinen Vater rumoren hörte.

Paula fröstelte. Der Brief, den sie in die Tasche ihrer Strickjacke gesteckt hatte, pulsierte dort regelrecht und verströmte eine Wärme, die in ihr ein merkwürdiges Gefühl auslösten. Wer hatte ihr geschrieben? Nanette? Die Behrends? Norman? Sie hatte Angst davor, nach dem Absender zu sehen. Und gleichzeitig konnte sie es kaum erwarten.

Auf einmal fühlte sie sich noch einsamer als sowieso schon. »Willst du nicht noch ein bisschen bleiben?«, fragte sie und hörte selbst, wie flehend das klang.

»Nein, ich … ich denke, du solltest jetzt erst einmal in Ruhe deinen Brief lesen.« Philips Bewegungen waren ungelenk, und Paula hatte schon die Hand ausgestreckt, um ihn zu stützen.

»Danke, Paula, aber ich komme zurecht«, sagte er. Sein Blick war klar, und sie verstand, dass er damit mehr meinte, als nur das Gehen über die unwegsamen Steine zwischen den beiden Häusern.

Paula nickte. »Ich weiß«, sagte sie leise. »Das weiß ich.«

Seit dem Tod ihrer Mutter und seinem Heiratsantrag hatte er wieder diese unsichtbare Mauer um sich hochgezogen, die Paula bei jedem Versuch, ihm nahezukommen, abprallen ließ und die Esther entweder nicht spürte oder schlicht ignorierte. Sie war nur ein paar Stunden alt gewesen, da hatte er sie auf dem Arm gehabt, mit ihr in Luise Wilhelms Ohrensessel gesessen und selig auf dieses kleine Wunder hinabgeblickt, als wäre sie sein Kind und nicht das eines Vaters, der sie nie zu Gesicht bekommen würde. Damals hatten die beiden ein unsichtbares Band geknüpft, das sich manchmal so anfühlte, als sei es stärker als das zwischen ihr und Paula.

»Kommst du, Esther?«, fragte Paula und streckte die Hand nach ihr aus.

»Nein, ich bleib bei Philip, bis Ingrid und Luise hier sind«, sagte ihre Tochter ernsthaft. »Mich braucht er nämlich schon. Stimmt's?«

Er nahm sie bei der Hand. »Natürlich brauche ich dich. Dringend sogar! Wer sollte denn sonst die Werkstatt fegen?«

Philip lächelte zuerst sie und dann Paula an. »Wenn du es erlaubst? Ich schicke sie rüber, sobald Ingrid kommt.«

Paula nickte und lächelte ebenfalls. Zufrieden schob Esther ihre kleine Hand in Philips.

»Wir gehen, Mama!« So erwachsen, dass Paula sich ein Lachen verkneifen musste, nickte sie ihrer Mutter zu und zog Philip mit sich fort. Paula sah den beiden hinterher. Das Vertrauen, das ihre Tochter in diesen Mann hatte, wärmte ihr Herz, und sie wünschte sich einmal mehr, ihn so lieben zu können, wie er es verdiente.

Die Schritte zurück in die Wohnung fühlten sich schwer an. Es war nicht Wolffs erster Besuch gewesen und würde vermutlich auch nicht der letzte sein. Und dennoch konnte sie den Gedanken daran kaum ertragen, dass sie diesem Menschen so ausgeliefert war – und schlimmer noch: nicht nur sie, sondern auch ihre Tochter. Aber warum? Warum sie? Was wollte er von ihr? Auf einmal war Paula unendlich müde, und allein der Gedanke daran, wie weit er gehen würde, um sie zu erniedrigen, sorgten beinahe dafür, dass sie kaum mehr einen Fuß vor den anderen setzen konnte. Am liebsten hätte sie sich auf die Treppenstufe gesetzt und die Augen geschlossen. Nur für einen kurzen Moment. Aber dann fiel ihr der Brief in ihrer Hand wieder ein, und sie schleppte sich weiter in die Wohnung und an den Küchentisch, wo sie sich erschöpft auf einen der Stühle fallenließ und den Kopf auf ihre überkreuzten Arme legte.

Schlafen. Nur schlafen. Einmal die Augen zumachen, ohne an den Krieg, an ihre Brüder, an Philip und Esther zu denken. Oder an Norman.

Der Brief! Schnell setzte sie sich auf und nahm ihn aus ihrer Jackentasche.

Cosima Goodman, 10 West 54th Street, New York, stand darauf. Sofort wurde Paula eiskalt. Als sie das letzte Mal von Cosima gehört hatte, hatte sie ihr die Verlobungsanzeige von Norman geschickt. Seitdem hielt Paula sich an ihre Bitte und schrieb ihm nicht mehr, selbst wenn es ihr jeden Tag aufs Neue das Herz zerriss, dass sie nichts von all den wunderbaren Erlebnissen mit seiner Tochter mit ihm teilen konnte.

Sie stand auf und nahm ein scharfes Messer aus der Schublade. Behutsam schob sie die Spitze in den Falz und öffnete den Umschlag, zog vorsichtig das durchscheinende Papier heraus und faltete es auf.

Liebe Paula,

leider muss ich Ihnen mitteilen, dass unser geliebter Norman sich zur Luftwaffe gemeldet hat und bei einer Flugübung im Pazifik ums Leben gekommen ist. Es erfüllt uns mit Stolz, dass er seinem Vaterland … Er hinterlässt seine Witwe, die schwanger … Gottes Wille …

Später konnte Paula nicht mehr sagen, wie lange sie am Tisch gesessen und einfach nur vor sich hingestarrt hatte.

Das Klingeln der Haustür war es schließlich, das sie aus ihrer Starre riss. Am Abend wusste sie nicht, wie sie den Tag überstanden hatte. Wie sie ihrer Schwägerin, ihrer Nichte und nicht zuletzt Esther glaubhaft das Gefühl vermittelt hatte, dass es ein ganz normaler Tag war. Wenn man einmal davon ausging, dass sowieso nichts dieser Tage wirklich normal sein konnte.

Sie hatte Ingrid beruhigt, die vor lauter Sorge, ihr Kind womöglich nachts und im Bombenhagel gebären zu müssen, beinahe verrückt wurde, und mit ihr ausgemacht, dass sie in den nächsten Tagen mit Luise in die Klingenstraße umsiedeln würde. Sie hatte Luise und Esther ausnahmsweise erlaubt, mit ein paar Münzen zur Apotheke an der Gablenberger Hauptstraße zu laufen und sich ein wenig Pfefferminz-Bruch zu kaufen. Aus Rüben, ein paar Kartoffeln und Karotten, die sie im Keller fand, hatte sie dann eine Suppe gekocht und sich schließlich von ihrer Schwägerin und ihrer Nichte verabschiedet, um Esther ins Bett zu bringen.

Sie war einfach nur eine Hülle gewesen, die aussah wie Paula, innen völlig leer, ausgehöhlt von einem Schmerz, der so heiß brannte, dass sie ihn kaum ertragen konnte. Sie wollte schreien, nach New York reisen, oder wo auch immer er abgestürzt war, dort nach Norman suchen und ihn finden, nur um zu beweisen, dass er lebte. Stattdessen saß sie erneut am Tisch. Las wieder und wieder Cosimas Zeilen und begriff sie doch nicht. In ihr weigerte sich alles, das zu akzeptieren, was dort stand. Norman war tot. Er war gestorben. Dieser gut aussehende großartige Mann, der sich entschieden hatte, sein Leben ohne sie zu verbringen, war tot.

Sie dachte an all die Menschen, die nun um ihn trauerten, seine Frau, sicher auch seine Mutter und auch Cosima. Und dann waren da ja auch noch John und Helen. Allein der Gedanke an die beiden ließ diesen wohlvertrauten scharfen Schmerz in ihr Herz schießen, der schon so lange zu ihrem Leben gehörte. Er kam in Wellen und immer, wenn sie dachte, dass er weniger werden würde, hinterließ er doch nur ein dumpfes Vakuum, das nicht weniger schmerzhaft war. Sie suchte nach einem Erkennen, Verstehen und Akzeptieren, aber da war nichts. Nur Leere. Eine tiefe lichtlose Leere und die Einsicht, dass sie selbst im Begriff war, sich unter all der Last aufzulösen. Unsichtbar zu werden. Ebenfalls zu sterben.

Beinahe fühlte es sich an wie eine lang herbeigesehnte Erleichterung. Aber dann dachte sie an Esther. Nein, Aufgeben war keine Option.

Sie hatte noch ein paar Flaschen Himbeergeist im Keller, den ihre Mutter gegen Warentausch hatte brennen lassen. Paula trank sehr selten Alkohol und wenn, dann meist einen Krug verdünnten Most. Aber heute holte sie eine Flasche nach oben, schenkte sich zwei Finger breit in eines der kleinen Gläser und kippte es in einem Zug hinunter. Das Brennen tat gut und gab ihr das Gefühl, doch noch am Leben zu sein.

Sie ging in der Dunkelheit in ihr Schlafzimmer und tastete so lange im großen Kleiderschrank nach dem Mantel mit dem Fuchskragen, bis sie das weiche Fell unter ihren Fingern spürte, nahm ihn heraus und legte sich mit dem Mantel in ihr Bett. Umarmte ihn, als sei er ihr Liebhaber, als sei er Norman, die Liebe und das letzte Stückchen Leben, an das sie sich noch klammern konnte. Und endlich begannen die Tränen zu fließen, die sie so lange zurückgedrängt hatte.

Sie konnte einfach nicht mehr. Es war zu viel. Und gleichzeitig viel zu wenig.

Irgendwann stand sie auf und brachte den Mantel im Licht des Mondes auf den Dachboden, sperrte ihn in den alten Schrank, der schon so lange dort stand, und ging schließlich wieder nach unten.

Sie zog sich ihre Strickjacke über, schlüpfte in die Holzpantinen, die sie immer zum Hühnerfüttern anzog, stolperte ein wenig auf dem unebenen Weg und klingelte schließlich atemlos an der Tür der Kaisers, und das, obwohl sie noch nicht einmal schnell gelaufen war.

Als Philip ihr ein wenig verschlafen die Tür öffnete, stürzte sie sich so stürmisch in seine Arme, dass er sich am Türrahmen festhalten musste, um nicht umzufallen.

»Ja!«, flüsterte sie, während ihr immer weiter die Tränen über die Wangen rannen. »Ja, Philip, ich will.«

Kapitel 28

Freitag, 21. Juli 2023, Gablenberg

»Aber das ergibt doch alles überhaupt keinen Sinn!«, sagte Linda. »Warum sollte Cosima Paula von Normans Tod erzählen? Wozu? Warum ist das nach all den Jahren immer noch wichtig? Sie war doch so froh, dass Paula keine Rolle mehr gespielt hat, dann muss sie sie doch mit dieser Aktion nicht wieder in ihr Leben zurückholen?« Erneut schüttelte sie den Kopf, während sie sich nachdenklich mit dem Finger auf die Nasenspitze tippte. »Und überhaupt, was soll das denn bringen? Also wenn du mich fragst, stinkt das zum Himmel!«

Es stimmte schon. Ein wenig merkwürdig was das Ganze. Andererseits hatte Esther Cosimas Brief nie hinterfragt.

»Vielleicht ist es einfach auch ein Zeugnis der späten Genugtuung einer Frau, die nie verwunden hat, dass ihre Kinder das einstige Kindermädchen mehr geliebt haben als Cosima selbst.«

»Rache meinst du?« Linda sah sie aufmerksam an, aber Esther zuckte nur mit den Schultern. Menschen waren nun mal seltsame Wesen, oft nicht freundlich und meist noch nicht einmal besonders interessant. Das zumindest war Esthers Erkenntnis nach so vielen Jahren auf dieser Welt.

»Keine Ahnung, Linda. Manche Dinge sind einfach, wie sie sind – und ändern sich auch nicht, je tiefer man gräbt.«

Manches ließ man besser ruhen und vermied es damit, alte Wunden wieder aufzureißen. Aber dass ihre Tochter genau das vorhatte, konnte Esther ihr genau ansehen. Linda war aufgestanden. Ihre Wangen glühten vor Aufregung.

»Nein, ich glaube kein Wort. Was für ein Glück, dass es mittlerweile Internet und Datenbanken zu beinahe allem gibt. Wir werden schon herausfinden, was wirklich mit diesem Norman Anderson passiert ist. Was war er noch mal von Beruf?«

»Anwalt«, sagte Esther und trank einen großen Schluck Wein. »Irgendwas mit Politik, glaube ich. Aber ehrlich gesagt habe ich keine Ahnung.« Der Eifer ihrer Tochter irritierte sie. »Warum ist dir das denn so wichtig? Mir ist es jedenfalls egal, wer er war und was er wann gemacht hat. Er ist tot, und ich kann ihn nicht leiden!«

»Aber du kennst ihn doch gar nicht!«

»Eben!« Esther schnaubte. »Genau das ist der Grund!«

»Mama.« Linda legte besänftigend die Hand auf die ihrer Mutter. Am liebsten hätte Esther sie weggezogen.

»Was denn?«, fragte sie trotzig.

»Vor was hast du Angst?«

»Angst?« Esthers Herz schlug schneller. »Ich habe keine Angst. Google ihn doch, wenn du unbedingt willst. Wie ich schon sagte, es ist mir egal. *Er* ist mir egal.«

»Okay.« Linda behielt ihre Mutter im Blick, während sie deren Laptop öffnete und das Passwort eingab. »Wenn dir das alles egal ist, dann kann ich ja loslegen.«

Ein leises »Pling« ertönte, als der Rechner hochgefahren war.

Esther schluckte. Natürlich hatte sie sich all diese Fragen auch eine Zeit lang gestellt, ohne jedoch zu einem Ergebnis zu kommen. Damals hatte sie jedoch auch noch keinen Internetzugang gehabt, um zu recherchieren, und dann war da tatsächlich noch die Angst, weitere schmerzhafte Geheimnisse ans Licht zu zerren.

»Hier haben wir es: Norman Montgomery Anderson, gestorben im Dezember 1999?« las Linda vor. »Kanzlei Anderson und Partner.

»Mittlerweile in dritter Generation … Neffe von Jonathan Goodman?« Fragend sah sie Esther an.

Esther nickte.

»*Der* Goodman, dem halb New York gehört?«

»Genau der.«

»Aber Moment: Wenn Norman Anderson 1999 gestorben ist, dann ist er nicht derjenige aus Cosimas Brief. Wer ist denn damals abgestürzt?« Sie schüttelte den Kopf und schnalzte mit der Zunge. »Ich habe es doch genau gewusst. Cosima hat gelogen.« Triumphierend klatschte sie in die Hände, bevor sie sich wieder ihrem Computer zuwandte, nur um dann wieder zu ihrer Mutter aufzusehen. »Warte: Das bedeutet … bedeutet das, dass er …? Dass du …?« Aufgeregt scrollte sie weiter. »Ach, verdammt. Das ist nur die Kanzleiseite. Wo ist Wikipedia, wenn man es mal braucht?« Hektisch tippte sie auf der Tastatur herum. »Okay: Einatmen und ausatmen, Linda«, ermahnte sie sich selbst, aber auch Esther war froh über dieses Kommando. Sie hate die ganze Zeit die Luft angehalten. »Noch mal von vorne, Mutter: Wenn unser Norman Anderson nicht 1942 gestorben ist, sondern erst 1999, dann verstehe ich aber immer noch nicht, warum Cosima Goodman Paula diese Nachricht geschickt hat. Du vielleicht?« Fragend sah sie ihre Mutter an.

Esther schüttelte den Kopf. »Nein. Aber ich hole mehr Wein«, antworte sie und stand auf. Sie brauchte definitiv einen Schwips, um das hier weiter auszuhalten.

Kapitel 29

Samstag, 28. Februar 1942, Knickerbocker Club, New York

Norman ließ sich in einen der bequemen Sessel in der Bar sinken. Es war zwar erst elf Uhr am Morgen, aber das war nicht so wichtig. Er brauchte einen Drink. Jetzt sofort. Die Hand, in der er das dünne Papier hielt, das ihm Cosima heute Morgen mit diesem überheblichen Lächeln überreicht hatte, zitterte. Sein Herz schlug ihm immer noch bis zum Hals, als wollte es sich noch einmal gegen die Hoffnungslosigkeit wehren, die so machtvoll nach ihm griff, und er spürte, wie er kurz davor war, zu weinen. Fühlte es sich so an, wenn das eigene Herz starb?

Vier Jahre. Vier Jahre hatte er gehofft, gebetet und unzählige Briefe geschrieben. Er hatte versucht, sich abzulenken, seine Karriere vorangetrieben, sehr viel in Pocantico Hills bei seiner Mutter und dann später in Washington verbracht, Kontakte geknüpft, jeden Fall angenommen, der ihm angeboten wurde, wie ein Besessener weiter Deutsch gelernt.

Er hätte endgültig nach Washington ziehen können, aber stattdessen hatte er eine Kanzlei in New York gegründet, denn er wollte da sein, wenn Paula kam.

Wäre dieser verdammte Krieg nicht, hätte er sofort seine Verbindungen nach Europa weiter ausgebaut, aber Roosevelt hatte sich deutlich gegen Deutschland positioniert, und wenn er sich weiterhin als Freund der Deutschen gab, konnte er seine Karriere und auch seine gesellschaftliche Stellung vergessen. Selbst sein Onkel Jonathan hatte sich längst distanziert und seine Meinung immer wieder öffentlich kundgetan, davor hatte sein Ansehen bei den New Yorkern und damit auch das Voranschreiten seiner Bauprojekte bereits gelitten. Obwohl er Norman im Vertrauen gestand, dass es ihm vorkam wie ein Verrat an seinen vielen deutschen Wegbegleitern, die seine Karriere immer unterstützt und ihm in den Jahren, die er in Europa verbracht hatte, überaus freundlich begegnet waren. Aber New York, Washington und vermutlich die ganzen USA machten keine Unterschiede. Deutschland hatte ihrem Land den Krieg erklärt, und somit waren alle Deutschen Feinde.

Als er vor ein paar Monaten das letzte Mal in Yorkville gewesen war, um Walter Behrend nach Paula zu fragen, hatte er die Feindseligkeit überall gespürt. Walter hatte ihm erzählt, dass seine Frau und seine Töchter das eine oder andere Mal sogar mit fauligen Tomaten beworfen worden waren. Norman würde all das nichts ausmachen. Er konnte sich sogar vorstellen, in Yorkville zu leben. Wenn nur Paula hier an seiner Seite sein könnte. Doch mit diesem Kapitel hatte sie ja offensichtlich abgeschlossen.

Gestern erst war japanischen Einheiten in der Java-See die Zerstörung einer Schiffsflotte der Amerikanisch-Niederländisch-Britischen Bündnisses gelungen. Der Krieg rückte immer näher. Es hätte Wege gegeben, kein Teil dieses höllischen Infernos zu werden, das überall auf der Welt die Menschen ins Verderben riss. In seiner Verzweiflung hatte er sich dennoch zur Luftwaffe gemeldet. Ein kleiner, absurd denkender Teil von ihm wollte in den Krieg, wollte nach Europa, wollte sogar nach Deutschland, um nach Paula zu suchen. Er stellte sich vor, wie er zu Fuß durch dieses Land ging und nach einer jungen Frau mit kastanienbraunen Haaren und kornblumenblauen Augen fragte, so lange, bis sie vor ihm stand und er sie endlich wieder in seine Arme schließen konnte. Er hatte diese Szene so oft in seinen Träumen durchgespielt, dass er immer wieder mit dem Gefühl aufgewacht war, nur die Hand ausstrecken zu müssen und ihr Haar berühren zu können. Die Leere, die gleich darauf folgte, war jedes Mal kaum auszuhalten.

Edward, der Barkeeper, brachte ihm ein kleines Tablett, auf dem ein Kaffee und ein Evan Williams Straight Bourbon standen. Norman trank nicht viel, aber wenn, war das sein Getränk. Er zögerte für einen Moment, dann griff er doch als Erstes nach dem Tumbler und trank einen großen Schluck. Draußen vor dem Fenster schneite es. Mal wieder. Am Anfang hatte er sich über jede einzelne Schneeflocke gefreut, weil er durch sie an Paula, die magische Nacht auf dem Boot und den Heiratsantrag erinnert wurde, sich dadurch mit ihr verbunden fühlte. Bei jedem Blick auf den verschneiten Central Park hatte er an sie und all das Lachen, die Abenteuer und die Liebe gedacht, die sie so stark und vertrauensvoll gemacht hatten, dass sie davon ausgegangen waren, eine Trennung würden sie mühelos überstehen.

Was für ein Irrtum. Vier Jahre. Vier Jahre ohne ein Wort. Und sein Herz wollte immer noch nicht glauben, dass sie fort war und nicht mehr zurückkehren würde.

»Noch einen?« Norman hatte gar nicht bemerkt, dass Edward neben ihn getreten war. Für einen zweiten Drink war es definitiv zu früh, aber seine Sehnsucht danach, den Kummer ein wenig abzumildern und die Last der Entscheidungen, die er zu treffen hatte, für einen Augenblick zu vergessen, war so drängend, dass er nickte. Mitfühlend sah Edward ihn an, als er ihm das Glas abnahm.

»Manchmal sind die Sorgen für eine Person zu groß, Mr. Anderson. Da braucht man einen alten Freund oder auch zwei, um sie ertragen zu können.« Er zwinkerte ihm zu. »Ich meine Jim Beam und Jack Daniels. Aber ein Evan Williams ist natürlich auch nicht schlecht.« Er reichte ihm das Glas, und Norman lächelte. Es war nett, dass der Barkeeper versuchte, ihn aufzumuntern.

»Danke, Edward.«

Er war am Ende seiner Kräfte und zutiefst enttäuscht. Er hatte hunderte Briefe geschrieben und alle Hebel in Bewegung gesetzt, um zu erfahren, was mit Paula passiert war. Zunächst hatte er es auf die Post geschoben, dann auf die schwierigen Verhältnisse in Deutschland und darauf, dass Paula wohl zu Hause so viel zu regeln hatte, dass ihr keine Zeit blieb, ihm zu antworten. Das Vertrauen in sie und ihre Liebe hatte er dabei nie verloren. Sie war seine Seelenverwandte, sie würde wiederkommen, wenn es ihr möglich war, und solange er lebte, würde er hoffen. Aber je mehr Zeit verging, umso weniger Hoffnung hatte er. Noch nicht einmal Nanette oder John und Helen hatten Post von ihr bekommen, und irgendwann hatte er sich eingestehen müssen, dass sein Gefühl wohl seine Sinne vernebelt hatte und ihre Seelenverwandtschaft ein Irrtum gewesen war. Seine Mutter und Cosima hatten ihn ab dem ersten Tag bearbeitet, sich wieder eine Freundin zu suchen. Ständig präsentierten sie ihm neue Mädchen, die ihrer Meinung nach zu ihm passen würden. Und irgendwann war er mürbe geworden. Mildred kannte er schon seit seiner Kindheit. Sie war nett, sanftmütig, freundlich und hatte schon immer für ihn geschwärmt. Früher hatte ihm das geschmeichelt, aber mit Paula war es unwichtig geworden.

Er war ein paarmal mit ihr ausgegangen, hatte sie beim Weihnachtsball zum Tanzen aufgefordert und mit ihr, Cosima oder ihren Eltern beim Tee zusammengesessen. Er hatte sie geküsst, ohne etwas dabei zu empfinden, einfach weil es dazugehörte.

Er war nicht stolz darauf, aber er hatte sich von Robert Banks, ihrem Vater und US-Senator in Washington, der bereit war, alles für das Glück seiner Tochter zu tun, von Cosima Goodman und seiner Mutter dazu überreden lassen, um ihre Hand anzuhalten. Unter den aufmerksamen Augen der Yellow Press hatten sie sich verlobt, und seine Mutter und Cosima hatten dafür gesorgt, dass die guten Neuigkeiten, wie sie es nannten, in die Welt hinausposaunt wurden. Norman konnte vor Scham kaum noch in den Spiegel sehen.

Vor ein paar Wochen hatte er beschlossen, die Verlobung zu lösen. Vermutlich spürte Mildred genau, dass sein Herz ihr nicht gehörte, und selbst wenn er wenig um sich herum wahrnahm, so bemerkte er doch, dass sie immer trauriger und stiller wurde. Das hatte sie nicht verdient. Schlimm genug, dass er sie nicht lieben konnte, aber ganz sicher gab es da draußen einen anderen, bei dem sie ihr Strahlen wiederfinden konnte.

Er hatte seine Mutter davon in Kenntnis gesetzt und sie vermutlich Cosima. Und dann, heute Morgen, hatte ihm Cosima dieses Stück Papier gereicht und ihm geraten, doch nun endlich vernünftig zu sein und das Aufgebot für seine Mildred und sich zu bestellen.

Er sah aus, wie ein Aushang, ein Zeitungsausschnitt. Norman faltete das kleine Stück Papier zum wiederholten Mal auf, obwohl es bereits feucht und sogar ein wenig unleserlich geworden war. Bevor er es noch einmal las, hob er die Hand, um einen dritten Bourbon zu bestellen. Für diese Art von Nachricht konnte man nicht genügend Freunde an seiner Seite haben.

Ihre Kriegstrauung am 24. Januar 1942, Gablenberg bei Stuttgart, geben bekannt: Philip Kaiser und Frau Paula, geborene Wilhelm.

Nachdem er sich noch einen weiteren Drink genehmigt hatte, zog er sich in eines der Gastzimmer im oberen Stock zurück und schlief seinen Rausch aus. Als ihn Mildred Banks am nächsten Tag suchte, fand sie ihn dort. Ein wenig derangiert, aber dennoch endlich klar genug, um die eine wesentliche Entscheidung zu treffen, auf die sie schon so lange gewartet hatte.

Die Hochzeit fand am 21. März 1942 im engsten Familienkreis statt. Der Bräutigam weinte. Mutter und Tante behaupteten, es seien Freudentränen, aber sowohl Norman als auch Mildred wussten, dass dem nicht so war. Sein Herz war erfüllt von einer Sehnsucht, die er nie würde stillen können, und dem Gefühl, von Paula verraten worden zu sein, ohne das wirklich glauben zu können. Die Hochzeitsreise fiel aus, aber dennoch wurde der erste und einzige gemeinsame Sohn Paul am 23. Dezember desselben Jahres geboren. Paul, der ebenfalls die charakteristischen wilden Locken seines Vaters, seine juristischen Ambitionen und vor allem dessen sportliches Geschick geerbt hatte. Aber das würde erst später eine Rolle spielen.

Kapitel 30

Freitag, 21. Juli 2023, Gablenberg

»Verdammt, Mutter! Für wie dumm hältst du mich eigentlich?« Linda war aufgestanden und hatte die Hände in die Seiten gestützt.

»Bitte wie?«

»Du hast mich schon richtig verstanden!« Linda funkelte ihre Mutter wütend an.

»Wie redest du eigentlich mit mir?«

»Ich bin stinksauer!«

»Das merke ich. Ich weiß nur nicht, warum!« Irgendwo ganz tief in ihrem Inneren spürte sie, dass Linda durchaus einen Grund dafür hatte, aber sie konnte es nicht so richtig greifen. Gerade noch war sie voller Mitgefühl gewesen, und das hatte Esther viel besser gefallen.

»Du weißt nicht … Okay. Ich erkläre es dir.« Linda zog den Stuhl näher, auf dem Esther immer ihre Kleider ablegte, und setzte sich so hin, dass sie ihre Mutter ansehen konnte.

»Ich wusste weder von den Goodmans noch von Norman. Bis heute Mittag dachte ich, ich sei die Enkelin eines gewissen Philip Kaiser, der hier nebenan eine Schreinerei und Fensterbau-Werkstatt gehabt hat. Ich dachte, meine Großmutter Paula sei irgendwann gestorben und war mir sicher, dass sie bis zu seinem Tod eine glückliche Ehe mit ihrem Mann geführt hat. Und nun, nur weil ich eine Verkleidung suche und auf diesen dämlichen Mantel stoße, muss ich herausfinden, dass mein Leben, meine Herkunft und alles, was ich über mich selbst wusste, eine einzige Lüge ist? Ein Irrtum? Was auch immer du sagst, diese Briefe und diese ganzen Geschichten dahinter: Du hast sie alle gekannt! Und du hast mir absichtlich nichts davon erzählt! Wann wolltest du mich einweihen? Sollte ich das alles selbst herausfinden? Vielleicht gar nicht? Habe ich nicht ein Recht darauf, davon zu erfahren? Ich bin deine Tochter verdammt!«

Linda verbarg ihr Gesicht in den Händen und schüttelte erneut den Kopf. So gern hätte Esther ihre Hand ausgetreckt, um ihre Tochter zu berühren. Aber sie wagte es nicht, aus lauter Angst, dass sie sie abschütteln würde. Lindas Worte brannten heiß in Esthers Herz und ihrer Seele. Sie selbst hatte genau dasselbe vor vielen Jahren zu ihrer eigenen Mutter gesagt. *Ich bin deine Tochter. Habe ich nicht ein Recht darauf, davon zu erfahren?*

Sie wusste genau, wie es sich anfühlte, auf so ein großes Geheimnis zu stoßen, wie weh es tat, wenn man herausfand, dass die Person, der man am meisten vertraute, einen belogen – oder einem zumindest die Wahrheit verschwiegen hatte. Sie erinnerte sich an den Schmerz, an das tiefe Fallen in einen Abgrund aus Misstrauen, ohne zu wissen, wann der Aufprall kommen würde. Sie wollte ihrer Tochter diesen ganzen Schmerz ersparen und hatte damit nur dafür gesorgt, dass es sie nun umso härter traf. Warum also war ihr genau dasselbe geschehen? Warum hatte sie das getan? Wie hatte ihr das nur passieren können?

Heiß schossen ihr die Tränen in die Augen. Jedes Gefühl der Stärke und der Empörung war aus ihrem Körper gewichen. Sie fühlte sich elend und dumm, aber während ihr Herz vor lauter Scham schmerzte, verband sich ein Teil ihrer Seele erneut mit der ihrer Mutter. Auch Paula hatte ihre Tochter vor Kummer und Leid bewahren wollen und deshalb nichts gesagt – und somit genau das Gegenteil von dem erreicht, was sie erreichen wollte.

»Ich wollte dich beschützen, Linda. Aber … ich sehe jetzt, wie falsch das war«, flüsterte sie leise. »Es tut mir furchtbar leid, Liebes.« Und dann wagte sie es doch und legte behutsam die Hand auf die Schulter ihrer Tochter. »Ich habe einen fürchterlichen Fehler gemacht.«

Wieder dachte sie an Paula und daran, dass sie ihnen beiden die Möglichkeit genommen hatte, miteinander zu sprechen. Denn am Ende eines Lebens ging es nicht darum, recht zu haben, wie auch immer man »recht« überhaupt definierte, sondern Frieden und Versöhnung zu finden. Das wurde ihr in der Sekunde klar, als ihre Tochter den Kopf hob und mit einem vorsichtigen Lächeln nach Esthers Hand griff.

Sie saßen eine Weile so da, aber irgendwann stand Linda auf und setzte sich wieder neben ihre Mutter.

»Hunger?«, fragte sie. Es war ein eindeutiges Versöhnungsangebot, das Esther sofort annahm und nickte.

Draußen wurde es langsam dunkel. Sie nahmen ihre Gläser mit in die Küche, wo Esther Brot aufschnitt und Käse und ein paar Oliven aus dem Kühlschrank nahm.

Es war nicht leicht für Esther, sich all diesen Bildern zu stellen. Den Erinnerungen. Und den Zweifeln, die sie ihr Leben lang niedergerungen hatte. Sie hatte einen Vater – Philip Kaiser –, den sie so heiß und innig geliebt hatte wie niemanden sonst auf der Welt. Er war ihr Vertrauter gewesen, ihr Berater und der beste Vater, den sie sich je hätte wünschen können. Er hatte nicht nur sie, sondern auch ihre Mutter Paula auf Händen getragen. Er hatte an sie geglaubt. Und sie an ihn. Zweifel an seiner Vaterschaft kamen ihr wie Verrat an einem der wichtigsten Menschen in ihrem Leben vor, und deshalb hatte sie sich das nie gestattet. Sie wollte nicht in Abgründen wühlen. Einerseits. Andererseits war es Zeit, allen Geheimnissen auf den Grund zu gehen und ihre eigenen Fehler nicht zu wiederholen. Schon allein für ihre Tochter. Es hatte ihr nie an etwas gefehlt, und wenn sie zaubern könnte, würde sie dafür sorgen, dass alles in ihrer eigenen Biografie genauso war, wie die Leute in Gablenberg es irgendwann geglaubt hatten, weil Philip Kaiser dafür gesorgt hatte. Er *war* ihr Vater.

Linda hatte den Laptop mit in die Küche genommen. Ihre Finger jagten über die Tastatur, während Esther Eiswürfel und ein paar Minzblätter in einen Krug füllte. Sie betrachtete ihre Tochter liebevoll, die konzentriert auf den Bildschirm sah. Für Esther würde Linda immer das kleine Mädchen bleiben. Womit hatte sie nur das Glück verdient, eine Tochter zu haben, die weniger stur und verbittert war als sie selbst?

»Ist er das?« Linda drehte den Rechner so, dass Esther die Schwarz-Weiß-Fotografie sehen konnte. Das Bild musste in den Sechzigern aufgenommen worden sein, denn sowohl der Anzug als auch die Frisur des Mannes passten in diese Zeit. Außerdem war er deutlich älter als auf dem Silvesterfoto mit Paula. Aber er war es. Eindeutig. Das Bild gehörte zu einem Zeitungsausschnitt, in dem der bekannte New Yorker Anwalt,

Norman Anderson, seinen Sohn Paul und das gesamte Leichtathletik-Team am New Yorker Flughafen hochleben ließ. Paul war offensichtlich gerade eben von den Olympischen Spielen in Tokio zurückgekehrt und feierte mit Bob Hayes, Wyomia Tyus, Henry Carr, Paul Drayton und den Staffel-Teams der USA deren Weltrekorde und die vielen Medaillen, die sie für ihr Land gewonnen hatten.

Auch Esther war dort als Athletin angetreten. Für Deutschland war sie die Einhundert-Meter und Hürden gelaufen und Teil der Staffel gewesen. Aber alle Medaillen und Auszeichnungen, die sie auch schon früher bei deutschen und internationalen Meisterschaften gewonnen hatte, die Anstecknadeln, Fotos und Erinnerungsstücke waren ebenfalls weggeschlossen in einer Kiste, als hätte es diesen Teil in Esthers Leben nie gegeben. Ein Tag, nachdem ihre Mutter verschwunden war, hatte sie das alles weggepackt. Denn wenn ihre Reise nach Japan nicht stattgefunden hätte, wäre nichts von alledem je passiert.

»Okay. Verstehe. Tokio also«, sagte Linda, die offenbar sehr schnell eins und eins zusammenzählte. Es war eine Feststellung, keine Frage.

Esther nickte und stand auf, um auch diese Kiste zu holen.

Kapitel 31

Sommer 1964, Gablenberg und Tokio

Esther war als Kind zwar nicht unbedingt ein Wildfang, aber sie war sehr groß und sportlich für ihr Alter und hatte mit ihrem Vater, Onkel Kurt und Onkel Richard von klein auf das Stadion auf der Waldau besucht, um deren Lieblingsverein, die Stuttgarter Kickers, anzufeuern. Sie war eine Außenseiterin, die in Gablenberg erst sehr spät Anschluss gefunden hatte. Obwohl ihr Vater alles dafür tat, sowohl Esther als auch ihre Mutter zu beschützen, und nie einen Zweifel daran ließ, dass die beiden zu ihm gehörten, wurde viel spekuliert. Ein uneheliches Kind zu sein war schrecklich und Esther hatte nie wirklich verstanden, warum ihre Eltern erst so spät geheiratet hatten. Denn immerhin wurde eine Weile sogar gemunkelt, dass Martin Wolff, dieser Nazi-Widerling, ihr leiblicher Vater sein könnte. Ein Gerücht, das er vermutlich selbst verbreitet hatte und das erst ganz aus der Welt geschafft werden konnte, als Philip und Paula endlich geheiratet hatten, Wolff ein paar Jahre nach Kriegsende wegen Vergewaltigung, Nötigung und Körperverletzung vor Gericht stand und schließlich im Gefängnis landete. Danach sah man weder von ihm noch dem Rest seiner Familie je wieder etwas.

In den ersten Jahren verbrachte Esther viel Zeit mit ihrer

Cousine Luise und deren kleinem Bruder Wolfgang oder eben mit ihrem Vater, dessen Kriegsverletzung nicht heilen wollte. Er hatte das große Glück, bei Daimler-Benz im Werk in Untertürkheim als Schreiner bei der Lastwagen-Produktion unterzukommen und noch zusätzlich Holzreste und anderes Material mit nach Hause und in seine Werkstatt nehmen zu können. Dort baute er Möbelstücke daraus, die er in Gablenberg verkaufte oder eintauschte. Nachdem sein Vater im Herbst 1948 gestorben war, war Philip dankbar für Esthers Unterstützung. Sie hatte die ersten zehn Jahre ihres Lebens zum größten Teil in der Werkstatt verbracht und nach und nach kleinere und größere Aufgaben übernommen.

Wenn man sie danach fragte, was sie einmal werden wolle, antwortete sie immer dasselbe: Fußballerin oder Schreinerin. Als sie zehn Jahre alt wurde, meldete ihr Vater sie auf Anraten ihrer Lehrer bei den Stuttgarter Kickers in der Leichtathletik-Abteilung an. Das war der Moment, in dem ihr Leben an Fahrt aufnahm. Die Freundinnen, die sie dort fand, kamen allesamt aus Orten aus der näheren Umgebung. Keiner kannte ihre Geschichte und niemanden interessierte es, was für merkwürdige Dinge es aus der Zeit kurz vor ihrer Geburt zu berichten gab. Ganz besonders freundete sie sich mit der gleichaltrigen Karin an, die drei Jahre jünger war als sie selbst und mitten in Stuttgart aufgewachsen war. Die beiden machten jede Menge Blödsinn, lachten viel, feuerten sich gegenseitig an und genossen gemeinsam ihre Erfolge. Karin ging in der Klingenstraße ein und aus. Sie war es auch, die Esther dazu überredete, noch einmal auf die Abendschule zu gehen und das Abitur nachzuholen, nachdem sich ihr Berufswunsch schließlich doch geändert hatte und sie Grundschullehrerin werden wollte.

Esthers Eltern führten eine ganz gewöhnliche Ehe, wenn man einmal davon absah, dass Esther keine Geschwister hatte, obwohl beide sich noch Kinder wünschten. Paula schob es auf Philips Kriegsverletzung, als Esther sie einmal danach fragte. Er arbeitete nach wie vor bei Mercedes, und Paula übersetzte mittlerweile die Geschäftsbriefe von Tex-Instrumentals, eines Kleinelektronik-Herstellers aus Stuttgart, ins Englische. Ihr Aufenthalt in den USA war zwar schon lange her, aber ihr Englisch nach wie vor fabelhaft. Zur Verwunderung aller lehnte sie ab, als Tex-Instrumentals sie als Begleiterin der Geschäftsleitung nach New York schicken wollte.

Sie modernisierten Philips Werkstatt und bauten das Haus um, sodass sie mehr Platz hatten, vermieteten das Elternhaus von Philip, gingen weiterhin mit Kurt und Richard zu den Kickers, fuhren zu dritt in den Urlaub nach Österreich und Italien. Später sollte Esther einmal sagen, dass es die glücklichste Zeit ihres Lebens gewesen war.

Nur ihre Mutter gab ihr immer mehr Rätsel auf. Es häuften sich die Momente, in denen Paula nichts von dem wahrzunehmen schien, was um sie herum passierte. Ihr Blick war dann in die Ferne gerichtet, traurig, und Esther hatte große Mühe, sie aus dieser Trance zu reißen. Oft genug geschah es, dass Paula Esther sekundenlang einfach nur anstarrte und dann diesen merkwürdigen Gesichtsausdruck bekam, den Esther nicht einschätzen konnte. Ein Blick voller Staunen war es und noch etwas anderes. Aber was? Kummer? Sehnsucht vielleicht? Doch nach was? Und warum? Oft fragte sich Esther, ob ihre Mutter nicht zufrieden mit ihr war. Ob sie sich eine andere, vielleicht mädchenhaftere Tochter gewünscht hätte.

Dabei war Esthers Teilnahme an den Europameisterschaften in Rom ein voller Erfolg. Noch viel großartiger war, dass sie als Teil der Mannschaft Deutschland in Tokio vertreten durfte. Diese Olympiade sollte ihr sportlicher Durchbruch sein. Alle Trainer und Funktionäre waren von ihrem Talent überzeugt und prophezeiten ihr, dass dies erst der Anfang war. Das Leben war großartig und wundervoll. Und wenn es nach Esther gegangen wäre, hätte es ewig so weitergehen können.

Kapitel 32

Mittwoch, 7. Oktober 1964, Tokio, Japan

»Und wie sollen wir uns hier zurechtfinden?«, fragte Esther und sah sich um. Der Flughafen Haneda war nicht besonders groß, soweit Esther das beurteilen konnte, aber es liefen so unglaublich viele Menschen aus so vielen unterschiedlichen Nationen durcheinander, riefen sich in ihren Sprachen Dinge zu, lachten, hielten Schilder mit japanischen Schriftzeichen in die Höhe, schwenkten japanische Fähnchen oder die ihres eigenen Landes und keiner schien zu wissen, wo er hinsollte. Es war unfassbar laut und chaotisch, und nach diesem ewigen Flug von Frankfurt über Hamburg, Kopenhagen und Anchorage waren Esthers Nerven stark überreizt.

Sie waren bei der Einreiseprozedur von ihren Teamkolleginnen getrennt worden und standen nun ein wenig verloren an einer Säule, um sich zu orientieren. Es war spätsommerlich warm, und die milde Nachmittagssonne von draußen tauchte alles in ein goldenes Licht, sodass Esther gezwungen war, die Augen zuzukneifen.

»Keine Ahnung!«, antwortete Karin und lachte. »Aber bleib bloß in meiner Nähe, nicht dass wir uns nachher noch verlieren!«

»Darauf kannst du dich verlassen«, sagte Esther. »Was für

ein Glück, dass wir uns nicht um dieses Chaos kümmern müssen!« Sie lachte ebenfalls. »Wenn du mich fragst, haben die Trainer und Betreuer schon jetzt eine Medaille verdient.«

»Da hast du allerdings recht. Ah, schau mal, und wo wir gerade von ihnen sprechen: Steht da hinten nicht die Wagner mit den anderen und winkt?«

Esther war erleichtert, als sie die vertrauten Gesichter ihrer Teamkolleginnen wiederentdeckte. Sie hatten sich um Margarethe Wagner, ihre strenge Betreuerin, die ebenfalls etwas überfordert schien, versammelt. Darunter auch ihre Freundinnen, die beiden Weitspringerinnen und Fünfkämpferinnen Helga Hoffman und Ingrid Becker sowie Jutta Heine – ihre Staffelkollegin und Sprinterin über zweihundert Meter.

Esther und Karin bahnten sich einen Weg durch die Menge.

Als sie ihre Kolleginnen erreicht hatten, wurden sie auch schon von einem japanischen Fahrer mit unzähligen Verbeugungen dazu aufgefordert, ihm zu folgen. Er trug eine graue Hose, ein weißes Polohemd und ein blaues Jackett, wie alle Offiziellen hier, dazu einen grauen Hut und ein Schild, auf dem zu den japanischen Schriftzeichen auch die deutsche Flagge aufgemalt war. Um sie herum war es unfassbar laut, weil keiner wirklich wusste, wo er hinsollte, und jeder versuchte, seine Mannschaft, das Gepäck oder denjenigen zu finden, der für den jeweiligen Transfer zuständig war. Trotz des Chaos war die Stimmung im gesamten Gebäude fröhlich und ausgelassen. Man konnte die Aufregung und Vorfreude der Athleten und der Betreuer förmlich greifen.

Die Gruppe folgte ihrem Fahrer nach draußen und stieg in einen Kleinbus, der direkt vor dem Eingang auf sie gewartet hatte. Die Geräuschkulisse hier draußen war immer noch ziemlich laut, aber doch sehr viel angenehmer als im Gebäude. Ein wenig fühlte sich das Ganze an wie eine Klassenreise.

Es war eine völlig fremde Welt, durch die sie nun fuhren. Links und rechts säumten niedrige Häuser mit winzigen Fenstern die breite Straße, standen exotisch bemalte und beschriftete Schilder vor Gebäuden mit ausladenden Dächern, und Esther zuckte mehrfach zusammen, als der Bus dank dem Linksverkehr in ihrer Wahrnehmung auf die Gegenfahrbahn abbog. Auch die Autos sahen fremd aus, Karren wurden teilweise von Hand gezogen, und überall gingen, saßen oder standen Menschen, die ganz anders aussahen und gekleidet waren als all die ausländischen Athleten in ihren Trainingsanzügen, die nun so zahlreich angekommen waren. Fünfundzwanzig Sportarten, hundertsechsunddreißig Wettkämpfe, dreiundneunzig Länder, fünftausendeinhunderteinundfünfzig Athleten, davon sechshundertachtundsiebzig Frauen. Und sie war eine davon. So oft hatte die Wagner die Zahlen wiederholt, dass Esther sie mittlerweile auswendig wusste.

Esther fühlte eine Mischung aus unglaublicher Vorfreude, Neugier und einer gewissen Angst davor, was die nächsten Tage alles mit sich bringen würden.

Die Fahrt vom Flughafen ins Olympische Dorf sollte ungefähr eine Stunde dauern, und nach nicht allzu langer Zeit begannen sie zu singen, wie immer, wenn sie zu einem Wettkampf unterwegs waren. Allerdings klang ihr »Das Wandern ist des Müllers Lust«, »Die Gedanken sind frei« und »Hoch auf dem gelben Wagen« irgendwie schräg in dieser Umgebung. Trotzdem war es wie immer ein gutes Gefühl, Teil dieser Gruppe zu sein, die sich so fröhlich und unbeschwert auf das Abenteuer einließ.

Esther war gerade sechsundzwanzig Jahre alt geworden und freute sich nun darüber, dass ihr Leben eine so spannende Wendung genommen hatte.

»Die Gedanken sind frei, wer kann sie erraten …« sang sie laut und voller Inbrunst. Das Motto »Dabei sein ist alles« traf es vielleicht nicht so ganz. Sie wollte sehr gern auch die eine oder andere Medaille gewinnen. Aber tatsächlich fühlte sie sich jetzt und in diesem Moment auf der anderen Seite der Erde so wach und lebendig wie noch nie. Sie wünschte, ihr Vater, ihr größter Unterstützer, könnte dabei sein, am besten gemeinsam mit ihrer Mutter.

Irgendwann erreichten sie Washington Heights in Shibuya, den Stadtteil Tokios, in dem das Olympische Dorf angesiedelt war. An vielen der hohen Geschäftsgebäude, die die Straßen säumten, hingen lange weiße Banner mit dem roten Kreis der japanischen Flagge unter dem die bunten olympischen Ringe abgebildet waren. Girlanden schmückten die Eingänge, als ob die ganze Stadt die Sportler in Empfang nehmen wollte. Überall wiesen Schilder mit unlesbaren japanischen Schriftzeichen den Weg irgendwohin, und Esther hoffte nur, nie darauf angewiesen zu sein, sich allein zurechtfinden zu müssen.

Einige Busse in Rot-Weiß teilten sich die breiten Straßen mit ebenfalls rot-weißen Taxis, aber Esther zuckte mehrfach zusammen, als sie den Verkehr beobachtete, denn in ihrer Wahrnehmung fuhren alle auf der falschen Seite.

Irgendwann erreichten sie das große Tor, hinter dem sich der riesige Yoyogi-Park erstreckte, der bis vor nicht allzu langer Zeit die amerikanischen Soldaten beherbergt hatte. Nun waren die Athleten in den flachen weißen Häuschen untergebracht, die sich ganz in der Nähe des riesigen und sehr modernen Stadions befanden, in dem drei Tage später die Eröffnungszeremonie und ein Hauptteil der Wettkämpfe stattfinden würden. Andere wie Ringen, Hockey oder Volleyball wurden im Komazawa-Park ausgetragen, der noch näher am Stadtzentrum lag, und für einige wenige, wie die Kanu- oder Segelwettkämpfe, musste man noch weiter fahren. Esther war froh, dass sie vor Ort bleiben konnte und keine weitere Reise innerhalb des Landes unternehmen musste, so spannend das alles auch war. Sie hatten nach der Eröffnungsfeier außerdem noch drei Tage Zeit, um ganz in der fremden Zeitzone und dem olympischen Spirit anzukommen, und hatten so auch die Möglichkeit, sich andere Wettkämpfe oder auch die Stadt ein wenig anzusehen.

Sie bekamen zwei Häuser ziemlich in der Mitte des Dorfes zugeteilt.

»Direkt neben euch sind übrigens die amerikanischen Sprinter untergebracht«, teilte ihnen Wagner mit strengem Blick mit. »Eigentlich sollten Männer und Frauen hier getrennt sein, aber das scheint nicht so ganz geklappt zu haben. Jedenfalls möchte ich euch noch einmal darauf hinweisen, dass hier alle unter sich bleiben sollen.« Sie lächelte ein wenig verbissen.

»Klassenreise«, raunte Karin, als sie nach Esther aus dem Bus stieg und sich artig von Wagner verabschiedete, die wieder an den Flughafen zurückkehren musste, um noch ein paar Nachkömmlinge einzusammeln.

»Ja, vielleicht. Aber wenn, dann die Abschlussfahrt«, raunte Esther zurück und warf ihrer Freundin ein verschwörerisches Grinsen über die Schulter zu. Karin kicherte. Natürlich wollten sie gute Wettkämpfe abliefern. Aber gegen ein bisschen Spaß war ja wohl auch nichts einzuwenden.

Das Häuschen war schlicht, aber sehr sauber. Esther, Karin, Helga und Ingrid teilten sich ein Zimmer mit zwei Stockbetten, ein Bad und eine winzige Küche, die allerdings nur einen riesigen Kühlschrank beherbergte, der zudem leer war.

»Wir müssen uns so bald wie möglich etwas zu trinken besorgen«, sagte Karin.

»Und etwas zu essen. Ich sterbe vor Hunger!«, antwortete Esther und warf ihren Koffer auf das Bett. Das Auspacken dauerte nicht sehr lange. Jede von ihnen hatte einen eigenen Spind und nicht viel Gepäck. Die Wettkampfkleidung, die rosafarbene Uniform samt Hut für die Eröffnungszeremonie, einen weiteren Trainingsanzug, zwei Paar Stollenschuhe, die Adidas ihnen zur Verfügung gestellt hatte, und einige wenige private Kleidungsstücke mit einem Paar flacher Pumps, die laut ihrer Mutter elegant genug waren, um sie auf einem Empfang zu tragen, und trotzdem ausreichend bequem, um den nahe gelegenen Meiji-Schrein und andere Sehenswürdigkeiten zu besichtigen. So viel Zeit blieb ihnen gar nicht. In zwei Wochen würden sie schon wieder abreisen.

Von draußen hörte man Gelächter. Esther und Karin sahen gleichzeitig aus dem Fenster, das sich nach hinten zu einem kleinen Hinterhof öffnete, den sie sich mit den Amerikanern teilten.

Zwei Männer spielten Basketball und unterhielten sich dabei lachend.

»Die haben ja eine unglaubliche Energie«, sagte Esther, als der Kleinere der beiden locker einen Korb warf, und griff dann plötzlich nach dem Arm ihrer Freundin. »Sag mal, ist das nicht Bob Hayes?«, flüsterte sie aufgeregt. Hayes war zwar erst vierundzwanzig Jahre alt, aber er hatte im letzten Jahr erst einen Weltrekord über einhundert Yards mit 9,1 Sekunden aufgestellt, schon unglaublich viele Wettkämpfe gewonnen und trat hier in Tokio als großer Favorit auf Gold bei der Staffel und den Hundert-Meter-Läufen an. Außerdem, und das beeindruckte Esther am allermeisten, war er auch sehr erfolgreich im American Football. Abgesehen davon sah er einfach umwerfend gut aus.

»Ja, das ist er. Und das andere ist Paul Anderson. Na und?« Karin lachte. »Ich bin Karin Frisch und du bist Esther Kaiser. Wir sind alle sehr gute Sportler, Esti. Sollen wir jetzt nur noch flüstern? Komm, wir gehen raus und sagen Hallo!«

»Nein, das …« Esther beobachtete, wie Paul Anderson erneut einen Korb warf. Seine Bewegungen waren geschmeidig und sehr überlegt. Es war eine Freude, ihm zuzusehen, und sie wäre gern noch eine Weile hier am Fenster stehen geblieben.

»Los jetzt. Bist du um die halbe Welt geflogen, um dich zu verstecken?« Karin zog Esther einfach am Ärmel ihrer Jacke hinter sich her und durch die Küchentür nach draußen, während Esther ihrer Betreuerin in Gedanken dafür dankte, dass sie alle Athleten zu einem Englischkurs gezwungen hatte, die sich für Olympia qualifiziert hatten.

»Hallo«, sagte Esther verlegen, als die beiden aufhörten zu spielen und sich zu den beiden umdrehten.

»Hi!«, antwortete Paul Anderson und fuhr sich durch die dunklen Locken, die ihm ins Gesicht gefallen waren. Auch er sah gut aus, wenn auch auf eine viel zurückhaltendere Art und Weise als Bob. Seine Haut war gebräunt, aber keineswegs so dunkel wie die von Hayes, sein Körperbau wesentlich zierlicher als der seines Teamkollegen, und er strahlte eine unglaubliche Ruhe aus. In dem Augenblick, als er sie ansah, geschah etwas Seltsames: Esthers Aufregung war wie weggeblasen. Alles an ihm war ihr so vertraut, als würden sie sich schon ewig kennen. Er war beinahe fünf Jahre jünger als sie und das, was Esther fühlte, hätte noch nicht einmal Wagner verwerflich finden können, aber irgendetwas war da zwischen ihnen geschehen, das sie nicht greifen, aber später unbedingt mit Karin besprechen musste. Vielleicht bildete sie sich das alles aber auch nur ein, und sie war einfach nur müde vom langen Flug, dazu der Jetlag und die Aufregung vor den Spielen.

Glücklicherweise schien Karin nichts dergleichen zu empfinden, denn sie begann sofort mit Hayes zu plaudern.

Irgendwann verabschiedeten sich die beiden zu ihrer täglichen Trainingseinheit, und Esther und Karin ließen sich für einen Moment auf den Stufen vor der Küche nieder.

»Was war denn das?« Karin sah Esther aufmerksam an.

»Was meinst du?«

»Das zwischen dir und Paul?! Man hätte meinen können, es war Liebe auf den ersten Blick … oder nein, jetzt weiß ich es: Es war kosmisch!«

Sie hatte jedes Wort auf eine Art und Weise betont, die Esther zum Lachen brachte. Seit Neuestem hatte Karin ihre Spiritualität entdeckt und sagte immer wieder solche Dinge. Esther hatte das bisher stets mit einem Lachen abgetan, aber das, was da heute zwischen ihr und Paul gewesen war, fühlte sich tatsächlich ein wenig … kosmisch an.

Sie klopften an den anderen Zimmertüren, um ihre Freundinnen abzuholen und mit ihnen in die Kantine zu laufen. Die Dämmerung senkte sich rasch über den Park, aber es war immer noch angenehm warm. Überall sangen Zikaden laut ihr Lied, es duftete nach Grün, alles war so unglaublich fremd und schön und aufregend, und als sie in dem großen flachen Gebäude ankamen, fühlte sich Esther großartig.

Sie war hier. Inmitten ihrer Freundinnen und Teamkolleginnen. Niemand wusste, was die nächsten Tage bringen würden. Wer Sportgeschichte schrieb, ob es Skandale, Tränen, Verletzungen und große Überraschungen geben würde. Aber jeder Sportler und jede Sportlerin, alle Funktionäre, die Presseleute, Organisatoren und Betreuer, die Ärzte und Trainer und alle Helfer – sie alle waren aufgeregt und voller Vorfreude und Hoffnung, dass alles gut gehen und es ein ganz besonderes Ereignis werden würde.

Und neben alledem freute sich Esther darauf, Paul vielleicht wieder zu begegnen, und sie nahm sich vor, ihren ganzen Mut zusammenzukratzen und ihn zu fragen, ob sich ihr Zusammentreffen für ihn ebenfalls kosmisch angefühlt hatte. Auch auf die Gefahr hin, dass er Esther Kaiser aus Stuttgart für völlig verrückt hielt.

Kapitel 33

Montag, 26. Oktober 1964, Gablenberg

»Ihr könnt euch nicht vorstellen, wie sich das angefühlt hat, in diesem Stadion zu sein und von so vielen tausend Menschen angefeuert zu werden! Bei unserem Staffellauf hatte ich das Gefühl, ich könnte fliegen, Mutter! Und Bob Hayes! Das ganze Stadion hat die Luft angehalten, als die Hundert-Meter-Läufer in ihre Startblöcke gestiegen sind. Es war, als hätten all unsere Herzen im selben Takt geschlagen. Ein Rhythmus. Badamm. Der Startschuss. Badamm. Und dann ... o mein Gott, wir haben es schon gespürt, als er losgesprintet ist. Könnt ihr euch vorstellen, dass dieser Kerl nicht nur einen Weltrekord abgeliefert, sondern direkt im Anschluss einen Vertrag bei den Dallas Cowboys unterschrieben hat und jetzt lieber American Football spielt, einfach so? Weil er es eben kann? Beides?«

Esthers Wangen glühten, sie lachte und redete ohne Punkt und Komma, und Paula betrachtete ihre glückliche und vor Glück übersprudelnde Tochter voller Stolz. Womit hatte sie dieses so großartige Mädchen überhaupt verdient? Auch Philips Augen glänzten voller Freude und Liebe für Esther. Es war sein Verdienst, dass sie endlich ihren Platz da draußen in der weiten Welt gefunden hatte und noch dazu gute Freundinnen, die sie dorthin begleiteten. Er hatte das Talent in ihr wahrgenommen und gefördert, an sie geglaubt und sie angefeuert, während Paula jeden Tag aufs Neue nur staunend bemerkte, wie ähnlich sie ihrem Vater sah. Ihrem leiblichen. Und auch wie viele seiner Wesenszüge sie von ihm geerbt hatte. Ihr Herz zersprang in manchen Momenten beinahe, wenn ihre Tochter lachte wie Norman, ihren Kopf beim aufmerksamen Zuhören ein wenig schräg hielt oder eine Grimasse zog, weil sie Gurken und Birnen mit einer solchen Inbrunst verabscheute, die sie nur von einem einzigen anderen Menschen auf dieser Welt kannte. Esthers Vater. Jedes Mal wieder riss die alte Wunde auf, aber sie hatte sich an den Schmerz gewöhnt und an die Gewissheit, dass Norman seine Tochter nie sehen und kennenlernen würde. Aber es war schließlich seine Entscheidung gewesen, aus ihrem Leben zu treten und ein neues zu beginnen.

Philip lachte über irgendetwas, das Esther gerade gesagt hatte, und sie fiel mit ein. Nein, es war nicht alles schlecht. Auf ihre ganz eigene Art und Weise hatte Paula tatsächlich gelernt, Philip zu lieben.

»Und dann hat er auch noch einen Rekord mit der Staffel aufgestellt.«

»Wer?«

»Na, Bob Hayes! Hörst du mir überhaupt zu, Mutter?«

»Ja, ich …«

»Gut! So oft wird es nicht passieren, dass ich dir von Weltrekordhaltern erzählen kann, mit denen ich mich angefreundet habe.« Sie grinste. »Ganz besonders gut verstanden habe ich mich aber mit seinem Staffelkollegen Paul. Paul Anderson, nur falls du gleich noch mal fragst. Für ihn habe ich mich auch besonders über das Staffelgold und den Rekord gefreut.

Er hatte so große Hoffnungen auf eine Einzelmedaille und dann …«

Paul Anderson.

Paula zuckte zusammen. Ein Buchstabe mehr und es wäre fast ihr Name gewesen. Glücklicherweise hatte Esther nicht bemerkt, dass ihre Mutter schon wieder abgelenkt war, und redete einfach weiter.

»Natürlich haben wir nach der Siegesfeier noch unsere eigene kleine Feier veranstaltet. Das fand die Wagner überhaupt nicht lustig, aber die Wettkämpfe waren vorbei, wir hatten noch genau zwei Tage, bis wir wieder nach Hause sollten, und schließlich mussten wir uns von Bob und Paul ja noch anständig verabschieden.« Sie kicherte. »Stellt euch vor, während die ganze Welt sich gefragt hat, ob Hayes weiter Weltrekorde aufstellt oder doch den Vertrag bei den Dallas Cowboys unterschreibt, saßen wir hinter unserem Häuschen und haben gegrillt.«

Es fühlte sich an, als würde die Zeit auf einmal langsamer gehen. Während Esther immer weiter erzählte, arbeitete Paulas Gehirn auf Hochtouren. Es war, als fügte sich ein Puzzle aus Vorahnungen, einem Verdacht und Vermutungen plötzlich von selbst zu einem großen Bild zusammen. Ihr Herz pochte so laut, dass sie befürchten musste, dass es die anderen hören konnten. *Paul Anderson, Leichtathlet, Jurist.*

»Dieser Anderson, wie alt ist er?«

»Ich glaube, er ist 1943 geboren. Also ist er einundzwanzig. Ganz schön jung, nicht wahr? Wobei Anne Packer mit ihren unglaublichen achthundert Metern ist auch erst zweiundzwanzig Jahre alt. Wusstet ihr, dass sie vorher noch nie diese Disziplin gelaufen ist? Sie war wegen den Vierhundert-Metern in Tokio, da hat sie aber nur Silber erreicht. Was sage ich da? Nur?!« Esther lachte laut auf. »Und dann hat sie die Achthundert probiert, einfach so, Gold gewonnen und den Weltrekord geknackt!« Esther sprudelte geradezu über vor Begeisterung und Freude. Philip hörte ihr gebannt zu und lachte an den richtigen Stellen. Nur Paula saß da und ließ all die Geschichten über sich herabrieseln wie eine warme Dusche aus Worten, von denen sie doch kein einziges wirklich greifen konnte. In ihrem Kopf wirbelten die Gedanken umher. Wild und ungebremst. Sie überschlug die Zeit seit Normans Verlobung und sein Todesjahr. Ja, es war möglich. Absolut.

»Erzähl mir mehr von diesem Paul. Wo kommt er her? Was ist er für ein Mensch? Und hast du vielleicht ein Bild?«

Das Lachen auf Esthers Gesicht verschwand, und sie runzelte die Stirn. »Warum interessierst du dich denn ausgerechnet für Paul? Es gibt so viel zu erzählen, und du hast noch nicht einmal nach Ingrid oder Helga gefragt. Paul hat keine Einzelmedaille gewonnen und keinen Rekord gebrochen.«

Paula streckte die Hand aus und legte sie auf Esthers. Es war ihr beinahe unmöglich, sich nichts anmerken zu lassen.

»Nein, das … es tut mir leid, Liebes. Natürlich interessiert mich das alles. Es ist nur … ich … hatte den Eindruck, dass Paul und du …« Ihre Stimme klang merkwürdig fremd, aber Esther schien es nicht bemerkt zu haben.

Esther begann zu lachen. »Du denkst, ich habe mich in ihn verliebt? Da musst du dir keine Sorgen machen, Mutter. Er ist erstens viel jünger als ich und zweitens … es ist so merkwürdig gewesen.« Sie sprach es nicht aus, aber Paula wusste auch so, was sie sagen wollte. Ihr wurde heiß und wieder kalt. Paul. Paul Anderson. Hätte er seinen Sohn wirklich nach ihr benannt?

»Entschuldige, Liebes …«

Esther lächelte. »Nein, ich verstehe das. Die anderen haben das auch am Anfang gedacht. Aber das Lustigste dabei ist, dass er auch noch genauso aussieht!«

Paulas Hals war so trocken, dass sich ihr »Wie?« eher wie ein Krächzen anhörte.

»Na, wie mein kleiner Bruder! Mutter! Was ist los mit dir?«

»Ja, das … ist wirklich lustig.« Paula rang sich ein Lächeln ab, während ihr kalter Schweiß zwischen den Schulterblättern hinabrann.

Die ganze Zeit über spürte sie Philips ernsten Blick auf sich. Sie hatten nie über Norman oder Esthers Herkunft geredet. Er kannte Normans Namen nicht, hatte nie nach ihm gefragt und Paula in ihrer Hochzeitsnacht das Versprechen gegeben, alles für Esther zu tun, was in seiner Macht stand. Der beste Vater für sie zu sein, der er sein konnte, und für Paula der beste Ehemann. Paula musste ihm im Gegenzug aber auch versichern, für ihn die beste Ehefrau zu sein, die sie sein konnte, wohl wissend, dass ihr Herz einem anderen gehörte. *Einem Toten.* Sie versprach außerdem, die alte Geschichte ruhen zu lassen, nicht nachzufragen und die Brücken und Kontakte in die Vergangenheit abzubrechen, damit Philip sein Versprechen halten konnte. Sie hatte schweren Herzens eingewilligt, aber verstanden, dass das der Preis war, den sie für die Sicherheit und das Glück ihrer Tochter zahlen musste. Und selbst als Tex-Instrumentals sie vor ein paar Jahren nach New York schicken wollte, hatte sie abgelehnt, obwohl sie nichts sehnlicher wünschte, als John und Helen wenigstens aus der Ferne zu sehen. Nanette. Die Behrends. *Normans Grab.*

Es tat ihr leid, dass sie Esther nach Paul gefragt hatte. Es war dumm gewesen. Sie hatte die Antwort schon gekannt, bevor Esther etwas gesagt hatte, und hätte alles Weitere bleiben lassen können. Aber es ging nicht. Sie hatte die ganze Zeit Philips ernsten und besorgten Blick auf sich gespürt. Er wusste vielleicht nicht, was sie gerade herausgefunden hatte, aber er konnte durchaus eins und eins zusammenzählen, und nicht nur das: Er kannte Paula so gut, dass sie ihre Gefühle nicht vor ihm verbergen konnte. Er hatte schon immer gewusst, was sie fühlte, oft schon, bevor sie es selbst benennen konnte. Und nun war pures Chaos in ihrem Herzen.

»Also, nachdem du dich ja so sehr für ihn interessierst, erzähle ich dir erst mal was über Paul. Aber dann ist die deutsche Mannschaft dran, okay?«

Sie lächelte ihre Mutter an, und Paula nahm sich vor, sich zusammenzureißen. Sie war so stolz auf ihr Mädchen und wollte auf keinen Fall, dass sie das Gefühl hatte, ihre Erfolge zählten weniger als ein junger Mann aus Amerika.

»Paul Anderson kommt aus New York und war schon in der Highschool ein erfolgreicher Läufer. Er ist mit diesen superreichen Goodmans verwandt. Seine Großmutter väterlicherseits ist die Schwester der Frau von … so eine Geschichte eben. Ich konnte mir das nicht merken. Viel zu kompliziert.« Sie grinste ihren Vater an und verdrehte die Augen, bevor sie fortfuhr. »Aber das ganze Geld nützt einem am Ende dann eben doch nichts, wenn es um die wirklich wichtigen Dinge im Leben geht.«

Er war es also tatsächlich.

»Was meinst du?«

»Paul ist schon sehr lange Halbwaise.«

Ja. Denn Norman war tot. Gestorben, ohne seinen Sohn wirklich gekannt zu haben. Was für eine tragische Geschichte. Paula schüttelte betrübt den Kopf.

»Das tut mir leid.« Sie hatte nur halb zugehört, was Esther erzählte, denn ihr eigener Kummer über Normans Tod hatte sie wieder einmal gefangen genommen. So hatte sie auch nicht mitbekommen, was Esther als Nächstes gesagt hatte. Nur langsam kehrte sie wieder zum Gespräch zurück, um bei Esthers Worten zusammenzuzucken.

»... starb an Brustkrebs, da war er gerade mal dreizehn!«

Der Satz traf sie wie ein Faustschlag.

»Wie bitte?« Sie kniff für einen Moment die Augen zusammen, was ihr nicht wirklich half, das Gehörte zu begreifen. »Das kann nicht sein!«, schob sie tonlos nach. Ihr Herz raste.

»Doch leider.«

»Nein, ich meine, dass seine Mutter tot ist! Was ist mit seinem Vater? Ist er nicht gestorben?«

»Mutter!« Nun wurde Esther doch so langsam sauer.

»Ich meine ... ich ...« Paula hatte nicht aufgepasst. Es war ihr herausgerutscht. Aber dennoch ... was bedeutete das alles? Gab es doch einen zweiten Paul? Einen anderen? Sie verstand überhaupt nichts mehr.

»Nein, sein Vater lebt noch, wenn du es genau wissen willst. Er ist Anwalt und hat eine Kanzlei in New York, die Paul eines Tages wohl übernehmen wird. Paul ist ein Einzelkind und teils bei seinem Vater, teils bei seiner Großcousine aufgewachsen. Heather. Nein, Helen, glaube ich. Sie war so was wie eine Mutter für ihn. Sein Vater ist sein großes Vorbild, auch wenn Paul findet, dass er viel zu ernst ist. Noch was, oder habe ich jetzt genug erzählt?«

Paula nickte, dann schüttelte sie den Kopf. Sie konnte nicht sprechen. Nicht denken. Sich absolut nicht erklären, was sie da gerade gehört hatte.

Esther war aufgestanden und hatte den Stuhl rumpelnd gegen den Tisch geschoben. Helen hatte diesen Paul aufgezogen. *Und Norman lebte?!*

»Gut, dann gehe ich jetzt mal in mein Zimmer und ruhe mich ein bisschen aus. Vielleicht wäre das auch was für dich. Wenn du dich irgendwann mal dafür interessierst, was ich erlebt habe, dann kannst du ja zu mir kommen. Ich heiße übrigens Esther Kaiser, bin gerade von dem Olympischen Spielen zurück, wo wir sehr erfolgreich waren, und selbst wenn dich das nicht interessiert, bin ich immer noch deine Tochter.«

Sie sah kopfschüttelnd zu ihrer Mutter hinüber, als sie schon in der Tür stand, und schloss sie dann leise hinter sich. Das war beinahe noch schlimmer als ein lauter Knall. Esther war zu recht wütend. Aber schlimmer noch, sie war enttäuscht, und auch das konnte Paula gut verstehen. Aber sie konnte nicht mir ihr reden, ihr nichts von alledem erklären, ohne alles noch viel schlimmer zu machen oder ihr Versprechen gegenüber Philip zu brechen. Sie hatte keine Ahnung, wie sie mit alledem umgehen sollte oder was es bedeutete. Eines war sicher: Sie musste herausfinden, was wirklich damals geschehen war, ob das alles so stimmte. Schon allein, um Esther davor zu beschützen, noch mehr verletzt zu werden, als es jetzt gerade geschehen war. Wie auch immer sie das anstellen sollte.

»Möchtest du darüber reden?«, fragte Philip, der ihr immer noch gegenübersaß und sie beobachtete.

In seiner Stimme hörte sie die Verunsicherung, die ihr Verhalten auch in ihm ausgelöst hatte. Er spürte, wie es ihr ging.

Wie damals schon. Schnell schüttelte sie den Kopf und nahm Philips Hand, um einen Kuss auf den Handrücken zu drücken und ihm dann einen liebevollen Blick zuzuwerfen. Er hatte nur das Beste verdient. »Danke. Aber nein. Es gibt nichts zu reden, aber ich glaube, ich lege mich auch ein bisschen hin.«

Paula wollte alles richtig machen. Aber sie wusste auch, dass sie irgendwann das Versprechen brechen würde, das sie Philip damals in ihrer Hochzeitsnacht gegeben hatte.

»Es tut mir leid, Philip«, flüsterte sie leise in die Stille ihres Schlafzimmers, nachdem sie sich auf ihr Bett gelegt hatte. Aber zwischen all der Verwirrung und dem Schmerz, den sie fühlte, war da auch eine unbändige Freude, als hätte jemand in tiefer Dunkelheit endlich ein kleines Flämmchen der Hoffnung angezündet. Ihr Herz, das nach Normans Tod in tausend Teile zerbrochen war, begann zu heilen.

Norman lebte.

Kapitel 34

Freitag, 21. Juli 2023, Gablenberg

»Und dann? Was ist dann passiert?« Linda saß aufrecht und beobachtete ihre Mutter ganz genau, während sie erzählte. Durch das weit geöffnete Fenster drang frische und angenehm kühle Luft in die Küche. Esther hatte eine dicke Stumpenkerze angezündet und ein Schälchen mit glänzend roten Herzkirschen auf den Tisch gestellt. Die Oliven und das Brot waren aufgegessen und auch von dem Käse war kaum noch etwas übrig. Dafür hatte Linda eine weitere Flasche Wein geöffnet und schenkte ihnen ein.

Selbst wenn sie nun nach und nach verstand, was damals vorgefallen war, so fühlte sie dennoch wieder die alte Enttäuschung in sich hochkriechen, dass es ihrer Mutter im Grunde egal gewesen war, was sie dort erlebt hatte.

Dennoch: Es musste ein Schock für Paula gewesen sein herauszufinden, dass der Mann, den sie für tot gehalten hatte, am Leben war. Dass er einen Sohn hatte, der ihren Namen trug. Und dass sich seine beiden Kinder auf der anderen Seite der Welt begegnet waren. Wie hoch war die Wahrscheinlichkeit, dass so etwas geschah? War es Zufall? Schicksal? Was auch immer. Paula musste es den Boden unter den Füßen weggezogen haben.

So wie Esther selbst zwei Jahre später, als das Schlimmste eintrat, was sie sich nur vorstellen konnte.

»Dann ist mein Vater gestorben. Ich meine Philip.« Sofort war der alte Schmerz wieder da. All die Worte, die sie ihm noch so gern sagen wollte, die Umarmungen, nach denen sie sich seitdem gesehnt hatte, und der Blick auf die Tribüne, wo der einzige Mensch saß, der in ihrer Wahrnehmung je so richtig stolz auf sie gewesen war. Oder zumindest, der in der Lage gewesen war, seinen Stolz zu zeigen.

Sie seufzte. Diese Lücke hatte niemand anderes füllen können. Niemand. Linda legte tröstend ihre Hände über die ihrer Mutter. Esther hatte gedacht, es würde mit der Zeit leichter werden. Aber das war ein Irrtum.

»Er war fünfundfünfzig!«, sagte sie laut und mehr zu sich selbst als zu Linda. »Meine Güte, er hätte noch ewig leben können! Er war gesund, hat nicht geraucht oder getrunken.« Sie schüttelte den Kopf. »Aber am Ende wusste keiner, ob es was mit der Oberschenkelverletzung aus dem Krieg zu tun hatte oder eben auch eine Laune der Natur war. Ja, es war ein Herzinfarkt, schon klar. Und doch habe ich meiner Mutter irgendwie die Schuld gegeben.« Wie immer, wenn sie an Philips viel zu frühen und plötzlichen Tod dachte, griff die Trauer nach ihr. In der Regel folgte auf die Trauer dann die Wut. Wut auf ihre Mutter. Zugegeben hatte sie das allerdings bis heute noch nie.

»Du meinst … deine Mutter ist schuld an seinem *Tod*?« Linda sah sie erschrocken an. »Aber warum?«

»Warum ich das gedacht habe? Oder warum sie schuld an seinem Tod ist?«

»Beides«, sagte Linda schlicht.

»Ich habe gedacht, dass sie schuld an seinem Tod ist, weil sie ihn vielleicht einfach nicht genug geliebt hat. Und weil sie nach Tokio immer komischer geworden ist. Na ja, vielleicht nicht komischer, sondern einfach nur stiller.« Sie machte eine kurze Pause, bevor sie fortfuhr: »Ich habe nie gefragt, ob sie glücklich miteinander sind. Ich habe es einfach angenommen«, sagte sie leise. »Ich dachte, wir sind eine ganz normale Familie. Wir haben gestritten, gelacht, gespielt, Familienfeste mit Tante Ingrid, Onkel Kurt, Luise, Wolfgang gefeiert. Manchmal kam Onkel Richard auch aus Berlin, aber eher selten und irgendwie … dachte ich, dass das unser Leben ist. Und dass es immer so weitergeht.« Wieder zuckte sie mit den Schultern. »Ich dachte, das Außergewöhnlichste, was passieren konnte, war meine Reise nach Tokio. Und als Mutter weniger gesprochen hat, ist mein Vater immer trauriger geworden.« Auch Esther fiel es nicht leicht, über all das zu reden. »Wir waren immer noch bei den Kickers. Er kam immer noch mit mir ins Stadion und hat mich angefeuert. Aber irgendetwas war anders und keiner hat mir gesagt, was es war.« Sie lächelte traurig. »Ich habe geglaubt, dass meine Mutter meinem Vater das Herz gebrochen hat, weil sie ihn nicht genug geliebt hat.« Es war absurd, das wusste Esther natürlich. Aber es hatte ihr geholfen, eine Schuldige zu finden, jemanden, den sie verantwortlich machen konnte. Es war so ungerecht, dass ihr Vater so früh gestorben war. Und weil sie selbst unter dem Rückzug ihrer Mutter gelitten hatte, war dies die einzige, die logische Erklärung. Esther hatte immer das Gefühl gehabt, dass sie selbst vor Kummer sterben müsste, in einem Leben ohne Philip. Und wütend auf ihre Mutter zu sein half ihr dabei, mit diesem Schmerz umzugehen.

Sie machte eine kurze Pause, bevor sie weitersprach.

»Er war viel zu jung«, sagte sie erneut. »Und dann war er auf einmal nicht mehr da. In seiner Werkstatt umgefallen, mittags, kurz bevor ich aus der Schule kam. Einfach so. Keiner hat es bemerkt, bis Mutter ihn zum Kaffee holen wollte.«

Kapitel 35

Donnerstag, 21. April 1966, Gablenberg

Es war der erste Donnerstag nach den Osterferien. Das Wetter war so schön, dass Esther mit dem Fahrrad nach Ostheim fuhr, wo sie an der Grundschule in der Landhausstraße unterrichtete. Ausgerechnet donnerstags hatte sie nachmittags Sport bei den Viertklässlern. Es war immer ein bisschen hektisch, denn sie wollte vor dem Training gern noch kurz nach Hause, bevor sie ins Stadion fuhr. An diesem Tag freute sie sich besonders, denn im August standen die Europameisterschaften an, und sowohl Karin als auch sie selbst galten als große Favoritinnen. Ein weiterer Meilenstein auf dem Weg, der sie hoffentlich in zwei Jahren zu den Olympischen Spielen nach Mexiko führen würde. Und zu Paul. Das Beste, was Mexiko außer den Medaillen zu bieten hatte. Sie schrieben sich nicht sehr oft, aber regelmäßig. Eines Tages wollte Esther ihn in New York besuchen und vielleicht würde ihre Mutter sie ja doch noch in ihre alte Heimat begleiten. Allerdings hatte sie so merkwürdig auf Paul reagiert, dass Esther nicht wusste, ob es eine gute Idee war, sie überhaupt zu fragen.

Nein, sie sollte ihren Vater mitnehmen. Er war in letzter Zeit sowieso viel zu ernst gewesen. Vielleicht musste er einfach mal raus. Am besten, er begleitete sie schon nach Budapest. Warum war sie da noch nicht früher darauf gekommen? Das war überhaupt die allerbeste Idee, die sie je gehabt hatte. Voller Vorfreude trat Esther in die Pedale. Ob er auch schon darüber nachgedacht hatte? Ob er sich über ihre Frage freuen würde? Esther konnte es jedenfalls kaum erwarten, diesen Gedanken mit ihm zu teilen.

Die Werkstatttür stand offen, aber ihr Vater war nicht da, als Esther nach Hause kam. Auch im Garten entdeckte sie niemanden. Sowieso war es ungewöhnlich still. Normalerweise tranken Esthers Eltern um diese Zeit noch Kaffee oder waren irgendwo im Haus unterwegs, aber vielleicht waren sie ja auch spazieren gegangen. Das machten sie ebenfalls oft um diese Uhrzeit, besonders, wenn das Wetter so schön war wie heute. Als Esther auch die Haustür angelehnt vorfand, wurde sie langsam unruhig. Irgendetwas stimmte hier absolut nicht.

»Mutter? Vater?«

Keine Reaktion. Ihre Intuition ließ ihre Nerven flattern, als sie die wenigen Stufen nach oben ging und die Tür öffnete, die zur Küche führte.

»Hallo? Jemand zu Hause?« Sie ließ ihre Schultasche am Eingang fallen und ging eilig zum Tisch, auf dem sie einen Notizzettel entdeckt hatte. Ihre Finger begannen zu zittern, als sie die Nachricht las, die ihre Mutter Esther hinterlassen hatte:

Der Notarzt hat Philip ins Karl-Olga-Krankenhaus gebracht, irgendetwas ist mit seinem Herz. Ich bin auch dort. Bitte komm!

Sie musste in die Klinik. Sofort. War sie wohl schneller mit dem Rad oder mit dem Taxi? Wo bekam man ein Taxi her? Und wo war das Karl-Olga-Krankenhaus überhaupt? Panisch suchte Esther in ihrer Tasche nach dem Portemonnaie und überlegte dann, wo sie den Hausschlüssel hingelegt haben konnte, den sie nicht gebraucht hatte. Sie war kopflos und atmete viel zu schnell, sodass bald schwarze Pünktchen vor ihren Augen zu tanzen begannen und ihre Finger kribbelten. Doch schließlich griff sie doch nach dem Hörer, und die freundliche Dame am anderen Ende versprach ihr, dass der Taxifahrer in zehn Minuten da sein würde. Esther lief sofort nach draußen, um ihn nicht zu verpassen.

An die Fahrt konnte sie sich später genauso wenig erinnern wie daran, dass sie sich am Empfang angemeldet hatte oder wie sie zum Zimmer ihres Vaters gefunden hatte.

Aber dieses Gefühl, der Schock, als sie die Tür öffnete und im Bruchteil einer Sekunde begriff, was geschehen war, das würde sie nie vergessen. Philip Kaiser, ihr wundervoller Vater und Wegbegleiter, ihr Fels in der Brandung, lebte nicht mehr. Er war gestorben, einfach so, an einem ganz normalen Donnerstagnachmittag im April.

Ihre Mutter saß völlig versteinert neben dem Krankenbett.

Auch an die Tage danach hatte Esther kaum eine Erinnerung. Sie meldete sich krank, organisierte gemeinsam mit ihrer Mutter all das, was notwendig war. Plante die Beerdigung, schrieb Trauerkarten, eine Zeitungsanzeige, eine kurze Rede für die Trauerfeier, die sie dann doch nicht halten konnte, weil sie so sehr weinen musste, sichtete Post, formulierte Dankeskarten und versuchte sich die ganze Zeit einzureden, dass alles in Ordnung war. Dass sie weiterleben konnte. Aber es ging nicht. Esthers Vater war so plötzlich fort, dass ihr Verstand nicht folgen konnte und ihr immer wieder vorgaukelte, dass Philip gleich durch die Tür kommen würde. Sie hörte sein Lachen in der Küche, sein Pfeifen in der Werkstatt und seine Fragen und Antworten in ihren Träumen. Und wenn sie dann erwachte, war sie jedes Mal aufs Neue fassungslos, dass er nie wieder irgendetwas von den Dingen tun würde, die so selbstverständlich zu seinem Leben gehört hatten. Und zu ihrem.

Erst nach einer Weile gelang es ihr, etwas anderes wahrzunehmen als sich selbst oder als ihre eigene Trauer.

Ihrer Mutter schien es ähnlich zu gehen, denn sie taumelte ähnlich stumm und gleichgültig durch die Tage wie Esther. Ob sie in dieser Zeit überhaupt ein Wort wechselten, was sie aßen und wer einkaufte, kochte, die Wäsche wusch, wusste Esther nicht. Weil sie nicht in die Schule ging, schlief sie morgens aus und ging nach dem Frühstück auch gleich wieder ins Bett. Am liebsten wollte sie nur noch schlafen. Denn Schlafen bedeutete vergessen.

Das Einzige, was ihr in dieser Zeit half, war ihre Brieffreundschaft mit Paul. Nur mir ihm konnte sie offen über ihren großen Verlust sprechen. Er verstand, wie sie sich fühlte, immerhin hatte er seine Mutter verloren. Er war es auch, der sie überredete, weiter zu trainieren, gerade weil Philip tot war. *Für ihn.* Und Esther vertraute ihm völlig. Sie erzählte ihm, wie sehr sie sich wünschte, ihre Mutter und sie könnten offener miteinander reden. Er schrieb ihr, wie wenig er sich an seine erinnerte, wie sehr er sich aber bemühte, sich ihre Stimme und ihre Berührung ins Gedächtnis zu rufen. Es gelang ihm jedoch nie. Wie traurig er es fand, dass sie weder seine Erfolge mit ihm teilen, noch für ihn da sein konnte, wenn er einmal scheiterte. Solche Zeilen stimmten Esther nachdenklich. Wenigstens lebte ja ihre Mutter noch, selbst, wenn sie diese Mauer aus Schweigen und Trauer um sich errichtet hatte, die Esther von sich selbst kannte. Aber immerhin konnte sie ja noch mit ihr reden, ihr die Chance geben, Esthers Gedanken zu hören und sie an ihren Erfolgen und Misserfolgen teilhaben zu lassen. Paul ermunterte sie, es wenigstens zu versuchen.

Esther war bereit dazu.

Doch dann kam der 30. Juli. Und exakt einen Monat vor Beginn der Europameisterschaft fiel die Welt, wie Esther sie gekannt hatte, erneut in sich zusammen. Leise zunächst. Und dann, als das Ausmaß der Zerstörung immer offensichtlicher wurde, mit einem riesigen Knall.

Es war sehr heiß an diesem Samstag im Juli, weshalb das Training an der Waldau schon um halb acht Uhr morgens begann, denn obwohl das Stadion im Wald lag, brannte die Sonne später auf die Tartanbahn. So kam es, dass Esther schon gegen zehn Uhr mit dem Fahrrad wieder zurück in Gablenberg war. Als sie in die Klingenstraße einbog, grüßte sie der Postbote freundlich und drückte ihr die Briefe in die Hand. Voller Freude entdeckte sie einen Luftpostbrief aus New York. Endlich hatte Paul geschrieben! Sie hatte schon so sehnsüchtig auf seine Zeilen gewartet. Noch während sie die Stufen zur Haustür hinaufging, schob sie den Finger in den Umschlag und öffnete das hauchzarte Papier behutsam.

Aber der Brief des jungen Mannes, mittlerweile ein wichtiger Freund und Seelenverwandter, war nicht an sie gerichtet. Sondern an Paula.

Kapitel 36

Sonntag, 31. Juli 1966, Gablenberg

Esthers Beine wollten sie keinen Schritt mehr weitertragen. Sie hatte sich auf die Treppenstufen vor der Haustür sinken lassen, die Augen geschlossen, und sich darum bemüht, das Gelesene zu begreifen.

Es gab wohl keinen Zweifel: Ihre eigene Mutter hatte sie hintergangen und Paul geschrieben, um ihm zu sagen, dass Esther in ihn verliebt war und er die Finger von ihr lassen sollte. Sie war eifersüchtig, hatte Sorge, dass sie nach Amerika gehen könnte. Angst, dass sie ihre sportliche Karriere aufs Spiel setzte. Und das, obwohl sie sich noch nicht einmal dafür interessiert hatte.

Als Paula wenig später ebenfalls nach Hause kam, saß Esther immer noch auf den Stufen und hielt ihr nur wortlos den Umschlag hin. Paula nahm ihn und sah dann ihre Tochter wieder an.

»Hast du … hast du ihn gelesen?«, fragte sie mit zitternder Stimme. Sie hatte Angst, das konnte Esther sehen, aber es war ihr egal.

»Was spielt das für eine Rolle?« Esther spürte, wie in ihr eine Härte wuchs, an der jedes Mitgefühl, jedes Verständnis und auch jeder Erklärungsversuch abprallten. Nicht, dass ihre

Mutter überhaupt etwas erklären wollte. Sie saß einfach nur da und starrte auf das Papier.

Eine helle Wut erfasste jede von Esthers Zellen, als Paula versuchte, den Arm um die Schultern ihrer Tochter zu legen. Wie konnte sie überhaupt daran denken, sie zu berühren, nachdem sie Esther so hintergangen hatte?

»Wie konntest du mir das antun?«, fragte sie tonlos.

Heiße Tränen begannen, über Esthers Wangen zu laufen, und sie versuchte, sie mit einer schnellen Handbewegung wegzuwischen. Aber es gelang ihr nicht. Es waren einfach zu viele.

»Warum hast du mich nicht einfach gefragt? Wer bin ich, dass du nicht mit mir reden kannst? Eine Fremde?« Sie war so außer sich, dass ihr ihre Stimme nicht recht gehorchen wollte, aber sie konnte jetzt auf keinen Fall aufhören. All die aufgestaute Wut, weil ihre Mutter sich ihr gegenüber so distanziert verhielt, die Trauer um ihren Vater und die Enttäuschung über den Verrat brachen aus ihr heraus. »Hast du so wenig Vertrauen zu mir, dass du hinter meinem Rücken meinem Freund schreiben musst, um ihm zu sagen ... um ihm was überhaupt zu sagen? Verdammt! Ich bin achtundzwanzig Jahre alt! Deine Tochter! Eine erwachsene Frau! Du hast mich verraten, mich übergangen wie ein kleines Kind! Aber warum?« Esther schluchzte. »Was bist du überhaupt für eine Mutter?«

Am liebsten hätte sie Paula noch sehr viel schlimmere Dinge an den Kopf geworfen, aber in diesem Moment ging eine Familie mit zwei Kindern an ihnen vorbei, die freundlich zu ihnen hinüberlächelten. Wie konnte ein Tag für manche Menschen nur so normal und sorgenfrei sein, fragte sie sich, während in anderen exakt zum selben Zeitpunkt auch noch der letzte Rest Freude und Vertrauen starb?

»Ich wünschte, du wärst gestorben und Papa wäre noch hier«, sagte sie leise, aber dennoch so laut, dass ihre Mutter es hören konnte. Sie wollte den Schmerz nicht allein spüren. Sie sah zu, wie Paula ebenfalls zu weinen begann. Es war ihr egal. Nein, schlimmer: Es erfüllte sie mit Genugtuung, ihren Schmerz zu sehen. Es war höchste Zeit, dass Paula am eigenen Leib erfuhr, wie sich so etwas anfühlte.

»Und weißt du, was? Für mich bist du das auch!«, sagte Esther und stand auf.

Was wollte sie noch hier?

Wer war sie schon?

Ihre Mutter hatte ihr mit dem Brief alles genommen, was ihr je etwas bedeutet hatte: Ihr Vertrauen. Ihre Freundschaft zu Paul. Und schließlich auch sich selbst.

Sie ging in ihr Zimmer und packte rasch ihre Reisetasche mit ein paar Dingen. Bevor sie ihr Elternhaus verließ, sah sie sich noch einmal in ihrem Zimmer um. *Auf Wiedersehen, bisheriges Leben,* dachte sie. *Auf Wiedersehen, Vater. Es tut mir leid. Adieu, Mutter.*

Es fühlte sich merkwürdig an. Und gleichzeitig auch so, als sei es schon lange überfällig.

Sie war achtundzwanzig Jahre alt, Lehrerin mit einer eigenen Klasse. Ihr Vater war gestorben. Es gab nicht einen einzigen Grund mehr, in ihrem Elternhaus zu bleiben.

Als Esther nach draußen in den hellen Julitag ging, hatte sich nichts Sichtbares verändert. Die Vögel zwitscherten immer noch genauso wie vorher, die Bienen summten, die Sonne schien, es duftete nach irgendwelchen Blüten. Selbst ihre Mutter saß noch auf den Stufen. Und trotzdem war alles anders.

Kapitel 37

Freitag, 21. Juli 2023, Gablenberg

Liebe Paula,

vielen Dank für Ihren Brief. Entschuldigen Sie bitte, dass meine Antwort so lange gedauert hat. Ich muss gestehen, dass ich ihn schon weggeworfen hatte, weil ich nach den ersten wenigen Zeilen dachte, er stamme von einer Besessenen mit einem merkwürdigen Sinn für Humor. Bitte verzeihen Sie mir auch das! Ich gebe zu, ich war geschockt über Ihre Post und bin es noch! In einer Hinsicht kann ich Sie allerdings beruhigen: Ich habe keinerlei Interesse an Ihrer Tochter – zumindest nicht auf diese Art und Weise …

Esther hielt erneut an der Stelle inne, an der sie an diesem denkwürdigen Tag im Juli ebenfalls aufgehört hatte zu lesen. Sie erinnerte sich noch genau daran, wie sie sich damals gefühlt hatte. Verloren. Wütend. Einsam.

»Mutter?« Linda legte die Hand auf ihre, und Esther zuckte zusammen.

»Entschuldige, Liebes. Ich war ganz weit weg.« Sie versuchte ein Lächeln, aber es gelang ihr nicht wirklich. Linda lächelte zurück.

»Das habe ich bemerkt.« Sie legte den Kopf schräg.

»Warum liest du nicht weiter?« Linda streckte die Hand aus. »Oder soll ich?«

»Nein, das ist … ich muss das schon selbst machen.« Esther räusperte sich. »Damals bin ich einfach gegangen, und es hat sich richtig angefühlt. Aber jetzt und hier … Immerhin habe ich mich entschieden, dir alles zu erzählen, also ist weglaufen wohl keine Option mehr.«

»Nein, ist es nicht.« Linda lächelte ihre Mutter aufmunternd zu.

»Auch wenn ich es hasse.« Esther sah auf ihre Hände. Wie alt und schrumpelig sie waren.

»Ich weiß.« Linda legte ihre darüber und drückte sie sanft.

»Aber ich bin kein Feigling«, schob Esther mehr zu sich selbst hinterher.

»Selten.« Ihre Tochter lächelte.

»Entschuldigung?«

Linda lachte. »Nein, bist du nicht. Ich wollte nur mal kurz die Stimmung ein bisschen auflockern.«

»Danke sehr. Das ist dir ja überaus gut gelungen.« Esther schnaubte.

»Erzähl weiter, Mutter. Bitte.« Linda war wieder ernst geworden, und auch Esther fühlte sich der Geschichte nun gewachsen. Die kurze Unterbrechung hatte doch gutgetan.

»Damals bin ich gegangen. Und nicht nur das. Ich habe den Kontakt zu meiner Mutter völlig abgebrochen. Und zu Paul. Ich hatte das Gefühl, dass er mich genauso hintergangen hat wie sie, weil er mir nichts von ihrem Brief erzählt hat. Ich konnte ja nicht wissen, dass …«

Esther spürte, wie anstrengend dieser Tag und all diese Offenbarungen für sie waren. Sie sehnte sich schon wieder nach einer Pause, aber sie wusste auch, dass sie noch ein bisschen durchhalten musste. Zumindest so lange, bis Linda alles wusste. Dann konnte sie ausruhen und schlafen und viel wichtiger noch, das Ganze endlich abschließen und hinter sich lassen.

Kapitel 38

Sonntag, 31. Juli 1966, Gablenberg

Paula konnte sich nicht mehr erinnern, wie lange sie dort auf diesen Stufen gesessen hatte. Es wurde schon dunkel, als sie sich schließlich aufraffen konnte, ins Haus zu gehen. In das Haus, in dem nun niemand mehr lebte. Außer ihr.

Esther war fort.

Philip tot.

Ihr Leben ein Konstrukt aus Lügen, das sie erst nach und nach begriff.

Sie ließ sich in den Sessel am Fenster fallen, in dem Philip so gern gesessen hatte, und sah nach draußen. Philip fehlte ihr so sehr. Sein Lächeln und seine wohlwollenden Gedanken, die er immer mit ihr geteilt hatte. Dieser wundervolle Mann und bester Freund, der sie bis zum Schluss Pips genannt hatte. Dass sie die Liebe seines Lebens gewesen war, wusste sie. Er hatte es ihr oft genug gesagt. Aber wie sehr sie ihn geliebt hatte, begriff sie erst jetzt, wo sie wusste, dass er nie wieder zurückkommen würde.

»Ich wünschte, ich hätte dir gesagt, wie sehr ich dich liebe, Philip«, flüsterte sie in die Dämmerung. »Ich wünschte, ich hätte es *gewusst!*«

Ihre Augen füllten sich mit Tränen. Die Lücke, die er hinterlassen hatte, war so groß, dass sie Paula zu verschlucken drohte.

Pauls Brief lag vor ihr auf dem Fensterbrett, und sie sah immer wieder zu ihm hinüber. Esthers Reaktion nach war der Inhalt brisant, und natürlich wollte auch sie wissen, was darin stand, aber sie konnte weder die Kraft noch den Mut aufbringen, ihn jetzt zu lesen. Paula fröstelte und erhob sich, um sich etwas Wärmeres zum Anziehen zu holen. Als sie vor dem Kleiderschrank im Schlafzimmer stand, griff sie aus einer Laune heraus nicht nach ihrer, sondern nach einer von Philips Jacken und drückte ihre Nase in die Wolle.

»Komm zurück«, flüsterte sie und war sich nicht sicher, ob sie damit Philip oder Esther gemeint hatte. »Bitte, komm zurück.«

Er fehlte ihr so sehr, dass sie den Schmerz in jeder ihrer Zellen spüren konnte. Er hätte gewusst, was zu tun war. Er hätte mit Esther geredet und dafür gesorgt, dass sie blieb. Er hätte Paula verstanden und vermutlich sogar die Gründe dafür, dass sie diesen Brief geschrieben hatte, selbst wenn sie damit das Versprechen brach, das sie ihm in der Hochzeitsnacht gegeben hatte. Das war vermutlich das Schlimmste: Sie bereute zutiefst, dass sie vor lauter falscher Sorge ihre Gedanken nicht mit ihm geteilt und ihn nicht um Rat gefragt hatte, als Esther noch da gewesen war. Als *er* noch da gewesen war.

»Was soll ich jetzt nur tun, Philip?«, fragte sie in die Dunkelheit hinein und legte sich aufs Bett. »Was soll ich tun?« Verzweifelt klammerte sie sich an seinem Kopfkissen fest und weinte, bis sie endlich eingeschlafen war.

Paula schlief unruhig. In ihren Träumen erlebte sie immer wieder, wie Esther das Haus verließ. Mal war Philip an ihrer Seite und dann wieder nicht. Zwischendurch sah sie Paul vor sich, dessen Gesicht sie nur von dem Zeitungsartikel kannte und das sich in ihren Träumen auf wundersame Weise mit dem von Norman vermischte. Immer wieder schrak sie hoch und bemühte sich, ihr wild klopfendes Herz zu beruhigen und wieder in den Schlaf zu finden. Gegen fünf Uhr gab sie schließlich auf und wankte in die Küche, um sich einen starken Kaffee zu machen. Mit ihrer Tasse setzte sie sich erneut in Philips Sessel und griff nun endlich nach dem Brief.

… in einer Hinsicht kann ich sie allerdings beruhigen: ich habe keinerlei Interesse an Ihrer Tochter – zumindest nicht auf diese Art und Weise …, las sie und ließ den Brief sinken. Beinahe hätte sie laut aufgelacht. Kein Wunder, dass Esther sauer war. Aber das ließ sich hoffentlich aufklären. Später. Viel später.

Ich kann mir gut vorstellen, dass dieser Brief nun ein ähnlich großer Schock für Sie ist, wie der Ihre für mich war. Aber ich denke, es ist wichtig, dass wir diese Geschichte aufklären. Für Sie. Für mich. Für meinen Vater. Für Esther. Und für die Freundschaft zwischen ihr und mir. Oder für das geschwisterliche Band zwischen uns – und glauben Sie mir, es ist für mich bestimmt so merkwürdig, es zu schreiben, wie für Sie, es zu lesen. Aber ja, es ist da – und wir beide haben es vom ersten Moment an gespürt. Also werde ich alles daransetzen, es zu erhalten.

Ich beginne einfach von vorne: Ja, ich bin Norman Andersons Sohn.

Meine Mutter hieß Mildred Banks. Sie starb 1954. Damals war ich gerade dreizehn Jahre alt. Ich erinnere mich nicht daran, ob meine Eltern ein liebevolles Verhältnis hatten, aber ich weiß, wie sehr mir meine Mutter immer gefehlt hat, und ich bin dankbar, dass ich die Wochenenden, die ich nicht im Internat bleiben konnte, bei meiner Großcousine Helen, ihrem Mann Marcus und ihren beiden Töchter Carol und Diane verbringen durfte, sodass ich wenigstens entfernt das Gefühl hatte, eine Familie zu haben, denn mein Vater war – und ist – sehr selten zu Hause. Helen war meine Rettung. Zunächst mehr eine große Schwester, später eine Mutter, irgendwann auch eine beste Freundin in einer Person. Sie und ihr Mann Marcus sind vermutlich die nettesten Menschen dieses Planeten. Ohne sie wäre ich nicht in Tokio gewesen. Und ohne sie hätte ich auch diesen Brief nicht geschrieben.

Nachdem ich ihn aus dem Müll gefischt habe, bin ich zu ihr gefahren und habe ihn ihr gezeigt. Während ich diese Zeilen schreibe, bekomme ich schon wieder Gänsehaut. Ich habe nicht damit gerechnet, dass sie so heftig darauf reagiert, und ich gebe zu, dass ich es Ihnen für einen kurzen Augenblick auch sehr übel genommen. habe, dass Sie diese wundervolle Person zum Weinen gebracht haben. Und das haben Sie. Damals, als Sie sie von einem Tag auf den anderen verlassen haben. Dann, als Sie ihre Briefe nie beantworteten. Und schließlich, als Cosima, Helens und Johns Mutter, den beiden mitgeteilt hat, dass Sie bei einem Luftangriff auf Stuttgart und Umgebung ums Leben gekommen sind. Was für eine schreckliche und perfide Intrige!

Liebe Paula, das Schlimmste daran ist aber, dass sich keiner von uns wirklich die Frage nach dem Warum gestellt hat, denn wir alle kennen die Antwort: Macht. Geld. Politischer und gesellschaftlicher Einfluss. All das war wichtiger als das Wohl der eigenen Kinder! Und Eifersucht spielte ebenfalls eine große Rolle. Denn Sie, Paula, waren diejenige, nach der Helen nachts rief. Sie waren diejenige, die sie sich bei ihrer Abschlussfeier als Begleitung gewünscht hatte. Sie waren diejenige, der Helen vertraute. Aber Sie waren fort.

Cosima hatte Helen damals nicht gesagt, dass sie Ihnen verboten hatte, sich jemals wieder der Goodman Residence zu nähern, und später dann, als Helen nicht aufhören wollte, nach »Miss Paula« zu fragen, hatte sie schlicht behauptet, Sie seien in Deutschland gestorben.

Bis zu Ihrem Brief, Paula, hat Helen ihr geglaubt und deshalb auch nie wieder versucht, mit Ihnen in Kontakt zu treten. Ich kann unmöglich in Worte fassen, was für ein Glück es für sie bedeutet hat, herauszufinden, dass Sie am Leben sind.

Leider ist Cosima Goodman mittlerweile verstorben, und somit ist es nicht möglich, sie zur Rechenschaft zu ziehen. Aber ihre Schwester, Eleanor Anderson, lebt noch. Sie ist dreiundachtzig Jahre alt und im Besitz von Cosimas Nachlass. Außerdem ist es kaum vorstellbar, dass sie nicht mitbekommen hat, was damals geschehen ist. Viel wahrscheinlicher, dass sie mit ihrer Schwester unter einer Decke steckte.

Wir wissen es nicht. Aber wir werden es herausfinden. Helen und ich. Bis dahin werde ich meinem Vater nichts davon erzählen, denn ich möchte nicht noch mehr Leid verursachen als nötig.

Anbei die Adresse von Helen …

Mit herzlichen Grüßen …

Die letzten Zeilen verschwammen vor Paulas Augen. Wie viel Leid hatte Cosima über sie alle gebracht. Über ihre eigenen Kinder, sogar über die nächste Generation. Als ihre Tränen zu fließen begannen, versuchte sie nicht, sie wegzuwischen. Sie ließ sie einfach laufen und weinte um Helen und John, um Esther, um Norman, um Philip und um sich selbst.

Eigentlich hätte sie erleichtert darüber sein müssen, dass sie selbst keine Schuld trug, sondern alles ein durchdachtes und gemeines Spiel einer berechnenden und verbitterten Frau war. Doch so empfand sie kein bisschen. Sie wusste nun zwar, was geschehen war, aber was half das schon? Esther war fort.

Paula stand auf, um sich ein Glas Wasser zu holen.

Es war kaum möglich, ganz und gar zu begreifen, was sie da gerade erfahren hatte. Dass es Cosima gelungen war, ihr Lügenkonstrukt so lange aufrechtzuerhalten, und nur durch diesen einen unglaublichen Zufall alles ans Licht gekommen war.

»Halbgeschwister«, murmelte Paula. Ihre Stimme fühlte sich genauso fremd und sperrig in ihrem Mund an wie das Wort.

Es wäre ein guter Tag gewesen, um in die Kirche zu gehen, um vielleicht einmal wieder den Dialog mit dem Herrn da oben zu suchen. Andererseits hatte ihr das in den letzten Jahren nicht wirklich geholfen. Ganz im Gegenteil. Hätte sie nur mehr mit den Menschen vor ihrer Nase gesprochen, dann wäre jetzt vielleicht alles anders. Und womöglich wäre Philip sogar noch hier.

Paula ging ins Schlafzimmer und nahm den filigranen Goldring mit dem winzigen und dennoch hell funkelnden Saphir aus der kleinen Schatulle in ihrer Kommode, dazu das Silvesterfoto von ihr und Norman aus dem Umschlag direkt darunter und wandte sich zur Tür, um dann noch einmal zurückzukehren und den Mantel mit dem Fuchskragen vom Dachboden zu holen. Sie vermutete, dass Esther zu Karin gegangen war, die mit ihren Eltern und den drei Geschwistern ganz in der Nähe in der Libanonstraße wohnte. Ob sie sie dort finden würde? Ob sie ihr überhaupt zuhören wollte? Sie musste es jedenfalls versuchen.

»Behüt mich Gott«, sagte Paula leise. Wieder einmal wünschte sie, es wäre jemand da, der das zu ihr sagen könnte.

Kapitel 39

Freitag, 21. Juli 2023, Gablenberg

»Das heißt, deine Mutter kam, um dir alles zu erklären?«

»Ja«, antwortete Esther einsilbig.

Es war schrecklich, sich an diesen Tag zurückzuerinnern und außerdem war sie unfassbar müde. »Können wir nicht ein anderes Mal weitersprechen?«, bat sie. Am liebsten hätte sich Esther ins Bett gelegt. Sie fühlte sich, als müsste sie tagelang schlafen.

»Können wir schon. Aber willst du das wirklich?« Linda lächelte.

Wollte sie?

Ausweichen, sich verstecken, abwarten, bis der Sturm vorübergezogen ist, war immer ihre Strategie gewesen. Auch damals schon. Und am liebsten würde sie das heute wieder tun. Aber wohin hatte sie das gebracht? Und war der Sturm je vorübergezogen? Oder hatte er sich einfach nur noch viel bedrohlicher hinter ihr zusammengebraut? Außerdem: Wie viele Extrarunden wollte sie noch drehen? Wollte sie die Auflösung der Geschichte vielleicht mit ins Grab nehmen, alles Unausgesprochene unausgesprochen und Linda mit der Ahnung zurücklassen, dass ein wesentliches Puzzleteil in ihrem Leben fehlte, ohne zu wissen, welches?

Nein, diesen Fehler hatte sie damals gemacht, und nun war es zu spät, ihre eigenen Antworten zu bekommen. Ihre Mutter, Paula, lebte längst nicht mehr, und wenn Esther etwas bereute, dann nicht, was sie getan, sondern das, was sie verpasst hatte. Sie hätte mir ihr sprechen, all die Fragen stellen und sich all die Antworten holen müssen, statt sich selbst alles nur zusammenzureimen. Sie hatte die Chance auf Versöhnung vertan, sodass ihre Wunde keine Möglichkeit hatte zu heilen und nur immer weiter schmerzte.

Und sie schämte sich. Damals hatte sie gedacht, dass es genügte, im Recht zu sein. Aber nun hatte sie begriffen, dass das nicht automatisch bedeutete, dass der andere im Unrecht war. Sie war so jung gewesen und fassungslos. Genau wir ihre Mutter.

»Nein, lass uns weitermachen.« Linda hatte vollkommen recht. Schlafen konnte sie auch später noch.

»Meine Mutter kam in die Libanonstraße. Ich hörte sie unten mit Karins Mutter reden, während ich mich oben in ihrem Zimmer versteckte. Ich war feige, Linda, und ich fühlte mich so sehr im Recht, dass ich nicht nach unten ging, obwohl sie mich gerufen haben. Ich war so unendlich wütend! Und ich wollte meine Mutter bestrafen, wollte sie dort unten stehen lassen und kein Wort mehr mit ihr reden – nie wieder. Ohne zu begreifen, dass ich mir damit am allermeisten selbst geschadet habe. Ich dachte, ich hätte Zeit. Sie würde schon wiederkommen. Und das tat sie auch. Sie kam manchmal am Morgen, manchmal mittags und manchmal am Abend. Manchmal sprach sie mit irgendjemand aus Karins Familie und manchmal stand sie auch nur da und wartete. Denn wenn nur Karin zu Hause war, ließ ich sie nicht die Tür aufmachen, und dann beobachtete ich sie, wie sie am Haus vorbeiging und immer wieder zurücksah. Nein, es tat mir nicht weh, Linda. Mein Herz war aus Stein geworden, in dem Moment, als ich herausgefunden habe, wie sehr sie mich mit dem Brief an Paul hintergangen hat.«

»Und dann? Irgendwann müsst ihr euch doch ausgesprochen haben?« Linda sah sie mit großen Augen an.

»Nein«, antwortete Esther leise. »Sie hat nicht aufgegeben, aber ich habe es immer geschafft, ihr aus dem Weg zu gehen. Damals war ich unglaublich stolz auf mich.« Sie schüttelte den Kopf. »Weil ich so schlau war, mich nicht auf eine Diskussion einzulassen, und weil ich dachte, dass ich auf diese Weise Frieden schließen könnte.«

»Und hat es geklappt?«

»Nein. Ich habe ständig an sie gedacht. Mir immer wieder Tausende von Fragen gestellt, mit denen ich sie nie konfrontiert habe. Dabei wäre das notwendig gewesen, um wirklich Frieden zu finden.«

»Das klingt traurig.«

»Ja, das war es. Aber damals ... damals habe ich es nicht so empfunden. Wie gesagt: Ich fühlte mich im Recht. Ich war wütend. Und diese Wut war so stark, dass sie die Trauer einfach unter sich begraben hat. Heute weiß ich, dass sie da war. Aber ich habe sie einfach nicht gespürt!« Noch immer konnte Esther kaum glauben, wie sie so hart hatte bleiben können.

»Ich konnte natürlich nicht ewig bei Karin bleiben. Ein Wunder, dass sie mich überhaupt so lange ausgehalten haben. Sie haben mich aufgenommen, als würde ich zur Familie gehören, und ich ... ich habe es für selbstverständlich genommen. Wie selbstsüchtig ich doch gewesen bin.« Esther schnalzte mit der Zunge und fuhr fort: »Ich nahm mir eine kleine Wohnung in Stuttgart-Ost in der Nähe meiner Schule und verbot Karin und ihrer Familie, meine Adresse weiterzugeben. Stell dir das mal vor! Ich schäme mich noch heute, dass ich diese Menschen, die mich so großherzig bei sich aufgenommen haben, in solch eine Situation gebracht habe. Wie konnte ich nur?«

»Keine Ahnung. Vielleicht weil sich Fehler eben manchmal genau richtig anfühlen?« Linda lächelte ihre Mutter aufmunternd an. »Ich denke mal, dass Karin dir schon ihre Meinung gesagt hätte, oder?«

»Ja, das hätte sie. Das hat sie auch. Aber sie war und ist eben auch die loyalste Freundin, die man sich nur wünschen kann. Sie fand mein Verhalten schrecklich, aber sie hätte mich trotzdem nie im Stich gelassen.«

»Du hast wirklich Glück«, sagte Linda.

»Ja. Und nein«, antwortete Esther. Vielleicht hätte sie ihrer Mutter nicht ausweichen können, wenn Karin weniger loyal gewesen wäre. Womöglich wäre dann alles anders gekommen, aber wer wusste das schon?

»Und Paul? Hat er dir noch einmal geschrieben?«

Esther nickte. »Ja, das hat er. Aber natürlich landeten seine Briefe alle in der Klingenstraße. Irgendwann hat meine Mutter sie in meinen Briefkasten geworfen. Und ich … ich habe sie entsorgt.«

»Aber warum?«

»Ich war auch wütend auf ihn! Er hätte mir sagen müssen, dass meine Mutter ihm geschrieben hat. Und er ihr. Es wäre nur fair gewesen, wenn ich Bescheid gewusst hätte.« Sie hörte selbst, wie albern es klang. Aber damals war Esther von ihrer Meinung vollends überzeugt gewesen.

»Ich wollte mein Leben aufräumen. Das ganze Kapitel

beenden. Wollte mit meiner Mutter, die mir so wehgetan hatte, abschließen und neu anfangen.« Esther lachte traurig auf. »Als ob es möglich wäre, die eigene Mutter auszusortieren! Und wie dumm ich gewesen bin! Paul … Ich meine, was konnte er dafür?« Sie seufzte, als Linda Esthers Hand in ihre nahm und sie drückte. Für einen Augenblick hielt Esther inne, bevor sie weitersprach. »Zum Glück gab es die Schule. Meine Güte, was hätte ich ohne meine Schüler gemacht? Wer wäre ich gewesen? Ein Niemand!«

»Quatsch. Du doch nicht.« Linda schüttelte den Kopf. »Du hast vielleicht einfach auch nur Zeit gebraucht, um dich zu sortieren.«

»Ich hatte auch sehr viel Glück, Linda. Nicht nur mit der Schule. Auch mit deinem Vater. Wenn ich ihn nicht irgendwann getroffen hätte … Ich glaube, er hat mich gerettet. Und du.« Sie lächelte traurig. »Ich weiß noch nicht einmal, ob deine Großmutter von dir wusste.« Je mehr sie darüber sprach, umso weniger konnte sie sich selbst begreifen.

»Hat sie mich denn nie gesehen?«

»Nein, ich glaube nicht.«

»Warum nicht?«

»Ich habe seitdem nie wieder mit ihr gesprochen oder sie gesehen.«

»Du hast …?

»Nein. Ich habe deinen Vater 1968 kennengelernt und wir haben uns sofort verlobt. Onkel Kurt ist 1969 im Januar gestorben. Bei der Beerdigung habe ich sie das letzte Mal aus der Ferne gesehen, aber auch da habe ich nicht mit ihr gesprochen. Niemals hätte ich gedacht, dass es das letzte Mal sein würde, bevor …«

Vollkommen schockiert hatte sie damals den Anwaltsbrief in den Händen gehalten, in dem ihr mitgeteilt wurde, dass das Drittel des Hauses in der Klingenstraße, das Kurt gehört hatte, an sie gehen sollte. Kurz darauf kam ein weiter Brief, in dem ihre Mutter ihr den Rest vermachte. Onkel Richard hatte Paula seinen Anteil des Hauses schon überlassen, als Luise gestorben war.

»Deine Großmutter blieb noch etwas mehr als ein halbes Jahr in Gablenberg.«

»Und dann?«

»Dann ist sie gegangen.«

»Sie … ist gegangen? Aber wohin?«

Esther zuckte mit den Schultern. »Ich weiß es nicht genau.«

»Warte: Erzählst du mir gerade, dass du mit deiner Mutter vor über fünfzig Jahren das letzte Mal gesprochen hast? Aber …«

»Bevor du weiterfragst: Damals habe ich mich so entschieden und kann es nun nicht mehr rückgängig machen. Mittlerweile weiß ich selbst, wie dumm ich war. Ich bin damals kurz nach ihrer Abreise in das Haus zurückgekehrt. Eigentlich wollte ich es ausräumen und so schnell wie möglich verkaufen. Aber dann habe ich es nicht übers Herz gebracht.«

Tante Ingrid hatte eines Tages bei ihr geklingelt und ihr sowohl einen Brief als auch die Schlüssel übergeben. Und Esther hatte so getan, als sei ihr das alles egal. Aber das war es nicht.

Spätestens ab dem Augenblick, als sie den Mantel über dem Küchenstuhl hängen sah und die Briefe auf dem Tisch, wusste sie, dass die Geschichte noch lange nicht zu Ende erzählt war. In diesem Augenblick hasste sie ihre Mutter beinahe dafür, dass sie ihr nicht ihren Seelenfrieden ließ. Und gleichzeitig sehnte sie sich auf einmal unfassbar danach, sich in ihre Arme zu werfen, wie das kleine Mädchen, das sie einmal gewesen war, und um all das zu weinen, was sie verloren hatte.

Wenn Esther nur noch einmal zu diesem Moment zurückkehren könnte. Sie würde keine Sekunde zögern und ebenfalls in einen Flieger steigen, um ihre Mutter zu suchen.

Kapitel 40

Mittwoch, 19. März 1969, Gablenberg

Paula zupfte die welken Blüten von den Anemonen, die sie zwischen den Märzenbechern und Narzissen auf Philips Grab gepflanzt hatte. Sie verbrachte viel Zeit hier auf dem Friedhof. Saß auf der Bank vor dem Familiengrab und ließ sich die Frühlingssonne ins Gesicht scheinen. Vermutlich dachten die anderen Friedhofsbesucher, dass sie nicht mehr alle Tassen im Schrank hatte, weil sie immer mit sich selbst sprach. Dabei stimmte das gar nicht. Sie redete mit Philip. Seitdem er gestorben war, war das sehr viel einfacher geworden. Endlich konnte sie offen über alles sprechen, ohne Sorge zu haben, ihn zu verletzen.

Das Leben mit ihm, von dem sie damals dachte, es würde maximal ein paar Monate dauern und das nun etwas mehr als dreißig Jahre lang das ihre gewesen war, war so schnell an ihr vorbeigerauscht. Um ein Haar wäre die Wahrheit nie ans Licht gekommen. Und dann? Wäre Esther dann ihr Kummer und ihnen beiden dieser unüberwindbare Streit erspart geblieben? Wenn es in ihrer Hand gelegen hätte, sich zu entscheiden, ob sie die Wahrheit erfahren wollte oder nicht, wie wäre diese Entscheidung ausgefallen? Hätte sie darauf verzichten wollen, zu wissen, dass Norman lebte? Ihn jetzt wiederzusehen zugunsten ihrer Beziehung zu Esther?

Vielleicht war es gut, dass Menschen solche Dinge nicht entscheiden durften, sondern dass Gott oder wer auch immer dafür zuständig war, ihnen die Erfahrungen zuteilte, die er für richtig hielt. Die Aufgabe der Menschen war sehr viel einfacher: Sie mussten nur damit zurechtkommen und das Beste daraus machen.

Selbst wenn sie alles in ihrer Macht stehende versucht hatte, um sich mit Esther zu versöhnen, konnte die Liebe eben doch nicht alles heilen. Sie hatte sich immer wieder gefragt, ob sie genug getan, versucht, gewagt hatte, um ihre Tochter zurückzugewinnen und doch nie eine Antwort darauf gefunden. Schließlich hatte Paula Frieden mit sich selbst geschlossen, denn sonst hätte sie nicht weiterleben können. So viele Verluste über die Jahre waren unendlich schwer zu ertragen gewesen. Sie versuchte täglich, nicht mehr damit zu hadern. Es war, wie es war. Das Schicksal hatte ihr die eine oder andere Extraschleife zugedacht, die sie stoisch gegangen war, aber jetzt war es genug. Keiner konnte etwas dafür, dass Esthers Wege sie von Paula weggeführt hatten. Paula bemühte sich, es als Glück zu betrachten, dass sie so lange gemeinsam gehen konnten.

»Ohne dich wäre alles noch viel schwieriger gewesen«, sagte sie zu den Narzissen und lächelte. »Ich hätte den Tod meiner Mutter, den Krieg und schon gleich gar nicht die übergriffigen Attacken von Wolff überstanden. Ich hätte keine Sternschnuppen über das Waldebene gesehen und Esther wäre niemals bei den Kickers gelandet.« Wehmütig ließ sie ihre flache Handfläche über die zarten Blüten gleiten.

»Niemand hätte mich je Pips genannt.«

Beinahe konnte sie Philips Stimme hören, die ihren Kosenamen sagte. Er war immer noch ihr bester Freund.

Hier an seinem Grab hatte sie Helens Päckchen mit den Briefen geöffnet. *Ihren* Briefen. Allesamt verfasst zwischen 1938 und 1940, und von Cosima unterschlagen.

Helen hatte sie in Cosimas Nachlass gefunden und bis zu dem Zeitpunkt nicht geöffnet, als Paul ihr von Paula erzählt hatte. Es war ihr immer so vorgekommen, wie ein Eindringen in etwas, das sie nichts anging. Paula besaß die Originale, während sie Norman Kopien geschickt hatte.

Paula konnte sich lebhaft vorstellen, wie groß der Schock von Helen gewesen war, als sie erfahren hatte, dass auch Paula noch lebte. Auch die Töchter der Behrends lebten alle noch. Alma war eines Tages tatsächlich endlich nach Los Angeles gezogen und hatte dort irgendeinen Filmregisseur geheiratet, von dem sie längst wieder geschieden war. Nanette und Hans waren irgendwo in den mittleren Westen gezogen und hatten dort einen eigenen Deli aufgemacht. Der Kontakt zu ihren alten Freunden hatte sich während des Krieges und danach immer weiter aufgelöst, sodass sie nur vage Anhaltspunkte über deren Aufenthaltsorte hatte. Aber Paula wusste, dass sie sie finden konnte, wenn es nötig war.

Der Schock und die Freude darüber, dass sowohl Paula als auch Norman noch lebten, mussten beide erst einmal verarbeiten. Sie waren beide kaum in der Lage, sich auch nur vorzustellen, was es bedeuten würde, sich wiederzusehen und womöglich zu entdecken, dass die Erinnerung sie getäuscht hatte. Das Leben hatte die Gefühle glatt geschliffen und die Rückblicke strahlender erscheinen lassen, als sie vermutlich je gewesen waren. Aber wer wusste das schon?

Immer wieder sah sie Normans Briefe, besonders den letzten, in dem er gefragt hatte, wann sie käme.

Nicht ob.

Nicht für wie lange.

Wann.

Auf einmal schien alles so absurd einfach und klar. Andererseits hatte Paula auch Angst vor noch mehr Schmerz und Kummer. Das Leben hat sie Glück gegenüber sehr misstrauisch gemacht.

Nicht nur Philip war tot, auch Kurt lebte schon nicht mehr. Ingrid war mit ihren Enkeln beschäftigt. Richard hatte sie in den letzten zehn Jahren vielleicht einmal gesehen. Es war nicht damit zu rechnen, dass er nun häufiger nach Gablenberg kommen würde. Im Gegenteil. Er hatte mit seiner Heimat abgeschlossen.

Geliebte Menschen waren gestorben, andere waren weggezogen. Esther war erwachsen und führte ein Leben, in dem Paula keinen Platz mehr hatte. Auf manches hatte Paula Einfluss gehabt, aber auf das meiste eben nicht, und das war vielleicht eine der wichtigsten Lektionen, die sie in ihrem Leben gelernt hatte. Die Erde hatte sich immer weitergedreht, selbst wenn Paula das oft nicht für möglich gehalten hätte.

Es gab keinen Grund, noch länger hierzubleiben und zu warten. Vor allem: auf was? Auf Esther? Ein Zeichen? Den Tod? Und immer weiter darüber nachzudenken, was hätte sein können? Das hatte sie schon vor Jahrzehnten aufgegeben. Es brachte nichts. Man musste die Wege gehen, um herauszufinden, wohin sie führten. Paula machte sich nichts vor: Es konnte sein, dass sie nicht fand, wonach sie sich ihr Leben lang gesehnt hatte. Aber auch das Gegenteil war möglich. Und wenn sie jetzt nicht ging, würde sie es nie erfahren.

»Also, was meinst du? Soll ich oder soll ich nicht?«, fragte sie die Narzissen.

Philips Antwort und sein unverwechselbares Lachen hörte sie, bevor sie zu Ende gesprochen hatte.

»Auf was wartest du noch, Pips?«, sagte er und lachte.

Kapitel 41

Donnerstag, 18. September 1969, Gablenberg

Sechsundfünfzig Jahre. Paula schüttelte ihr halblanges Haar und steckte es dann mit einer Klammer aus dem Gesicht. Wann war das passiert? Ihre Locken waren immer noch genauso widerspenstig wie vor dreißig Jahren und nur ein paar wenige Silberfäden durchzogen die braunroten Wellen. Womöglich lag es an ihren Augen, deren Strahlen sie trotz ihrer zarten Fältchen neuerdings viel jünger aussehen ließ, selbst wenn sie mit der aktuellen Mode nicht wirklich etwas anfangen konnte. Paula mochte nach wie vor die Eleganz von Kleidern, feinen Seidenstrümpfen und schmalen Gürteln und war stolz darauf, dass sie immer noch dieselbe Größe trug wie damals in ihren Zwanzigern. Bunte Schlaghosen, Plateauschuhe, Rüschenblusen, Fellwesten waren einfach nicht ihr Ding – für sie sahen die meisten jungen Menschen dieser Tage aus, als hätten sie sich für ein Kostümfest verkleidet.

Paula bewunderte Jackie Kennedy und deren Stilsicherheit, obwohl sie es ihr nicht wirklich verzeihen konnte, dass sie im vergangenen Jahr diesen Onassis geheiratet hatte. Andererseits: Wer war Paula schon, sich darüber ein Urteil zu erlauben.

Ganz im Stile ihres modischen Vorbildes trug Paula heute ein senfgelbes Kleid mit weißen Paspeln an den Ärmeln, das kurz unter dem Knie endete, und eine dazu passende gelbe Strickjacke mit kleinen Stickereien an den Schultern und winzigen Perlenknöpfen. Darüber hatte sie einen hellbeigen Mantel gezogen, der sich mit einem schmalen Gürtel schließen ließ. Ihre Füße steckten in halbhohen und bequemen Pumps. Ein letztes Mal sah sie in den Spiegel, setzte sich dann den ebenfalls gelben Toque auf, einen krempenlosen Hut, der ihre Haare bändigte und ihr Outfit komplettierte, bevor sie ihre kleine Handtasche mit Pass, Portemonnaie und Minzpastillen über den Arm hängte. Sie war bereit.

Die Aufregung vor dem allerersten Flug ihres Lebens konnte die leise Trauer nicht ganz überdecken, die sie bei diesem Abschied fühlte. Paula schüttelte wehmütig ihren Kopf, als sie mit dem linken Fuß ihren Koffer auf die Seite schob und noch einmal zurücksah.

»Behüt dich Gott, mein Lieber«, sagte Paula und drückte einen Kuss auf ihre Fingerspitzen, bevor sie sie auf ein Foto von ihrem verstorbenen Mann legte, das gerahmt mit all den anderen Familienbildern über der kleinen Chaiselongue hing. »Meinst du, ich habe die richtige Entscheidung getroffen?«

In den letzten Wochen hatte sie Philip an seinem Grab wieder und wieder besucht und genau diese und noch viele weitere Fragen gestellt.

Der Griff des großen und ziemlich schweren Lederkoffers war ein bisschen störrisch und Paula hatte große Mühe, ihn zur Haustür zu ziehen. Es war weder besonders warm noch außergewöhnlich kalt für September, und sie war unsicher gewesen, was sie mitnehmen sollte. Deshalb war der Koffer vielleicht ein bisschen zu voll geworden, und ihr Mantel mit dem Fuchskragen hatte nicht mehr hineingepasst, also hatte sie ihn sich über den Arm gelegt. Über all die Jahre hatte er eine so große Bedeutung für Paula gehabt, war das Sinnbild für Normans Wärme und für seine Liebe gewesen. Andererseits: War es nicht ein wenig albern, mit einem dreißig Jahre alten Mantel einmal um die Welt zu reisen? Sie trug ihn schon seit Jahren nicht mehr, weil er ihr für den Alltag zu kostbar erschien und es kaum andere Gelegenheiten gegeben hatte. Wenn Philip sie ins Theater ausführte, hatte sie ihn schon deshalb nicht tragen wollen, weil sie immer das Gefühl hatte, dass dann Norman irgendwie auch mit dabei war.

Am liebsten wäre Paula mit dem Schiff gefahren und hätte ein paar Tage, anstatt nur ein paar Stunden gehabt, um ihre Seele mit auf die Reise zu nehmen. Immerhin wusste sie überhaupt nicht, was sie dort erwartete.

Aber er war da. Er wusste, wann sie ankommen würde, und hatte versprochen, sie abzuholen. Norman …

Ihr Herz begann wieder einmal schneller zu schlagen.

Vielleicht war es doch gut, dass sie nicht mit dem Schiff fuhr. Ungeduldig schaute Paula auf ihre schmale goldene Armbanduhr. Wo das Taxi wohl blieb?

Immer wieder schoben sich die Bilder von damals über die von heute, spürte sie beinahe noch, wie der Griff des Lederkoffers in ihre Hände schnürte, oder hatte den Geruch des kleinen Bastkoffers in der Nase. Fast fühlte sie sich wie damals, freudig aufgeregt und gleichzeitig voller Angst, was da vor ihr lag.

Vom Taxi fehlte nach wie vor jede Spur. Was für ein Glück, dass sie es extra eine halbe Stunde zu früh bestellt hatte. Immerhin konnte sie so in Ruhe noch einmal vom Haus Abschied nehmen. Und von ihrem bisherigen und so vertrauten Leben.

Das Läuten der Gablenberger Kirche und das Gemurmel, das vom Bürgersteig durch die stets geöffneten Fenster in ihre Wohnung drangen, wenn jemand an ihrem Haus vorbeiging, würden ihr schmerzlich fehlen. Und auf einmal schien ihr der Kirschbaum vor Philips Werkstatt und die Beete mit den Pfingstrosen hinter dem Haus besonders schön, selbst wenn weder das eine noch das andere blühte. Aber vielleicht war die Sehnsucht und das Vermissen auch ein ganz wichtiger Bestandteil ihres Lebens, ohne den sie jetzt nicht hier stehen würde mit dem Koffer in der Hand und Kopf und Herz voll ungestellter Fragen, Aufregung und Erwartungen. Vielleicht, so glaubte Paula, waren die Sehnsucht und das Vermissen ein ganz wichtiger Bestandteil ihres eigenen Lebens, ohne den sie niemals den Schritt gewagt hätte, ihre Heimat zum zweiten Mal zu verlassen und nach New York zu reisen. Vielleicht war es jetzt einfach an der Zeit, den Blickwinkel zu ändern und ihre Lieben in Deutschland zu vermissen, anstatt sich nach einer Vergangenheit zu sehnen, die sie schon verloren geglaubt und so unverhofft wiedergefunden hatte. Und eine Zukunft. Beinahe musste sie beim Gedanken daran lachen, wie kurz diese Zukunft sein würde. Nun ja. Sie war siebenundfünfzig. Wer wusste schon, was kam? Jeder einzelne Tag war ein Geschenk, an dem man die Chance bekam, glücklich zu sein, ganz egal, wie alt man war.

Endlich hielt das Taxi vor der Tür, und Paula bugsierte den Koffer nach draußen. Während der Taxifahrer sich damit abmühte, ihn im Kofferraum zu verstauen, und sie beinahe schon eingestiegen war, kehrte sie, einem inneren Impuls folgend, noch einmal um. Schloss die Tür auf, ging in die Küche und drapierte den Mantel über dem Stuhl, auf dem Esther immer gesessen hatte. Es fühlte sich vielleicht gerade deshalb merkwürdig an, ihn mitzunehmen, weil er gar nicht nach New York gehörte. Womöglich war es nicht seine Aufgabe, Paula warm zu halten, sondern Esther dabei zu helfen, ihren Weg wieder zurück zu ihrer Mutter zu finden. Vielleicht würde sie sich fragen, warum Paula ihn dagelassen hatte. Würde sich auf die Suche nach Antworten machen, das Etikett und die Geschichte dahinter entdecken. Vielleicht. Eines Tages. Und vielleicht konnten ihre beiden Herzen dann endlich heilen.

Schnell ging Paula ins Schlafzimmer und holte noch die verschnürten Briefe aus der Kommode, die Helen ihr geschickt hatte, und lehnte sie gegen einen hellgrauen Mostkrug, sodass Esther sie sofort finden würde, wenn sie hereinkam. Paula wusste, dass diese Briefe Esther noch mehr verletzen würden. Aber sie hoffte gleichzeitig, dass sie, wenn Paula weg war, in Ruhe nachdenken, lesen und dann eines Tages vielleicht doch das Ende der Geschichte hören wollte. Oder vielmehr den Anfang.

Kapitel 42

Der Taxifahrer ließ Paula direkt am Flughafen-Terminal aussteigen, wobei er ein Hupkonzert riskierte, aber das schien ihm egal zu sein. Er half ihr, ihr Gepäck aus dem Kofferraum zu holen, und stellte es ihr in den Eingang des Gebäudes.

Nachdem sie gezahlt hatte, tippte er sich an die Mütze und wünschte ihr viel Glück. Paula lächelte. Glück konnte nie schaden.

Sie war sehr froh, als sie endlich ihr Gepäck losgeworden war, beglückwünschte sich noch einmal zu der Entscheidung, den Mantel nicht mitgenommen zu haben, und genoss die Sonnenstrahlen, die ihr im Warteraum ins Gesicht schienen. Zunächst würde sie mit einer kleineren Lufthansa-Maschine nach London Heathrow fliegen und dann von dort aus mit einem modernen und großen Flugzeug der Pan Am nach New York. Es war schon verrückt, wie schnell man mittlerweile von einem Ort zum anderen reisen konnte.

Und es gefiel ihr ausgesprochen gut.

Die bequemen Sitze, die aufmerksamen und hübsch zurechtgemachten Stewardessen, die erwartungsvolle Stimmung, all das passte zu Paulas eigenem Empfinden. Sie spürte, wie ihre alte Unternehmungslust wieder zu ihr zurückkehrte. Die Vorfreude auf ein Abenteuer und das Gefühl von Freiheit, das in ihren Adern kribbelte, als hätte sie zu viel von dem

Sekt getrunken, den ihr eine freundliche Stewardess gleich zu Beginn angeboten hatte.

Der Start war aufregend. Paula hatte nicht damit gerechnet, dass es sie so in ihren Sitz drücken würde, und beinahe hätte sie laut aufgelacht. Ganz im Gegensatz zu der armen und sehr blassen Frau neben ihr, die sich an ihren Mann geklammert und leise gebetet hatte.

Ein wenig fühlte es sich an wie eine Fahrt in einem sehr luxuriösen Bus mit ziemlich kleinen Fenstern, wenn man einmal davon absah, dass es nicht nur nach links und rechts schaukelte, sondern mitunter auch gehörig von oben nach unten.

Es war ein großartiger Spaß. Was auch immer in New York auf sie warten würde, Paula würde den Flug dorthin genießen.

Die große Pan-Am-Maschine gefiel ihr beinahe noch besser als die kleine der Lufthansa, genauso wie das leuchtende Blau der schicken Uniformen. Sie genoss den Klangteppich aus Englisch, das Lachen und die Gespräche der anderen Reisenden, und sobald sie auf ihrem Platz saß, schloss sie die Augen und tauchte völlig in ihre Vorfreude ein.

Kurz vor ihrer Ankunft am JFK erkannte Paula Long Island mit seinen unendlich langen weißen Sandstränden, das schmale Stück Land, eingerahmt vom Meer. Sofort hatte sie wieder den Geruch nach Meer und Wind in der Nase, das Schlagen der Wellen am Ufer und das Geschrei der Möwen. Sie sah sich selbst mit Nanette und Alma dort am Strand herumalbern, mit Norman und Hans beim Ballspiel oder in einer der Fischerkneipen beim Hummer- oder Austernessen. Beinahe hörte sie ihr eigenes helles Lachen und das Brummen von Normans Gelächter. Es war unglaublich, wie klar und deutlich ihr Erinnerungen waren, als wäre sie erst gestern dort gewesen.

Ein bisschen enttäuscht war sie schon, dass sie New Yorks Silhouette nicht zu sehen bekam, aber JFK war nun mal nicht Ellis Island und sie stand auch nicht an der Reling eines Schiffes.

Als der Boden immer näher kam und sie immer mehr Details ausmachen konnte, begann ihr Herz erneut aufgeregt zu klopfen. Sie fühlte den Schlag und ein leichtes Schlingern, als das Flugzeug aufsetzte, hörte das erleichterte Aufseufzen einiger Passagiere, das Rumpeln und das Geräusch der Bremsen auf der Landebahn.

Als sie in der riesigen Ankunftshalle stand und darauf wartete, dass ihr Pass und später noch ihr Gepäck kontrolliert wurde, schloss sie erneut für einen Moment die Augen. Auch hier kam eine Erinnerung zurück, die so lange schon in ihr schlummerte, dass sie nicht glauben konnte, wie präsent sie auf einmal war.

Da stand sie wieder, und ganz gleichgültig, ob sie nun zwanzig oder siebenundfünfzig war, sie war immer noch dieselbe, neugierige, mutige und abenteuerlustige Paula, die nicht hier wäre, wenn sie nicht daran glauben würde, dass es noch mehr in ihrem Leben gab als das, was sie in Gablenberg vorgefunden hatte. Ganz gleichgültig, ob sie nun mit ihrem Koffer am Quai, in der langen Schlage der Einwanderer unter all den Fremden stand, oder jetzt und hier – beide Male war sie bereit gewesen, ihr altes Leben zurückzulassen und ein ganz neues zu beginnen. Und hatte keine Ahnung, was sie wirklich erwartete.

Obwohl sie noch nie am JFK-Flughafen gewesen war, war Paula zuversichtlich, dass sie ihren Weg nach draußen finden würde. Trotz der anstrengenden Reise begleitete sie eine heitere Ruhe, und die Eile, die sie in den letzten Tagen empfunden hatte, die Ungeduld und der Starrsinn, der sie schließlich hierhergebracht hatte, all das fiel von ihr ab. Sie war wieder zu Hause. Und sie hatte Zeit. Alle Zeit, die ihr blieb. Ihr ganzes restliches Leben lang. Keiner schenkte ihr besondere Aufmerksamkeit. Der Passbeamte kontrollierte sie flüchtig, und der Mann am Zoll winkte sie einfach durch. Schließlich stand sie vor der großen Schiebetür, die sie von all den Wartenden da draußen trennte. Sie atmete tief ein und fragte sich für den Bruchteil einer Sekunde, ob Norman gekommen war – und ob er sie überhaupt erkennen würde. Dann trat sie nach draußen.

Ihre Blicke trafen sich beinahe sofort. Norman lehnte an einer der Säulen in der Wartehalle und beobachtete den Eingang. Er trug einen Anzug und einen grauen Hut, und der Strauß mit den rosafarbenen Rosen in seiner linken Hand zitterte leicht. Das Pappschild, das er in der Hand gehalten hatte, ließ er achtlos zu Boden fallen, als er langsam auf sie zukam, ohne sie auch nur für eine Sekunde aus den Augen zu lassen. Je näher er kam, umso mehr lächelte er. Selbst auf die Entfernung sah sie das übermütige Funkeln in seinen Augen, das sie so sehr geliebt hatte, und auch ihr Herz machte einen Sprung, als würde es sich erinnern.

Für einen Moment schien es ganz still in diesem riesigen Flughafengebäude, obwohl alle anderen Passagiere, Besucher, Wartenden und Ankommende weitergingen, als Paula und Norman sich einander langsam näherten. So behutsam und vorsichtig, als könnte jeder Schritt dieses Wunder wie eine Seifenblase zerplatzen lassen. Ihre Blicke aufeinander gerichtet, ohne irgendetwas oder irgendjemand um sie herum wahrzunehmen. Und als sie endlich voreinander stehen blieben, gab es keine Worte, mit denen sie sich all das hätten sagen können, was sie sich in den letzten dreißig Jahren in ihren Träumen längst gesagt hatten. Paula nahm die Rosen und legte ihre linke Hand in seine Rechte. Sie spürte kaum, dass Tränen ihre Wangen hinabliefen, aber sie sah, dass es Norman genauso ging.

Später konnte Paula nicht mehr sagen, ob es Sekunden, Minuten oder gar Stunden gewesen waren, bis Norman endlich ihre Hand ergriff und sie in seine Arme zog. Der Moment, in dem sich ihre Lippen trafen, ließ Paula schwindelig werden. Und so aufregend das alles war, eines wusste sie sicher: Zwischen ihnen hatte sich nichts verändert. In ihr breiteten sich eine große Ruhe und ein tiefes Vertrauen aus. Sie hatte ihn wiedergefunden. Und sie würde bleiben.

Kapitel 43

Freitag, 21. Juli 2023, Gablenberg

»Noch mal von vorne: Deine Mutter ist also 1969 in die USA gegangen und du hast nie wieder mit ihr gesprochen?« Linda konnte es offensichtlich immer noch nicht glauben.

»Nein. Nie wieder.«

»Aber warum?«

»Ich … ich war wütend, verletzt und einsam! Und trotzdem war ich es am Ende selbst, die alles kaputtgemacht hat. Ich hätte mir wenigstens anhören müssen, was sie mir zu sagen hatte.«

Oder die Briefe lesen. Doch bis sie den Mut dafür aufbrachte, Paula zu schreiben, war es zu spät, sich mit ihr auszusöhnen. Paula war 2001 gestorben.

»Ach komm, sei doch nicht so streng mit dir.« Linda lächelte ihre Mutter aufmunternd an.

»Jetzt ist es zu spät«, sagte Esther nur leise. Dieser Verlust würde sie den Rest ihres Lebens begleiten.

»Würdest du ihr denn heute zuhören wollen?«, fragte Linda vorsichtig und versuchte Esthers Blick aufzufangen.

»Ja«, antwortete Esther. »Ja, das würde ich.« Wehmütig dachte sie an Lindas Geburt, an die ersten Schritte, die vielen Meilensteine, die es im Leben ihrer Tochter gegeben hatte, die sie nie mit Paula hatte teilen können. Von dem Moment an, als sie Georg kennengelernt hatte, war seine Familie auch ihre gewesen. Und sie hatte versucht, sich einzureden, dass das genug war. Ihre Schwiegermutter, ihre Schwägerinnen und Georg selbst, Gott habe sie alle selig, waren großartige Menschen gewesen, aber eben nicht ihre Mutter. Nicht Paula. Nicht Philip, nicht Paul. Und auch nicht Norman.

»Gut. Dann lass es uns versuchen!« Linda hatte ihren Laptop wieder aufgeklappt und begann konzentriert zu tippen.

»Was meinst du? Was sollen wir versuchen? Und was machst du da überhaupt?«

»Ganz einfach: Ich versuche, die Dinge zu ändern, die sich ändern lassen. Ich buche uns einen Flug!« Die Augen ihrer Tochter funkelten, als sie ihre Mutter ansah.

»Wie: Uns? Warum? Und wohin?« Esther verstand überhaupt nichts mehr.

»Nach New York natürlich.«

Es wurde nicht offensichtlicher. »Aber wozu?«

Linda schüttelte den Kopf. »Du bist wirklich schwer von Begriff, Mutter. Wenn du etwas in Ordnung bringen willst, dann tu es doch einfach.«

»Ja, aber …«

»Für deine Mutter ist es zu spät. Aber vielleicht schaffst du es ja für dich.«

Worauf wollte sie hinaus? Esther war verwirrt.

Linda seufzte. »Schau, dass Norman nicht mehr lebt, kann man auf Wikipedia lesen. Hier steht es: Norman Anderson, gestorben im Dezember 1999 in Washington.« Sie sah zu ihrer Mutter auf. Esther konnte es gar nicht leiden, wenn sie nicht begriff, um was es ging. Sie wedelte mit der Hand, damit Linda weiterlas.

»Sein Sohn Paul lebt zurückgezogen auf einer Ranch im Mittleren Westen. Ob wir ihn einfach so finden können, ist fraglich. Oder hast du seine Adresse?«

»Nein, ich ...«

»Okay. Damit habe ich auch nicht gerechnet.« Linda grinste, legte aber sofort beschwichtigend die Hand auf Esthers, als sie sah, wie ihre Mutter zusammenzuckte. »Entschuldige, Mutter, das sollte nicht schnippisch klingen, aber ... ach egal. Wir werden schon jemanden finden.«

Sie tätschelte ihre Hand. »Es bleibt uns ja noch Helen, vorausgesetzt, sie lebt noch. Weißt du von ihr irgendwas?«

Esther schüttelte den Kopf.

»Nicht wirklich. Nur, dass sie zwölf Jahre älter ist als Paul und somit auch schon fast hundert sein müsste. Da müssen wir uns wohl ganz schön beeilen.«

Lindas Forscherdrang war ansteckend. Und nun kehrte auch Esthers Abenteuerlust zurück. Vielleicht hatten sie ja wirklich Glück und konnten irgendjemanden aus der Familie ausfindig machen. Was dann weiter geschah, war vielleicht auch gar nicht so wichtig. Aber das Bedürfnis, wenigstens eine Person zu treffen, die damals dabei gewesen war und die vielleicht noch ein bisschen mehr Licht ins Dunkel bringen konnte, war auf einmal beinahe übermächtig. Sie schickte ein Stoßgebet gen Himmel, dass Helen noch lebte. Warum hatte sie nur so lange gewartet?

Kapitel 44

Freitag, 28. Juli 2023, White Plains, New York

Es war zwar immer noch Juli und dementsprechend sicher ziemlich heiß in New York, aber plötzlich konnten es weder Esther noch Linda erwarten, sich auf die Suche nach Helen zu begeben. Ihr Flug ging an einem Freitag früh von Frankfurt aus nach New York, und sie würden dort gegen drei Uhr nachmittags ankommen. Sie wollten in einem Motel übernachten und sich erst am Samstag früh auf den Weg zu Helen machen. Allein die Vorstellung, in diese aufregende Stadt zu reisen, ließ Esther in den Tagen davor dauerhaft am Rande einer Ohnmacht balancieren. Sie flog zwar nach wie vor gern in den Urlaub, aber New York war … einfach so unfassbar groß und beeindruckend, beängstigend und … außerdem lebte Paul dort. Zumindest irgendwo in der Nähe. Sie hatten noch nicht herausgefunden, wo genau, geschweige denn, ob er sie überhaupt sehen wollte, aber allein die Möglichkeit, diese alte Geschichte aufzulösen und hinter sich zu lassen, war eben ungefähr so groß wie die Stadt, die niemals schlief.

Je näher die Reise kam, desto nervöser wurde sie. In ihr brodelte eine Mischung aus Vorfreude und Angst. Seit Neuestem kam auch so etwas wie Scham dazu. Denn nachdem Lindas

Suche nach dem Mantel sie gewissermaßen dazu gezwungen hatte, alles zu erzählen, war das Geheimnis zu etwas geschrumpft, das sich nicht mehr bedrohlich anfühlte. Und schon gleich gar nicht wie etwas, das eines bleiben musste. Jede Sekunde, die sie nachts wach lag, fragte sie sich vielmehr, warum es so lange gedauert hatte, bis alles ans Licht gekommen war. Esther wusste, dass sowohl ihre Mutter als auch sie selbst mit Schuld daran trugen, dass es überhaupt zu einem so großen und schmerzhaften Geheimnis geworden war. Warum hatte sie Paula nie nach ihrer Version der Geschichte gefragt? Nach ihren Gründen? Sie wusste doch, dass Paula eine liebevolle und gute Mutter, aber eben auch gleichzeitig immer von einer gewissen Traurigkeit umgeben gewesen war. Hätte sie das als Tochter nicht spüren müssen? Warum um alles in der Welt hatte sie ihr nicht helfen können? Was für eine Verschwendung von Liebe und Lebenszeit!

Esther weinte viel in diesen Nächten. Ließ den Kummer zu, den sie sich damals verboten hatte, als Paula ging.

Linda schlief bei ihr und hielt ihre Hand. Tröstete und beruhigte sie, während Esther sich nur eines wünschte: Die Zeit zurückdrehen zu können und alles anders zu machen. Für ein einziges Lächeln oder eine Berührung von Paula hätte sie beinahe alles gegeben.

Sie strich immer wieder mit dem Finger über das Bild ihrer Mutter und ihres Vaters, für den sie sich nie interessiert hatte, und sagte ihnen all die Dinge, die sie sich selbst so lange verboten hatte. Sie erzählte ihnen von den vielen Jahren, die sie verpasst hatten, von Georg und von dem Leben mit Linda, aus dem sie sie ausgeschlossen hatte.

Sie wusste, dass es zu spät war für eine echte Versöhnung.

Dabei hatte sie ihre Mutter über die ganze Wut hinweg immer geliebt. Auch wenn sie das erst jetzt selbst begriffen hatte.

So gern hätte sie das ihrer mutigen, kämpferischen und starken Mutter gesagt. Umso wichtiger, dass sie nun die Menschen traf, mit denen sie noch reden konnte.

Sie hatte Linda vermutlich tausendmal gefragt, ob sie auch wirklich wusste, wie man mit diesem Skytrain zum Parkplatz für die Mietwagen kam, ob sie ausreichend Bargeld, Kreditkarten und Mut hatte, überhaupt dort in eines dieser riesigen Autos zu steigen und auf eine der viel zu breiten Autobahnen zu fahren. Linda hatte sie immer wieder beruhigt. Aber Esther kannte ihre Tochter. Sie war nur zu eigensinnig, um zuzugeben, dass sie ebenfalls nervös war. Von wem sie das wohl hatte?

Sowohl Linda als auch Esther hatten mit einem luxuriösen Seniorenheim gerechnet, aber als sie schließlich in White Plains ankamen, fanden sie keine Villa und auch kein Personal, sondern ein kleines gelbes etwas verwittertes Häuschen vor, in dessen Garten bunte Blumen blühten und grüne Büsche und Bäume leuchteten. Hier lebte definitiv jemand, der gern draußen war und Farben liebte – und der entweder alles andere als hilflos und gebrechlich war oder einen großartigen Gärtner hatte.

Sie klingelten, und eine winzige weißhaarige Lady mit wachen Augen öffnete die Tür. Linda trug den Mantel über dem Arm, und dennoch erkannte ihn Helen Goodman-Miller, Cosimas Tochter, zu diesem Zeitpunkt dreiundneunzig Jahre alt, sofort. Ihre Augen füllten sich mit Tränen, als sie näher trat und wortlos zunächst über den Pelz strich und dann zu Linda aufsah. Alte, beinahe vergessene Tränen passend zu Helens uralter Sehnsucht.

»Paula! Bist du es? Bist du zurück?« Die alte Frau hatte Linda mit dem falschen Namen angesprochen, und sofort begann auch Esther zu weinen. Sie hatte schlicht vergessen, wie sehr sich ihre Tochter und ihre Mutter ähnelten.

Es dauerte nur ein paar Sekunden, bis sich Helen schüttelte, räusperte und dann sehr undamenhaft die Nase hochzog, bevor sie ein Taschentuch aus dem Ärmel ihrer gelben Strickjacke fischte und sich schnäuzte.

»Entschuldigt«, sagte sie auf Deutsch. »Meine Manieren. Ich … wenn man alleine lebt und einen keiner mehr ermahnt, dann vergisst man alles.« Sie lachte ein helles Lachen, das nicht zu ihrem Alter zu passen schien. »Dabei hatte ich die beste Lehrerin überhaupt. Also noch mal von vorne: Herzlich willkommen, Linda. Esther. Es … es tut mir leid, dass ich die Kontrolle verloren habe … aber du siehst ihr einfach so ähnlich!« Sie lachte erneut. »Ich bin eine schreckliche Gastgeberin, bitte verzeiht.« Sie wandte sich wieder in Richtung Haus und winkte die beiden hinter sich her. »Kommt rein. Ich bin alt und war nicht vorbereitet darauf, wie ähnlich ihr euch seht. Du …« Sie wandte sich um und schüttelte wieder den Kopf, als sie Linda erneut staunend ansah. »Also wirklich! Ich dachte, die junge Paula steht vor mir!«, murmelte sie, als sie gemeinsam die Diele des Häuschens betraten, nur um sich dann noch einmal umzudrehen. »Es ist ja nicht so, als hätte ich Paula seit … damals nicht mehr gesehen. Aber was hätte sie darum gegeben, diesen Moment mitzuerleben! Ihr könnt euch nicht vorstellen, was für eine Freude es für mich ist, dass ihr endlich da seid!«

Helen war erstaunlich. Sie sprudelte beinahe über vor Begeisterung, brachte Limonade und selbst gebackene Flachswickel, ein mit Hagelzucker bestreutes Hefegebäck, das zu Paulas Spezialitäten gehörte und Esther sofort wieder in ihre Kindheit zurückkatapultierte. Überhaupt stellten die beiden Frauen fest, dass sie sehr viel gemeinsam hatten, nicht nur, was all die Dinge anging, die Paula ihnen beiden in ihren frühen Jahren beigebracht hatte. Und obwohl sie sich noch nie vorher begegnet waren, fühlten sie sich beinahe wie Schwestern, die sich endlich gefunden hatten. Sie weinten gemeinsam über den Verrat von Cosima und Helens Sehnsucht nach der einzigen Frau, die sie je liebevoll und fürsorglich behandelt hatte. Nach Paula. Sie waren noch einmal gemeinsam fassungslos über die belauschten Gespräche, abgefangenen Briefe. Esthers Seele wurde weit und füllte sich mit Mitgefühl und Kummer, als Helen von ihrem Cousin Norman und dessen gebrochenem Herzen erzählte. Viele kostbare Jahre hatten sie verpasst. Es waren Jahre voller Enttäuschung und einem schwierigen Weg auch für Helen gewesen, der in jungen Jahren der Boden unter den Füßen weggezogen wurde. Aus purer Selbstsucht hatte ihre Mutter die Liebe zwischen zwei Menschen zerstört. Helen versuchte aber auch eine Erklärung für das Handeln ihrer Mutter zu finden, die in dieser schwierigen Zeit aus ihrem eigenen Verständnis heraus versucht hatte, das Beste für ihre Familie zu tun.

Als sie schließlich das gelbe Haus verließen, war es bereits Nachmittag. Es war alles erzählt. Helen hatte Esther einen dicken Brief von Paula überreicht, in dem sich viele dicht beschriebene Blätter und ein Hochzeitsfoto aus den achtziger Jahren von einem glücklichen Norman und einer strahlenden

Paula befanden. Helen schnitt für beide eine wunderschöne und zart duftende rosa Rose für das Grab ab. Und als sie mit dem Mantel und dem Brief das Haus verließen, wussten alle drei, dass dies eben doch nicht das Ende der Geschichte war, sondern vielmehr ein neuer Anfang.

Denn am nächsten Tag würden sie den Mann treffen, den Esther das letzte Mal in Tokio gesehen hatte. Sie hatte ein Versprechen einzulösen, das sie ihm bereits 1964 gegeben hatte. Es war höchste Zeit, ihren Bruder Paul zu besuchen. Es war Zeit, Frieden mit ihrer Mutter zu schließen. Und mit sich selbst.

Kurz darauf gingen sie gemeinsam den Kiesweg zwischen den sauber angelegten Gräbern auf dem Rural Cemetery, dem örtlichen Friedhof in White Plains, entlang und hielten nach einem Grab Ausschau, auf dem der Name Anderson stand. Helens Wegbeschreibung war sehr eindeutig gewesen, und so entdeckten sie den schlichten Stein wie auch die Inschrift:

Getrennt durch Zeit und Raum – für immer vereint in Liebe
Separated by time and space – forever united in love

Norman Anderson
December 5 1911 – September 16 1999

and his wife Paula Anderson née Wilhelm
November 16 1912 – January 3 2001

Gemeinsam mit Esther legte Linda die Rosen und einen Stein auf die Grabplatte, wie es wohl schon viele andere vor ihr getan hatten. Dann setzten sie sich auf die Bank, von der aus man einen guten Blick auf das Grab hatte. Linda hielt Esthers Hand, während sie um ihre Mutter und ihren Vater und vor allem auch um sich selbst weinte. Und als schließlich keine Tränen mehr kamen, stand Esther auf, nahm Linda den Mantel ab und breitete ihn über den Grabstein.

»Glaubst du, sie hätte mir verziehen?«, fragte Esther, als sie sich wieder auf die Bank setzte.

Für einen Augenblick schwiegen beide.

»Denkst du denn, sie war je wütend auf dich?«, fragte Linda schließlich zurück und holte den Briefumschlag aus ihrer Handtasche, bevor sie den Arm um die Schultern ihrer Mutter legte. »Was müsste ich tun, dass du mich nicht mehr lieben könntest?« Sie hielt den Brief so hoch, dass Esther ihn nicht erreichen konnte.

»Immer weiter so, Fräulein«, gab Esther zurück und grinste. Es tat gut, ein wenig albern zu sein. »Das geht schneller, als du denkst.« Kurz hielt sie inne, bevor sie wieder ernst wurde. »Aber nein. Gar nichts. Du hast keine Chance, Kind. Ich werde dich immer lieben.« Sie zuckte mit den Schultern. »Ich bin doch deine Mutter!«

»Siehst du?«, sagte Linda lächelnd und reichte Esther den Brief. »Besser kann diese Frage niemand beantworten.«

Epilog

White Plains, 1999

Liebste Esther,

mein Mädchen, meine großartige, wundervolle, starke und besondere Tochter. Ich sehe dich geradezu vor mir, wie du jetzt dasitzt, diesen Brief in den Händen hältst und die Stirn runzelst, während du auf deiner Unterlippe nagst. Das machst du doch, oder? Woher ich das weiß? Nun, mir saß hier so oft ein Mensch gegenüber, der genau dasselbe tat, wenn er sich auf etwas konzentriert hat. Ich sehe ihn geradezu vor mir, wie er mich dabei beobachtet, wie ich dir, meiner geliebten Tochter, schreibe. Er lächelt mich an, weil er weiß, dass dieser Brief für dich ist. In seinem Lächeln liegt so viel Liebe, mein Kind. Für mich, aber auch für dich, denn ich habe ihm jeden Tag, seitdem ich bei ihm bin, von dir erzählt. Er wollte alles wissen. Jeden Schritt, jedes Lachen, jeden Streit und jede Versöhnung. Wahrscheinlich hätte ich diesen Brief nie geschrieben, wenn er mir nicht meine Worte zurückgegeben hätte. Er hat nicht lockergelassen und mir gezeigt, wie wichtig es ist, die Wahrheit auszusprechen. Am Ende ist es gar nicht so schwer. Zumindest nicht so schwer, wie sie zu verschweigen. Ach, mein Liebstes. Ich wünschte, wir beide hätten das früher und vielleicht sogar gemeinsam gelernt – oder gar nicht erst lernen müssen. Aber es ist nicht zu spät. Das ist es nie. Nicht für mich und auch nicht für dich. Ich weiß auch, dass du ihn nie kennenlernen wolltest, vielleicht aus Sorge, Philip zu verraten.

Ich möchte dir aber trotzdem unbedingt von ihm erzählen. Denn es ist wichtig, seine Wurzeln zu kennen, mein Kind, um zu begreifen, wer man selbst ist, und in deinem Fall vielleicht auch, um zu vergeben, wofür doch keiner von uns etwas konnte.

Ich staune immer noch darüber, wie man sich so ähnlich sein kann, ohne sich je begegnet zu sein. Ich meine mit dieser Ähnlichkeit nicht nur eure braunen Augen, sondern auch das unternehmungslustige Funkeln darin. Nicht nur die dunklen Locken, sondern auch die Geste, mit der ihr sie euch aus der Stirn streicht. Nicht nur euer schön geschwungener Mund, sondern auch das amüsierte Lächeln, das euch immer zu begleiten scheint. Ich meine eure Klugheit, euer großes Herz (ja, das hast du auch – du versteckst es nur sehr gut) und eure Loyalität. Euer kritischer Blick auf die Welt, dass ihr euch nicht mit einem faulen Kompromiss zufriedengebt und bereit seid, für eure Überzeugungen einzustehen.

Diese Eigenschaften haben dir dein Leben vielleicht nicht unbedingt leichter gemacht, aber ich bin davon überzeugt, Liebes, dass die Menschen um dich herum, die dir vertrauen und dich lieben, deine Freunde, deine Schüler, dass sie alle wissen, wie besonders und großartig du bist.

Deinen Stolz, deine Sturheit und deine Verletzlichkeit hast du allerdings von mir. Während ich das schreibe, muss ich beinahe darüber lachen, dass genau diese Eigenschaften uns die gemeinsamen Jahre geraubt haben. Ja, es ist ein trauriges Lachen, und ich wünschte, du wärst hier mit mir, damit ein fröhliches daraus werden könnte. Denn die Frage, die ich mir immer wieder stelle, bleibt dieselbe: Warum war ich nur nicht stur genug, darauf zu bestehen, dass wir miteinander sprechen? Warum war ich zu stolz, um nicht auch noch ein hundertstes Mal bei dir zu klingeln, dich anzurufen und zu bitten, mich anzuhören? Warum habe ich aufgegeben?

Und warum war ich in meiner eigenen Verletztheit so blind, dass ich nicht sehen konnte, dass deine Wunden um so vieles größer waren als meine? Warum habe ich mein Geheimnis so viele Jahre vor dir bewahrt, ohne zu sehen, dass es auch deines ist? Es gibt so viele Fragen und vermutlich nie genug Antworten. Einige aber kann ich dir geben – und ich hoffe, dass du dich eines Tages auf den Weg machen wirst, um sie zu finden. Nicht für mich, Liebes, sondern für dich. Damit du verstehen kannst, dass alles, was ich getan (oder nicht getan) habe, aus Liebe geschehen ist. Auch aus Liebe zu dir, meine Tochter, mein wertvollstes, größtes Geschenk. Und wenn ich es dir nicht jeden Tag und jede Sekunde so zeigen konnte, dann vergib mir.

Erinnerst du dich noch an unsere ersten Jahre? Ach, es gab durchaus Gründe dafür, nicht die Wahrheit zu erzählen, Esther, schon deshalb, weil ich allein mit dir gewesen bin. Unverheiratet. Weil es teilweise richtig gefährlich war. Und weil ein uneheliches Kind so viel zu erdulden hatte. Ich weiß, das hast du trotzdem am eigenen Leib erfahren müssen, und es bricht mir immer noch das Herz, dass ich dir das nicht ersparen konnte.

Ich wünschte, es wäre anders gewesen – sowohl für dich als auch für mich. Doch dann hätte ich auch auf die Jahre mit Philip verzichten müssen, genauso wie du, und auch das kann ich mir nicht vorstellen. Denn es sind auch glückliche Jahre gewesen. Deine Nähe, dein Lachen, du – etwas Kostbareres habe ich nie erlebt.

Du bist ein Kind der Liebe, Esther, und hast das große Glück gehabt, mit einem Vater aufzuwachsen, der dich mehr geliebt hat als alles andere auf der Welt. Für ihn hat es nie eine Rolle gespielt, ob du seine leibliche Tochter warst oder nicht. Und ich weiß, was für ein großer Verlust es für Norman bedeutet, dass ihm diese Chance verwehrt blieb.

Ich weiß jetzt, dass man mehr als einen Menschen lieben kann. Vielleicht ist das für dich schwer zu verstehen. Für mich war es das jedenfalls lange Zeit. Aber am Ende meines Lebens habe ich begriffen, dass alles, was wir fühlen, ein Geschenk sein darf, das der liebe Gott uns gemacht hat. Mein Herz war viele Jahre unendlich schwer, weil ich immer gedacht habe, mit meiner Ehe mit Philip hätte ich Norman verraten – und als ich später zu Norman zurückgekehrt bin, habe ich dich im Stich gelassen. Ich war immer hin- und hergerissen – zwischen zwei Welten, zwei Leben und einer Wahrheit, die doch eine Lüge gewesen ist. Verstehst du, was ich meine?

In den letzten Wochen in Deutschland habe ich viele Stunden auf dem Friedhof an Philips Grab verbracht. Ich habe ihn oft um Rat gebeten und versucht, seine Stimme zu hören, die mir sagt, was ich tun soll. Er hat mich und dich immer so viel besser verstanden als ich selbst! Er war mein Fels in der Brandung, mein Licht, mein Ratgeber und mein bester Freund, Esther. Als wir noch sehr jung waren, hat er mir versprochen, mich immer zu beschützen. Und das hat er getan. Nicht nur mich hat er beschützt, sondern auch dich.

Es scheint mein Schicksal zu sein, dass immer jemand in meinem Leben fehlt. Zuerst war es Norman, dann war es Philip – und jetzt bist du es.

Aber du sollst wissen, dass ich trotzdem immer an deinem Leben teilgenommen habe. Ingrid und Kurt haben mir von dir erzählt. Ich habe Briefe von Karin und ihrer Mutter bekommen. Selbst dein lieber Mann, Georg, hat mir geschrieben. Er war es, der immer wieder Bilder von dir und auch von Linda geschickt hat. Er wollte so gern, dass wir uns versöhnen. Aber er hat deinen Wunsch respektiert. Verzeih ihnen bitte auch, solltest du jetzt wütend werden. Sie alle haben aus Liebe zu dir und auch zu mir gehandelt, und dafür werde ich ihnen auf ewig dankbar sein.

Nur so ist es mir gelungen, dein Leben ein wenig zu begleiten, wenn man so will. Mit den Augen deiner Liebsten, meinen Gebeten und Gedanken.

Behüt dich Gott, mein kostbarstes, liebstes Kind.

Ich trage dich für immer in meinem Herzen, das sollst du wissen.

Ich weiß nicht, wie alt du jetzt bist, während du diesen Brief liest – vielleicht eine alte Frau wie ich? Eines weiß ich allerdings genau: Meine Zeit ist vorbei, und ich werde nicht mehr lange auf dieser wunderbaren und so verwirrenden Erde sein. Aber auch das ist in Ordnung so, mein Kind. Ich bin ein wenig müde geworden und ohne Norman an meiner Seite auch einsam. Du würdest vielleicht sagen, dass ich seltsam bin, und auch damit hättest du vermutlich recht. Mir ist meine Neugier abhandengekommen. Das Einzige, was ich noch gern gesehen hätte, wäre dein Lächeln gewesen – und am liebsten auch das deiner Tochter. Ich befürchte allerdings, dass du, während ich diese Zeilen schreibe, noch nicht bereit dazu bist.

Aber eines Tages werden wir uns wiedersehen, mein allerliebstes Kind, vielleicht nicht auf dieser wunderschönen Erde, aber irgendwo irgendwann …

Darauf hoffe und vertraue ich.

In Liebe, deine Mutter

In Liebe, Paula

Ende

Was ich noch sagen wollte …

Ich erinnere mich noch genau daran, wie ich während meiner Zeit am Gymnasium immer dienstags zu meiner Großmutter zum Mittagessen ging. Sie wohnte ganz in der Nähe meiner Schule und war eine tolle Köchin. Ich durfte mir aussuchen, was es geben sollte, aber sie legte Wert darauf, dass wir dann gemeinsam kochten. Alles, was ich übers Kochen und Backen weiß, habe ich von ihr gelernt, und jedes Mal, wenn ich einen Zwetschgenkuchen oder ein Brot nach ihrem Rezept backe, denke ich an sie. Während sie mir gezeigt hat, wie man Spätzle schabt und einen Kartoffelsalat zubereitet – selbstverständlich mit Brühe und ohne Mayonnaise! ;) –, hat sie mir ab und zu auch von ihrer Zeit in New York erzählt. Sie hat von den großen Häusern geschwärmt, in denen sie gelebt und den unglaublichen Reisen, die sie gemacht hat. Von den New Yorker Straßen, den Clubs, der Musik. Ganz besonders aber von den Menschen, die dort ihre Heimat waren. Ein paar Geheimnisse aber hat sie für sich behalten, wie zum Beispiel, wer ihr nun wirklich diese feine Uhr mit der unlesbaren Gravur geschenkt hat. Die sehr späte Ehe mit meinem Großvater war jedenfalls sehr vernünftig, wie sie immer wieder betonte, und ihren einzigen Sohn nannte sie Norman – nach jemandem, den sie in New York zurückgelassen hatte und den sie nicht vergessen konnte und wollte. Zumindest das durfte ich wissen. Viele Geschichten hat sie jedoch nur angedeutet und all meine Nachfragen dann mit glänzenden Augen und einem feinen Lächeln beantwortet. Wenn ich nachgehakt habe, vertröstete sie mich auf später oder behauptete schlicht, das sei alles schon so lange her, nicht mehr wichtig und nur die Erinnerung einer alten Frau. Das stimmte natürlich nicht, sonst hätte sie diese Erinnerung nicht bis zu ihrem Tod gehütet wie einen Schatz. Vieles, was ich in diesem Roman, *In Liebe, Deine Paula*, erzähle, ist also tatsächlich passiert – und nur weniges ist dazuerfunden. Wahr ist, dass sie in der Klingenstraße 34 in Gablenberg gelebt hat und dass ihre Mutter Luise dort einen Milchladen hatte. Den Fensterbauerbetrieb nebenan gab es ebenfalls. Betrieben wurde er vom Großvater meiner lieben Freunde Anette, Steffi und Christoph. Paula und er haben sich bestimmt gut gekannt, und wenn der Großvater der drei nur ein bisschen war wie sie, dann haben sie sich bestimmt auch sehr gemocht. Es stimmt außerdem, dass Paula in New York Dienstmädchen gewesen ist – und zwar bei einer der reichsten Familien in der Geschichte der USA: bei den Rockefellers. Einer der Gründe übrigens, warum ich nicht deren richtigen Namen benutzt habe. Paulas Chefin war Abby Aldrich Rockefeller, Ehefrau von John D. Rockefeller, der unter anderem das Rockefeller Center gebaut hat (und vieles, vieles mehr). Abby ist die beeindruckende Lady, die auf dem Grundstück ihres Wohnhauses später das MoMa, das Museum of Modern Art, errichten ließ. Zu den Zeiten meiner Großmutter wurden die Kunstwerke noch in Abbys Salons ausgestellt, so lange, bis das riesige Haus zu klein wurde. Paula hatte ein besonders enges Verhältnis zu der Haushälterin, Miss Prentiss, zu der sie ihr Leben lang Kontakt hielt und sie sogar von Deutschland aus mehrfach besuchte. Oder war sie schlicht ihr Alibi, um jemand anderen wiederzusehen? Ich weiß es nicht. Da Miss Prentiss aber schon während ihrer Zeit bei den Rockefellers ihre Verbündete gewesen war, ist natürlich alles möglich – und ich wünsche ihr fast, dass ihre Freundin nur als Vorwand galt. Die Liebe ist einfach zu kostbar, um darauf zu verzichten.

Ach ja – und John D. Rockefeller, Abbys Ehemann, ließ sich von meiner Großmutter übrigens tatsächlich sehr gern die Krawatte binden und … nun, Anekdoten gab es genug, die ich größtenteils so übernommen habe. Auch den Knickerbocker Club gab und gibt es genauso, wie ich ihn beschrieben habe. Das weiß ich, weil ich das große Glück hatte, bei meiner Rechercheise in das New York der dreißiger Jahre ganz zufällig an die richtigen Leute heranzustolpern, die mir einen Besuch dort ermöglicht haben. Den Knickerbocker Club darf man nämlich nur als Mitglied oder als Gast besuchen. So viel zu den Zufällen. Als Paula mit neunundneunzig Jahren starb, hatte sie kaum graue und immer perfekt frisierte Haare, die goldbraun glänzten. Ihre Haltung, ihr Humor und ihr Kampfgeist haben mich immer beeindruckt, und ich war wirklich untröstlich, dass ihre Geschichte verloren schien. Doch dann fand ich in ihrem Keller einen kleinen weißen Koffer, eine gravierte Uhr und ihre Passagiernummer auf der York, dem Schiff, das sie in die USA gebracht hatte. Und ich begann zu recherchieren …

Danke

Wenn eine Geschichte zu Ende erzählt ist, endet immer auch eine Zeit, in der ich ganz nah an den Heldinnen und Helden meiner Romane bin. Diese Zeit beginnt schon, wenn diese eine Idee auf einmal in meinem Kopf ist und nicht mehr verschwinden will. Wenn langsam meine Protagonisten ihre Rollen darin erobern, wenn ich mit meinen Freundinnen und Kolleginnen über den Plot spreche, mir Gedanken über mögliche Verwicklungen und interessante Wendungen mache, wenn meine großartige Agentin das Exposé gelesen und hoffentlich gemocht hat. An dieser Stelle DANKE, DANKE, DANKE für alles, liebe Leonie Schöbel, beste Agentin der Welt! Geschichtenentdeckerin, Motivationskünstlerin, Lebenszeitbeschützerin und Lieblingstelefongesprächspartnerin!

In diesem Fall liegen mehr als dreißig Jahre zwischen meinem Wunsch, die Geschichte meiner Großmutter Paula zu erzählen, und der tatsächlichen Umsetzung. Ist das nicht total verrückt? Ich kann es jedenfalls kaum glauben und bin total dankbar, außer mir vor Freude und sehr aufgeregt, dass es nun so weit ist.

Autorin oder vielmehr Schriftstellerin zu sein (klingt viel besser, finde ich) ist ja nun nicht wirklich ein geselliger Beruf. Und dennoch können Bücher nur mit der Unterstützung von einigen sehr wichtigen Menschen entstehen, denen ich hier unbedingt danken will! Ohne sie würde es nur halb so viel Spaß machen, und manchmal auch gar keinen Sinn, gäbe es viel zu viele Schreibfehler und zu lange Sätze, kein Cover, keinen Vertrieb und schon gleich gar keine Hasenwochenenden. Viele Dinge hätte ich nicht gewusst, nie erlebt oder nicht bemerkt. Also, Vorhang auf und Applaus bitte:

Für Jana Lukas, Ella Thompson, beste, tollste, liebste, unkomplizierteste und kompatibelste Reisefreundin aller Zeiten: unser Trip nach New York auf Paulas Spuren hat mein Leben verändert. Das meine ich völlig ernst. Ich werde nie dieses eine scheußlichste Frühstück aller Zeiten vergessen, das Pub-Quiz, Billy Joel und alle anderen Abenteuer auf diesem Trip! Deine Motivationsreden, Hinweise und Ideen, unsere Schreibfreitage, die bestimmt hoffentlich bald mehr mit Schreiben und weniger mit … Weinproben gemeinsam haben, auch wenn betreutes Trinken manchmal Rettung in der Not ist – kurz: Dass du meine Freundin bist, mich so lange schon auf diesem Weg begleitest und ich manchmal deinen mit dir gehen darf, das ist einfach der Hammer! The Lucyladies rock! I love you forever!

Für Kristina Günak, die Paula so intensiv begleitet hat. Ohne deine Streichungen, dein Gespür für Situationen und ohne deine emotionalen Anmerkungen wäre Paulas Geschichte nicht so, wie sie jetzt ist! Du bist der beste Schreibbuddy, den ich mir wünschten könnte.

Überhaupt Hasen: Leo, Jana, Kris – I love you all. Sowieso. Immer.

Ich weiß jetzt schon, dass du, allerliebste Lisa Wolf, unglaubliches Adlerauge, einfühlsame, manchmal strenge, sehr professionelle und humorvolle Beobachterin und Lektorin auch dieses Buch noch so viel besser machen wirst. Dein Gespür für meine Texte ist unglaublich, und es macht unfassbar viel Spaß, mit dir zusammenzuarbeiten. DANKE, DANKE, DANKE!

Liebe Anna Mezger, Penguin, ich danke dir für die inspirierenden Gespräche, die schönen Treffen und natürlich vor allem, dass du mein Buch wieder einmal so großartig betreut und begleitet hast! Es ist eine Freude, mit dir zu arbeiten!

Danke schon mal vorab auch an Stef Leimsner, du Wunderbare – ich freue mich auf alles, was wir gemeinsam aushecken!

Sylvia Laudien-Meo: Danke dir für die unglaubliche Zeit im New York der dreißiger Jahre! Für die großartige Führung durch die Museen, Parks, Mansions und Clubs – was war das nur für eine grandiose Epoche damals? ICH DANKE DIR! Niemals hätte ich Paula so spüren können!

Danke Kurt Maisch für einen wesentlichen Teil unserer gemeinsamen Familiengeschichte und die vielen Berichte über Gablenberg, die Klingenstraße, deine Eltern und meine Großmutter!

Danke an Frau Hanke vom Deutschen Auswandererhaus in Bremen. Sie waren großartig und Ihre Führung so unglaublich spannend! Wer sich für Auswanderergeschichten interessiert und wirklich einmal hautnah erleben will, wie es sich angefühlt hat, das Land zu verlassen, sollte unbedingt einmal dort vorbeischauen. Man kann den Abschiedsschmerz, die Enge auf dem Schiff, das Herzklopfen bei der Ankunft regelrecht spüren. Ich war auf Ellis Island und an allen Original-Schauplätzen, aber das Auswandererhaus ist noch viel mehr als nur das – einfach großartig. (https://dah-bremerhaven.de)

Danke, Rudolph Medek für die spannende Stadtführung durch das historische Stuttgart und die Weißenhofsiedlung!

Danke, Ulrich Gohl, MUSE-O, Museumsverein Stuttgart-Ost e. V., für alles, was es über Gablenberg zu wissen gibt!

Ich danke euch Arleen, Tita, Dagmar, Andrea, Nadine, Jelena. Für eure Freundschaft, euren Humor, das Werkzeug, die Tritte in den Hintern und euren Glauben an mich. Dass ihr an meiner Seite seid, macht mich mutig und stark und ohne euch hätte ich die letzten Monate nicht überstanden!

Ich danke außerdem diesem wunderbaren, aufregenden und großartigen Jahr 2022, das mich so hat wachsen lassen.

Danke S. Für alles.

Danke Monja und Peter für die wesentliche Erörterung der Frage, ob das Wasser in einem Pool in einem Schiff von 1932 bei Seegang hin- und herschwappt oder nicht. Einig waren wir uns selbst am Schluss nicht wirklich, was daran liegen mag, dass wir zur Beantwortung das eine oder andere Glas Rosé zur Hilfe genommen haben.

Danke Jan, für dein Adlerauge beim zufälligen Testlesen und deine Begeisterung für Paula! Vielleicht musst du deinen Koffer ja doch auch noch eines Tages öffnen.

Danke Lemo, YouTube, Ancestry, Wikipedia, allen anderen Datenbanken, Archiven, Bibliotheken und Portalen, auf denen ich zeitrelevante Informationen ergattern konnte. So weiß ich auch, dass die Teilnehmer bei den Olympischen Spielen 1964 getrennt voneinander untergebracht waren und sich Paul und Esther nicht so einfach im Hinterhof ihrer Unterkunft hätten begegnen können. Aber es ist nun mal so: Erstens dürfen wir Schriftsteller manchmal die Wahrheit ein wenig anpassen, wenn es nötig ist. Und zweitens habe ich sehr gute Kontakte zu jemandem, der es wissen muss. Denn:

Ich danke meiner Mutter, Karin Reichert-Frisch, zweimalige Olympiateilnehmerin (1964 – Tokio, 1968 – Mexiko), Sportlerin des Jahres 1966, mehrfache Medaillengewinnerin bei der Europameisterschaft 1966 in Budapest und Teil dieser Geschichte. Mit ihr darf ich jedes Jahr den Sportlerball in Baden-Baden besuchen und dort mit den anderen Sportlerinnen und Sportlern aus dieser unglaublich spannenden Zeit (und auch mit den aktuellen) feiern. Deren Teamspirit und ihre lebenslangen Freundschaften beeindrucken mich jedes Jahr aufs Neue. Also: Danke auch an Helga Bühler-Hoffmann und Ingrid Mickler-Becker. Danke auch an Peter, ohne den dieser Ball immer nur halb so lustig wäre.

Meinen Kindern Paulina, Maria, Lilli und William. Einfach dafür, dass es euch gibt.

Danke Bondy, Restaurant und Bar – du bist das schönste Schreibasyl, das ich kenne –, und danke euch, Igor und Mate, dass ich auch auf der gelben Couch sitzen und arbeiten darf, selbst wenn ihr geschlossen habt. Ihr seid mein zweites Zuhause.

Danke Ricky Class: Tanzen kann Leben retten!

Lieber Oliver Kern, danke für alle wesentlichen Antworten auf meine Fragen zu Whiskey und Co. Wir sind ein 0711-Spirit-Dream-Team!

An alle, die dieses Buch hinter den Kulissen begleitet haben und die ich leider gar nicht persönlich kenne: Grafik, Marketing, Vertrieb, Lesungen und Co. – und an jene, die ich womöglich vergessen habe! Es war keine Absicht! Ihr seid toll!

Vor allem aber danke an Sie, euch, dich! Ohne euch großartigen Leser und Leserinnen gäbe es die vielen tollen Bücher da draußen nicht. Ihr seid eine echte Inspiration für uns Autoren, und ohne euer Feedback, eure Fragen, die tollen Posts, Rezensionen und Gespräche über Cover, Plots, Protagonisten, Orte und Enden wäre das Schreiben nur die halbe Freude!

Und natürlich am allermeisten: danke, Omi. Danke, Paula, dass ich endlich deine Geschichte erzählen durfte.

Alles Liebe, eure, deine, Ihre Lucinde